窓から逃げた
100歳
老人

ヨナス・ヨナソン —— 著
柳瀬 尚紀 —— 訳

西村書店

〝世の中こういうもの、これから先もなるようになる〟

Hundraåringen som klev ut genom fönstret och försvann
Jonas Jonasson

窓から逃げた１００歳老人
――目次

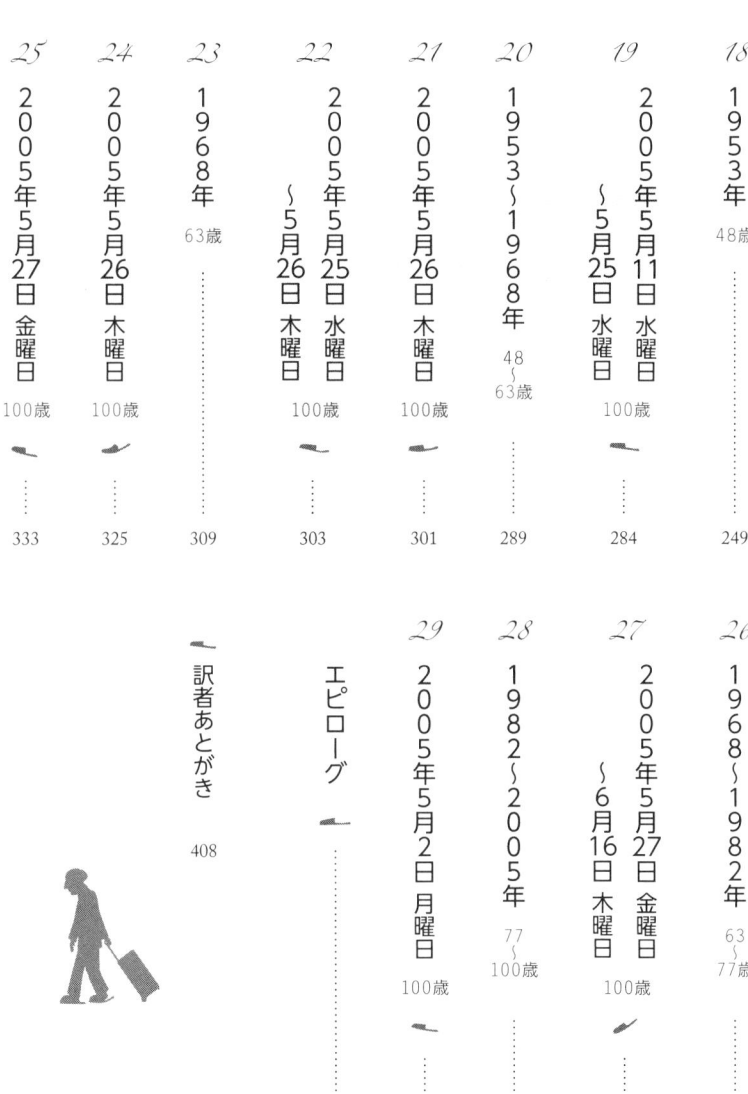

主な登場人物

■アラン・エマヌエル・カールソン　誕生日に老人ホームから逃げ出した主人公
■ユーリウス・ヨンソン　近隣の鼻つまみ者
■ベニー・ユングベリ　ホットドッグ屋台店主
■ボッセ・ユングベリ　ベニーの兄
■ベッピン（グニラ・ビョルクルンド）　湖畔農場に暮らす赤毛女性
■ペール＝グンナル・「鬼師《おにかます》」・イェルディン　犯罪組織〈一獄一会〉の親分
構成員
ボルト（ベント・ビュールンド）
バケツ（ヘンリク・フルテン）
カラカス（ホセ・マリア・ロドリゲス）
■ヨーラン・アロンソン　エスキルストゥーナ署の警視
■コニー・ラネリード　検察官

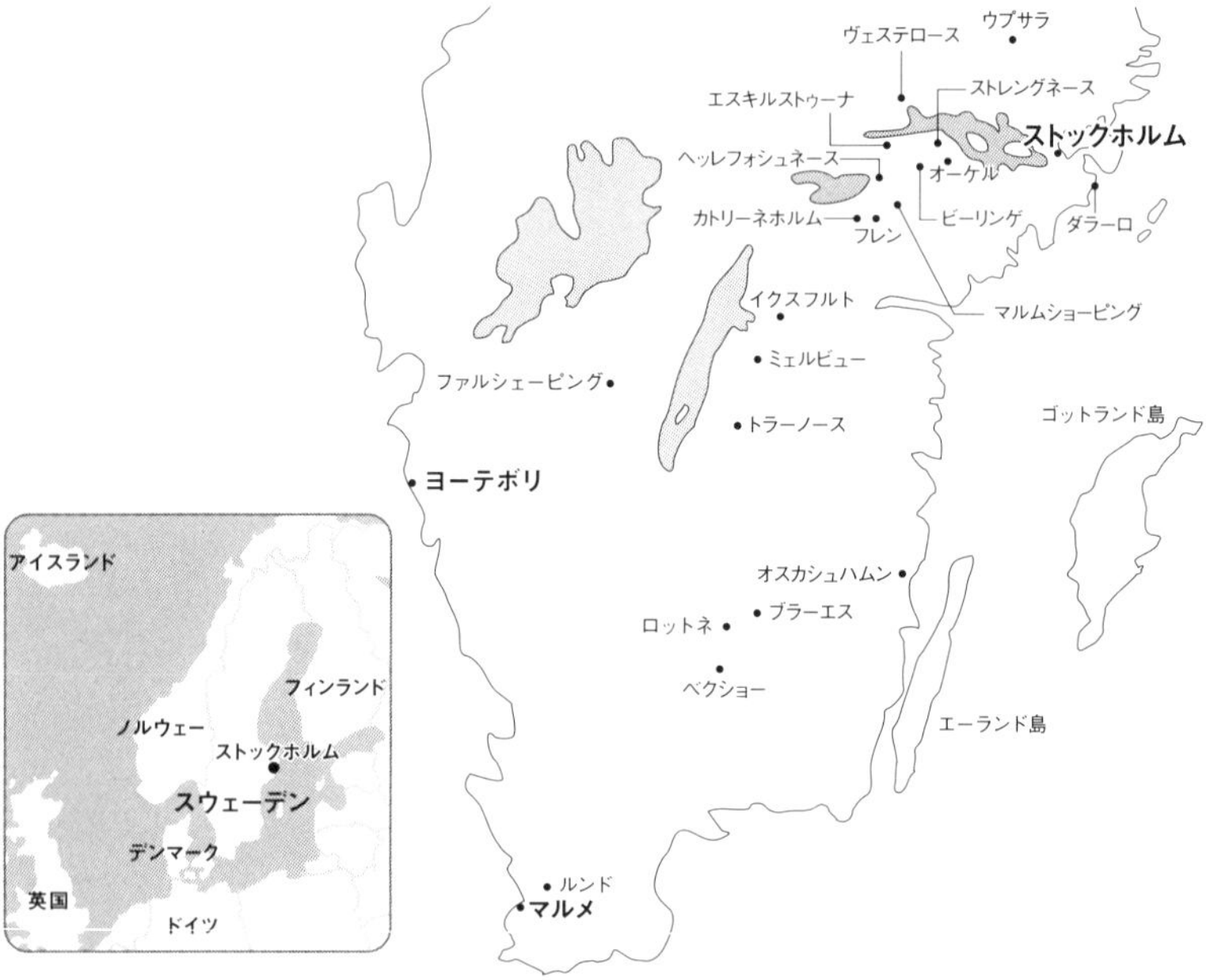

窓から逃げた１００歳老人

1 2005年5月2日 月曜日

もっと早くに決心することもできたはずだし、周りの人間に男らしく決意のほどを軽《カール》く言い放ってもよかったはずだ。しかしアラン・カールソンはじっくり考えてから行動するというタイプではなかった。

だから頭の中で考えが固まるよりも早く、この老人はマルムショーピングの老人ホーム1階の部屋の窓を開け放つや、外の花壇に出ていた。

この軽業《かるわざ》はいささか努力を要した。というのもまさにこの日、アランは100歳になったのである。1時間足らずのうちに、老人ホームのラウンジで誕生日パーティが催されることになっていた。市長も出席する。地元紙も来る。高齢者も全員。そしてスタッフ全員を率いて、癇癪《かんしゃく》玉の女所長アリスも。

誕生日パーティの主役だけは、そこへ顔を出すつもりはなかった。

2

2005年5月2日 月曜日

アラン・カールソンは、老人ホームの側面にそってつづく花壇に立ってひと息入れた。茶色のジャケットに茶色のズボン、茶色の室内履きといういでたち。最新ファッションと洒落たのではない。この高齢でそんな気を起こすわけもあるまい。自分の誕生日パーティから逃亡するのである。100歳にしては異常といえば異常、100歳というのもけっこう珍しいのだからなおさらのことだ。

アランは、窓から腹這いに入りこんで帽子と靴を取りに戻ろうかとも考えたが、内ポケットの財布を手で確かめて、これで大丈夫だと思った。それにまた、アリス所長が第六感の持ち主たることはさんざん見せつけられてきた（ウオツカをどこへ隠しても見つけてしまう）。なにか怪しいと疑って、この今もそのへんを嗅ぎまわっているかもしれない。

逃げ出すのは今のうちだ、と思いつつ、膝をガクガクさせながら花壇から歩み出す。財布には、たしか100クローナ［1クローナは現在約15円］紙幣が数枚残っている。どこかへ身を潜めるには金も要るだろうから、これは幸い。

ふり返って老人ホームに最後の一瞥《べつ》をくれた。ついさっきまでは終《つい》の棲家《すみか》になると思っていた。そのうちどこか別の場所で命果てるのも悪くないと自分に言い聞かせる。

100歳男児はおしっこ履き《スリッパ》で出立した（おしっこ履きというのは、高齢男子のほとんどが、用を足すとき履物をぐっしょりぬらすからだ）。まずは公園を抜け、それから解放耕地ぞいに進む。そこでときどき市《いち》が立つ以外はごく静かな田舎町だ。数百メートル行ってから、アランは中世の地区教会の裏手へ回り、いくつか墓碑の並ぶそばのベンチに腰をおろして、ずきずき痛む膝を休めた。この辺は信心深い人間が多くないから、人目を心配する必要もない。皮肉な暗合に気づく。自分の生まれたのは、ベンチの真向かいの石碑の下に眠るヘニング・アルゴットソンなる人物と同年なのだ。しかし大きな違い。ヘニングは61年前に昇天している。もしアランが詮索《せんさく》好きならば、ヘニングが39歳で死んだわけを考えたろう。ところがアランは、なるべくなら他人のことには立ち入らない。たいていは立ち入らずにすんでいる。

そんなことよりも、老人ホームでのほほんと過ごしながら、死んだほうがましだという気分になるのは間違いだったと考えた。どれほど多くの痛みや難儀にぶち当たろうと、アリス所長から逃げるほうが、地下2メートルに固く横たわるより、はるかに面白く有益であるにちがいない。

そう思うと、誕生日パーティの主役は、痛みを訴える膝もなんのその、ぐいと立ち上がるや、ヘニング・アルゴットソンに別れを告げ、むちゃな逃走計画を続行した。

教会墓地を横切って南へ向かうと、行く手に石塀が現れた。せいぜい1メートルの高さだが、アランは100歳だし、走り高跳びの選手でもない。反対側にはマルムショーピングのバス駅《ターミナル》がある。老人はふと気づくと、ぎくしゃくする両足がそっちへ自分を運んで行くのに気づいた。かつて一度、もう何十年も前になるが、アランはヒマラヤ山脈を縦断したことがある。あのときは往生した。今、あのときの経験を思い出しながら、アランは自分と駅との間に立ちはだかる最終障害の前に立つ。まじろぎもせずに見つめていると、目の前の石塀が縮んでいくように思われた。そしてそれがぐんと低く縮んだとき、高齢と膝の痛みもなんのその、アランは這い上がって石塀を越えた。

マルムショーピングは、いわゆる喧騒の町ではない。この晴れた平日も例外ではなかった。アランは１００歳の誕生日パーティには出席しないぞと急に決心してから、誰にも出会っていなかった。アランが室内履きを引きずり引きずり入ったとき、駅の待合室はほとんど空っぽだった。ほとんど空っぽ。右手に券売窓口がふたつあり、ひとつは閉まっている。もうひとつの窓口に貧相な小男がいた。小さな丸縁眼鏡をかけ、薄い髪を片側になでつけて、制服のベスト。この小男がパソコン画面から目を上げて、煩《わずら》わしげにアランを一瞥した。たぶんお客はもう結構ということらしい。というのも片隅に若い男が突っ立っていた。やせぎすの、べたついたブロンドの長髪、無精ヒゲ、デニムのジャケットの背中に〈一獄一会《ネヴァー・アゲイン》〉。

若者は文盲らしい。障害者専用のトイレのドアをひっぱり開けようとして、オレンジ色の地に黒文字で記された「故障」の標示が読めないかのようだ。

まもなく若者は隣のトイレのドアへ動いたが、今度は新たな問題がある。明らかに、大きなグレーのスーツケースと離れたくはないのだが、トイレは両方が入るには狭すぎる。スーツケースを外に置いて用を足すか、スーツケースにトイレを占領させて自分は外にいるかしかあるまいと、アランは思った。

しかしアランは急ぎの用事がある。両足をなんとかうまく持ち上げ持ち上げ、小走りに券売窓口の小男のもとへ行くと、どこかへ向かう公共交通機関はあるかと尋ねた。数分以内に出るなら行き先はどこでもいいし、そういう便があるなら運賃はいくらか。

小男はくたびれている顔つきだ。アランの問いを途中までしか聞いていなかったらしい。数秒後、こう聞き返した。

「で、どこへ行きたいんで？」

アランは深呼吸をして、すでに目的地は告げたことを小男に思い起こさせ、ついでながら交通手段は(a)発車時刻および(b)運賃よりも重要ではないと告げた。

小男は無言で時刻表を調べながらアランの言葉を聞き流した。

「ストレングネース行きの２０２番バスが３分後に出る。それでいいかい？」

うん、いいだろうとアランは思った。小男は、ターミナルを出たところからバスが出る、切符は運転士からじかに買えばいいと言った。

切符を売らないのなら窓口の小男の仕事はなんなのか。アランは腑に落ちなかったけれど、なにも言わなかった。小男のほうもたぶん腑に落ちなかったろう。アランは小男に礼を言い、帽子をちょっと上げて挨拶しようとしたが、大急ぎだったのでかぶってこなかった。

１００歳の男はふたつの空いているベンチのひとつに腰をおろし、独り思いをめぐらせた。老人ホームでのくだらん誕生日パーティは3時に始まるはず。12分後だ。今にもアランの部屋のドアをごつんごつん叩き始める。それからてんやわんやの大騒ぎだろう。そう思って、にやりとした。

そのとき、見るともなしに見ていると、誰かが近寄ってくるのが目に入った。やせぎすの若い男がまっすぐアランのほうに向かってくる。４個の小さなキャスターの付いた大きなスーツケースを引きずっていた。この長髪の若者と言葉をかわさないわけにはいくまいと、アランは悟った。それもよかろう。昨今の若者のあれこれの考えをうかがい知ることもできそうだ。

たしかに言葉をかわすことにはなったが、アランの予期したような社会分析の深みには至らなかった。若者は数メートル先で立ち止まり、この老人を品定めしたふうで、それから言った。

「よう」

アランは人なつこい口調で応じて、然るべき挨拶を口にしてから、なにか頼み事でもあるのかと尋ねた。それがあった。若者はアランにスーツケースから目を離さないでほしいと言った。持ち主はこれから用を足すから、というか、本人の言い方は、

「クソしてくるからよ」

アランはこう応じた。自分はこのとおり老いぼれだけれども、まだまだ視力は使いものになるから、若者のスーツケースから目を離さないくらいはそうつらい仕事ではない。用を足すなら（若者の言い方はしない）急いだほうがいいと、アランは強くうながした、自分はこれからバスに乗るので。

この最後の部分が若者には聞こえなかった。緊急の欲求をかかえてトイレへ向かったとき、アランはまだ言い終えていなかった。

100歳の男は一度として他人に苛立ったことのない人物である。たとえ然るべき理由があったとしても同じで、だからこの若者の無礼な態度にも気を悪くしなかった。しかし好意をもつこともできなくて、おそらくそれが次なる展開にひと役買った。

202番バスがターミナル入口の前に到着したのは、若者がトイレのドアを閉めたほんの数秒後だった。アランはバスを見て、それからスーツケースを見て、それからまたバスを、それからまたスーツケースを見た。

キャスター付きかい、と、アランはひとりごちた。引っぱれるようにストラップも付いている。

それからアランは、自分でも驚いたが、よし、もっと生きてやるぞという決断をした。

バス運転士は良心的で親切な男だった。運転席からおりて、大きなスーツケースといっしょにバスに乗り込む高齢の老人に手を貸す。アランは礼を言い、ジャケットの内ポケットから財布を取り出した。バス運転士は、この人物が終点のストレングネースまで行くのだろうかと思った。アランが中味を全部数えると、６５０クローナと硬貨数枚。しかし財布の紐をゆるめないのが最善と考え、50クローナ札を1枚取り出して尋ねた。

「これでどこまで行けるかね？」

運転士は陽気に言った。行き先は知っているけれど運賃を知らないという乗客には慣れているが、逆のことを聞かれるとはね。それから運行表を見て、48クローナならこのバスでビーリンゲ駅まで行けると言った。アランはそれがよさそうに思った。運転士は盗品ほやほやのスーツケースを運転席後ろの荷物台に置き、アランは最前列の右側に座る。そこからは駅の待合室の窓ごしに中が見える。バスが発車したとき、トイレのドアはまだ閉まっていた。出たとたんに愕然とするだろうと思うと、今はいい気分でいてほしいと、アランは思った。

ストレングネース行きのバスは、その昼下がり、ぜんぜん混んでいなかった。後列には中年の女がひとり、真ん中の列にはふたりの子供連れの若い母親、ひとりをベビーカーに乗っけて乗車に手間取った女、そして最前列にこの高齢の老人。

高齢の乗客は、なにゆえに自分が4個のキャスター付きの大きなグレーのスーツケースを持ち逃げしてしまったのかと考えていた。持ち逃げできると思ったからか、持ち主が無作法な男だったからか、スーツケースに靴が、ひょっとすると帽子も入っていると思ったからか。それともこの老齢では失うものがなにもないからか。アランは、なにゆえに自分がそんなことをしたのか理解できなかった。人生が超過勤務に入ったからには無謀なことをやらかすのも簡単だ。そう思って、座席でくつろぐ。

ここまでのところ、アランはこの日の成りゆきに満足した。

それから目を閉じて午睡に入る。

ちょうど同じころ、アリス所長は老人ホーム1号室のドアをノックしていた。幾度も幾度もノックする。

「ふざけないでよ、アラン。市長さんも皆さんも来てるんだから。聞こえないの？　また飲んでたわけ？　すぐ出てらっしゃい、アラン！　アラン？」

ほぼ同じころ、さしあたりマルムショーピング駅の唯一機能していたトイレのドアが開いた。二重にほっとして、若者が足を踏み出す。待合室の中央へ数歩進みながら、片手でベルトを締め、片手の5本指で髪を梳《す》く。それから歩みを止め、空いているふたつのベンチをにらみつけ、右に左に視線を走らせた。そしていきなり叫んだ。

「こんちくしょう……！」

言葉をつまらせてから、ふたたび声を発する。

「殺してやる、あのくそ爺《じじい》。てめえ、逃げられやしねえぞ」

3

2005年5月2日 月曜日

5月2日、午後3時を少し回ったころ、マルムショーピングの静寂が破られた。最初、老人ホームのアリス所長は怒るというより心配になり、マスターキーをひっぱり出した。アランは逃亡ルートを細工したわけではないので、誕生日パーティの主役が窓をよじ登って外へ出たのはすぐさま明らかになった。足跡から判断するに、花壇のパンジーの中に立ち、それから姿を消した。

立場上、市長は自分が指揮を執るべきと考えた。そしてスタッフにペアを組んで捜索に当たるよう命じた。アランは遠くへ行ったはずがない。ごく近辺を集中的に探すべきだ。一組が公園へ、一組が公営酒販店へ（アランがよく行く店であるのをアリス所長は知っていた）、一組が目抜き通りのほかの店舗へ、一組が丘の上のコミュニティ・センターへ差し向けられた。市長自身は老人ホームに残り、忽然と消えはしなかった入居者たちから目を離さず、次なる一手を考える。捜索スタッフには慎重な行動を指示し、この件について不要な情報発信をおこなわないように念押しした。皆が入り乱れるなか、市長は送り出した捜索団の一組が地元紙の女性記者とカメラマンであるのに気づかなかった。

バス駅は市長の最初の捜索エリアに入っていなかった。ところがそのエリアでは、怒り狂ったやせぎすの若い男、べたついたブロンドの長髪、無精ヒゲ、背中に〈一獄一会〉の文字があるデニムのジャケットの男が、建物の隅から隅まで捜索を開始していた。ひとつだけ開いている券売窓口の小男のほうへ、若者は決然と歩みゆく。老人の旅行計画を聞き出せるなら聞き出そうというのだ。

小男はふだんから自分の仕事にあきあきしていたが、それでも職業上のプライドは持ち合わせている。だから声高の若者に、乗客のプライバシーを侵害するようなことはできないと言い、いかなる事情があるにせよ、そういうたぐいのお尋ねにはお答えしかねると、きっぱり告げた。

若者は、しばし黙りこくった。それから左へ5メートル、券売所のさほど頑丈でないドアまで移動した。ドアに鍵が掛かっているかどうかわざわざ確かめはしない。そうはせずに、一歩後ろへ下がるや右足のブーツでドアをガツッと蹴っ飛ばし、破片が四方八方に飛びちった。助けを呼ぼうと受話器を取り上げるより早く、小男は両耳をがっしりつかまえられて、若者の真ん前に宙吊りになっていた。

「プライバシーなんてのは知らねえけどよ、しゃべらせるのは得意だぜ」と、若者は言ってから、小柄な券売員を窓口の回転椅子にどすんと落っことした。

それからつづいて、もし訊くことに答えないなら金槌と釘で小男の股間をどう痛めつけるか、それをひとくさりぶった。この描写が真に迫っていたので、すぐさま小男は自分の思うところを述べることにした。つまり、問題の老人はたぶん、ストレングネース方面へ向かうバスに乗った。スーツケースを持ち逃げしたかどうかはわからない。乗客の動きをこっそり窺《うかが》う質《たち》ではないからだ。

券売員はそこでひと息入れ、そこまでしゃべったことで若者がどれくらい納得したかを確かめ、そしてすぐさま、もっと情報を伝えるのが最善と悟る。だから小男は、マルムショーピングからストレングネースまでの路線には12の停車地点があり、むろん老人はそのどこででも下車できると言った。バス運転士に聞けばわかるだろう。時刻表によればマルムショーピングへ今晩7時10分に戻ってくる。それからバスはフレンへ引き返す。

若者は、耳がずきんずきん痛むおびえた小男の隣に腰を据《す》える。

「考えなくちゃな」と、言った。

そこで若者は考えた。バス運転士の携帯番号を小男に吐かせて、運転士に電話し、あの爺《じじい》のスーツケースが実は盗品だと告げることもできると考えた。しかしそうするとバス運転士が警察に通報するという危険も間違いなく生ずるから、それは願い下げだ。それに、そう急を要するわけではなかろう。あの爺はおっそろしく年寄りらしかったから、スーツケースを引きずっている今、ストレングネースの駅からなおもどっかへ逃げる気なら、電車かバスかタクシーを使わねばなるまい。そうすれば新たな足取りを残すことになる。両耳をひっつかんで吊し上げれば、爺がどこへ向かったかあっさりしゃべるやつはかならずいる。若者は、相手の知っていることをしゃべらせる己の説得能力に自信があった。

考え終わってから、若者は問題のバスの戻るのを待つことにした。そうすればさほど手荒なことをしなくても、運転士からじきじきに聞き出せる。

そう決めて、若者はふたたび立ち上がり、もしこの一件を警察か誰かにしゃべったら、本人、女房、子供、家庭がどうなるか、それを券売員に言い聞かせた。

小男には女房も子供もいなかったものの、両耳と股間はなんとか無傷のままにしておきたい。だからひと言ももらさないことを国鉄職員として約束すると言った。

そしてこの約束を次の日まで守った。

捜索ペアが老人ホームに戻ってきて、それぞれ目にしたことを報告した。というか、目にしなかったことを。市長は本能的に警察の介入を望まず、必死になって他の選択肢を考え出そうとしていたが、すると地元紙の女性記者が身を乗り出して質問した。

「で、これからどうなさるおつもりですか、市長?」

市長はしばし無言。それから言った。

「警察を呼びます、もちろん」

ふん、マスコミは大嫌いだ!


運転士に肘《ひじ》でそっと突かれて、アランは目をさました。ビーリンゲ駅に着いたことを告げられる。まもなく運転士が慣れた手つきでスーツケースをバスの前扉から出してくれて、アランがそのあとにつづく。

運転士は、あとは自分で行けるかと尋ねた。アランは運転士に、そこまで心配してくれなくて結構と言った。それから世話になったと礼を言い、手をふって別れを告げると、バスはまたハイウエーへ走り去る。

高いモミの木々が昼下がりの太陽をさえぎり、薄手のジャケットと室内履きのアランはうすら寒くなってきた。駅どころか、ビーリンゲの標示はどこにも見当たらない。四方八方、ただ森、森、森。そして細い砂利道が右につづいている。

ふっと出来心で持ち逃げしてきたスーツケースに暖かい衣類が入っているかもしれない。あいにくスーツケースには鍵が掛かっていて、ドライバーかなにか道具がなくては開けようとしても無理だ。歩き出すしかない。さもなければ凍死してしまう。

スーツケースのてっぺんにはストラップが付いていて、それを引っぱると、スーツケースは小さなキャスターでうまいこと動く。アランはよぼつく小幅の足取りで砂利道をたどって森へ入った。スーツケースが砂利の上を横滑りしながら、すぐあとにつづく。

数百メートル進むと、ビーリンゲ駅にちがいないものが現れた。どう見ても大昔に廃線になった鉄道に隣接する閉鎖された建物だ。

アランは１００歳としては特賞ものの体型だが、さすがにそろそろしんどくなってきた。考えをまとめ体力を回復すべく、スーツケースに腰をおろす。

アランの左手に、黄色いお粗末な二階建ての駅舎がある。下の階の窓はすべて厚板で覆われている。右手には、廃線となった線路が遠くへ延び、一直線に森の奥へ入って行く。自然はまだ線路を食いつくしてはいないが、しかしそれもたんに時間の問題。

板張りのプラットホームは、明らかに歩くには安全ではない。一番外側の厚板には、ペンキで書かれた標示がまだ読み取れる。線路上歩行禁止。線路の上を歩くのは危険ではない、とアランは思った。まともな人間ならわざわざこのプラットホームの上を歩くだろうか。

この疑問に、すぐさま返答があった。というのもちょうどそのとき、駅舎のみすぼらしいドアが開いて、制帽とごついブーツの70歳代の男が外へ出てきたのだ。板張りが抜け落ちないのを信頼しきっているふうで、目の前の老人にだけ集中している。最初は険悪な態度だったが、やがて心変わりしたらしい。侵入者の老齢ぶりを見定めたからだろう。

アランは盗品ほやほやのスーツケースに座り込んだ。なにを言ったものかわからないし、とにかくなにを言う気力もない。それでも男から目をそむけず、相手の出方にまかせた。

「あんた誰だい、俺の駅でなにしてる?」と、制帽の男は問いかけた。

アランは返事をしない。相手が味方なのか敵なのか決めかねる。しかしあたりにこの男しかいない以上、言い争いにならないようにするのが最善だと考えた。宵《よい》の冷気が広がる前に自分を中へ入れてくれそうな男なのだ。ありのままを話すことにした。

名前はアランだと、男に告げる。自分はまさしく100歳ちょうどで、年のわりにはすばしこい。事実、すばしこいので老人ホームから逃げ出してきた。さっと隙に乗じて若い男のスーツケースを失敬することもやってのけた。本人は今ごろさぞかし地団駄《じだんだ》踏んでいることだろう。当座のところ膝がガクガクするので、ひと休みしたい。

それからアランは黙りこくって、法廷の判決を待った。

「そうかい」と、帽子の男は言い、それからにやりと笑う。「泥棒め!」

そしてプラットホームからひらりと飛び下りて、100歳の人物をもっとよく見ようと近づいた。

「ほんとに100歳かい?」と、男が言う。「そういうことなら、腹がすいてるだろ」

アランはこの理屈を解しかねたが、なるほど腹はすいている。だからメニューになにがあるか、少しは酒を出してくれるのかと尋ねた。

制帽の男は片手を差し出し、自分はユーリウス・ヨンソンだと名乗り、老人を引っぱって立ち上がらせた。それからアランのスーツケースは自分が持ってやろうと言い、ロースト鹿《エルク》でよければ用意がある、もちろんそれに合う酒もあるから、膝も体もしゃんとすると言った。

ユーリウス・ヨンソンは何年も話し相手がいなかったので、スーツケースを引っぱってきた老人を喜んで迎えた。まずは片方の膝のために一杯、それからもう片方の膝のために一杯、それから背筋と首筋のために一杯、それから食欲をそそる数杯、ぐいぐいやるうちに互いにご機嫌になる。アランはユーリウスになにをして生計を立てているのか尋ね、その一部始終を聞かされた。

ユーリウスはスウェーデンの北部で生まれた。アンデシュとエルヴィーナ・ヨンソンのひとり息子。ユーリウスは一家の農場で働いていたが、毎日、父親に殴られた。父親に言わせると、ユーリウスはまったくの役立たず。ユーリウスが25歳のとき、母親がガンで死んだ。ユーリウスは嘆き悲しみ、するとそれからほどなくして父親が若牝牛《めうし》を助けようとして沼に呑み込まれた。ユーリウスはまたしても嘆き悲しんだ。その若牝牛が大好きだったからだ。

青年ユーリウスは農場生活の才能がなかったし（この点において父親は本質的に正しかった）、その気もなかった。だから老後なにかに使えるかと考えた数エーカーの森を除いて、一切を売り払った。そしてストックホルムへ出て、2年とたたないうちに金を残らず使い果たす。それから森へ戻った。

一念発起して、ユーリウスはフーディクスヴァル地区電力会社に5000本の電柱を供給する競《せ》りに参加した。そして雇用税だの付加価値税だのといった細かなことにこだわりがなかったので、ユーリウスはこれを落札し、十数人のハンガリー難民を使って期限どおりに電柱を配送までやってのけ、想像したこともない大金を支払われた。

そこまでは、万事順調。問題は、ユーリウスがちょいとごまかしをしなければならないことだった。森の木々はまだ育ちきっていなかった。だから電柱は注文より1メートル短かった。この地域のほとんどすべての農家が収穫機《コンバイン》を買ったばかりという事実がなければ、おそらくそれは気づかれなかったろう。

フーディクスヴァル地区電力会社は電柱をにょきにょき突っ立て、電線がこの地域の畑や牧草地に張りめぐらされた。そして収穫期になると、ある朝、26の所有地で22台の新規購入コンバインによって電線が引き下ろされた。一帯が数週間停電し、収穫が失われ、搾乳《さくにゅう》機が動かなくなった。農家の怒りは、最初はフーディクスヴァル地区電力会社に向けられたものの、じきに若きユーリウスに向けられた。

「〝幸せのフーディクスヴァル!〟という町のスローガンを口にする連中は激減だよ、まったく。俺はスンズスヴァルのタウンホテルに7ヶ月身を隠して、無一文になっちまった。もう一杯ぐいっとやろうかい?」

アランもその気になる。ビールといっしょに鹿《エルク》を平らげると、アランはもう大満足、今や死ぬのが怖くなってきた。

ユーリウスは話をつづける。スンズスヴァルのど真ん中でトラクターに轢《ひ》き殺されそうになってから(運転していた農夫の目には殺意があった)、地元の連中は自分の小さな手違いを100年先まで忘れまいと悟った。それで遠く南へ逃げ、結局はマリエフレードに落ち着く。そこでしばらくこそ泥まがいの生活をして、町の暮らしに飽きてきたころ、たまたまある夜グリプスホルム・インの金庫に見つけた2万5000クローナで、ビーリンゲの昔の駅舎を買い取った。

この駅舎が今の生活の拠点で、国からの施し、近くの森での密猟、自家製蒸留装置でこさえるアルコール飲料の小規模生産と販売、近くの民家からくすねてくる品々の転売などで暮らしている。このあたりではあまり評判がよくない、と、ユーリウスはつづけ、もぐもぐほおばりながら、アランはさもありなんと答えた。

ユーリウスが〝デザート〟に仕上げの一杯はどうかと言ったとき、アランはそういうデザートは断り切れないんでねと応じて、しかしなによりまず、屋内にトイレがあるなら使わせてほしいと言った。ユーリウスは立ち上がり、暗くなりかけてきたので天井の明かりを点けてから、階段を指さし、右手にある水洗トイレが使えると言った。そしてちょっぴりもう2杯注いでアランの戻るのを待つと言った。

ユーリウスの言ったところがトイレになっている。アランは放尿の姿勢になったが、いつものごとく最後の数滴がうまく便器に届かない。数滴がちょろりちょろり、おしっこ履きに落っこちる。

この進行の半ば、階段で物音がするのが聞こえた。最初は、ユーリウスが持ち逃げしたばかりのスーツケースとともに上がってくるのだと思った。音がだんだん大きくなる。誰か階段をのぼってくる。

アランは、トイレのドアの外に聞こえるのが、あの若者の足音かもしれないと気づいた。やせぎすの若い男、べたついたブロンドの長髪、無精ヒゲ、背中に〈一獄一会〉の文字があるデニムのジャケット。もしあの男なら、おそらく愉快な出会いとはなりそうにない。

ストレングネースから戻ったバスは、マルムショーピング駅に3分早く到着した。バスには乗客がいなくて、運転士はバスの最後の停車地点を通過してから、ほんのちょいと加速していた。フレンへ行く前に一服する時間を見込んでいたのだ。

ところが運転士が煙草に火をつけるより早く、やせぎすの若い男が、べたついたブロンドの長髪、無精ヒゲ、背中に〈一獄一会〉の文字のあるデニムのジャケットの男が現れた。もちろん運転士には見えなかったものの、ジャケットの背中の文字はちゃんとある。

「フレンへ行くのかい?」と、運転士はためらいがちに尋ねた。この若者になにかよからぬものを感じ取ったからだ。

「俺はフレンへ行かないぜ。おまえもな」と、若者が答えた。

バスが戻ってくるのをのんべんだらりと4時間も待つのは、若者のありったけの忍耐にとってささか限度を超していた。おまけに、その時間の半分が過ぎてから気がついた。もしすぐさま車を1台かっぱらっていたなら、ストレングネースよりずっと前でバスに追いつくことができたではないか。

かてて加えて、パトカーがこの小さな町を巡回し始めていた。今にも警察が駅へひょっこり入ってきて、券売窓口の小男を問いつめるだろう。そんなおびえた顔をしているのはなぜか、事務所のドアが蝶番《ちょうつがい》ひとつでぶらぶらしているのはなぜか、と。

若者には警官がなにをしているのか見当もつかなかった。〈一獄一会〉の親分がマルムショーピングを取引現場に選んだのには、3つの理由がある。まず、ストックホルムに近い。第二に、比較的好都合な交通の選択肢がある。そして第三に、それが最も重要なのだが、法の長い腕がここまで及ぶほど長くない。マルムショーピングに警官は1人もいないのだ。

というか、もっと正確にいうなら、警官がいるべきところではないのだ。なのにうじゃうじゃいる。若者はすでに巡回パトカー2台と計4人の警察官を目にした。若者の目からすれば大人数。最初は、警察が自分を追っているのかと思った。

しかしそれならばあの小男はギャーッと叫んだろう。だから俺を追っている可能性はない。バスの到着を待つ間、若者は小男から目を離さず、事務室の電話を叩き壊し、事務所のドアをなんとか修繕した。

ようやくバスが到着し、乗客が1人もいないのを見て取るや、若者は運転士ごとバスをハイジャックしようと決断した。ものの20秒でバス運転士を説き伏せ、バスはぐるりとターンしてふたたび北へ向かう。手掛りに近づいたぞ、と、若者は考えながら、高齢の逃亡者がまさにこの日座っていた座席におさまっていた。

バス運転士は恐怖にぶるぶる震えたが、気を静める1本の煙草で最悪の事態を持ちこたえる。もちろん乗務中の喫煙は厳禁だが、この今、運転士が従うべき唯一の法令は斜め後ろに腰を据えている乗客、やせぎすの若い男、べたついたブロンドの長髪、無精ヒゲ、背中に〈一獄一会〉の文字のあるデニムのジャケットの男なのだ。

途中で、若者は年老いたスーツケース泥棒がどこへ行ったか質《ただ》した。老人はビーリンゲ駅で降りた、たぶん行き当たりばったりだろう、なんだか落ち着かない様子だったし、50クローナ札1枚を差し出して、その金額でどこまで行けるかと尋ねたから、と、運転士はふり向きつつ答えた。

運転士は、乗り降りする人間はめったにいないということ以外、ビーリンゲ駅についてあまり知らない。森中のどこかに閉鎖になった駅舎があるらしい。ビーリンゲ村が近くにある。老人はそこからたいして遠くへは行けまい、と、運転士は推測した。なにしろ高齢だし、キャスター付きとはいえスーツケースは重い。

若者はすぐさま落ち着いた。ストックホルムの親分に電話しなくてよかった。自分よりはるかに凄《すご》みを利かせられる人間は、親分をおいてそうやたらいない。行方不明のスーツケースのことで親分がなにを言うかと思うと、ぞっとする。まず自分で解決して、それから報告したほうがいい。あの老いぼれがはるばるストレングネースへ、はたまたその先まで行っていないとすれば、スーツケースは危惧したよりも早く手元に戻るはず。

「さ、ビーリンゲ駅のバス停です……」

運転士はゆっくりと道の片側にバスを止め、もはやこれまでと観念した。

しかしこれが命の終わりではなかった。もっとも携帯電話はそれほど運がよくなかった。携帯は若者のブーツの下で即死。そして運転士の身内に向けた殺しの脅し文句が若者の口からつぎつぎよどみなく吐き出された。運転士が警察に通報するのを思いとどまり、路線を引き返してそのままフレンへ向かうように仕向けたのだ。

それから若者はバスを降り、運転士とバスを解放した。哀れなる運転士はすっかりおびえきっているから路線を引き返すゆとりもない。そのままストレングネースまでバスを走らせ、トレードゴード通りの真ん中にバスを止め、デリアホテルに入り、ウイスキーを立てつづけに4杯流しこんだ。それからいきなり泣き出したので、バーテンはぎくりとする。さらにウイスキーを2杯やってから、バーテンは携帯電話を取り出して、誰かに電話したいならかけるといいと言った。バス運転士はまたまた泣き出し、そしてガールフレンドに電話した。

若者は道の砂利に残る足跡、スーツケースのキャスターの跡を見つけられると考えた。すぐにも見つけられるだろう。暗くなり始めているから、こいつはありがたい。とはいえ若者は、もうちょいと計画を練っておくのだったとも思った。気がつくと、自分はぐんぐん暗くなる森にいる。もうじき真っ暗闇になるだろう。そうなったらどうする？

こんな不安な思いが突然パッと消え失せた。ところどころ板張りになっている古びた黄色い建物が丘のふもと近くに見えたのだ。上の階で明かりが点いたとき、若者は低く言った。

「もう逃がさないぜ、老いぼれ爺」

アランは急いで排尿を中止した。それからそろりそろりとトイレのドアを開き、キッチンで何事が起きているのかと耳をそば立てる。じきに最悪の懸念が現実のものとなりそうだ。聞きおぼえのある若者の声がユーリウス・ヨンソンにがなり立て、「もうひとりの老いぼれ爺」はどこにいると迫る。

アランはキッチンのドアへ忍び寄った。寝室履きを履いているから音はしない。若者は、マルムショーピングの駅で小男を痛めつけたのと同じように、ユーリウスの両耳をひっつかんだ。哀れなるユーリウスをゆさぶりながら、尋問をつづける。アランは若者がスーツケースを見つければ満足するだろうと思った。スーツケースは部屋の真ん中に置かれたままだ。ユーリウスは顔をひきつらせながらも、返答するそぶりも見せない。アランはこの材木屋がなかなかタフな男だと感心し、適当な武器はないかとあたりを見まわした。がらくたの中にいくつか使えそうなものがある。バール、板、スプレー式殺虫剤、箱入り殺鼠剤《さっそ》。最初、アランは殺鼠剤にしようと思ったが、若者にスプーン１、２杯飲ませる手だてが思いつかない。バールはどうかといえば、１００歳が持ち上げるには重すぎるし、スプレー式殺虫剤も……。うん、これは板しかない。

そこでアランは己の武器をしっかりつかむと、歳のわりにはものすごい勢いで4歩前進し、目指す相手のすぐ背後に近づいた。

若者はアランの気配を感じたにちがいない。というのもアランが狙《ねら》い定めるのと同時に、若者はユーリウス・ヨンソンの耳をつかんでいた手をゆるめるや、くるっとふり向いたのだ。とたんにガツンと板の一撃を眉間の真ん中にしたたか食らい、そのまま一瞬、前方をにらみつけてから、後ろへ倒れるやキッチンテーブルの角に頭をぶつけた。

出血もなく、うめき声もなく、なにもなし。ただ横になり、目をつぶっていた。

「お見事」と、ユーリウスが言った。

「なんのなんの」と、アランは言った。「で、約束のデザートはどこだね？」

アランとユーリウスはキッチンテーブルに座り、長髪の若者は足もとで眠っている。ユーリウスがブランデーを注ぎ、アランにグラスを渡し、自分のグラスで乾杯した。アランもグラスを掲げる。

「するど」と、両方が飲み干してから、ユーリウスが言う。「これがスーツケースの持ち主というわけかい？」

アランはそろそろひとつふたつ、もっと詳しく説明する頃合だと悟った。説明することがそう多くあるわけではない。この日の出来事のほとんどが、アラン自身にも理解しがたいのだ。しかし逐《ちく》一《いち》語った。老人ホームからの脱走、マルムショーピングの駅で無意識のうちにスーツケースをかっさらったこと、今、意識不明で床に伸びている若者が、すぐにも捕まえにくるのではないかという恐れが頭の隅にあったこと。そしてユーリウスの耳が赤くなってずきずきしているのは自分のせいだと、心から詫びた。しかしユーリウスは、ユーリウス・ヨンソンの人生でようやく活劇の一幕があったのを、べつにアランが詫びる必要はないと言った。

ユーリウスはもとの調子に戻った。そろそろスーツケースの中味をいっしょに拝むことにしようと促す。鍵が掛かっているとアランが指さすと、ユーリウスは一笑に付した。

「ユーリウス・ヨンソンに開かなかった鍵はあったかね？」と、ユーリウス・ヨンソンは言った。

しかし何事にも頃合が肝心、と、つづける。まず、床にころがっている難題があった。万一、若者が目をさまし、気絶したときに中途半端にしたことを実行してはまずい。

アランは駅舎の外の立木に縛りつけてはどうかと言ったが、ユーリウスは若者が目をさまして叫び出したら村中に聞こえてしまうからと反対した。住民はほんの数家族だけれど、皆が皆、なんらかの理由でユーリウスにいささか悪意を抱いているから、そんなことになったらたぶん若者の味方になる。

ユーリウスはもっといいことを思いついた。キッチンの外に断熱冷蔵室があり、密猟して屠殺した鹿を保存している。このところ中に鹿がないから、冷却ファンは切ってある。冷蔵室はべらぼうに電気を消費するので、不必要な使い方はしないのだ。むろんユーリウスは、電線に細工をしていた。知らずして電気代を払っているのは森小屋農場のゴスタ、しかしこの特典を長いこと利用するには盗電をそこそこにしておくのが肝要なのだ。

スイッチの切れた冷蔵室をアランが点検すると、立派な小部屋になっていて、不必要な設備は一切ない。幅2メートル奥行3メートルあるから若者を収納するにはたぶん広すぎるが、温度を不必要に下げることもない。

ふたりして冷蔵室の中へ引きずりこんだ。逆さまに置いた木箱に乗っけて、上体を一角の壁にもたせ掛けるとき、若者はうめき声をもらした。今にも目をさましそうだ。急いでドアに鍵を掛けたほうがいい！

言ったからには、即、実行。そう言って、ユーリウスがスーツケースをキッチンテーブルの上に置き、鍵を見つめ、夕食のロースト鹿《エルク》とポテトに使ったばかりのフォークをきれいになめて、数秒でパチンと鍵を外す。それからアランに蓋を開けるようにと合図した。そもそもアランの分捕り品なのだ。

「わたしのものはすべてあんたのものでもある」と、アランは言った。「半分半分にしようじゃないか。ただしわたしの寸法の靴があったら、早い者勝ちだね」

そう言って、アランは蓋を開けた。

「なんてこった」と、アラン。

「なんてこった」と、ユーリウス。

「こっから出せ！」と、冷蔵室から叫ぶ声が聞こえた。

4 1905～1929年

0～24歳

アラン・エマヌエル・カールソンは、1905年5月2日に生まれた。前日、母親はフレンでメーデー行進に参加し、婦人参政権、1日8時間労働といった理想の要求を掲げるデモに参加した。デモ行進は、少なくともひとつ好結果を生んだ。陣痛が始まり、ちょうど真夜中過ぎ、最初の、ただひとりの息子が生まれる。出産に立ち会ったのは近隣のある主婦だった。とくに助産婦の心得があるというのではないが、9歳のとき、ナポレオン・ボナパルトの（いわば）友人でもあったカール14世ヨハンに謁見したというので、このコミュニティでは信望があった。ちなみにその主婦の取り上げた子供はちゃんと立派に成人し、しかも人の倍もの成人になった。

アラン・カールソンの父親は、思いやりと怒りの両方をそなえた性格だった。家族に対して思いやりがあり、社会全体に対して、かつまた社会を代表するとみなしうる人間すべてに対して、怒りを抱いていた。上品な人々にはよく思われていなかったが、それはフレンの広場に立ち、避妊具の使用を唱道したときに始まる。この罪で10クローナの罰金を科せられて、この問題を心配する必要から解放される。というのもアランの母が、純然たる羞恥心から夜の営みを拒む決心をしたからだ。アランは当時6歳で、父のベッドが急に薪《まき》小屋へ移された理由をもっと詳しく母に質《ただ》す年齢になっていた。すると横っ面を張られたくなければ、なんでもかんでも聞くんじゃないと叱りつけられた。アランは、いつの時代でも子供は皆そうだが、横っ面を張られたくないので、その話題をそれきり持ち出さなかった。

その日以来、アランの父はだんだん自宅に居つかなくなる。日中はともかくも鉄道の仕事に精を出し、夕方からはかなりあちこちの集会で社会主義を議論し、そして夜はどこで過ごすのか、アランにはわからなかった。

それでも父は生真面目に家計の責任を果たした。稼ぎの大部分を毎週、妻に手渡していて、ところがある日、乗客に暴力をふるって解雇される。その男が、王宮に国王を訪ねて祖国防衛の意志をしかと伝えるべく、数千人の同憂の士とともにこれからストックホルムに行くのだと言い放ったからである。

「まずはこれを防衛するがいい」と、アランの父は言うなりその男に右パンチをくらわせ、男は地べたに崩れた。

即刻解雇となったので、父はもはや家族を養えなくなる。暴力をふるう男で避妊の唱道者という悪評が立っては、別の働き口を探すのは時間の無駄だった。あとはただ革命を待つのみ、というかせいぜい革命の到来を早めることしかない。当時は一事が万事、歩みがめっぽうのろかった。

アランの父は、結果を目で確かめたがる男だった。スウェーデンの社会主義は国際的なモデルを必要としている。それが一切の火種となり、卸売商人グスタフソンら資本主義者どもに業火の責苦を味わわせるだろう。

だからアランの父は職を放り投げ、ロシア皇帝を退陣させるべくロシアへ旅立つ。アランの母はもちろん夫の給料が入らなくなったけれども、夫が地元のみならず国から去ってくれたので胸をなでおろしもした。一家の稼ぎ手が移住してからは、家計をなんとかやりくりするのはアランの母と10歳になったばかりのアランにかかってきた。母は一家の所有するモミの木のうち充分成長した14本の伐採を手配して、それから自分の手で切っては割って薪として売り、アランはニトログリセリン会社の製造部の使い走りをして、惨めなくらいの賃金を得た。

サンクトペテルブルク（じきにペトログラードと改名）から定期的に届く手紙で、アランの母は社会主義の恩恵に対するアランの父の信仰が揺らぎ始めているのに気づき、次第に驚きを募らせていた。

手紙の中で、アランの父はペトログラードの政治体制を支持する友人や知人のことにしばしば言及した。もっとも頻繁に登場するのは、カールという名の男だった。とくにロシア人らしい名前ではない、と、アランは思った。そしてアランの父がこの男を伯父《ファルブロル》カール、あるいはたんに伯父と記すようになると、もはやロシア人ではなくなった。

アランの父によれば、伯父の主張《テーゼ》は、一般大衆が自分たちにとってなにが最善かを知らない、自分たちには手をつなぐべき人物が必要だということを知らない、というものだった。だから件《くだん》の独裁者がよい仕事をすることを教育と責任ある社会階層が保証するかぎり、独裁は民主主義に優る。ボリシェヴィキの10人のうち7人は文字が読めない、と、伯父は鼻でせせら笑っていた。文盲の束に権力を譲り渡すことなどできようか。

しかしアランの父はその点だけはボリシェヴィキを擁護した。こう書いてきた手紙もある。「ロシア語の文字がどんなものかは想像がつくまい。人民が文盲なのも不思議ではない」

もっと悪いのは、ボリシェヴィキのふるまいだった。不潔だし、家へ帰れば下層民みたいにウオツカを呷《あお》る。中央スウェーデンを交差する線路を敷く工夫《こうふ》たちがそれだ。アランの父は、工夫たちのアルコール消費量を考慮すると、よくもまあ線路がまっすぐに敷かれるものだと、それをつねづね不思議に思い、かつまたスウェーデンの鉄道が左右にカーブするたびに、後ろめたい疼《うず》きを感じた。

それはともかく、ボリシェヴィキは少なくともスウェーデン人と同じくらいぶざまだという。伯父の持論によれば、社会主義は最後にはすべての決定を為す1人しかいなくなるまで皆で殺し合う。だから最初からロシア皇帝を信頼するほうがいい。皇帝は善良な教養人で、世界に対するビジョンを持っている。

ある意味で、伯父は己の言うことをわかっていた。一度ならずロシア皇帝に謁見している。伯父の主張によれば、ニコライ2世は純然たる善意の人物だ。ロシア皇帝には多くの不運が重なったが、それも長続きはしまい。相次ぐ不作とボリシェヴィキ革命がなにもかもむちゃくちゃにした。そこへドイツ軍が、ロシア皇帝は軍隊を動員しているとがなりだした。しかし皇帝は平和維持のためにそうしたのだ。結局、オーストリア大公夫妻をサラエボで殺害したのは、ロシア皇帝ではなかったではないか。

明らかにそういうふうに伯父は（それが誰であるにしろ）すべてを見ていた。そしてなにかアランの父にも、同じような見方をさせたのである。かつまたアランの父はさんざん不運な目にあっていたから、ロシア皇帝に親近感を抱いてもいた。

遅かれ早かれそういう不運は、ロシア皇帝たちのみならずフレン周辺のふつうの正直な人民にとっても、変わらねばならない。

父はロシアからいっぺんたりとも金を送ってこなかった。しかしあるとき、2年ほどたってから、琺瑯《ほうろう》の復活祭卵《イースター・エッグ》が1個入った包みが届く。父によればロシア人の同志からカードの勝負でせしめたもので、この相手はアランの父と酒を飲み、議論を交わし、カードの勝負をする以外は、もっぱらそういうたぐいの卵を作る男である。

父から復活祭卵を送られた「愛する妻」は腹を立て、あののらくら者ったら、せめて腹の足しになる本物の卵を送ってきたらどうなのよ、と言った。それから贈りものを窓から放り出そうとして、ふっと思い立つ。ひょっとして卸売商人グスタフソンなら興味をもつかもしれない。つねづね特別になろうとしている男だし、アランの母はこの卵がまさしく特別だと思ったのだ。

卸売商人グスタフソンが2日間考えたすえに伯父の卵に18クローナの値を付けたとき、アランの母はとてつもなく驚いた。むろん現金ではなく、借金を棒引きにしたのだが、それにしても驚きだった。

その後、母親は卵がもっと送られてくるのを期待したが、次の手紙で、ロシア皇帝の将軍たちが、退位せざるをえなかった専制君主を見捨てたということを知る。その手紙で、アランの父は卵作りの友を罵《ののし》っていた。国外に逃亡したのだ。アランの父自身はそのままとどまり、支配者となった成上り者の道化と戦うつもりだと記していた。道化とはレーニンという男だった。

アランの父にとって、すべてが個人的次元の問題となっていた。スウェーデン苺を育てるために12平方メートルの土地を買ったまさにその日、レーニンが土地の私有をすべて禁じたからだった。「せいぜい4ルーブルの土地なのに、私の苺畑の国有化を撤回する気はない」と、アランの父は最後の手紙に記し、こう結んでいる。

「いざ戦争だ!」

たしかに、いざ戦争となった。それも、休みなく。ほとんど世界のいたるところで、数年続いた。少年アランがニトログリセリン社で使い走りの仕事を始めた1年ほど前に勃発したのだった。箱にダイナマイトを詰めながら、アランは労働者たちがもろもろの出来事について論ずるのを聞いた。ずいぶんいろんなことを知っているんだと感心もしたが、大人たちが多大な戦禍を引き起こすことがとりわけ不思議だった。オーストリアがセルビアに宣戦布告をした。ドイツがロシアに宣戦布告をした。それからドイツがルクセンブルクを占領し、翌日にはフランスに宣戦布告をして、ベルギーに侵攻した。次いでイギリスがドイツに宣戦布告し、オーストリアがロシアに宣戦布告をし、セルビアがドイツに宣戦布告した。

それがなおもつづく。日本が参戦し、アメリカが参戦した。ロシア皇帝が退位して数ヶ月のうちに、イギリスがどういう理由かバグダッドを占領し、それからエルサレムを占領した。ギリシア軍とブルガリア軍が交戦を開始し、アラブ人がオスマントルコに叛乱を続ける……。

「いざ戦争だ！」は正しかった。その後まもなく、レーニンの側近のひとりがロシア皇帝と一家全員を処刑する。アランは、ロシア皇帝たちの不運が途切れることなくつづいたのだと思った。

数ヶ月後、ペトログラードのスウェーデン領事館がイクスフルトに電報を送り、アランの父が死去したことを伝えた。詳しい経緯に立ち入るのは領事館の役人の仕事ではなかったにもかかわらず、この役人はそれをした。

アランの父は小さな土地を板塀で囲み、その区域を独立共和国と宣言したらしい。その小国家を真正ロシアと名づけたが、政府の兵士が2名やってきて板塀を取り壊しにかかった。アランの父は自国の国境を守るべく拳を振り上げ、2名の兵士は説得のしようがなかった。結局、兵士は眉間に銃弾を撃ちこむよりよい解決法を思いつかず、そうして任務を平和裡に遂行した。

「もっとまともな死に方ができなかったの？」と、アランの母は領事館から届いた電報に言った。

母は夫が家へ戻ってくるのを以前は期待してなかったが、このところそういう希望を抱き始めていた。というのは胸を病んでいて、以前のようにせっせと薪割りをするのがつらくなっていたからだ。アランの母はしわがれ声であえぎ、それが精一杯の哀悼だった。母は悟りきったようにアランに言った。世の中こういうもの、これから先もなるようになる。それから息子の髪を優しくなでて、薪割り作業に戻って行った。

アランは母の言う意味がわからなかった。しかし父が死に、母が呟き込み、戦争が終わったのはわかった。まだ13歳だったが、ニトログリセリン、硝酸セルロース、硝酸アンモニウム、硝酸ナトリウム、木粉、ジニトロトルエンなどの成分を混合して爆発物を作ることに関してだけは、決して誰にも負けない。それがいつか役に立つはずだとアランは思いながら、薪を割る母を手伝いに外へ出た。

2年後、アランの母の呟き込みが終わった。そして父がすでに居を構えている天国らしきところへ去る。すると小さな家の戸口に、ひとりのいきり立った卸売商人が現れ、アランの母は、死ぬ前に誰にも言わなかったろうが、9クローナの借金を払ってくれるはずだったという。しかしアランはグスタフソンにびた一文渡す気はなかった。

「自分で母さんに言えばいいだろ、卸売屋さん。スコップ貸せってのか?」

卸売商人というのはたいていそうだが、この男も15歳のアランに比べると体つきがやわだった。少年のほうは大人になりかけている。もし父親の半分もクレージーなら、なにをしでかすかわからないと卸売商人グスタフソンは見てとり、もう少し長生きして金勘定に専念したいから、借金のことは二度と口にしなかった。

アラン少年は、母がどうやって何百クローナもの金をためこんだのか理解できなかった。しかしとにかく金はあり、母親を弔ってカールソン・ダイナマイト会社を始めるには足りる額だった。母が死んだのは少年がほんの15歳のときだったけれど、アランは必要なすべてをニトログリセリン社で学んだ。家の裏の砂利置場で存分に実験を繰り返す。3キロ離れた一番近い農家で、牝牛が流産したこともあった。しかしその一件はアランの耳に入ってこなかった。卸売商人グスタフソン同様、近隣ではカールソンと同じくらいクレージーな少年をいささか怖がっていたからだ。

使い走りをしていた少年のころから、アランは時事問題に関心をもった。少なくとも週に1度は、自転車に乗ってフレンの公立図書館へ行き、最新のニュースを仕入れた。そこでよく出会う若者たちは、議論に熱中し、ひとつの共通点があった。アランをなんらかの政治運動に誘い入れようとするのだ。しかし世界の出来事に対するアランの大きな関心には、世界を変えようとする関心はふくまれていなかった。

政治的な意味で、アランの幼少期はとまどい一色だった。一方では、労働者階級の生まれである。10歳で学校教育を終えて工場働きを始める少年の幼少期は、そんなふうにしか言いようがない。一方で、少年は父の思い出を大事にした。父はその短かすぎる生涯で、いくつもの残像を残した。最初は左翼だったが、その後ニコライ皇帝2世を称賛し、そしてウラジーミル・イリイチ・レーニンとの土地争いを通じて角が取れて丸くなったのだ。

母は、咳込みの合間合間に、国王からボリシェヴィキまで、ついでに社会民主主義者の指導者のみならず卸売商人グスタフソンまで、かつまたアランの父まで、誰もかれもに悪態をついた。

アラン自身は間違いなく利口だった。なるほど学校には3年しか行っていないが、読み書き計算を覚えるにはそれで充分だった。同じニトログリセリン社で働く政治意識のある同僚たちのおかげで、世の中のことにも好奇心をもった。

しかし若きアランの人生哲学を決定的に形作ったのは、父の死の報せを受け取ったときの母の言葉である。そのメッセージが魂にしみこむには多少時間がかかったが、いったんしみこむや、それが永久に居座る。

世の中こういうもの、これから先もなるようになる。

それは、なによりもまず、あたふたしないということを意味した。とりわけもっともな理由があるとき、たとえば、父の死の報せを聞いたとき。家族のしきたりに従って、アランは薪割りで反応した。もっともいつもよりずっと長く、ひと言も口をきかずに。あるいは母が父と同じく世を去り、その結果、霊柩車に運び出されたとき。アランはキッチンに残り、その光景を窓から追った。それから自分にしか聞こえない声で言った。

「じゃあな、さいなら、母さん」

こういうふうに人生のこの章は幕を閉じた。

アランはダイナマイト会社で懸命に働き、１９２０年代の初めの数年間で、国内にかなり広範な顧客の輪を築く。土曜日の晩、同世代がダンスパーティに出かけている間、アランは家にこもり、ダイナマイトの性能を改善する新しい製法を練り上げた。そして日曜日には、砂利置場へ行って新しい爆薬のテストをした。11時から1時まではやらない。もっともそれは、アランが教会にこないのをあまり咎《とが》めないという交換条件を地元の牧師が受け入れたからだ。

アランは独りでいるのが好きだった。独り立ちの生活だったから、それがよかった。労働運動の戦列に加わらなかったので、社会主義者たちには蔑《さげす》まれた。その一方、低層の労働者階級ゆえに（父とは関係なく）、ブルジョアの集まりには入れてもらえない。そんなブルジョアのひとりが、グスタフソン、あのカールソンの若僧と付き合うくらいなら死んだほうがましという男だった。グスタフソンがアランの母から二束三文で買った琺瑯の卵をストックホルムの外交官にいくらで売りつけたか、それを少年が知ったらどういうことになったろう。その手の商いで、グスタフソンはこの土地3番目の誇らしき自動車所有者となっていた。

そのころは幸運だった。ところが1925年8月のある日曜日、教会の礼拝後、グスタフソンの運が尽きる。高価な車を見せびらかすのが主たる目的で、ドライブに出たときのことだ。不運にも、たまたまアラン・カールソンの家の前を通る道に出たのである。曲がり角で、グスタフソンは苛立っていた（たぶん神か運命がこの出来事に手を貸したのだろう）。するとギアが動かなくなり、そんな成りゆきで、グスタフソンと自動車は道のゆるいカーブを右に曲がるのではなく、家の裏手の砂利置場にまっすぐ突き進んだ。グスタフソンがアランの土地に足を踏み入れて、その言い訳をしなければならなくなったら、はなはだ具合が悪い。しかし事はそれよりはるかに悪い結末へ向かっていた。というのは、グスタフソンがコントロールの利かない車をなんとか停止したのと同時に、アランがその日曜日の最初の爆発試験を始めたのだ。

アラン自身は、屋外便所の陰で身をこごめていたので、なにも見えなかったし聞こえなかった。砂利置場に戻って初めて、まずいことになったのがわかった。グスタフソンの自動車の破片が砂利置場の半分以上に散らばり、あちこちにグスタフソン本人がバラバラになって寝ころがっている。

グスタフソンの頭はふんわりと草むらの一角に落下していた。その顔がぽかんと破壊の跡を見つめている。

「俺の砂利置場に何の用があったんだ？」と、アランは言った。
グスタフソンの返答はない。

それからの4年間、アランは本を読み、社会の動きについての知識を増進する時間にたっぷり恵まれる。爆発事故のあと、精神病院に収容されたからだ。ただしなにゆえかは、明確ではなかった。やがて父親の話題が持ち出される。ベルンハルト・ルンドボリ教授の若い熱心な弟子、ウプサラ大学で民族生物学を専攻し、アランの症例をもとにキャリアを築こうという野心の持ち主が、担当医になったときだった。アランはルンドボリ教授の手に引き渡され、「優生学的かつ社会的理由」によってすぐさま去勢手術を施された。アランはおそらく少々知恵遅れであって、かつまた父親の遺伝子が入りすぎているという理由だった。国がカールソン遺伝子のこれ以上の生殖を容認できないというわけだ。

去勢手術をアランはどうとも思わなかった。それどころか、ルンドボリ教授のクリニックで好待遇を受けていると感じていた。ときどきは、ありとあらゆるたぐいの質問に答えなければならない。たとえば、なぜ人や物を粉々に吹っ飛ばさなくてはならないのか、黒人の血が流れているのかどうか。ダイナマイトの束を起爆させる快感についていうなら、物と人との違いはわかると、アランは返答した。岩を真ん中からかち割る、それなら気分はよかろう。しかし岩でなく人の場合、そういう状況でどうして逃げ出さなかったのか、それがわからない。ルンドボリ教授も同じ気持ちではないか。

しかしベルンハルト・ルンドボリは、患者相手に哲学的な議論に深入りするたぐいの男ではない。

そして黒人の血についての質問を繰り返す。アランはほんとうにわからないけれど、親はふたりとも自分と同じ白い肌だったと答え、教授が自分で答えを出してはどうかと言った。それからアランは、本物の黒人がここにいるならぜひとも会ってみたいと言いそえた。

ルンドボリ教授も助手たちもアランの質問には答えない。メモを取り、なにやらつぶやき、それからときには数日間、放っておかれる。そんな日々にアランはありとあらゆるものを読んだ。すべての日刊紙のみならず、診療所の膨大な蔵書も利用した。1日3度のまともな食事に加えて、屋内便所があり、自分の部屋があり、だからアランが施設に拘束されるのを快適に感じていたのもうなずける。

1度だけ、ちょっと不愉快なことがあった。アランがルンドボリ教授に黒人やユダヤ人であることのどこが危険なのか質したときだ。このときだけは、教授は無言で応ずるのではなく、カールソンをどなりつけた。そんなことはどうでもよい、他人のことに干渉するなというのである。アランは、ずっと昔、母親にびんたをくらわせると叱りつけられたのを思い出した。

何年かたつうちに、アランの面談回数は少なくなった。それから議会が「生物学的に劣る個体」の去勢手術を調査する委員会を設置し、その報告書がまとまると、ルンドボリ教授は急に仕事が増えて、アランのベッドはほかの人間に使われることになった。1929年春、アランはリハビリ終了、社会復帰可能と診断され、フレンまでの汽車賃を渡されて街へ送り出された。イクスフルトまでの最後の数キロは歩かねばならなかったが、アランには苦でない。4年も拘束されたあとだけに、足を伸ばす必要があった。

5 2005年5月2日 月曜日

地元紙が100歳の誕生日に忽然と消えた老人のニュースをすぐさま報じた。女性記者は地方発の本物のニュースに飢えていたから、誘拐の可能性も排除できないというふくみもにおわせた。取材したかぎり、その100歳の男性は頭はしっかりしているので、わけもわからず徘徊しているとは思われない。

100歳の誕生日に行方不明になるというのは特異な出来事だ。地元紙につづいて地元ラジオ局が報じ、それから全国ネットのラジオ、全国紙のウェブサイト、さらには午後と夕方のテレビニュースもこれを報じた。

フレンの警察は事件を県警犯罪特捜班の手にゆだね、県警の差し向けたパトカー2台には制服警官のほかに私服のアロンソン警視が乗り込んでいた。

ほどなく、いろいろな記者連中が集まってきて、地域の隅々に及ぶ捜索に協力を申し出た。マスコミがやってきたとなれば、県警本部長は自ら捜査の陣頭指揮に立つ。あわよくばその模様がテレビにも映るというわけだ。

最初、警察の活動はパトカーが付近一帯を行き来するだけだった。一方、アロンソンは老人ホームで事情聴取に当たった。しかし市長は家へ帰ってしまい、携帯電話のスイッチを切っていた。市長としては、恩知らずの高齢者の失踪に関わり合うのは得にならないと考えたのだ。

てんでばらばらな通報が入った。アランが自転車に乗ってるのを目撃したとか、薬局で順番を待つときの行儀が悪かったとか、ありとあらゆる通報。

しかしこれらは、似たり寄ったりの目撃情報と同じく、さまざまな理由で退けられた。たとえば、自転車に乗っていたのと同じ時刻に、老人ホームの自室でランチを取っていたはずはない。

県警本部長は周辺から100人ほどのボランティアの応援を得て捜索隊を編成したものの、さっぱり成果がないのでさっぱり腑に落ちない。今までは、100歳の人物が頭はしっかりしていたという目撃証言があるにせよ、頭のおかしくなった人間がいなくなったというありきたりの事例だろうとかなり確信していたからだ。

だからこの段階で捜査はどこにも行き着かなかった。進展があったのは、ようやく夜の7時半ころ、エスキルストゥーナから警察犬が連れられてきてからだった。犬はしばしアランの肘掛《ひじかけ》椅子を嗅いでから、窓の外のパンジーの茂みに足跡を見つけ、公園の方角に向かい、その向こう側へ出て、道を渡り、中世の教会跡地に入り、石塀を乗りこえ、バス停留所の待合室の前で止まった。

待合室のドアは鍵が掛かっていた。職員が警察に言うには、平日は夜の7時半、同僚がその日の勤務を終えたとき、駅の出入口に鍵を掛ける。しかし職員はこうも言った。警察が明日まで待てないのなら、その同僚の自宅を訪ねてはどうか。名前はロニー・フルト、たしか電話帳に載っているという。

県警本部長は、老人ホームの前で何台ものカメラを向けられて声明を発表した。警察としては一般人の協力をお願いしたい、捜索隊が夕方から夜を徹して捜索に当たる、100歳の人物は軽装で、たぶん混乱状態にある。警視ヨーラン・アロンソンはロニー・フルトの家の玄関ベルを鳴らした。明らかに犬は、老人が待合室へ入ったことを告げていた。券売窓口にいたフルトなる人物は、老人がマルムショーピングからバスに乗ったのかどうかを知っているはず。

ところがロニー・フルトはドアを開けない。ブラインドを下ろした寝室にこもって、飼猫を抱きしめていた。

「帰れ！」と、ロニー・フルトは玄関ドアに向かって声をひそめて言った。「帰れ！」

結局、警視のしたことはそこまでだった。本部長の見解にうなずけないこともない。件《くだん》の高齢者は地元のどこかをうろついているのだろう、バスに乗ったとすれば自分の面倒はみられるわけだ。ロニー・フルトはたぶんガールフレンドのところだ。明日の朝まず一番に、勤務先で話を聞こう。つまり、老人がそれまで姿を現さなければ。

午後9時2分、県警に電話が入った。

「あっしはベッティル・カールグレンっていいます……まあ、女房の代わりに電話してるんです。ええ、はい、とにかく、女房が、イェルダ・カールグレンが、三日ほどフレンにいるうちの娘夫婦の家へ行ってたんです。赤ん坊が生まれるもんで……。だからなんだかんだとすることがあって。だけど今日は帰ることになって、女房は、つまりイェルダ、イェルダは午後早くのバスに乗ったんです、で、そのバスがマルムショーピング経由、うちが住んでるのはここストレングネー……。ええ、なんでもないことかもしれないけど……女房はそう思ってないもんで……でもラジオで聞きました、100歳くらいの老人が行方不明になったって。もう見つかりましたか？　まだですって？とにかく女房が言うには、信じられないくらい年取った老人がマルムショーピングでバスに乗ってきて、長旅に出るみたいに大きなスーツケースもあった。女房は後ろの席にいて、老人は真ん前の席に座ったんで顔はよく見えなかったし、その老人と運転士がなにを話してたかは聞こえなかったんです。なんだって、イェルダ？

そう、イェルダが言うには、他人の会話を盗み聞きするようなまねはしないって……。その年寄りはストレングネースへ半分ほど来たところで降りました。イェルダはなんていうバス停かわからないそうです。森のど真ん中あたり……」

通話は録音され、タイプされ、マルムショーピングのホテルに宿泊する警視にファクスで送信された。

6 2005年5月2日 月曜日～5月3日 火曜日

スーツケースには500クローナ札の束がぎっしり詰まっている。ユーリウスは頭の中で暗算した。横10列、縦5段、それぞれ15束……。

「3750万だ、計算まちがいじゃなければ」と、ユーリウスが言った。

「それはなかなかの金額だ」と、アラン。

「こっから出せ、てめえら」と、若者が冷蔵室の中で叫ぶ。

若者は中で狂ったように暴れていた。叫び声を上げ、蹴っ飛ばし、さらにまた叫び声を上げる。アランとユーリウスは事の意外な成りゆきに考えをまとめようとするが、こううるさくてはままならない。結局、アランは若者の頭を少々冷やしてやろうと思いつき、冷却ファンのスイッチを入れた。

数秒とたたないうちに、若者は状況が悪化してきたのを悟る。落ち着いて明晰に考えようとしたが、もともとそういうのは不得手だし、急速に冷える冷蔵室に閉じこめられて頭がずきんずきん痛むとあればなおさらだ。

しばし思考してから、脅したり蹴飛ばしたりしてみても、この状況から脱出できそうにないと判断した。これはもう外からの助けを呼ぶしかない。これはもう親分に電話するしかない。思っただけでぞっとする。しかしそうしないとさらに悪いことになりそうだ。

若者は一、二瞬ためらうが、ぐんぐん寒くなる。ついに携帯電話を引っぱり出した。

圏外。


宵が夜になり、夜が朝になった。アランは目を開けたけれど、自分がどこにいるのかわからない。眠っているうちに、とうとうあの世逝きとなったのか？

上機嫌な男の声がおはようと言い、ふたつ報せがあるとアランに告げた。いい報せと悪い報せ。先にどっちを聞きたい？

なにより先に、アランは自分がどこにいて、なぜここにいるのか知りたかった。膝がずきずき痛むから、なにはともあれ生きているのはたしかだ。しかしあのとき……たしか盗んで……。この男、ユーリウスだっけ？

きれぎれの断片がまとまってきた。アランは目がさめた。ユーリウスの寝室の床に敷かれたマットレスに寝ている。ユーリウスがドアのところに立ち、もういっぺん同じことを問う。いい報せと悪い報せ、どっちを先に聞きたいか。

「いい報せだね」と、アランは言った。「悪い報せは言わなくて結構」

「わかった」とユーリウスは応じ、いい報せとは朝食をテーブルに用意したことだと告げる。コーヒー、コールドロースト鹿《エルク》のサンドイッチ、近隣からくすねた卵がある。

アランは粥《ポリッジ》抜きの朝食を生涯二度と味わえまいと思っていたから、それはもう嬉しいのなんの！　まったくもっていい報せ。キッチンテーブルに向かうと、今度は悪い報せのほうも聞きたくなった。

「悪い報せは」と、ユーリウスは少し声を落とす。「悪い報せは、ゆうべ俺たちそうとう酔っ払ってたから、冷蔵室のファンを切るのを忘れたんだ」

「だから？」と、アランは言った。

「だから……中のやつはきっと死んで冷たくなってる、というか、冷たくなって死んでるにちがいない、今ごろは」

困惑の表情をちらり浮かべて、アランは首を掻《か》き掻き、その不注意で今日という日を台無しにしようかどうか思案した。

「おやまあ」と、言った。「それにしてもこの卵の焼き方は見事、固すぎず柔らかすぎず」

アロンソン警視は朝8時ころに目をさましたが、機嫌はよくない。100歳の失踪者を探すなんてのは、それが計画的失踪なのかどうかはともかく、わざわざ警視の扱う事件ではあるまい。シャワーを浴び、服を着て、軽く朝をすませようとプレヴナホテルの1階へおりる。途中、フロントの前を通ると、昨夜フロントが閉まる直前に届いたというファクスを渡された。

1時間後、警視はまるで違う角度から事件を見るようになっていた。県警から送られてきたファクスは、一見、重要ではないように思われた。県警からのファクスの重要性が明らかになったのは、アロンソンが駅の券売所で青白い顔のロニー・フルトに会ってからである。ほどなくフルトは重い口を開いて、アロンソンに事の次第を話した。

その直後、エスキルストゥーナから電話があり、フレンの県営バス会社で昨夜からバスが1台消えているのが判明したという報告が入った。バス運転士と同棲中のガールフレンド、イェシカ・ビョルクマンという女に当たってみてはどうか、運転士は連れ去られたが解放された、という報告だった。

アロンソン警視はプレヴナホテルへ戻り、コーヒーを飲み飲み、新たに入手した情報をまとめにかかった。結果を書きとめてみる。

アラン・カールソンという老人が老人ホームの自室から無断外出した。ラウンジで100歳の誕生会が催される直前である。カールソンは歳のわりに驚くほど元気、もしくは元気だった。窓から外へ出られたという単純に肉体的な事実が、それを証明する。もっともそれはその高齢者に外部からの助けがなかったとすればの話だが、その後の調査ではやはり単独行動だったらしい。そのうえさらに、アリス所長の証言がある。「アランはね、年寄りたってとんでもない悪《わる》だよ、さんざっぱら好き勝手のし放題でさ」

捜索犬によれば、カールソンは、パンジーの花壇を踏みつけてから、マルムショーピングのあちこちを抜け、結局、バス駅の待合室へ入り、目撃者ロニー・フルトによれば、まっすぐフルトの券売窓口へ歩み寄った、というかパタパタ小走りに駆け寄った。というのもフルトはカールソンの歩幅が小さかったのに気づいており、それはカールソンが靴ではなくスリッパを履いていたからだった。

フルトのさらなる陳述によれば、カールソンはできるだけ早くマルムショーピングを離れたがっていて、行き先も交通手段も重要ではなかったらしい。

ちなみにそのことは、バス運転士レンナルト・ラムネルと同棲中のガールフレンド、イェシカ・ビョルクマンからウラがとれた。バス運転士は、睡眠薬を飲みすぎたためにまだ聴取に応じていない。しかしビョルクマンの陳述はたしかなようだ。カールソンは、あらかじめ決めてあった金額でラムネルから切符を買った。目的地はたまたまビーリンゲ駅だった。たまたま、である。したがって、何者もしくは何事かがカールソンを待っていたとは信じがたい。

もうひとつ、興味深い点がある。券売員はカールソンがビーリンゲ行きのバスに乗る前、スーツケースを引きずっていたかどうか気づかなかったけれど、しかしそのすぐあと、犯罪組織、〈一獄一会〉のメンバーと目される男から暴行を受けたので、持ち逃げは確からしい。

イェシカ・ビョルクマンがボーイフレンドから聞き出したところでは、スーツケースの話はなかった。しかし県警からのファクスの裏づけによれば、カールソンは、真偽のほどはともかく、〈一獄一会〉のメンバーからスーツケースを盗んだらしい。

そのほかのビョルクマンの話をエスキルストゥーナからのファクスと照合すると、カールソンは、午後3時20分前後、それから〈一獄一会〉のメンバーは、ほぼ4時間後、ビーリンゲ駅でバスを降り、未確認の目的地へ徒歩で向かった。前者は１００歳、スーツケースを引きずっていた。後者は

75歳ほど若い。アロンソン警視は手帳を閉じて、最後の一杯のコーヒーを飲んだ。午前10時25分だった。

「次はビーリンゲ駅だな」

朝食のテーブルで、ユーリウスは、アランがまだ眠っていた早朝のうちにやっておいたことや計画したことを残らず話した。

まず、冷蔵室の不運な出来事。少なくとも10時間、夜中じゅう零度以下の設定だったのに気づいて、ユーリウスはバールを持って身構えてから扉を開けた。もし若者がまだ生きているにしても、バールを手にしたユーリウスに立ち向かってくるほどの意識はあるまい。

バールの安全策は必要なかった。若者は空箱の上で体を丸めて座り、もはや脅しも蹴飛ばしも過去のものとなっていた。体じゅう氷の結晶に覆われ、両目は冷ややかに虚空を見つめている。要するに、屠殺した鹿のごとく息絶えていた。

ユーリウスは、これはかなりまずいと思ったが、好都合とも思った。あの暴れ者をあのまま外に出してやることはできなかった。ユーリウスはファンを止めて、扉を開け放した。死んだにしても、わざわざこちこちに冷凍する必要はない。

ユーリウスはキッチンのストーブに火を入れて部屋を暖め、金を確かめにかかった。ゆうべ大急ぎで計算した３７００万ではない。正確には、５０００万。

アランはユーリウスの話を面白く聞きながら、思い出せないくらい久しぶりの食欲で朝食を味わった。ユーリウスが金の話を持ち出したとき、ようやく口を開いた。

「3700万より5000万のほうが半分分けにしやすいね。うまいこと同じになる。すまんが塩をとってくれんか?」

ユーリウスはアランに塩を手渡しながら、必要とあれば3700万を2等分する計算もできただろうけど、たしかに5000万のほうが楽だと言った。それからユーリウスは真顔になる。キッチンテーブルでアランを真正面に見すえ、もうこの廃駅を引き払う潮時だと言った。冷蔵室の若僧は、危害を加えることはないにしても、ここへ来る途中でどんな面倒を引き起こしたか知れない。今にも新たな若者が10人ばかりやってきてキッチンで怒鳴りちらすかもしれない。きのう怒鳴りちらして命果てたあの男同様、どいつもこいつも気荒い連中に決まってる。

アランは承知したが、なにしろ高齢だからして昔のように機敏ではないと、ユーリウスに言った。大丈夫、できるだけ歩かなくてすむようにしようと、ユーリウスは言った。とにかく逃げ出さねばならない。冷蔵室の若者を連れていくのが最善だろう。死体を置き去りにして発見されたら、ふたりともろくなことになるまい。

朝食が終わり、さあ出発。ユーリウスとアランは若者の死体を持ち上げて冷凍室からキッチンへ運び、ふたりがかりで椅子に乗っけた。

アランは、若者の頭のてっぺんから足指まで点検し、それから言った。

「こんな大男にしてはずいぶん足が小さいじゃないか。この靴にもう用はなかろう」

まだ朝早いから外は冷えきっているだろうけれど、アランのほうが若者より凍傷になる恐れがあると、ユーリウスは言った。靴が足に合うと思うのなら、遠慮しないでもらっておけ。若者がいやだと言わないなら、それは承諾ということ。

靴はアランにはちょっと大きすぎるが、がっちりしていて、かなりくたびれた室内履きよりずっと逃走向きだ。

次なる手順は若者を入口まで押しやり、階段をころがして下へ移動することだった。プラットホームで、ふたりは立ち、ひとりは寝ころがり、さて今度はどうするつもりかと、アランはユーリウスに問う。

「ここに居てくれ」と、ユーリウスはアランに言った。「おまえもだぞ」と若者に言い、プラットホームから飛び降りて、駅の唯一の待避線の行き止まりにある小屋に向かう。

まもなく、ユーリウスは点検トロッコに乗ってごろごろ小屋を出てきた。

「1954年型だ」と、言った。「さあ、乗りな」

ユーリウスが前に座って重いペダルをこぐ。すぐ後ろでアランはペダルの動きに両足をまかせ、そして死体はその右の席、箒《ほうき》の柄で頭を支え、ぽけっとにらむ目を黒いサングラスで隠す。

いざ出発したのは、11時5分前だった。3分後、ダークブルーのボルボがビーリンゲの旧駅舎に到着した。ヨーラン・アロンソン警視が車から降り立つ。

建物は間違いなく人の住んでいる気配はないが、ビーリンゲ村へ行って聞き込みをする前に、まずはここをよく調べておくべきだろう。

アロンソンは足もとに気をつけながらプラットホームに上がった。ところどころぐらつく。ドアを開いて声をかけた。「誰かいるか?」返事はなく、段々をのぼって2階へ行く。どうやら建物に人の住んでいる気配はない。下の階へ行くと、キッチンのストーブにまだ火の気が残る燃えさしがあり、テーブルにほぼ食べ終えた2人分の朝食がある。

床にすり切れたスリッパが一足あった。

〈一獄一会〉は表向きはモーターバイク同好会と称していたが、実は犯罪歴のある若者の小グループである。これを率いるのはもっとしたたかな犯罪歴の中年男だが、グループの全員が一貫して犯罪をもくろむ。

グループのリーダーの名はペール＝グンナル・イェルディン、しかし誰もが「親分」としか呼ばない。そう呼べと親分が決めたからで、この男は上背2メートル、体重210キロの巨漢、人であれ物であれ、気にくわないとなれば刃物をふりまわす。親分の犯罪キャリアは、あまりパッとしない手口から始まった。相棒とともに果物や野菜をスウェーデンに輸入し、原産国を偽って国税をちょろまかし、消費者には高値で売るのだ。

親分の相棒の唯一の難点は、いささか融通がきかない良心の持ち主であることだった。親分は、食品をホルムアルデヒドに漬けるというようなあくどい多角経営に手を伸ばそうとした。アジアの一部ではそういうことをすると耳にして、親分はスウェーデン・ミートボールをフィリピンから安く船便で仕入れることを思いついた。然るべき量のホルムアルデヒドを用いれば、ミートボールは必要とあれば3ヶ月、たとえ100℃でも鮮度を保つというわけだ。

安く売れるから、わざわざ「スウェーデン」と表示しなくても儲る。「デンマーク」の表示で充分と親分は思ったが、相棒は同意しない。相棒の意見では、ホルムアルデヒドは死体の防腐処置には使えるが、ミートボールに永遠の命を与えるものではないというのだ。

かくて両者はたもとを分かち、ホルムアルデヒド漬けミートボールは話だけで終わった。そこで親分は目出し帽をすっぽりかぶって、最大の商売敵、ストックホルム輸入果実社のその日の売上げを強奪した。

大鉈《マチエーテ》を振り上げて「金を出せ！」と怒声を浴びせるだけで、たちまちにして4万1000クローナもころがりこみ、自分でも驚いた。輸入品にあくせくしなくても、なんら苦もなく大金が稼げるではないか。

かくて路線が定まる。たいていうまくいった。強盗ビジネスの起業家として20年近く過ごすうちに、短い刑期を2度務めただけである。

20年後、親分はそろそろもっとでかいことをしようと考えた。年下の手下を2人見つける。まずはそれぞれに似合いのアホらしいニックネームを付けて（ひとりはボルト、もうひとりはバケツ）、この手下とともに2度の現金輸送車強盗をやってのけた。

ところが3度目の現金輸送車強盗でふんづかまる。3人とも4年半、重警備刑務所に放り込まれた。親分が〈一獄一会〉の構想を描いたのは、この刑務所でだった。第一段階として、同好会は50人ほどのメンバーで構成し、3つの作戦部門に分割する。「強盗」「麻薬」「恐喝」の3部門。〈一獄一会〉という名称は、二度と重警備刑務所に放り込まれないようにプロの結束した組織を作るというビジョンからきた。〈一獄一会〉は組織犯罪のレアル・マドリードとなるのだ（親分はサッカー狂いだった）。

最初、リクルート作戦はうまく運んだ。ところが親分にママから来た手紙がたまたま刑務所の中で迷子になった。とりわけこういうママの文面。ペール＝グンナルちゃんは刑務所で悪い人たちと付き合ってはいけませんよ、扁桃腺に気をつけてね、刑務所を出たらママとまた宝島ゲームをしましょう。

この後、親分はランチに並ぶ列で2人のユーゴスラビア人に切りつけ、しょっちゅう暴力的な異常者を演じたが、効果はなかった。威信が傷ついたからだ。リクルートした30人のうち、27人が脱落した。ボルトとバケツのほかには、ホセ・マリア・ロドリゲスという名のベネズエラ人しか残らなかった。この男はひそかに親分に惚れていたからで、もっともそれを誰にも打ち明けなかったし、自分にも認めさせなかった。

このベネズエラ人には、母国の首都にちなんでカラカスという名が与えられた。親分がいかにすごもうと、いかに毒づこうと、ほかに同好会に加わる者はなかった。そしてある日、親分と3人の子分は刑務所から釈放された。

初め、親分は〈一獄一会〉の構想を放棄しようと思ったが、たまたまカラカスにはコロンビア人のダチ公がいた。ダチ公は融通のきく良心の持ち主で、裏社会とも付き合いがあり、そして次から次へと、スウェーデンは〈〈一獄一会〉を通して〉コロンビア人の麻薬取引のための東欧への玄関国となる。取引はぐんぐんふくらみ、強盗恐喝部門の継続もスタッフも必要なくなった。

親分はバケツとカラカスを呼んで、ストックホルムで戦時会議を召集した。ボルトになにかあったらしい。ドジな間抜けに同好会としてこれまで最大の取引をまかせてしまったものだ。親分はこの朝、ロシア人一味と連絡をとっていた。ブツは受け取ったし、払いもちゃんとすませたから文句あるまい。もし〈一獄一会〉の運び屋がスーツケースを持ってトンズラしたのなら、それは俺たちロシア人の問題ではない。

とりあえず親分は、ロシア人一味が嘘をついていないと臆測した。ボルトが勝手に金をかかえて高飛びした？　まさか。それはありえない。ボルトはそこまで知恵が回らない。それとも自分がそう見たがるだけで、知恵が回りすぎるのか？

取引のことを知ったやつがいたにちがいない。そいつがマルムショーピングで待ち伏せしたか、それともボルトがストックホルムへ戻る途中でボルトをぶちのめして、スーツケースをひったくった。

それにしても誰が？　親分はこの疑問を戦時会議に提示したが、解答は出ない。親分はべつだん驚かなかった。子分が3人とも間抜けなのはとっくにわかっている。

とにかく親分は、バケツに現場へ行けと命じた。親分は、間抜けのバケツが間抜けのカラカスほど間抜けではないと思っているからだ。間抜けのバケツのほうが間抜けのボルトを見つける可能性が大きい。ひょっとして金の入ったスーツケースも見つける可能性がある。

「マルムショーピングへ行って、ちょっと探ってこい、バケツ。だけどジャケットは着るな。サツが町中うろついてる。100歳の爺《じじい》がいなくなったんだとよ」

ユーリウスとアラン、そして死体が、ごろごろと森を抜けて行く。ヴィードシャルで、まずいことに農夫と出くわした。農夫が作物の様子を見回りに来ていたところへ、3人組が点検トロッコに乗って通り過ぎた。

「おはよう」と、ユーリウスが言った。

「いい天気だね」と、アランが言った。

死体と農夫はひと言も発しない。しかし農夫は３人組が遠くへ去るのをじーっと見つめていた。トロッコが地元の鉄工場に近づくにつれて、ユーリウスはいよいよ心配になってきた。どこか途中で湖畔に出るだろうから、そこで死体を湖に捨てられると思っていたのだ。ところが湖畔には出ない。ユーリウスがいっそう心配するより先に、トロッコは鋳造所の作業場へ入った。ユーリウスがぎりぎりのところでブレーキを踏む。死体は前へつんのめり、鉄ハンドルにガツンと額《ひたい》をぶつけた。

「ありゃそうとう痛かったろう、状況がちょっぴり違ってりゃ」と、アランは言った。

「死んでりゃたしかに好都合ってこともある」と、ユーリウスが言った。

ユーリウスはトロッコから降り、モミの木の陰に身を隠して一帯を見まわした。工場内へ入る巨大な扉はすべて開いたままだが、作業場には人の気配がないようだ。ユーリウスは腕時計を見た。12時10分。そうか、ランチタイムだ。

そしてひとつの大きなコンテナに目を付け、これからちょっと偵察に行ってくると告げた。アランはユーリウスに頑張ってくれ、迷子にならないでくれよと念を押す。

その危険はなかった。コンテナまでは、ほんの30メートル歩いただけ。ユーリウスはよじ登って中へ入り、１分ばかりアランの視界から消えた。トロッコに引き返すと、ユーリウスは死体を始末する方法があるぞと宣言した。

コンテナには、なにかのたぐいのスチールの円筒が半分くらい詰められていた。それぞれ蓋付きの梱包木箱に入れてある。ずっしり重い死体を一番奥の２本の円筒のひとつの中へやっと収めたとき、アランはもう完全にへとへとだった。しかし木の蓋を閉じて送り先のラベルを見るや、パッと元気になった。

アディス・アベバ［エチオピアの首都］。


「世界見物に行くってわけだ、目ん玉が開いてりゃ」と、アランは言った。

「急ぐぞ」と、ユーリウスが言う。「長居は無用」

作戦は首尾よく運び、ふたりは昼食休憩の終わらないうちにモミの木の陰に戻った。トロッコに座ってひと息つくと、まもなく工場の作業場に動きがある。ひとりのトラック運転手がコンテナにもう数本の円筒を詰める。それから扉を閉めて鍵を掛け、新たなコンテナを運んできて、積荷をつづける。

アランは、そこでなにを製造しているのか知らない。ユーリウスは、ここが曰《いわ》く付きの製造所だと知っていた。17世紀の昔、三十年戦争当時、ここで大砲を作り、より効率的に殺しをやりたい者たちに、誰かれかまわずそれを調達したという。

17世紀の人間が殺し合うとは、無駄なことをしたものだと、アランは思った。ちょっと辛抱すれば、どうせ皆死んだろうから。すべての時代について同じことが言えると、ユーリウスは言った。そして中休みは終わりにして、ここから雲隠れするぞと宣言した。ユーリウスの計画は単純だ。少しばかり歩いてオーケルの中心部へ入り、そこで次なる一手を考えるというものである。


アロンソン警視はビーリンゲの古い駅舎を捜索したが、さしたるものは見つからなかった。たったひとつ、件の100歳が履いていたかもしれないスリッパ一足のみ。老人ホームに持って行ってスタッフに確かめてもらおう。

キッチンの床のあちこちに水たまりがあり、開け放たれてスイッチの切られた大型冷蔵室までつづいているが、しかしなにか意味がありそうではない。

アロンソンはビーリンゲ村に入り、一軒一軒、聞き込みを始めた。家に誰かいたのはそのうち3軒で、その3家族が3家族とも同じことを話す。ユーリウス・ヨンソンなる男が駅舎の1階に住みついている、ユーリウス・ヨンソンは泥棒でペテン師、誰も関わりになりたくない男だ、前の晩からなにか妙なことを聞いてもいないし見てもいない。とにかくユーリウス・ヨンソンがろくでもないやつだと、口をそろえた。

「あいつをぶち込んでくれ」と、とりわけ腹を立てている近隣のひとりが要求した。

「どういう理由で？」と、警視は疲れた声で問う。

「なんせ夜中にうちの鶏小屋から卵をかっぱらうわ、去年買ったばかりのうちの橇《そり》をかっぱらってペンキを塗って自分のだと言い張るわ、俺の名前で本を注文して、届くと郵便受けから抜き取って代金を俺に払わせるわ、もぐりでウオツカをこさえて14歳の息子に売りつけようとするわ、それから……」

「よしよし、わかった。ぶち込んでやろう」と、警視は言った。「そいつを探し出すのが先だ」

アロンソンがマルムショーピングに向かって引き返すと、半分ほど来たところで携帯が鳴った。ある農夫から気になる通報が入ったという。1時間ほど前、このあたりでは名うてのこそ泥が、ビーリンゲとオーケル鋳造所を結ぶ鉄道の廃線を点検トロッコでやって来て、自分の畑を抜けていったという。トロッコには老人1人、大きなスーツケース1個、サングラスの若者1人が乗っていた。農夫によれば、若者が指図していたようだ。靴を履いてなかったのは変だったものの……。

「それは買えないな」と、アロンソン警視は言い、車を急発進して向きを変えたので、後部座席のスリッパが下へ落っこちた。

数メートル行くと、アランのかったるげな歩調がさらにのろくなった。本人は泣きごとを言わないが、老人の膝が支障をきたしているのがユーリウスにはわかる。遠くに、ホットドッグ屋台がひとつ見えた。ユーリウスはアランに約束した。あの屋台まで歩いてくれたらホットドッグをおごろう、金は払う、それから交通手段の問題を解決しよう。アランはこう応じた。これまでの人生で少々の難儀に泣きごとを言ったことはないし、今、泣きごとを言うつもりもない、しかしホットドッグはありがたい。

ユーリウスは歩みを速めた。アランはよたよた後を追う。アランが着くと、ユーリウスはすでにホットドッグを半分食べ終えていた。上等の網焼き。しかもそれだけではなかった。

「アラン」と、言った。「ベニーに挨拶してくれ。俺たちの新しいお抱え運転手だ」

ホットドッグ屋台の店主ベニーは50歳前後、まだ髪もふさふさで、おまけにポニーテール。わずか2分間で、ユーリウスはホットドッグ、オレンジソーダ、ベニーのシルバーの1988年型メルセデスを買ったのだ。ベニー本人もふくめ、締めて10万クローナ。

アランはホットドッグ屋台の店主をまじまじ見つめた。

「わたしらはあんたも買ったのかね、それともあんたは雇われただけかな?」と、アランはやっと言った。

「車は売った、お抱え運転手は雇われた」と、ベニーが答えた。「まずは10日間、そのあとは改めて相談ってこと。ホットドッグ代もコミだ。ウィンナソーセージはどうだい？」

いいや、お断り。できればふつうの茹でソーセージにしてほしいと、アランは言った。それからついでに、とアランは言い足す。こんなぽんこつ車が10万とは、運転手コミにしてもはなはだ高すぎる、だからチョコレートミルクを1本おまけしてくれても悪くなかろう。

ベニーは即、承諾した。新聞スタンドを手放すのだから、チョコレートミルクなんぞはどうでもいい。この商売はとにかく赤字続き、辺鄙《へんぴ》な村でホットドッグ屋台をやっていくのは、最初から予想もしていたが、惨憺《さんたん》たるものだった。

実は、と、ベニーは打ち明ける。ふたりの紳士が都合よく現れるずっと前から、なにかちがう人生はないかとあれこれ算段していた。しかしお抱え運転手とは、いやはや、それは考えてもみなかった。

ホットドッグ屋台の店主の話を斟酌《しんしゃく》して、アランはベニーに、チョコレートミルクを1カートンまるごと車のトランクに積みこんでくれまいかと言った。ユーリウスはユーリウスで、機会があり次第お抱え運転手の帽子を買ってやるとベニーに約束し、ホットドッグ屋台のコック帽はもうやめてくれ、今から出発するので屋台は置き去りにしてくれと言った。

ベニーは雇い主たちと言い合うのは仕事のうちでないと考え、だから言われるようにした。コック帽はゴミ箱行き、チョコレートミルクはトランクに収まる。しかしユーリウスは、スーツケースは自分といっしょに後部座席に置きたいと言った。アランは仕方なく前部座席に座る。ほどほどに足を伸ばすことはできた。

かくて、オーケルでただひとりのホットドッグ屋台店主は、つい数分前までは自分のものだったメルセデスの運転席に座った。今や買い手のふたりの紳士のお付きがベニーである。
「で、おふたり様はどちらへ行きたいんで？」と、ベニーが言った。
「北はどうだ？」と、ユーリウス。
「ああ、いいだろう」と、アラン。「南もいいね」
「それじゃ南だ」と、ユーリウス。
「南だな」と、ベニーが言った。

10分後、アロンソン警視はオーケルに着いた。線路をたどっていくと、工場の裏手に古い点検トロッコが見つかった。

しかしトロッコは明らかな手がかりを何ひとつ提供してくれない。作業場の作業員たちはなにか円筒のたぐいをコンテナに詰め込むのに忙しかったからだ。

トロッコが到着するのを見た者はいない。しかしランチタイムの直後、ふたりの年寄りが道を歩いて行くのを見ており、そのひとりが大きなスーツケースを引きずっていたという。ふたりはガソリンスタンドとホットドッグ屋台の方角に向かっていた。

アロンソンは、ほんとうに3人でなく2人だけだったかと質した。作業員は皆、3人目の男を見なかったという。ガソリンスタンドとホットドッグ屋台へ車で向かいながら、アロンソンはこの新情報をじっくり考えた。しかしなおさら事態が見えてこない。

まず、ホットドッグ屋台で車を止めた。腹がすいてきたので、申し分ないタイミング。ところが閉まっている。こんなさびれた地でホットドッグ屋台をやっていくのはむずかしいはずだ、と、アロンソンは思い、それからガソリンスタンドに立ち寄った。ここでもなにか見たとか聞いたという情報はない。ただしホットドッグは売ってくれた。もっともガソリン臭い味がした。

腹ごしらえもそこそこに、アロンソンはスーパーマーケット、花屋、不動産屋に聞き回った。さらに車を止めては、犬や、ベビーカーや、夫か妻といっしょの地元民に誰かれかまわず話しかけた。しかしスーツケースを引きずる2人もしくは3人の男を見た者はいない。足取りは鋳造所からガソリンスタンドまでのどこかで消えている。アロンソン警視は、マルムショーピングへ戻ることに決めた。少なくとも、誰のものか確かめる必要のある一足のスリッパは手に入れたのだ。

アロンソンは車から県警本部長に電話を入れ、最新情報を伝えた。県警本部長はありがたがった。プレヴナホテルで2時に記者会見をするのだが、これまでのところ、しゃべる材料がなかったからだ。

県警本部長は目立ちたがり屋だった。控えめな物言いをしたがらない。今やアロンソン警視のおかげで、今日の舞台に必要なものはそろった。

だから県警本部長は会見の間中、アクセル全開で記者連中を引きとめようとし、アロンソンのほうはアクセル全開でマルムショーピングへ戻って本部長を引きとめようとした（いずれにせよ無理だったろう）。県警本部長は声明を発表した。警察としては、地元紙のウェブサイトが前日示唆したように、アラン・カールソンの失踪は誘拐事件になったと推測せざるをえない。カールソンは生きているが地下組織の一味に捕らわれているという情報を、現時点で警察は得ている。

もちろん矢継早に質問を浴びせられたが、県警本部長は巧みにかわした。マスコミに公表できるのは、カールソンおよび誘拐の容疑者らが本日、つい先刻、ランチタイムのころ、オーケルという小村で目撃されたということだけだ。そして本部長は、警察当局の最善の友である一般人にも目を光らせてほしいと要請した。

県警本部長にとっては不本意だったが、テレビチームはドラマティックな声明まで残っていなかった。アロンソンがもたもたせずにもうちょっと早く誘拐の話を掘り出していれば、間違いなく引きとめておけたろうに。しかし少なくとも全国版のタブロイド紙が1紙、地元紙が1紙、地元ラジオ局のレポーターがひとり残っている。そしてホテルのダイニングルームの奥に、県警本部長の知らない男が立っていた。国営通信社の局員か？

バケツは通信社の局員ではない。しかしだんだんボルトが現ナマを丸ごとかかえて高飛びしたにちがいないと思い始めていた。もしそうなら、あいつは死んだも同然だ。

アロンソン警視がプレヴナホテルへ着いたとき、マスコミ陣はすでにいなかった。途中、アロンソンは老人ホームに立ち寄って、スリッパはアラン・カールソンのものにちがいないという証言を得ていた（アリス所長はちょいと嗅いで、顔をしかめてうなずいた）。

アロンソンは運悪くホテルのロビーで県警本部長に出くわした。本部長は記者会見のことを話し、なるべくなら県警本部長がマスコミに発表したことと矛盾しないようなかたちで事件を解決するように命じた。それから県警本部長はわが道を行く。すべきことがわんさとある。たとえば、検察官をチームの一員に加える頃合だ。

アロンソンはコーヒーを飲み飲み、これまでの新たな展開をとくと考えた。そして、トロッコに乗っていた3人の関係に集中することにした。カールソンとヨンソンの2人と、トロッコに乗った

3人目との関係について、もしあの農夫の言ったことが間違いでないとすれば、これは人質事件かもしれない。県警本部長はすでにそういう趣旨を記者会見で述べた。しかし本部長が正しいことはめったにないから、そこが誘拐説と衝突しかねない。おまけに、カールソンとヨンソンがスーツケースといっしょにオーケルを歩き回っていたという証言もいくつかある。だから問題は、ふたりの年寄り、カールソンとヨンソンが、どうにかして〈一獄一会〉の屈強な若者をぶちのめして、どぶに放り込んだのかどうかだ。

信じがたいけれど、ありえない話ではない。アロンソンはエスキルストゥーナの警察犬をもういっぺん呼び寄せることにした。牝《めす》犬とその訓練士《ハンドラー》に農夫の畑からオーケルの鋳造所まで、はるばる長い散歩をしてもらわねばならない。そのどこかで、〈一獄一会〉のメンバーが消えたのだ。

カールソンとヨンソンのほうは、鋳造所の裏手とガソリンスタンドの間のどこかで忽然と消えた。わずか200メートルの距離。誰にも見られることなく地上から消えた。途中には閉まったホットドッグ屋台がひとつあるきり。

アロンソンの携帯が鳴った。警察に新たな通報があったという。今度は、件の100歳がミェルビューで目撃された。どうやらシルバーのメルセデスを運転するポニーテールの中年男に誘拐されたらしい。

「ウラを取ろうか?」と、電話の同僚が言った。

「いや」と、アロンソンはため息をつく。長年の経験からアロンソンにはガセネタか否か区別がつく。多くのことが霞に包まれるとき、それが慰めになった。

ベニーは、ガソリンを入れるためにミェルビューで車を止めた。ユーリウスは注意深くスーツケースを開き、支払いのための５００クローナ紙幣を１枚引き抜いた。

それからユーリウスはちょっと足を伸ばしてくるから、アランは車に残ってスーツケースの番をしてくれと言った。頑張りの連続で疲れ果てているから、アランはじっと待つと約束する。

ベニーが先に戻り、運転席に座る。すぐにユーリウスも戻ってきた。メルセデスは南へ向かって走り続ける。少したってから、ユーリウスが後部座席でなにかカサカサ音を立てた。口を開いたキャンディの袋をアランとベニーに差し出す。

「ポケットにこんなものが入ってたよ」と、言った。

アランは眉を吊り上げた。

「キャンディ１袋を盗んだのかい、スーツケースに５０００万あるのに？」

「スーツケースに５０００万入ってる？」と、ベニー。

「おっと、まずかった」と、アラン。

「そんなにはない」と、ユーリウス。「10万渡したろ」

「プラス、ガソリン代５００」と、アラン。

ベニーはしばし無言だった。

「スーツケースに４９８９万９５００クローナ入ってんのかい？」

「あんたは計算が得意だね」と、アランは言った。

沈黙が流れ、それからユーリウスが言った。お抱え運転手には洗いざらい説明しておいたほうがいいかもしれない。ベニーが契約をご破算にしたいなら、それはそれでいい。

話を聞かされてベニーがどうにもすっきりしないのは、人を死に至らしめて、それから梱包して外国へ送ったという経緯だった。しかし一方、ウオツカの勢いがあったにせよ、明らかに事故ではなかったか。ベニー自身は、アルコールは一切やらない。

雇われたばかりのお抱え運転手はよくよく考えて、そもそも最初から5000万は筋違いの手にあったのだと納得することに決めた。ならば今、その金は人類のために役立てるべきだろう。それにまた、新たな仕事のまさに初日に職を放り出すのも筋違いだ。

そこでベニーはこの職を辞めないと約束し、ふたりの年寄りが次になにを計画しているのか尋ねた。このときまで、なにかを尋ねる気にはならなかった。ベニーの思うに、詮索好きはお抱え運転手の場合、望ましい性質ではない。だが今や、ちょっとした共謀者である。

アランとユーリウスは、なんら計画があるわけではないと打ち明けた。暗くなるまでこの道を走って、それからどこかに夜を過ごす場所を見つけ、そこで今後の問題をもっと細かに相談しようではないか。

「5000万」と言って、ベニーはにやりとし、メルセデスのトップギアを入れた。

「4989万9500クローナ」と、アランが訂正する。

それからユーリウスは、盗みのための盗みはやめなければならないなと言った。たやすくはなかろう。それが血に流れていて、それ以外のことには向いていないからだ。しかしもう約束する。ユーリウスが自分についてひとつ知っているのは、自分は決して約束を破らないということだった。

沈黙のうちに車は走る。アランはすぐに眠った。ユーリウスはまたキャンディをほおばる。ベニーは題を忘れた歌を口ずさんだ。

事件をかぎつけたタブロイド紙の記者は止めようがない。ほどなく記者たちは、県警本部長が午後の記者会見で発表したよりもずっと確かな足どりを入手した。今度は一転、エクスプレス紙が真っ先に券売員ロニー・フルトを捕まえた。自宅に訪ねて、ロニー・フルトのさびしがりの猫のために同棲パートナーを見つけるからと約束してから、今夜は記者といっしょにエスキルストゥーナのホテルに一泊するようになんとか説き伏せた。ライバル紙を出し抜くためだ。

最初、フルトは話すのを恐れた。若者にがっちり脅されたのをありありと覚えている。しかし記者はフルトの名を出さないと約束し、警察が乗り出した以上、なにをされることもないと安心させた。

エクスプレス紙はフルトで満足しなかった。バス運転士を初めとして、ビーリンゲの村人たち、ヴィードシャルの農夫、オーケル村のさまざまな住民にも網を広げた。どれもこれも、翌日のいくつものドラマティックな記事の素材にはなった。むろん不正確な臆測にみちみちていたが、事情からすれば記者はなかなかの仕事をした。

シルバーのメルセデスは走りつづける。とうとう、ユーリウスも眠り始めた。アランはとっくに前部座席でいびきをかいており、ユーリウスは後部座席でスーツケースを寝心地のよくない枕代わりにしていた。この間中、ベニーはできるかぎり最善のルートを走った。結局、ベニーはハイウェーを出て、そのまま南へ向かい、スモーランドの森の奥へ入ることに決めた。ひと晩過ごすのに打ってつけの宿がありそうだ。

アランが目をさましたそろそろ寝る時刻じゃないのかねと問う。その話し声でユーリウスが目をさまし、あたりを見まわし、どこもかしこも森また森だから、ここはどこなんだと問う。

今、ベクショーの北24キロくらいのところだが、ふたりが眠っている間にいろいろ考えたと、ベニーは言った。考えた結果、安全のために、ひと晩過ごす目立たない場所を見つけるのが最善だ。誰に追われているのか知らないが、5000万入ったスーツケースを盗んだとすれば、タダではすむまい。だからベニーはベクショーに行く道を外れて、ロットネというずっと辺鄙な場所へ向かった。たぶん小さなホテルならあるだろうから、そこでひと晩泊まればよい。

「冴えてる」と、ユーリウスは感心したように言った。「しかし冴えてるとも言い切れないかもな」

ユーリウスはその意味を説明した。ロットネには、誰も行かないようなしょぼくれた小ホテルしかない。3人も予約なしでいきなり現れたとなれば、おおいに村人の関心の的となる。今の場合、森の中のどこかに農家か人家を見つけ、金を出して今夜泊まる部屋と食事にありつくほうがいい。

ベニーはユーリウスの言うことも一理あると思い、最初に見えた狭い砂利道に曲がった。ちょうど暗くなりかけたなか、曲がりくねる道を3キロほど進むと、道の片側にぽつんと郵便受けのあるのが3人の目に入った。郵便受けには、湖畔農場の文字。そこからさらに狭い小径があり、どうやらこの農場へつづいているらしい。そのとおりだった。100メートル先に、1軒の家がある。端正なたたずまいの赤い2階建ての農家で、窓枠は白、それと納屋がひとつ。湖沿いにさらに進むと、かつては物置小屋だったらしい建物もある。

人が住んでいるらしいので、ベニーはメルセデスを母屋の入口の真ん前に止めた。すると、正面のドアから40代初めの女が出てきた。ちぢれた赤毛、もっと赤いスウェットスーツ、アルザス犬を連れている。

３人の男はメルセデスから出た。ユーリウスはちらりと犬を見たが、襲ってくるようには見えない。実のところ、訪問者たちに興味ありげな、人なつっこいくらいの目をしている。

それでユーリウスは犬から目を離した。そして丁寧に「こんばんは」と声をかけ、一夜の寝場所と多少の食べものを提供してはくれまいかと切り出した。

女は目の前の道化３人組を見た。老人、少し年下の老人、そして……けっこうイカしてる男、なかなかの男前。年格好もぴったりだし。しかもポニーテール！　思わずにこりとしたものだから、ユーリウスは話は決まったと思い、ところが女は言った。

「うちはクソッたらしいホテルじゃないよ」

アランはため息をついた。とにもかくにも腹ごしらえをして眠りたい。もうちと長生きしようと心を決めたばかりなのに、人生こうもくたびれるものとは。老人ホームはなんだかんだあったけれども、少なくとも全身に痛みと苦痛を与えられることはなかった。

ユーリウスも当て外れという顔つきになり、こう説明した。自分もふたりの友も困り果ててくたくたなのだ、今夜泊めてさえくれれば当然お礼はする。どうしてもというなら食事は抜きでもかまわない。

「ひとり１０００クローナ払うぜ、寝場所があれば」と、ユーリウスが持ちかける。

「１０００クローナ？」と、女は言った。「あんたら追われてんのかい？」

ユーリウスはなかなか察しのよい問いをはぐらかして、長旅だったのだとふたたび釈明し、さらに弁じ立てようとしたけれども、ここは高齢のアランの出番である。

「きのうで100歳になってね」と、哀れを誘う声でアランは言った。

「100歳?」と、女はぎょっとしたように言った。「へえ、くっそ爺だね!」

それからしばし黙りこくった。

「ちぇっ、わかった」と、女はようやく言った。「泊まってけばいいさ。だけど1000クローナは忘れないでよ。さっきも言ったけど、うちはクソったらしいホテルじゃないからさ」

ベニーは女に見とれた。短い時間にここまで悪態を連発する女に出会ったことはない。なんとも愉快だ。

「別嬪《べっぴん》さん」と、ベニーは言った。「このわん公をなでてもいい?」

「べっぴん?」と、女は言った。「あんた、目が見えないの? いいわよ、なでてやんな。ブーステルは人なつっこいからさ。あんたらめいめいに部屋があるわよ。うちはやたら部屋があるんだ。シーツはきれいだけど、床にネコイラズ撒《ま》いてあるから気をつけなよ。食事は1時間でテーブルに出したげる」

女は3人の客の前を通ってまっすぐ母屋のほうへ向かった。ブーステルが忠実にあとを追う。通りすがりに、ベニーが女の名を尋ねた。ふり向きもせず名前はグニラだと告げたが、しかし「べっぴん」は音がいいと付け足して、「くそベッピンにしときなよ」と言った。ベニーはそうすると答えた。

「なんか惚れたね」と、ベニーが言った。

「なんか疲れたね」と、アランが言った。

その瞬間、納屋からうなり声が聞こえて、疲労困憊《こんぱい》のアランすらハッと立ち上がった。かなり大きな動物の苦痛の声である。
「静かにしな、ソニア」と、ベッピンが言った。「今、行くってば」

7 1929〜1939年

24〜34歳

イクスフルトの小さな家は無惨なありさまだった。アランがルンドボリ教授の実験台になっていた数年間のうちに、屋根の瓦が残らず吹き飛んで地面に散らばり、屋外便所は崩れ落ち、キッチンの窓は、ただひとつだけ風にパタパタゆれている。

アランは外で小便をした。もはや屋外便所が使いものにならなかったからだ。それから中へ入り、埃だらけのキッチンでひと息入れる。窓は開けておいた。腹をすかしていたが、食料貯蔵室を見る気もしない。それで気分がよくなるはずもないのは、わかりきった話。

ここで育ったのだけれど、このときほど生家が遠く感じられたことはない。過去との絆を断ち切って、ここを去る頃合か？　絶対、そうだ。

アランはダイナマイトを数本持ち出して、手慣れた作業にとりかかった。それからサイクルトレーラーにわずかばかりの大事なものを積み込む。1929年6月3日の夕刻、出発した。ダイナマイトは予定どおりきっかり30分後に爆発した。小さな家は粉みじんに吹っ飛び、近隣の牝牛がまた流産した。

1時間後、アランはフレン警察署の鉄格子の中にいて、クローク警部にどなりつけられながら食事をとっていた。

フレン署はパトカーを1台購入したばかりで、自宅を吹っ飛ばした男を捕まえるのに時間はかからなかった。今度という今度、違法行為は間違いない。

「過失破壊行為だ」と、クローク警部は高圧的に言った。

「パンくれないか?」と、アランは言った。

クローク警部はそんなことはできない。しかしながら、夕食を求めた非行青年の要望に応じてやったひ弱な助手をどやしつけることはできた。

そうこうするうちに、アランはディナーを終え、前回と同じ独房に連れて行かれた。

「今日の新聞ないかな?」と、アランは言った。「寝る前になんか読みたいからさ」

クローク警部は返事をせず、天井の明かりを消し、ドアをバタンと閉めた。翌朝、まず真っ先にウプサラの当時でいう「キチガイ病院」に電話を入れ、アラン・カールソンを引きとってほしいと言った。

しかしベルンハルト・ルンドボリの同僚たちは耳を貸さない。カールソンの治療は完了しているし、去勢と分析が必要な人間はまだまだいる。ユダヤ人、ジプシー、黒人、魯鈍などからこの国が多くの人々を守らねばならないのは、警部も知ってるはずだ。カールソンなる男が自分の家を木っ端みじんに吹っ飛ばしたからといって、またウプサラへ連れていくわけにいかない。自分の家をどうしようと勝手ではないか。この国は自由国家ではないか。

クローク警部は電話を切った。こういう都会タイプ相手じゃ埒《らち》が明かない。昨夕、カールソンが自転車に乗って去るのを黙認しなかったことを後悔した。

こういう次第で、アラン・カールソンは、朝から半日の交渉の末、ふたたびサイクルトレーラーの自転車にまたがった。今度はフードパック入りの食料を3日分用意してあるし、寒さにそなえて2枚重ねの毛布も積んである。クローク警部に手を振って別れを告げ、手を振らない警部を尻目に北へ向かった。その方角が最善と思ったからだ。

正午には、ヘッレフォシュネースに着いた。1日としては充分な距離。アランは斜面の草むらにサイクルトレーラーを止めて、毛布を広げ、フードパックをひとつ開いた。甘い味のパンを1枚、サラミといっしょにかじりながら、たまたまピクニックに選んだ工業地を眺めた。工場の外に、鋳造所から来た砲筒が山積みになっている。たぶん大砲を作った連中は、砲弾がぴたりのタイミングで発射されるように仕掛けのできる人間を使いたいはず。イクスフルトからはるばるここまで自転車をこいで来るまでもない。ヘッレフォシュネースだってかまわないではないか。つまり、もし仕事がここで見つかるなら。

砲筒があるから仕事があるだろうというアランの臆測は、いささか甘かったかもしれない。しかしながら、まさに当たっていた。最近の出来事については語らなかったものの、アランは工場長と少し話しただけで、点火専門員として雇われることとなった。

「ここは気に入りそうだ」と、アランは思った。

ヘッレフォシュネースの鋳造所では、大砲の製造は落ち込んでいて、ほかの注文も低落の一途だった。防衛相が、第一次世界大戦の余波を受けて、軍事費を削減しており、グスタフ5世は国王の座にありながら歯ぎしりしていた。防衛相は分析癖のある男で、戦争が勃発した時点でスウェーデンはもっと軍備を充実させておくべきだったと、後知恵ながら悟り、しかし10年後の今、軍備増強は意味がないとした。

ヘッレフォシュネース鋳造所にとってその結果は、平和的製品への生産転換だった。そして労働者は職を失った。

しかしアランは違った。点火専門員は、たやすく見つからない。そこへある日アランが現れ、しかもその男があらゆるタイプの爆薬の専門家だと知って、工場オーナーは目と耳を疑った。これまでは、ひとりしかいない点火専門員にすべてを頼らざるをえなかった。それが気に入らない。なぜならこの男は外国人で、スウェーデン語をほとんど話せず、全身黒い毛に覆われている。はたして信頼してよいのかどうかも怪しい。とはいえオーナーは選り好みできなかった。

一方アランは、人を肌の色で差別しなかった。つねづねルンドボリ教授の考えが不思議でならなかったのだ。しかしこの最初の黒人に会いたくなった。ジョセフィン・ベーカーがストックホルムで公演するという広告が新聞に出ていたので、わくわくしていたのだが、とりあえずエステバンにしておくしかなかった。白人だけれども肌の黒いスペイン人、同僚の点火専門員である。

アランとエステバンは相性がよく、鋳造所の隣の作業員小屋《バラック》で部屋を共有した。エステバンはアランに波瀾の経歴を物語った。

エステバンは、マドリードでのあるパーティで、ある娘に出会い、ミゲル・プリモ・デ・リベラ首相の娘とは知らずに、内緒でごく罪のない付き合いを始める。首相は人と話し合うなどしない男だった。望むがままに国を支配し、国王はその後ろに付き随うだけ。「首相」とは、エステバンのいうに、「独裁者」の遠回しな名称にほかならない。しかしプリモ・デ・リベラの娘は、べらぼういい女だった。

エステバンの労働者階級の生いたちは、将来、義父になるかもしれない男にとっておもしろくない。だからプリモ・デ・リベラは最初の1度きりの顔合わせで、エステバンはふたつ選択肢のあることを告げられる。ひとつはスペイン領土からできるだけ遠くへ姿を消すこと、もうひとつは即刻、首に弾丸を撃ち込まれること。

プリモ・デ・リベラにライフル銃を突きつけられながら、エステバンはすぐさま第一選択肢を選ぶと返答し、泣きじゃくる娘をちらりと見やることもなく大急ぎで後退りに部屋を出た。

できるだけ遠く、と、エステバンは思った。そこで北へ向かい、さらにもっと北へ向かい、ついには冬に湖が凍結する北の地へ到達した。以来、スウェーデンに住む。鋳造所の職を得たのは3年前、とあるカトリック司祭の口利きがあったのと、申し訳ないけれど、故郷スペインで爆薬の仕事をしていたという経歴をでっちあげたからだ。実は、もっぱらトマト捥《も》ぎをしていたのである。徐々にエステバンはスウェーデン語を使いこなせるようになり、そこそこ有能な点火専門員となった。そして今やアランという味方がついて、本物のプロになった。

アランにとって、作業員バラックはくつろげる場所だった。1年後、エステバンから学んだスペイン語で用が足せるようになった。2年後には、ぺらぺらのスペイン語を話せるようになる。しかしエステバンがスペインの国際社会主義をアランに吹き込むのをあきらめるには、3年かかった。どう説得してみても、アランは受け入れない。この親友の個性のそこの一面ばかりは、エステバンには理解できなかった。アランには正反対の世界観があって、それに従って議論するというのではない。そうではなくて、たんに意見というものを持ち合わせないのである。

アランのほうでも同じ難題があった。エステバンは良き友だ。くだらない政治に毒されたのは本人のせいではない。毒されたのはこの男だけではないのだ。

季節が移り変わるうちに、やがてアランの人生に転機が訪れた。それはエステバンがついに、プリモ・デ・リベラが辞任して国外へ逃れたという報に接したときに始まる。今や然るべき民主主義が、もしかすると社会主義がすぐそこまで来ている。エステバンはそれを見逃したくない。だからできるだけ早く国に帰る計画を立てた。鋳造所は注文が減りつづけている。防衛相がもう戦争はないと裁断したからだ。エステバンは、点火専門員がふたりともいつクビになってもおかしくないと思った。友人アランには将来の心づもりがあるのだろうか。スペインへいっしょに行く気はないだろうか。

アランはその気になった。一方では、スペイン革命であれなんであれ、いかなる革命にも関心がない。たぶん新たな革命を引き起こすだけ、しかも逆方向の。一方では、スペインは、スウェーデン以外の他国と同じく、外国であることは間違いない。外国のことはずっと活字で読んできたから、現実に体験するのも悪くはなさそうだ。途中で、黒人のひとりふたりに出会わないともかぎらない。

スペインへ行く途中で黒人に、少なくともひとりには出会えるとエステバンが言うので、アランは同意した。それからもっと具体的な手順を相談し合った。相談するなかで、鋳造所のオーナーは「あほんだらだ」（ふたりの言葉そのまま）という結論に至った。あいつのことなど思いやるに値しない。ふたりはその週の給与を手にしてから、こっそり消えることに決めた。

かくてアランとエステバンは、次の日曜日、朝5時に起きてサイクルトレーラーで出奔し、スペイン目指して南の方角へ向かった。

途中、エステバンは鋳造所オーナーの邸宅に立ち寄る計画があった。門の前に朝早く届けられる牛乳のジャグに、朝の排出儀礼の成果を、液体と固体の両方をそっくりそのまま配達してやるというのだ。エステバンは、工場のオーナーと10代のふたりの息子に「猿」と呼ばれて、我慢に我慢を重ねてきた。

「復讐はいいことではない」と、アランは諫《いさ》めた。「復讐は政治みたいなものだ。ひとつのことが必ずべつのことを引き起こし、なおさら悪いことになって、さらには最悪になる」

しかしエステバンは退かない。

「腕が毛深くて鋳造所オーナーと同じ言葉をしゃべれないからって、それで猿って決めつけるってのはないよな」

アランは同意せざるをえない。そうしてふたりの友は妥当なところで折り合った。エステバンは牛乳に小便を混ぜるだけにしておくこと。

同じ日の朝、鋳造所オーナーのもとへいくつかご注進があった。アランとエステバンがサイクルトレーラーでカトリーネホルム、あるいはもっと南へ向かったようだ。だから鋳造所オーナーは翌週のスタッフ急減を覚悟した。鋳造所オーナーの豪勢な邸宅のベランダで考え込みつつ、シーグリッドが差し出したグラスのミルクを啜《すす》りながらアーモンド入りのビスケットを口にする。鋳造所オーナーの気分は暗くなった。なにやらビスケットがふだんと違う。明らかにアンモニアの味がする。

鋳造所オーナーは、教会の礼拝がすんでからシーグリッドを解雇することにした。今はとりあえずミルクをもう一杯飲んで、口の中の不愉快な後味を消しておこう。

こうしてアランはスペインに行った。ヨーロッパを通る旅は3ヶ月かかった。途中、期待した以上に多くの黒人に出会う。しかし最初のひとりで、興味を失った。肌の色以外、なんの違いもないのがわかったからだ。なるほどしゃべる言葉は妙だが、スウェーデン南部のほうでは白人だって同じである。ルンドボリ教授は子供のころ、黒人におびえていたにちがいないと、アランは思った。

アランと友人エステバンは混乱の国に着いた。国王はローマへ逃げ、共和政にとって代わられていた。左翼は革命《レボルシオン》の声を上げ、右翼はスターリンのロシアで起きたことにおびえた。同じことがこの国でも起こるのではないか。

ときおりエステバンは友人がどうしようもなく無政治であるのを忘れ、アランを革命の方向へ引き入れようとした。しかし関わらないというアランの習性は変わらない。すべて珍しくないことに思われる。すべてを以前と正反対にしなくてはならないというのは、アランには依然わからない。右翼の軍事クーデターの失敗につづいて、左翼のゼネストがあった。それから総選挙があった。左翼が勝利して、右翼は鬱憤《うっぷん》を募らせた。いや、逆だったか。アランはよく覚えていない。結局、戦争になった。

アランは異国にいるので、友人エステバンの半歩後ろを付いていくしかなかった。エステバンは軍に入隊し、爆破の仕方を心得ているのを小隊長に認められて、すぐに軍曹に昇進した。

アランの友は誇らしげに軍服を着て、初の武勲を挙げるのを楽しみにした。小隊はアラゴンの谷間で橋をいくつか爆破する指令を受け、エステバンの班が最初の橋を破壊するよう命じられた。エステバンは自分に託された信頼に昂揚したあまり、岩の上に立ち、左手にライフル銃を引っつかみ、それを高々と掲げて叫んだ。

「ファシズムに死を、すべてのファシストに死……」

言い終えるより先に、頭半分と片方の肩が吹っ飛んだ。この戦争で最初に発射された敵の迎撃砲だったらしい。アランはこのとき20メートルほど離れたところにいたので、同志エステバンが愚かにも突っ立った岩の周辺にちらばる残骸にまみれずにすんだ。エステバンの班の兵士のひとりがわっと泣き出した。アランはといえば、友人のばらばらになった遺骸を見まわし、肉片を拾っても意味はないと決断した。

「ヘッレフォシュネースにいればよかったのに」と言って、アランは突然、イクスフルトのあの小さな家の外で薪割りをしたいと本気で願った。

エステバンの命を奪った迫撃砲は戦争で使われた最初だったにせよ、それが最後ではなかった。アランが国へ帰ろうと思い始めたときに、突然、戦争が始まったのだ。それにスウェーデンまで歩くのはべらぼうな距離だし、誰が待っているのでもない。

そこでアランはエステバンの中隊長を探し出し、ヨーロッパ有数の火薬専門家だと自己紹介してから、中隊長のために橋やインフラ施設を爆破する用意があると言った。ただし、1日3度のまともな食事と事情が許すときには酔えるだけのワインが交換条件。

中隊長は、今にもアラン射殺を命じるところだった。社会主義と共和国軍を讃える歌を歌うことを頑なに拒絶し、なお悪いことに、民間人の服装で従軍したいと言い張るからだ。

アランはこう言った。

「もうひとつ……もしわたしがあんたのために橋を爆破するにしてもだよ、わたしのジャケットを着て、やるからね。それがダメなら、あんたは自分で橋をぶっ飛ばすがいい」

中隊長たる者が、民間人にこんなふうに迫られたためしはない。この中隊長の場合、この部隊で最高に腕のよい爆破の達人が、すぐそこの丘でばらばらにされてしまったのだ。

中隊長が折りたたみ式軍用チェアに腰をおろして、アランを即刻この場で徴用するか処刑するかを黙考していると、小隊長のひとりが耳打ちした。たったいま不運にも敵弾で肉片と化した若い軍曹が、生前、この奇妙なスウェーデン人の爆薬分野での能力は名人級だと太鼓判を押していたというのだ。

これで決まった。セニョール・カールソンは確約を得る。(a)命の保証、(b)1日3度のまともな食事、(c)ジャケットを着る権利、(d)同じく、ときおり然るべき量のワインを味見する権利。見返りに、現場の司令官の要請するものをことごとく爆破する。2名の歩兵がこのスウェーデン人にとくべつ目を光らせるよう指示された。スパイでないという確証はないからだ。

数ヶ月が数年になった。アランは爆破を命じられたものをことごとく爆破し、しかも名人芸で爆破した。仕事は危険と紙一重だった。しばしば爆破する目的物に四つん這いで忍び寄り、時限爆弾を仕掛け、それからジグザグに後退して安全な場所へ戻る。3ヶ月後、アラン配下の護衛兵2名のひとりが命を落とした（這ったままうっかり敵陣に入ったのだ）。6ヶ月後、もうひとりが同じく命を落とす（背を伸ばそうと立ち上がった瞬間、銃弾が上体を真っ二つにした）。中隊長は補充をしなかった。セニョール・カールソンの爆薬の扱いぶりに舌を巻くばかりだったのだ。

アランは不必要に多くの人命を奪うのは無意味だと考えていたので、目標の橋に人がいないのを確かめてから起爆するように努めた。終戦の直前、爆破を命じられた最後の橋の場合も同じだった。ところがちょうど準備を終えて四つん這いで後退し、橋の土台から離れた茂みまで戻ったとき、敵の偵察班が勲章を付けた小男を真ん中にして徒歩で進んできた。敵陣から接近してきたので、共和国軍がすぐ近くにいるのもまったく気づいていないふうで、まさに今、エステバン以下、永遠に眠る数万人のスペイン人の仲間入りをしようとしている。

もうたくさんだ。アランは茂みから立ち上がり、大きく手を振り始めた。

「行くな！」と、アランは勲章の小男と取り巻き連中に大声でどなった。「逃げろ、吹っ飛ばされるぞ！」

勲章の小男はハッと驚く。すると取り巻きが小男を引きずるようにして橋を乗り越え、そのままアランのいる茂みへ突っ走ってきた。たちまち8丁のライフル銃がスウェーデン人に狙いを定め、少なくともその1丁が発射されようとした瞬間、その背後で橋が吹っ飛んだ。衝撃波にぶん殴られて、勲章の小男はアランのいる茂みに放り込まれる。混乱のなか、小男の取り巻きは誰ひとりとしてアランの方向へ銃弾を発射しなかった。的を外したら大変なことだからだ。おまけに相手は民間人らしい。そして噴煙が収まると、もはやアランを殺害するのは論外だった。勲章の小男は握手の手を差しのべて、本物の将軍は感謝の仕方を心得ていると述べ、橋があろうがなかろうが、自陣へ退却するのが最善だと取り巻きに言った。もし救い主が同行を望むなら、大歓迎だ。将軍としてはディナーに招待したい。

「パエーリャ・アンダルースだ」と、将軍は言った。「わたしの料理人は南部の出だ。わかるかな《コンプレンデ》？」

なるほどそうか。アランはわかった。大元帥その人の命を救ったのだ。軍服ではなく薄汚れたジャケットを着ていたのが幸いしたらしいとわかった。数百メートル離れた丘の上で戦友たちが双眼鏡ですべて見守っているのもわかったし、健康のために戦争では鞍替をするのが最善らしいのもわかった。ただし戦争の目的だけはわかっていない。

おまけに腹がすいている。

「はい《シ》、もしお願いできるなら《ポル・ファボール》、将軍《ミ・ヘネラール》」

と、アランは言った。「パエーリャは申し分ないです。ついでに赤ワインを一杯か二杯」

10年前、ヘッレフォシュネースの鋳造所で点火専門員の仕事に応募したとき、アランは4年間、精神病院に収容された後、自分の家を爆破したことを経歴から除外した。たぶんそれで面接がうまく運んだのだ。

アランはフランコ将軍としゃべりながら、それを思い出した。一方では、嘘をつくわけにいかない。一方では、橋に爆薬を仕掛けたのがアランであり、この3年間、共和国軍の民間雇用者だったことは、将軍に明かさないのが最善だろう。アランはびくついてはいないが、この場合にかぎっては、ディナーと旨い酒の誘いがある。

真実は当面、脇へおいておこうと、アランは考えた。

そこでアランは大元帥に、共和国軍から逃れて茂みに身を隠していたと話した。幸いにも、爆薬が仕掛けられるのを目撃したので、将軍に警告することができた。さらにまた、自分がスペインに残って戦争に加わることになった理由は、故ミゲル・プリモ・デ・リベラと近い関係にあったある友人に誘われたからである。その友人が敵の迫撃砲に斃《たお》れて以来、アランは自分独りで生きのびるべく奮闘した。共和国軍に捕らえられていたが、ついになんとか脱出した。

それからアランは急に話題を変え、父がロシアのニコライ皇帝の王宮の側近中の側近だったことを語り、ボリシェヴィキの指導者、レーニンとの絶望的な戦いで殉死した様子を語った。

ディナーは将軍の幕僚テントでふるまわれた。アランが赤ワインを飲めば飲むほど、父の英雄行為の描写は色豊かになる。フランコ将軍は感銘を受けずにいられなかった。まず、命を救われたし、その救い主はニコライ皇帝2世と親密な間柄なのだ。

料理は絶品だった。アンダルシア人のコックはこれぞアンダルシア料理という料理の腕をふるう。アランに乾杯、アランの父に乾杯、ニコライ皇帝2世に乾杯、ロシア皇帝一家に乾杯と、ワインが際限なく飲み干される。とうとう将軍は、両者が友人同然の親密な仲になったという事実を封印するためにアランをハグしながら眠ってしまった。

固い友情に結ばれた両者が目をさましたとき、戦争は終わっていた。フランコ将軍は新スペイン政府の指揮を執り、アランに内務警備局長のポストを提示した。

アランはその提示に謝意を述べ、しかしフランシスコが許してくれるなら、そろそろ国へ帰りたいと告げる。フランシスコはそれを許可し、大元帥の無条件保護を記した書状まで手渡し（「必要なときにこれを見せればよろしい」）、それからアランに立派な護衛隊を付けてはるばるリスボンまで送らせた。将軍によれば、そこから北へ向かう船が出るという。

リスボンからは、ありとあらゆる方角へ船が出るということがわかった。アランは埠頭《ふとう》に立ち、しばし思案した。それからスペイン国旗を掲げた船を見つけて船長の目の前へ将軍の推挙状をちらつかせると、じきに渡航自由。金を払う必要などまったくなかった。

実は、船はスウェーデンに向かっていなかった。しかし埠頭で、アランは着いたらなにをしようかと自問していて、まだいい答えを出していなかった。

8

2005年5月3日 火曜日～5月4日 水曜日

午後の記者会見のあと、バケツは一杯のビールを飲み飲み考えた。しかし、いかに考えても皆目見当がつかない。ボルトは100歳代に狙いをつけた誘拐をおっ始める気か？　それとも、なにもつながりがないのか？　さんざん頭を絞ったあげく、バケツは頭が痛くなってきた。だから考えるのをやめて親分に電話して、なにも変わったことはないと報告した。するとそのままマルムショーピングにいて、連絡を待てと命令される。

通話を終えて、バケツはふたたび独りビールに戻る。いよいよ厄介な状況になった。いったいどうなっているのか見当もつかず、頭痛がぶり返す。だから頭の中で過去に逃れ、生まれ故郷での過去に思いを馳せた。

バケツの犯罪キャリアはブラーエスで始まった。アランと新しい友人たちの今いるところから遠くないところである。そこで数人の同じような輩と連《つる》んで、〈ザ・ヴァイオレンス〉というモーターバイク同好会を結成する。バケツがリーダーだった。次にどこの新聞スタンドを襲って煙草を強奪するかは、自分が決めた。名称を決めたのも自分である。スウェーデン語でなく、英語で〈ザ・ヴァイオレンス〉。まずいことに、ガールフレンドのイサベッラに、盗品ほやほやの革ジャケット10着にモーターバイク同好会の名称を縫い付けてくれと頼んでしまった。イサベッラは学校でもろくすっぽ綴りを覚えていない。スウェーデン語はおろか、英語はむろん。

結局、イサベッラは、ジャケットに〈ザ・ヴァイオリンス〉と縫い付けた。同好会のほかのメンバーも同じような学力の持ち主であったから、誰も間違いに気づかなかったのだ。

だからある日、ブラーエスの〈ザ・ヴァイオリンス〉宛てにベクショーのコンサートホールを仕切る関係者から書状が届いたとき、全員がどったまげた。同好会の皆さまは明らかにクラシック音楽に関心がおありのようなので、市の高名な室内管弦楽団、ムジカ・ウィタエのコンサートに出演願えまいかという誘いである。

バケツは憤慨した。俺をコケにしやがって。

そこである晩、新聞スタンドはやめにして、ベクショーへ行き、煉瓦《れんが》を投げつけてコンサートホールのガラス戸をぶち壊した。そこの連中へのお礼参りのつもりだった。

うまいことといったが、ただ、バケツの片方の革手袋が煉瓦といっしょにロビーへ入ってしまう。たちまち警報器が鳴ったから、バケツはその私物を取り戻すのはまずいと思った。

片方の革手袋を失くしたのはまずい。ベクショーまでモーターバイクで来たのだが、その夜は片方の手がかじかむばかりになってブラーエスへ戻った。さらにまずいことに、バケツのおめでたいガールフレンドが、失くしたときのためにと、バケツの名前と住所を革手袋の内側に書いていた。だから翌朝には、警察は第一容疑者を割り出し、バケツを捕まえて尋問を始めた。

尋問で、バケツは情状酌量の余地があると抗弁し、コンサートホールの責任者に挑発された経緯を話した。〈ザ・ヴァイオレンス〉が〈ザ・ヴァイオリンス〉となった一件は地元紙を飾り、バケツはブラーエス中の笑いものとなる。激怒に駆られて、次に襲う新聞スタンドは、ドアをぶち壊すだけでなく焼き討ちにしてやろうと思い立つ。今度はトルコ系ブルガリア人オーナーに出くわす。相手は防犯のために武器を携えて物置部屋で寝ていたところだったから、バケツは命からがらで逃げ出した。寒い夜なので、ないよりはましと、バケツは残る片方の革手袋をはめて犯行現場へ行った（最初の革手袋と同じく住所氏名明記）。それを失くして、ほどなく初めて刑務所へ入る。

そこでバケツは親分に出会った。刑期を終えると、バケツはブラーエスとガールフレンドのもとを去ることを決意する。どちらも縁起が悪いように思われた。

しかし〈ザ・ヴァイオレンス〉は健在で、メンバーたちは相変わらず綴り間違いのジャケットを着ていた。ただ最近、同好会は焦点を変えた。今ではもっぱら車の窃盗と走行距離計の細工である。グループの新リーダー、バケツの弟はよく言った。「急に走行距離が半分になったときほど、かわいい車はないぜ」

バケツはたまに弟や昔の仲間と連絡をとったが、昔に戻る気はさらさらなかった。

「ひでえドジ」と、バケツは自分の過去をあっさり要約した。

新しい考え方をするのも厄介だし、昔を思い出すのも同じくらい厄介だ。３本目のビールを飲んでから、親分の命令に従って、ホテルにチェックインしたほうがいい。


アロンソン警視が警察犬のハンドラーとキッキーという名の犬を伴ってオーケル村に着いたとき、ほとんど暗くなりかけていた。ヴィードシャルから線路づたいに長いこと歩いた。

犬は途中なにかに反応することがなかった。夕暮れの散歩ではなく仕事をしているのだということがこの牝犬《めす》にはわかっているのだろうかと、アロンソンは思った。しかしこのトリオが放置された点検トロッコまで来たとき、犬は気をつけの姿勢に、というかそんな姿勢になった。それから片前足を上げて、吠え始めた。アロンソンの期待が高まる。

「なにか言ってんのかな?」と、問う。

「はい、たしかにそうです」と、ハンドラー。

そしてハンドラーは、なにを伝えたいかによってキッキーの仕草がいろいろに変わると説明した。

「じゃあ、今はなにを伝えたがっているんだい?」と、いよいよじりじりしてアロンソンは言い、まだ3本足で立ったまま吠える犬を指さす。

「つまり」と、ハンドラーは言った。「トロッコに死人がひとり乗っていたということです」

「死人だと? 死体か?」

「死体です」

アロンソン警視は〈一獄一会〉メンバーが不運な100歳のアラン・カールソンを殺害したさまを目に浮べていた。

ところがこの新情報は自分がすでに知っていることと重なる。

「間違いなく、まったく逆だ」とつぶやき、妙にほっとした。


ベッピンはポテトとスウェーデン苺を添えたステーキ、ビールを出し、次いでグラスに注いだビターも出した。客は皆、腹ぺこだが、納屋から聞こえたのがどんな動物の声なのかを知りたがった。

「あれはソニア」と、ベッピンが言った。「あたしの象」

「象?」と、ユーリウス。

「象?」と、アラン。

「あの声はそうだと思ったよ」と、ベニー。

元ホットドッグ屋台店主は一目惚れだった。そして今、2度目に見ても、心は変わらない。悪態連発のこの赤毛女の実物像は、小説からひょっこり飛び出してきたかのようだ。

ベッピンがこの牝象を見つけたのは8月初めのある朝のことだ。庭でリンゴを盗み食いしていた。もしこの象が人語を話せたなら、前の晩、ベクショーのサーカスからちょいと抜け出して一杯飲みに行こうとしたと言っただろう。その晩、象の世話係が仕事をサボって同じことをしていたからである。

暗くなったころ、象はヘルガ湖の岸辺に着いていて、たんに渇きを癒す以上のことをしようと決心した。冷たい水をひと浴びするのもいいかしらと、象は思った。そして浅い水に足を踏み入れた。ところがいきなり水が深くなり、象は生まれつきの泳ぎの能力に頼らざるをえなくなった。一般に、象は人間ほど思考が論理的ではない。この象がまさにその典型。ただぐるっと向きを変えて4メートル泳げば岸なのに、固い地面に戻るために入江の向こう岸までの2キロ半を泳ごうと決心した。

象の論理はふたつの帰結に至る。ひとつは、象の死去をサーカス団員と警察が早々と発表したことである。警察はかなり遅ればせながら、ヘルガ湖の水深15メートルまで足跡をたどることを考えた。もうひとつは、まだぴんぴん生きている象が、闇にまぎれて、けなげにもはるばるベッピンのリンゴ畑にたどり着いたことだ。誰にも見とがめられることはなかった。

ベッピンはもちろんこのことを知らなくて、あとから地元紙の記事で事の次第をほぼ理解した。1頭の象がいなくなって死んだという記事だ。この地域を同じ時間帯に走りまわる象が何頭もいるはずがない。死んだ象とまだぴんぴん生きている象は、どうやら同じ象だ。

ベッピンはまず、象に名前を付けた。ソニアと名付ける。崇拝する歌手、ソニア・ヘデンブラットの名をとったのだ。そしてソニアとアルザス犬、ブーステルとの間に幾日もの交渉があってから、双方は和解に達した。

冬になり、ということはつまり、ソニアは象の食欲で食べるから食べものを際限なく手に入れなければならない。都合のよいことに、ベッピンの父親がぽっくり逝って、ひとり娘に100万クローナの遺産を遺していた（20年前、年金生活者になったとき、成功していたブラシ製造工場を売り払い、その金を上手に使っていた）。だからベッピンはロットネの田舎クリニックの職を辞して、犬と象の在宅ママとなった。

それから春になり、ソニアがふたたび自分で草や葉っぱを食べられるようになり、そんなときにメルセデスが裏庭に入ってきた。父さんが、あの世に逝ってしまった父さんが、2年前に一度、娘に会いにきて以来、初の訪問客。ベッピンが言うに、自分は運命にくってかかる質《たち》ではないので、見知らぬ人間からソニアを隠しておこうとは思いつきもしなかった。

アランとユーリウスはベッピンの話をじっと黙りこくって聞いていたが、ベニーが口を開く。

「ところでソニアのあのうなり声はなんだ？　きっと痛がってるぜ」

ベッピンは目をまん丸くしてベニーを見た。

「なんで声だけでわかんのさ？」

ベニーはひと口食べて間をおく。それから言った。

「俺は獣医の成りそこないでね。詳しく話そうか、それとも手短かにかい？」

3人とも詳しい話のほうを聞きたがったが、ベッピンがまずベニーと納屋へ行って、この獣医の成りそこないにソニアの痛む左前足をひと目見てもらうと言い張る。

アランとユーリウスはディナーテーブルに残り、ふたりで不思議がった。ポニーテールの獣医が、セーデルマンランド県の僻地も僻地でホットドッグ屋台店主に落ちぶれるなんてありうるか。獣医がポニーテールとは、どういうセンスをしている？　妙な時代になったものだ。

ベニーは自信たっぷりにソニアを診断した。以前、実習生だったころ、こういうのは診ている。小枝の切れっ端が2番目の足爪の下に引っかかっていて、足の一部が腫《は》れ上がっている。ベッピンもその小枝を抜いてやろうとしたのだけれど、力不足だし器用でもなかった。ベニーが、ソニアに穏やかに話しかけながら鋏《やっとこ》を使って、ものの3分で抜き終えた。しかし象の足はひどく腫れている。

「抗生物質が要るな」と、ベニーは言った。「1キログラムほど」

「要るんなら、あたしがとってくるわよ」と、ベッピンが言った。

しかし「とってくる」には、真夜中にロットネへ行かねばならず、それまでの時間を過ごすべく、ベニーとベッピンはディナーテーブルに戻った。

皆、食欲もりもりで食べながらビールとビターを飲む。ただしベニーの飲んだのはジュース。食事が終わると、リビングルームに移動して暖炉のそばの肘掛椅子に座り、そこでベニーが獣医の成りそこないとなった経緯を語ることになった。

物語は、ストックホルムの南で育ったベニーと1歳年上の兄、ボッセが叔父フランクとダーラナで夏をいくつも過ごしたことから始まる。叔父フランクは、フラッセが通り名で、成功した起業家だった。さまざまな地元ビジネスをいくつも所有し経営していた。叔父フランクは、キャンピングカーから砂利まで、そうとう手広い販売を手がけた。食べるのと眠るのを別にすれば、仕事が大いなる情熱だった。過去には何度か失恋も経験した。ただただ仕事に仕事、そして食べて寝る（そして日曜日にはシャワーを浴びる）という叔父フラッセに、女性は皆すぐに愛想が尽きたからだ。

いずれにせよ、1960年代の数年間の夏、ベニーとボッセは叔父フラッセの兄である父親によってダーラナへ遣《や》られた。子供には新鮮な空気が必要だという持論からだった。新鮮な空気をたっぷり吸ったかどうかは疑わしい。というのもベニーとボッセは早速、叔父フラッセの砂利置場の大きな砕石機《さいせき》の操作を仕込まれたからである。少年ふたりは、大変だったけれどその仕事が好きになり、2ヶ月間、新鮮な空気よりは粉塵《ふんじん》を吸い込むことになった。夜な夜な、叔父フラッセは人生訓を語り、決まってお説教を垂れた。

「おまえたち男の子は、ちゃんとした教育を身につけなくてはいかん。わしみたいになっちゃ、お仕舞いだぞ」

ベニーもボッセも叔父みたいになってお仕舞いというのがそう悪いこととは思わなかったが、ある日、叔父は砕石機にころがり落ち、砂利じゃりっとお仕舞いになった。叔父フラッセは学校教育不足をずっと気にしていた。ほとんど読み書きができず、計算はまるきりダメ、英語は一語も知らない。ノルウェーの首都はどこかとたまたま聞かれると、オスロだと思い出すのもやっとのことだった。叔父フラッセの知っていた唯一のことは、ビジネスのやり方である。そして仕舞いにはうなるほど金を残した。

叔父フラッセが他界したとき正確にどれだけの金を残したかは、よくわからなかった。ボッセが19歳、ベニーがもうじき18歳というある日、とある弁護士がボッセとベニーに接触してきた。叔父フラッセの遺言書に両方の名があるが、問題がやや複雑なので、面談したいというのだ。ベニーとボッセが弁護士事務所を訪れると、兄弟両方が学業を終了した暁には、明示はされなかったが大層な額の金が待っていると知らされる。それでは充分でないかのように、兄弟が学生である間は、潤沢な月々の仕送り（物価上昇率に応じて定期的に上昇する額）を弁護士が支給するという。

ただし月々の仕送りは、ふたりが学業を放棄した場合、最終試験に合格し自活できるようになった場合と同じく、その時点で停止する。遺言書には多少複雑な詳細も含めてまだいろいろ記されていたが、要するに大筋は、ふたりとも学業を終えさえすれば金持ちになるということである。

ボッセとベニーはすぐさま熔接技術の7週間課程を始め、弁護士は遺言書によればそれで充分と言った。「もっともフランク叔父さんは、もっと上の教育を考えておられたようですが」

その課程の半ばで、ふたつの出来事が起こる。まず、ベニーは兄のいばりちらすのがいい加減うんざりだった。つねづね兄貴風を吹かされてきたが、そろそろはっきり兄に言うべきときだ。ふたりとも大人なんだから、誰か顎で使うのを見つけりゃいい。もうひとつ、ベニーは熔接工になる気がないし、とにかくその才能がないのがわかった。兄弟はしばし言い合ったが、ベニーは説き伏せて、ストックホルム大学で植物学を学ぶ。弁護士によれば、遺言書は中途休学がないかぎり学科変更を認めていた。

ボッセは熔接工の養成課程を終えたものの、叔父フラッセの金をびた一文もらえない。弟ベニーがまだ学生だからだ。おまけに弁護士は、遺言書に従って、ボッセの月々の仕送りをただちに停止した。

むろん、これで兄弟は反目し合う仲となった。そしてボッセが、めろめろに酔った勢いで、ベニーの買ったばかりのモーターバイクを叩き壊す（潤沢な学費の仕送りをためて買ったものである）。それが兄弟愛の終わりとなり、付き合いも一切絶えた。

ボッセは叔父フラッセの気概で商取引を始めたが、叔父のような商才はなかった。ほどなくヴェステルヨートランドへ引っ越す。新たなビジネスチャンスを求めるためでもあり、憎き弟と鉢合わせしないためでもあった。一方、ベニーは来る年も来る年も学業を続けた。月々の仕送りは、遺言書の文言どおり、潤沢だったし、最終試験を受ける寸前に学科を変更して新たな学科に移ったので、ベニーは不自由なく生活できた。一方、弟が目の敵の兄は金を待つしかない。

ベニーはこんなふうに30年間を過ごし、するとある日、そうとうに高齢の弁護士が連絡してきて、遺言書の金が底をついた、月々の仕送りは打ち切る、むろん流用できる金はないと言明した。兄弟には遺産のことを忘れていただきたい、そう告げた弁護士は今や90歳を越えていて、遺言書のために生きのびてきたふうだった。というのもそれから2週間ほどたって、テレビの前の肘掛椅子であの世へ逝ったからだ。

すべてほんの2週間ほど前の出来事である。ベニーは突然、職を見つけなければならなくなった。しかしスウェーデンで最高の教育を受けたひとりであるにもかかわらず、労働市場は教育を受けた年度数に関心はなく、最終試験学位しか問題にしないのがわかった。ベニーは少なくとも10個の学位を得る寸前だったが、それでもせいぜいホットドッグ屋台に投資するしかなかった。ベニーとボッセは、遺産が底をついたという弁護士の通告の際、やむなく同席せざるをえなかったが、そのときのボッセの物言いや態度からして、ベニーは当面、兄のもとを訪ねる予定はない。

ベニーの話をここまで聞かされると、ユーリウスは心配になってきた。ベッピンが立ち入ったことを聞き出そうとするのではあるまいか、たとえばどうしてベニーが結局、ユーリウスやアランといっしょに行動することになったのか、と。しかしベッピンは、ビールとビターのせいで細かなことにこだわらない。ただ、年甲斐もなくちょっぴりのぼせてしまったという自覚はあった。

「それでほかにも成りそこないになったわけ、獣医のほかに？」と、目を輝かせて問う。

ベニーは、ユーリウス同様、ここ数日の経緯をあまり詳しく話さないほうがよいと承知していた。だからベッピンの問いがそっちへ動いたのはありがたい。全部は覚えていないが、と、言った。30年も学校で勉強して、ときどきは宿題もやるわけだから、ずいぶんたくさんある。ベニーは獣医の成りそこない、医者の成りそこない、建築家の成りそこない、エンジニアの成りそこない、植物学者の成りそこない、語学教師の成りそこない、スポーツコーチの成りそこない、歴史家の成りそこない、その他もろもろの成りそこないだった。気分転換に、質や重要度の異なる短期コースもとった。同時に並行して2課程をとったこともある。

それからベニーはべつの成りそこないを思い出した。さっと立ち上がるや、ベッピンに面と向かい、韻を踏んだスウェーデン語の愛の詩を暗唱する。

われは陰鬱なる貧しき身
孤独のうちにわれは歌う
愛しき妻なる君《きみ》
宝玉にして燦《きら》めく指輪を永久に慕《した》う

一同はしーんと静まり返った。それからベッピンが、なにやら聞きとれない悪態をつぶやいて顔を赤らめる。

「エリク・アクセル・カールフェルト」と、ベニーは詩人の名を明かす。「この詩句をもって、きみに食事ともてなしのお礼の言葉としたい。俺が文学博士の成りそこないでもあるのは言ってなかったと思うがね」

ベニーがベッピンに暖炉の前で踊らないかと誘いをかけたのは、ちょっと行きすぎだったかもしれない。すぐさま相手はいやよと撥《は》ねつけ、こんなくだらないことはいい加減にしてよと言ったからだ。しかしユーリウスには、相手が気をよくしているのが見てとれた。スウェットスーツのファスナーを上へ引き、それを下へなでつけて、いかにもベニーを意識しているふうだ。

それからアランは2階へ寝に行き、あとの3人はコーヒーかコニャックへ移った。ユーリウスは嬉しげに両方もらおうと言い、ベニーは片方だけにする。

ユーリウスはベッピンに質問を浴びせた。農場のこと、これまでの人生のこと。興味もあったし、自分たちが何者か、どこへ行くのか、どうしてなのかなどと聞かれるのを避けたいからでもあった。しかし心配無用だった。ベッピンは上気していて、しゃべり続ける。幼少時代のこと、18歳で結婚して10年後に追い出した男のこと（このあたりは悪態連発が猛烈に激しくなった）、子供はいないこと、湖畔農場はもともと両親の夏の家だったが、母親が7年前に他界して父親からあとを任せられたこと、底をつき始めた遺産のこと、そろそろここを引き払うつもりであること。

「あたしはもう43歳」と、ベッピンが言った。「棺桶に半分足を突っこんでるわ」

「断じてそんなことはない」と、ユーリウスが言った。

ハンドラーがキッキーに新たな指示を出すと、犬はくんくん嗅ぎつづけてトロッコから離れていく。アロンソン警視は問題の死体がどこかそのあたりに見つかるかと期待したが、敷地にわずか30メートル入ったところで、キッキーはぐるぐる同じところを回り始め、でたらめに捜索している様子である。それから訴えるようにハンドラーを見上げた。

「キッキーは、残念だけど死体がどこへ行ったのか見当がつかないと言ってます」と、ハンドラーは翻訳した。

ハンドラーはこのメッセージをもっと正確に伝えるべきだった。アロンソン警視はこの返答をこういう意味に解釈したからだ。つまり、キッキーはトロッコを離れたとたん、死体の痕跡を見失った。しかしもしキッキーが人語を話せたなら、死体は間違いなく数メートル敷地へ引きずられてから消えたと告げただろう。それならばアロンソン警視は、この2、3時間内に鋳造所を出た積荷があったかどうかを調べたはずだ。答えはただひとつしかなかったろう。すなわち、ヨーテボリ港行きのコンテナを積んだトレーラートラック。それならば地元警察に連絡を入れ、ハイウエーでトレーラートラックを止めることもできた。しかし今となっては、死体はスウェーデンの国境のかなたに消えていた。

3週間後、スエズ運河の南端から出港したばかりの平底船に、若いエジプト人の夜番《よばん》が乗っていた。積荷から恐ろしい悪臭がする。

ついに我慢しきれなくなった。布きれを湿らせて、鼻と口に巻きつける。木箱のひとつに悪臭のもとがあった。半腐爛の死体である。

エジプト人水夫は思案した。死体をこのまま放置して鼻のひん曲がるような航海はしたくない。おまけにほぼ間違いなく、ジブチで長々と警察の取り調べを受ける羽目になる。ジブチの警察がどういうものかは誰でも知っている。

死体を自分で動かすのも、考えただけでぞっとする。しかし結局、腹を決めた。まずは、死体のポケットから金目になりそうなものを残らず抜き出す。厄介なことになったのだから、これくらいはいただく。それから海中へグイッと押しやった。

かくて、やせぎすの若い男、べたついたブロンドの長髪、無精ヒゲ、背中に〈一獄一会〉の文字のあるデニムのジャケットの男は、紅海の魚の餌食と相成った。

湖畔農場の仲間たちが散会したのは、ちょうど真夜中前。ユーリウスは2階へ寝に行き、ベニーとベッピンはロットネのヘルスクリニックまで遠出するべく、メルセデスに乗りこんだ。途中で気づく。なんと後部座席でアランが毛布をひっかぶっているではないか。アランは目をさまし、言い訳を述べた。ちょっと新鮮な空気を吸おうと外へ出たら、車がいい寝場所だとふと気がついた。長い1日だったし、膝ががくがくしていては、2階の寝室へ階段をのぼるのはきつい。

「もう90歳じゃないんでね」と、言った。

2人組《デュオ》が3人組《トリオ》になって夜の遠出となったが、べつに問題はない。ベッピンが計画をもっと細かに話した。クリニックに入るには、ベッピンが辞めたときに返し忘れた鍵を使う。中へ入ったら、エルランドソン医師のコンピューターにログインして、エルランドソンの名前で抗生物質の処方箋を打ち込み、ベッピンの名前で作らせる。それにはエルランドソンのパスワードが必要だが、大丈夫と、ベッピンが言った。エルランドソン医師は偉そうにするだけではなく、抜けたところもある男。2、3年前、新しいコンピューターシステムをインストールしたとき、処方箋の電子ファイルの作成を教えたのはベッピンだし、ユーザーネームとパスワードを設定したのもベッピン。

メルセデスは目的の犯行現場へ着いた。ベニーとアランとベッピンは車を降りて、犯行に及ぶ前に周囲を偵察した。このとき、1台の車がゆっくりと通り過ぎた。運転手も3人組に驚いたが3人組も運転手に驚いた。ロットネで真夜中のこの時刻に起きている人間がひとりでもいれば、それだけで大事件である。今夜にかぎって4人もいる。

しかし車はそのまま通り過ぎ、暗闇と静けさがふたたびロットネに戻った。ベッピンに導かれてベニーとアランは裏手の従業員入口から中へ入り、エルランドソン医師の部屋へ行く。それからベッピンがコンピューターのスイッチを入れ、ログインした。

すべて計画どおりに運んで、ベッピンは嬉しそうにけたけた笑い出し、ところが突然、チェッだのクソッだのチキショウだのを連発した。「抗生物質1キログラム」の処方を自分では入力できないのに気づいたのだ。

「エリスロマイシン、リファミン、ゲンタマイシン、リファンピン、それぞれ250グラムと打ち込むんだ」と、ベニー。「そうすれば、いろんな違う角度から炎症をやっつけられる」

ベッピンは尊敬の目でベニーを見た。それから、こっちへ座ってひとつひとつ綴りを言ってちょうだいと言った。ベニーはそうして、炎症が悪化したときにそなえて用意しておいたほうがいいさまざまな薬品名を付け加えた。

クリニックから脱出するのは、侵入するのと同じくらい簡単だった。そして何事もなく家へ帰る。

ベニーとベッピンの助けを借りてアランは2階へ上がり、夜中の2時半近くになってから、湖畔農場の最後の明かりが消えた。

　夜の10時を過ぎると、もともと眠たげなこの地域で起きている者は多くない。しかし湖畔農場からそう遠くないブラーエスでは、ひとりの若い男がやたら寝返りを打っていた。煙草が吸いたくてたまらない。バケツの弟、〈ザ・ヴァイオレンス〉の新リーダーである。3時間前、最後の1本を吸ってしまい、じきにどうしてももう1本吸いたくなった。ちくしょう、夜、どこもかしこも閉まる前に買っておくのだった。

　いったんは翌朝まで辛抱しようと思ったが、真夜中にはもう耐えられなくなっていた。こうなると、昔がよみがえる。新聞スタンドなら、バール1本でたやすくこじ開けられる。しかしブラーエスではそうはいかない。評判を落とすわけにはいかない。それに、犯行が露見する前から容疑者にされるだろう。

　ちょいと遠出するのが最善だろうが、とにかく吸いたくてたまらないから妥協しなければならない。妥協策はロットネ、車でほぼ15分だ。目立たない身なりになってから、バケツの弟はおんぼろのボルボ240に乗り込み、真夜中を少し過ぎたころ、そろりそろりと小さな町に入った。ヘルスクリニックの前を通ると、意外にも歩道を歩く3人の姿がある。赤毛の女、ポニーテールの男、そのすぐ後ろにおっそろしく年取った老人。

　バケツの弟はこのことを深く分析しなかった（深くにしろ浅くにしろ、分析などとは無縁の男）。そのまま車を走らせ、探していた新聞スタンドのすぐそばの立木の陰に停車して、バールにそなえてオーナーがドアをがっちり施錠して帰ったので侵入できず、来たときと同じくニコチン切れのまま引き返した。

翌朝ちょうど11時過ぎに目をさましたとき、アランは元気になっていた。窓から外を見ると、湖を囲んで森が広がっている。この風景がセーデルマンランドを思い出させた。今日はいい天気になりそうだ。

服を着る。着の身着のままの姿で、たぶんもうじきあれこれ新調できるだろうと考える。自分もユーリウスもベニーも、歯ブラシすら持ってくるゆとりがなかった。

アランが階下へ行くと、ユーリウスとベニーが朝食をとっていた。ベニーがぐっすり寝坊している間に、ユーリウスは散歩に出ていたという。ベッピンは食器やグラスを片付け終え、セルフサービスで食べてほしいというメモをキッチンに置いていた。本人は今ごろもうロットネだろう。メモの結びに、朝食の適当な量をめいめいの皿に必ず残しておくようにとある。ブーステルも食べられるようにというわけだ。

アランがおはようと言うと、同じおはようが返ってきた。それからユーリウスが、もうひと晩、湖畔農場に滞在しようではないか、実に素晴しい環境だから、と言いそえる。アランは、その気になったのはお抱え運転手に感化されたせいかな、と尋ねた。ゆうべの雰囲気には情熱がただよっていたからね。ユーリウスは応じる。ベニーなら夏が終わるまで湖畔農場にいたいという理由をわんさと並べるだろうが、俺が自分でそう決めたのさ。そもそもどこか行くあてがあるかい？　もう1日考えてみる必要はないか？　俺たちが何者で、どこへ行くか、もっともらしく言いつくろっておけば、もう1日ここにいられる、もちろんベッピンが承知すればだが。

ベニーは、アランとユーリウスのやりとりを気にしつつ聞いていた。もうひと晩この同じ家にいるということで話がまとまるのを、明らかに期待している。ベッピンに抱く感情が前日から少しも薄れてはいない。それどころかベッピンが朝食のテーブルにおりてこないのでがっかりしていた。しかし置いていったメモには「ゆうべはありがとう」とある。ベニーが暗唱した詩のことではないだろうか。とにかく早く帰ってきてほしい。

しかしベッピンの姿が中庭に現れたのは、ほぼ1時間後だった。車から降りると、ベニーの目には、きのうよりずっと美人になっているように映る。赤のスウェットスーツをワンピースに着替え、それにヘアサロンへ行ってきたのかもしれない。ベニーは嬉々として歩み寄り、声をかけた。

「やあ、ベッピン！　お帰り！」

後ろにはアランとユーリウスが立ち、うるわしき場面を期待した。ところがベッピンの様子を見るなり、ふたりの笑みが消えた。まずベニーの前を素通りして、それからもうふたりの前も素通りして、湖畔農場の段々でぐるっとふり向いて言った。

「ろくでなし！　全部知ってるわよ！　ほかにも隠してるんでしょ。みんなリビングに来なよ。今すぐ！」

そう言うなり、ベッピンは家の中へ姿を消す。

「全部知ってるってんなら、それ以上なにを知りたいんだ？」と、ベニー。

「まあ静かに、ベニー」と、ユーリウス。

「わたしもそう思う」と、アラン。

それから運命と対面すべく、ぞろぞろと中へ入る。

ベッピンはこの日、まず刈りとったばかりの草をソニアに与え、それからちょっと身づくろいすることにした。認めたくはないけれど、あのベニーという男のために美しくなりたいと思っている。だから赤のスウェットスーツを淡い黄色のワンピースに着替えて、縮れ毛を2本のお下げにまとめてあった。うっすら化粧をして香水をちょっぴりつけてから、赤のVWパサートに乗ってロットネへ買い出しに行った。

ブーステルはいつものように後部座席に座り、チョップをぺろぺろなめていて、車はまっすぐスーパーマーケットに向かう。あとでベッピンは、ブーステルは新聞の見出しを見たのかしらと思った。店の外でエクスプレス紙の見出しが日射しのなかで躍り、2点の写真が載っていた。下段には老年のユーリウス、上段には超高齢のアラン。見出しにはこうあった。

100歳老人
誘拐か
犯罪組織
怪盗も関与か

ベッピンはパッと紅潮した。四方八方に思いが駆けめぐる。憤然として、すぐさま買い出しの計画を放り出した。あの3人のずる賢い悪《わる》がランチの前に逃げ出すかもしれない！　それでもベッピンはまず薬局へ入り、昨夜ベニーが処方した薬を手に入れてから、いったいどういうことなのか確かめようとエクスプレス紙を買った。

読めば読むほど、ベッピンは腹が立ってきた。同時にまた、ばらばらなものがどうにもまとまらない。ベニーが〈一獄一会〉ってわけ？　ユーリウスは怪盗？　で、誰が誰を誘拐したわけ？　みんな仲良くやってるみたいだけど。

結局、腹立ちが好奇心より強くなる。なにがあったにしろ、だまされていた。グニラ・ビョルクルンドをだまくらかしてタダですむもんか！　なにがベッピンさんよ！　ふん！

車の中で記事を読み直す。「月曜日の100歳の誕生日、アラン・カールソンはマルムショーピングの老人ホームから失踪した。警察は犯罪組織〈一獄一会〉による誘拐と見ている。エクスプレス紙の入手した情報によれば、怪盗ユーリウス・ヨンソンが関与している。」

つづいて通報やら目撃者談やらのごちゃ混ぜ。「アラン・カールソンはマルムショーピングのバス停留所で目撃され、それからストレングネース行きのバスに乗り、このことが〈一獄一会〉の一員を激怒させ……」だけど待って……「30代のブロンドの男……」これはベニーのことではない。

ベッピンは……ほっとした？

こんがらかるままに読み進む。アラン・カールソンは昨日、怪盗ヨンソンと、カールソンに激怒する〈一獄一会〉の一員とともに、セーデルマンランド森林の真ん中で路線点検トロッコに乗っているのを目撃されている。エクスプレス紙としては3人の男の関係を正確に報じることができないが、アラン・カールソンはほかのふたりに捕らわれていると目される。少なくともヴィードシャルのテーングロートという農夫はそう述べた。

最後に、エクスプレス紙にはもうひとつのスクープ記事が載っていた。近くのガソリンスタンド店員によれば、地元のホットドッグ屋台店主、ベニー・ユングベリという名の人物が、100歳と怪盗が最後にいたとされる場所近くで昨日から消息を絶った。

ベッピンは新聞を折りたたむと、ブーステルの口にくわえさせた。それからまっしぐらに森の中の母屋へ戻った。今や3人の訪問者が、100歳、怪盗、そしてホットドッグ屋台の店主であるのを知った。この3人目はハンサムでチャーミングで医学知識もあるけれど、ロマンスの生まれる余地はない。一瞬、ベッピンは腹立たしいより悲しくなったけれど、ふたたび怒りをたぎらせて中庭へ車を入れた。

ベッピンはブーステルのくわえたエクスプレス紙を引っぱって、アランとユーリウスの写真が載っている第一面を広げ、クソッだのチキショウだのを連発してから記事を棒読みした。それから釈明を求め、3人ともなにがなんでも5分後に出て行ってもらうと言明した。それからまた新聞を折りたたみ、ブーステルの口にくわえさせ、腕組みをし、最後に冷ややかなひと言。

「で？」

ベニーがアランを見るとアランはユーリウスを見て、ユーリウスは妙なことにいきなりにやりと笑みを浮かべる。

「怪盗ね」と、言った。「俺様が怪盗かよ。こりゃあいい！」

しかしベッピンはにこりともしない。すでに顔を真っ赤にして、その顔をさらに赤くしてユーリウスに言い放つ。今すぐでないにしても、怪盗だなんていい気になってたってどうせボコボコにされて終わりよ。それからすでに心の中で唱えていた台詞《せりふ》を客一同にまくし立てた。すなわち、誰だろうと、湖畔農場のグニラ・ビョルクルンドをだまくらかしてタダですむと思ったら大間違い。その言葉に迫力を加えるため、ベッピンは壁に掛かっている古いショットガンを引きおろした。弾は出ないけどね、でも頭かち割るくらいできるわよ、怪盗だろうが、ホットドッグ屋台の店主だろうが、耄碌爺《もうろくじじい》だろうが、いざとなればね、今がいざのときかもしれないわよ。

ユーリウス・ヨンソンの笑顔がたちまち陰った。ベニーはその場に釘付けになり、両腕をだらりと垂らしている。ベニーの見るかぎり、ロマンスの見込みはすーっと蒸発していく。するとアランが割って入り、考える時間をくれないかとベッピンに頼んだ。お許し願えれば、隣の部屋でユーリウスとふたりで相談したいのだがね。ベッピンはちょっとなじりながらも承諾し、しかし小細工しないようアランに言いわたす。アランはそんなことはしないと約束し、ユーリウスの腕をつかんでキッチンへ引き入れ、ドアを閉めた。

アランはユーリウスに、これまでの方策ではなく、ベッピンをこれ以上怒らせないような手はないだろうかと問いかけた。ユーリウスは答える。この急場をしのぐには、ベッピンも誘い入れてスーツケースの所有権の一部を分かち合うしかない。アランは同意した。ただし、わたしとユーリウスが他人のスーツケースを失敬して、取り返しに来た連中を殺したあげく、死体をアフリカ行きの木箱に詰め込んだなんて話を連日、人に聞かせるのは得にならないとは言っておく。

ユーリウスは、アランが大袈裟なことを言っていると思った。これまでのところ、命を犠牲にしたのはたったひとりだし、あれは当然の報いだ。事が落ち着くまでどこかに身を隠すことができれば、誰も同じ運命はたどるまい。

するとアランは、いい考えがあると言った。スーツケースの中身を4人で分けるのがよいのではないか。アラン、ユーリウス、ベニー、そしてベッピン。そうすればベニーとベッピンが誰かにしゃべりすぎる危険はないだろう。それにボーナスとして、この夏は湖畔農場に滞在できる。それまでにはモーターバイク一味もわたしらを探すのはやめるだろう、もし探していればの話だが、それは想定しておかねばならない。

「2500万もね、2ヶ月か3ヶ月の食事付きの部屋とお抱え運転手ひとりに」と、ユーリウスがため息をつく。しかしアランの提案を受け入れた。

キッチンでの打ち合わせが終わった。ユーリウスとアランはリビングルームへ戻る。アランはベッピンとベニーにもう30秒だけ待ってほしいと告げ、ユーリウスは2階の自分の部屋へ行ってスーツケースを引きずりながら戻ってきた。リビングルーム中央の長テーブルに載せて、それを開く。

「アランと俺は、4人でこれを等分することに決めた」

「きゃー、びっくりコクじゃない！」と、ベッピンが言った。

「まあ座れよ、説明しよう」と、ユーリウスが言った。

ベッピンは、ベニーと同じく、死体の一件は引っかかったものの、アランが窓をよじ登って、それまでの生活から失踪したくだりには感銘した。

「あたしだって結婚して2週間目におん出りゃよかったんだ」

湖畔農場に静寂が戻った。ベッピンとブーステルはまた買い出しに出かける。食料、飲物、石鹸、歯ブラシ、その他もろもろ。500クローナ札の束をひとつ出して支払いをした。

アロンソン警視はミェルビューのガソリンスタンドの目撃者に聞き込みをした。50歳代の女である。口ぶりからして、また見たことを語る言葉からして、信用できる目撃者だ。老人ホームで数日前に開かれた80歳の入居者の誕生日パーティの写真で、アランを特定することもできた。そうした写真を、アリス所長はご親切にも警察のみならずマスコミにも提供した。

アロンソン警視は、昨日この情報を退けたのは間違いだったと認めざるをえなかった。しかし後ろをふり返ってもしょうがない。だからアロンソンは分析に集中した。逃走の観点からみれば、可能性はふたつ。ふたりの老人とホットドッグ屋台店主は行く先を知っていた、もしくは当てもなく南へ向かった。アロンソンは最初の選択肢のほうを選びたい。行く先を決めている人間を追跡するほうが楽だからだ。しかしこの連中の場合、なんともいえない。一方では、アラン・カールソンとユーリウス・ヨンソンには明らかなつながりはないようだ。一方、ベニー・ユングベリだが、ヨンソンとユングベリは顔見知りかもしれない。とにかく3人ともかなり近くに住んでいた。しかしユングベリが拉致《らち》されて、むりやり車を運転させられたという可能性もある。件の100歳もむりやり連れ去られたこともありうる。ただしその解釈は危ないといえば危ない。(1)アラン・カールソンはビーリンゲ駅でバスを降り、どうやら自分の意思でユーリウス・ヨンソンを探し出した。そして、(2)ユーリウス・ヨンソンとアラン・カールソンは、(a)点検トロッコで森を抜け、(b)鋳造所のあたりを歩いた。

状況はどうあれ、ガソリンスタンド店員はシルバーのメルセデスがハイウエーをおりてトラーノースに向かったのを目撃した。24時間たってはいるが、鍵にはなる。ハイウエーを南へ向かってミエルビユーで消えたとすれば、可能な最終目的地の数はぐんと限られる。オスカシュハムンへ行き、それからゴットランド島へ渡るかもしれないが、フェリー乗客名簿にその痕跡はない。残るは北スモーランドしかない。その場合、メルセデスは最速のルートをほとんど選ばなかった。しかし、もし老人ふたりとホットドッグ屋台店主が追われているのを感じとったなら、もっと小さな道を選ぶのが賢明だろう。

連中がまだこの地域にいるという根拠は、第一に、車のふたりが正規のパスポートを持たないことだ。国外には出られまい。第二に、アロンソン警視の同僚たちが、ミェルビューの300キロから500キロ以内、南、南東、南西の方向にあるすべてのガソリンスタンドに残らず電話をした。3人もの目立つ人間の乗ったシルバーのメルセデスを見た者はいない。無人スタンドでガソリンを入れた可能性はあるにしても、ふつうはフルサービスのガソリンスタンドへ行くはずだ。そんな距離を走ったのだから、どうしてもポテトチップスやソーダ水やホットドッグがほしくなるだろう。フルサービスのガソリンスタンドの可能性のもうひとつの根拠は、一度はミェルビューで立ち寄ったということだ。

「トラーノース、エークショー、ネッシェー、ヴェートランダ、アセーダ……その近辺」と、アロンソン警視は、でかしたぞとばかりの口調でつぶやいてから、ぎゅっと眉をひそめた。

「で、それからどこへ？」

ブラーエスの〈ザ・ヴァイオレンス〉のリーダーは、やりきれない一夜を過ごして目ざめたとき、ニコチン切れを解消すべくただちにガソリンスタンドへ向かった。入口の外の壁で、新聞の見出しが自分を見おろしてがなっている。エクスプレス紙にでかでかと載っている写真は……なんと昨夜ロットネで見かけた老いぼれではないか。

慌てたので煙草を買うのを忘れた。しかしエクスプレス紙は買い、記事におったまげて、それから兄のバケツに電話する。

　失踪し誘拐されたらしき100歳の謎は、国中の関心の的となった。その100歳と湖畔農場の新しい仲間たちも含めて、150万人以上の視聴者がテレビ報道を観た。エクスプレス紙の記事以上の新展開はない。

「もしこれがわたしだと知らなければ、あの年寄りに同情したろうね」と、アランは言った。

　ベッピンはそうのんきではない。アランもユーリウスもベニーも、しばらくは人目を避けているほうがよいと思った。今後はメルセデスは納屋の後ろに置いておこう。明日の朝、前から目をつけていた大型バスを買いに行こう。座席はほとんど取り払われていて、すごく幅広のサイドドアが取りつけられているから、特大の積荷を運ぶのは申し分ない。今にもあたふた逃げ出さねばならなくなるかもしれないのだ。そうなったら一家こぞって大移動、なにしろソニアがいる。

9

1939〜1945年

34〜40歳

　1939年9月1日、アランの船は、スペイン国旗の下、ニューヨークに到着した。アランは、ヨーロッパの西に位置する大国をちょっとだけ見てから同じ船で帰ろうと考えていたが、まさにこの日、大元帥の親友のひとりがポーランドに侵攻し、またしてもヨーロッパで戦火が燃え広がった。スペイン国籍の船は押収され、没収され、終戦の1945年まで合衆国海軍に徴用される。

船上の全員がエリス島の入国管理事務所に送られた。そこでひとりひとり同じ4つの質問を受ける。⑴名前は？　⑵国籍は？　⑶職業は？　⑷アメリカ合衆国来訪の目的は？

アランと同じ船に乗っていた者たちは皆、スペイン語通訳を通して、自分たちはただのスペイン人船乗りで、船が没収されたからどこへも行かれないと言った。それからすぐさま入国を許可され、合衆国でなんとかやっていくことになった。

ところがアランは違う。スペイン語通訳の発音できない名前だった。アランはスエシア［スペイン語の「スウェーデン」］から来たと言った。そして、重要なことを明かすなら、自分は爆薬専門家であり、爆薬の仕事から大砲の製造まであ りとあらゆる経験をしてきて、ごく最近はスペイン人同士の戦争に参加したと述べた。

そう述べてから、アランはフランコ将軍からの書状を見せた。仰天して、スペイン語通訳はそれを入国審査官に翻訳し、審査官はただちに上司に報告し、上司はただちにその上司に報告した。

最初、審査官とふたりの上司は、このファシストのスウェーデン人をただちに本国へ送り返すべきだということで意見を一致させた。

「船を見つけてくれたなら、喜んで行きましょう」と、アランは言った。

これは実行可能な申し出ではなく、取り調べはつづく。入国審査官がアランから多くを聞き出せば聞き出すほど、このスウェーデン人はファシストらしくない。共産主義者でもない。国家社会主義者でもない。どうやら爆薬の専門家である以外、何者でもないようだ。フランコ将軍とファーストネームで呼び合う仲になったという話は、あまりにも馬鹿げているから本当なのだろう。そこまででっちあげることはできまい。

名案も浮かばないので、上級入国審査官はアランを2、3ヶ月拘束する手配をした。不運にも、数ヶ月が数年になる。入国管理局長には、ニューメキシコ州ロスアラモスに弟がいた。兄の知るかぎり、弟は軍のために起爆装置の研究をしていた。入国管理局長がアランのことをほとんど忘れかけていたある日、コネティカット州の実家の農場で弟と顔を合わせてこの話になる。感謝祭の日だった。弟としてはフランコの潜在支持者をかかえ込むのはぞっとしないけれども、ロスアラモスでは掻《か》き集められるかぎりの専門知識を躍起になって求めているから、その風変わりなスウェーデン人にも資格を問わなくて機密性の高くない仕事があるだろう、それで兄が助かるなら、と言った。入国管理局長は、それはありがたい話だと言った。それから兄弟は七面鳥をぱくつく。

それからまもなく1943年の冬、アランは初めて空を飛ぶ。目的地は、ロスアラモスの国立研究所。ところがそこで、アランが英語をひと言も話せないということが露見する。スペイン語を話す大尉が、このスウェーデン人の専門技量がどの程度のものか判断する役回りを任された。アランは、アランの知る爆発性の高い化学式を書いて大尉に示すことを求められた。大尉はざっと目を通し、かなり革新的な能力の持ち主だと認めはしたが、その程度の爆薬の力では車1台吹っ飛ばすのも無理だろうと指摘した。

「いやいや、大丈夫」と、アランは答えた。「男ひとり乗った車1台。試したんだ」

アランは採用され、最初は施設の端っこに配置され、しかし月日がたつうちに英語を話せるようになり、だんだん自由に動きまわることを許される。細かなところにまで着目する男だからして、そうした日々が過ぎるうちに、アランは、日曜日に故郷の砂利置場で爆発させていたのとは本質的に異なる爆薬の作り方を学びとった。日が暮れるとロスアラモス研究所の若者の多くは女を漁りに町へ繰り出したが、その間もアランは閲覧制限の図書室にこもり、爆薬の世界の新しい領域について学んだ。

ヨーロッパでは戦火が激しくなっていたが、そうした出来事はおおむねアランを素通りした。せっかく得た知識も、下っ端の助手の身であるから、実際に活用できない。ニトログリセリンや硝酸ナトリウムのようななじみの化学物質の知識は、もはやアマチュアのものなのだ。そんな知識ではなくて、水素やウランのような原子間の未知の関係、想像すらできなかった複雑な関係の知識。

１９４２年以来、ロスアラモスには最高機密保持令が敷かれていた。科学者たちは巨大な爆弾を製造するという極秘使命をルーズヴェルト大統領から命じられていた。アランの推測するに、10本から20本のスペインの橋を1回の爆発で破壊しうる爆弾である。最高機密の業務にまで誰かが狩り出され、人受けのいいアランは最高機密関与許可を与えられた。

アメリカ人ってのは、やり手ぞろいだとつくづく思った。アランの頼ってきた昔ながらの素材ではなく、ここの科学者たちは原子核の結合力を解放する方法を発見し、世界がこれまで見たことのない巨大な爆発を実現しようとしているのだ。

１９４５年4月には、もう完成間近だった。研究者たちは、ちなみにアランも含めて、核反応の達成法を知っており、しかしそれを制御する方法を知らない。この難題にアランは夢中になった。図書室にこもり、誰に頼まれたでもないのに難題に頭を悩ます。そしてついにそれを解いた。

その春は毎週、軍の重鎮がトップクラスの物理学者と何時間もの会議を重ねていた。会議を主導するのはJ・ロバート・オッペンハイマー、アランはただ居並ぶ面々のコーヒーカップにコーヒーを注ぎ、聞いてるだけ。

科学者たちは髪の毛を掻きむしり、アランにコーヒーのおかわりをする。軍人たちは頭をかかえ、アランにコーヒーのおかわりをする。軍人も科学者も解答が見つからないのにやけっぱちになって、アランにコーヒーを求めた。こうして毎週毎週が過ぎてゆく。アランは一同の難題の解答を少し前から温めていたが、給仕の分際でディナー料理長にディナーの調理法を教えるのは憚《はばか》られる。

だから自分の知ることを胸に収めておいた。

ところがあるとき、自分でも驚いたが、こう口をすべらしてしまったのだ。

「あのう、ウランを2等分してはいかがでしょう?」

ロバート・オッペンハイマーのカップにコーヒーを注ぎながら、ふっと口をすべらせたのである。

「なんと言った?」と、オッペンハイマー。給仕が口を出したのにびっくりしたものだから、アランの言ったことが耳に入らなかった。

アランは先をつづけざるをえなくなった。

「つまり、もしウランを2等分して、ここぞというときにぶつけてやれば、爆発させたいときに爆発すると思います」

「2等分?」と、オッペンハイマー。このとき頭の中をもっと多くのことが駆けめぐっていたけれども、「2等分」と言うのがやっとだった。

「ええ、たぶんそこがポイントです、教授。それぞれサイズが同じである必要はありません。重要なのは、ぶつかるときに充分な大きさがあることです」

アランの助手としての適応性を断言したルイス大尉が、このスウェーデン人の息の根を止めてやるという形相になった。しかしテーブルに並ぶ科学者のひとりが、ぐいっと身を乗り出して関心を示す。

「しかしどのように両方をぶつけるのかね？　そしてまた、いつ？　空中でかね？」

「そのとおりです、教授。ええ、すべてを爆発させることはむずかしくありません。問題は爆発の瞬間を制御できないことです。しかし2等分した臨界量はふたつの非臨界量になりませんか？　その反対もそういえます、ふたつの非臨界量からひとつの臨界量を得るのですから」

「で、その両方をどういうふうにぶつけるのかね、きみ、ええと……失礼、きみは誰だね？」と、オッペンハイマーは言った。

「アランです」と、アランは言った。

「で、アラン君、どういうふうに両方をぶつける？」

「昔ながらのふつうの爆薬を使って」と、アランは言った。「わたしはそういう方面には手なれていますが、もちろん皆さんでできることですから」

物理学教授は一般に、トップクラスの軍人科学者はことさら、決して鈍くない。数秒のうちに、オッペンハイマーは方程式の茂みを走り抜け、給仕の言うことが大いにありうるという結論に達した。

複雑極まりないことに、こんな単純な解決法があろうとは！　昔ながらのふつうの爆薬を爆弾に仕込んでおけば、遠隔操作が可能だし、非臨界量のウラン235をもうひとつの非臨界量との衝突へ送り出すことになる。それがたちまち臨界に達する。中性子が動き出し、ウラン原子が分裂を開始する。その過程で連鎖反応が生じ、そして……。

「ドカーン！」と、オッペンハイマーがひとりごつ。

「そのとおりです」と、アランは言った。「もうおわかりになりましたね、教授。どなたか、コーヒーをもう少しいかがです？」

まさにこのとき、機密室のドアが開き、なんとトルーマン副大統領が入ってきた。めったにない来訪、しかも必ず予告なしの来訪である。

「座りたまえ」と、副大統領はさっと気をつけの姿勢で起立した男たちに言った。逆らわないほうがいいから、アランまでテーブルの空席に座った。副大統領が座れと言ったら、座るのが最善。それがアメリカの流儀だと、アランは思った。

副大統領はオッペンハイマーに現状報告を求め、オッペンハイマーはふたたびさっと起立する。いくぶんうろたえつつ、こう言うしか思いつかなかった。たった今、あちらにいるアラン君がいかにして起爆を制御できるかという懸案の難題を解いてくれました。アラン君の解決法はまだ実験に至ってはおりませんが、と、オッペンハイマーは全員を代表して述べる。難題は今や過去のものとなり、３ヶ月以内に爆発実験を終えられるでしょう。

副大統領はテーブルを見まわし、了解したとばかりに幾度もうなずく。ルイス大尉はふたたびフーッと息を吐き始めた。最後に、副大統領はアランを直視した。

「きみだね、アラン君、きみは今日のヒーローだ。ところでわたしは、ワシントンへ戻る前に腹ごしらえをしなければならん。いっしょにどうかね？」

大元帥のディナー招待から10年とたっていないので、アランはこう推察した。なにか気に入ることをした人間をすぐさま食事に招待するのが世界の指導者に共通する特性にちがいない。しかしそうは言わなかった。たんに副大統領の招待に礼を言い、それからふたりは連れ立って部屋を出る。

オッペンハイマーは会議テーブルに取り残され、ほっとしながらも不服そうな顔つきだった。

トルーマン副大統領はロスアラモスの中心にあるお気に入りのメキシコレストランを貸し切りで予約し、あちこちに配置された10人ほどのボディガードを除けば、アランとトルーマンだけが席に着く。

保安局長はすでに、ミスター・アランはアメリカ人ではないので、人払いまでして副大統領とふたりきりにすることはできない、と進言していた。しかしトルーマンは警護局員の反対を一蹴し、アラン君は今日、誰も想像できないような愛国的行為を為したのだと説明した。

副大統領は至極上機嫌だった。ディナーを終えたらすぐに、ワシントンではなく、ジョージア州へ飛ぶことにする。ルーズヴェルト大統領がポリオクリニックに入院中なのだ。大統領はじきじきにこの報告を聞きたいだろう、間違いない、と副大統領は言った。

「わたしが料理を注文するから、きみは飲み物を選んでくれ」と、ハリー・トルーマンは陽気に言って、ワインリストをアランに手渡す。トルーマンは給仕頭のほうへ向きを変え、給仕頭は頭を下げて、タコスとエンチラーダとコーントルティーヤとサルサのてんこ盛りの注文を受ける。

「飲み物はいかがいたしましょうか」

「テキーラを2本」と、アランが答えた。

ハリー・トルーマンは高笑いをして、わたしを酔いつぶす気かねと言った。アランは、去年初めてメキシコ人もアクアビットに負けず劣らずの酒を作るということを知ったと応じて、しかし副大統領がミルクのほうがよいとお思いならミルクをどうぞと言った。

「いや、飲むと言ったではないか」と、トルーマン副大統領は言い、ライムと塩を忘れるなと念押しする。

3時間後、両者はハリー、アランと呼び合う仲になっていた。2本のテキーラが国際関係に寄与する一例である。アランはトルーマンに、地元の大物をバラバラに吹っ飛ばしたことやフランコ将軍の命を救ったことを物語る。副大統領は副大統領で、ルーズヴェルト大統領がよたよたっと車椅子から立ち上がるのを真似てアランを笑わせる。

ふたりが最高に上機嫌になっていたとき、保安局長がそっと副大統領に近づいた。

「ひと言よろしいでしょうか?」

「よろしい」と、副大統領はぼやけた声で言った。

「できれば内密に」

「いやはや、きみはハンフリー・ボガートにそっくりじゃないか! 会ったことはあるかね、アラン?」

「閣下……」と、いっそう困惑ぎみに局長は言った。

「ああ、いったいどうした?」と、副大統領が苛立ち声で言った。

「ルーズヴェルト大統領のことであります」

「老いぼれ山羊がどうした?」と、副大統領はげらげら笑う。

「亡くなられました」

10

２００5年5月9日 月曜日

バケッツは4日間、ロットネのスーパーを見張った。まず第一に仲間のボルト、次に１００歳の男、若作りの赤毛年増、ポニーテール以外は外見不明の男、そしてメルセデス。自分の考えではなく、親分の考えだった。

バケッツは、ブラーエスの〈ザ・ヴァイオレンス〉のリーダーになっている弟からたまたま耳にした話を、すぐさま親分に報告していた。真夜中にスモーランドのヘルスクリニックの前で見かけたのは、絶対に１００歳の老人にちがいない。そう報告したとき、親分は町一番の人気スーパーマーケットを見張れと命令した。真夜中にロットネをうろついてるのなら、そいつはその近辺にもぐり込んでいる、遅かれ早かれ食料を買いに行かねばならないと、親分は推理したのだ。理路整然。さすがに親分は親分。しかしそれは5日前。今やバケッツはあきらめかけていた。

もはや集中力も上限を超えている。だから想定していたシルバーのメルセデスではなく赤のＶＷパサートが駐車場に入ってきたとき、運転する赤毛の女に目を止めなかった。しかし目の前を颯爽と歩いて店の中へ入っていったとき、今度は目をつけた。間違いなくこの女だとは言いきれないけれども、年格好がそうだし、髪がまさしく赤毛だ。

バケッツはストックホルムの親分に電話したが、親分はてんでのってこない。捜し出すのはなによりもボルトだ、さもなければせめてあのくそ爺《じじい》だ。

それでもバケッツは、車のナンバーを書きとめて、こっそり尾行してその赤毛女の行く先を突きとめろと命じられた。それからまた連絡することになった。

アロンソン警視は、アセーダのホテルで最後の４日間を過ごす。新たな目撃者が現れれば、一連の出来事の核心に近づくだろうと考えたのだ。

ところが誰も現れず、だからアロンソンがそろそろ帰ろうとしたとき、エスキルストゥーナの同僚から電話があった。〈一獄一会〉の厄介者、ペール＝グンナル・イェルディンに仕掛けた電話盗聴の成果があったという。

イェルディン、つまり通称「親分」は、数年前、刑期を務めていた重警備刑務所で犯罪組織を立ち上げようとした一件でちょっとした有名人になっていた。メディアはそれに目をつけ、イェルディンの名と写真まで載せていた。企ては、ペール＝グンナル・イェルディンの母からの手紙のせいで、泡と消える。ただしそこまではメディアもつかんでいなかった。

数日前、アロンソン警視はイェルディンの電話を盗聴するように指示を出していた。それが今、くいついた。会話は録音され、文字に起こされ、ファクスでアセーダに送信された。

「もしもし？」

「はい、俺っす」

「なんかわかったか？」

「たぶん。今、スーパーの前にいますが、ついさっき赤毛の年増がなんか買いに入っていきました」

「女だけだと？　ボルトじゃないのか？　１００歳じゃないよな？」

「はい、女だけっす。もしかしたら……」

「女の車はメルセデスか？」

「ええと、ちゃんと見るひまがなくて……だけど駐車場にメルセデスはなかったから、違う車に乗ってたはずです」

［5秒中断］

「もしもし？」

「ああ、聞こえてる、どうなんだ、ちくしょう。誰か必ず」

「はい、だけどただ……」

「スモーランドに赤毛の年増はひとりじゃねえ……」

「はい、だけど女の年格好が、そうだって……」

「おまえの車で尾行して、車のナンバーを書いておけ、抜かるんじゃないぞ、女がどこへ行くか確かめろ。誰にも見られるんじゃねえぞ。それからまた連絡しろ」

［5秒中断］

「わかったのか？」

「あ、はい。もっとわかったら連絡します……」

「今度はプリペイド携帯にかけろ。言っといたろ、商売の話はぜんぶそっちへかけろって？」

「あ、わかってますけど、ロシア人と商売するときだけじゃないんすか？　そっちにつながると思わなかったもんで……」

「間抜け」［ぶつぶつ言ってから、通話終了］

アロンソン警視はファクスに目を通してから、パズルの新たな断片を整理した。「ボルト」とはベント・ビュールンドにちがいない。〈一獄一会〉の一員で、どうやら死んだらしい。イェルディンに電話したのはヘンリク・「バケツ」・フルテンだろう。スモーランドのどこかでボルトを探し出そうとしている。

アロンソンは読み筋が正しかったという証拠を手にしたのだ。

スモーランドのどこかに、やはり臆測したように、アラン・カールソンがいる。いっしょにユーリウス・ヨンソン、ベニー・ユングベリとメルセデス、それに年齢不詳の赤毛の女も。しかし年増と言ってるから、そう若くはないはずだ。もっともバケツのような男にとっては、そう年をとっていなくとも年増になる。

ストックホルムの〈一獄一会〉の連中は、ボルトもいっしょだと思っている。つまり、勝手に逃げているということか？　そうでなければ、なぜ連絡してこない？　そうか、殺されたからだ！　ところが親分はそこまで考えが及ばない、だからボルトがスモーランドに潜伏していると思っている、いっしょにいるのは……だが赤毛の女とはどうつながる？

そこでアロンソンは、アランとベニーとユーリウスの家族背景を調べるよう命じた。姉妹なり従姉妹なり、たまたまスモーランドに住んでいて、赤毛の女がいないかどうか。

「だけど女の年格好が、そうだって……」と、バケツは言った。「そうだって」とは？　そうだと誰かから聞いたのか？　この仲間たちをスモーランドで見かけて、電話してチクった誰かのことか？　もっと早くから盗聴しておくべきだった。

もちろん今ごろ、バケッツはスーパーマーケットから赤毛のあとを付けていて、もし違う赤毛だとわかったなら追跡をやめただろうし、それとも……バケッツはアラン・カールソンと仲間たちの潜伏先をもう知っている。その場合、親分もじきにスモーランドへ出向いて、ボルトとスーツケースがどうなったか、アランと仲間たちにゲロさせようとするだろう。

アロンソンは、エスキルストゥーナの担当検察官、コニー・ラネリードに電話した。最初、ラネリードはさほど関心を示していなかったが、アロンソンがもつれてきた新情報を伝えるたびに勢い込んできた。

「よし、イェルディンと手下にまかれるなよ」と、ラネリード検察官は言った。

ベッピンはスーパーマーケットの紙袋をふたつＶＷパサートのトランクに入れて、家へ向かった。バケッツは気づかれない距離を保って追跡する。ハイウエーに出たところで、親分に電話を入れて（バケッツはサバイバル本能があったから、むろんプリペイド携帯へ）、赤毛の運転する車種とナンバーを伝え、目的地へ着いたらまた電話を入れると告げた。２台の車はロットネを出たが、赤毛の車はほどなく脇道へそれて、砂利道に入った。バケッツには見覚えがある。カーラリーでビリになったときここへ来た。当時のガールフレンドが地図を見ながら方向を指示し、途中で地図を逆さまに見ていたと言ったのである。

砂利道は乾いていて、赤毛の車は砂塵《さじん》を巻き上げて去る。バケッツは安全な距離を保ちながら、見失わないようについていく。ところが数キロ行ったところで、急に砂塵が消えた。ちくしょう！

最初はパニックになったが、落ち着きを取り戻す。あの年増はこの道のどこかで脇道に入ったのだ。2キロも引き返さないうちに、バケツは謎を解いた。1本の小径《こみち》が郵便受けの先から右へつづいている。ここを行ったにちがいない。

すぐあとの事の成りゆきを思うと、バケツはいささか気が逸《はや》りすぎたといえよう。その小径がどこへ行こうと、スピードを落とさずに車と自分を前進させて行く。慎重に用心しながらという考えはもはや捨て去っていた。

バケツはスピードを出し過ぎたので、気づかないうちに小径が途切れて中庭になっていた。もしもうちょっとスピードを出していたら、ブレーキをかける間もなくぶち当たるところだった。老人が突っ立って餌を与えているのは、な……な……なんと象?

アランはすぐにソニアの新しい友となっていた。共通点が多々ある。片やある日、窓をよじ登って外へ出て、まったく新たな方角に人生を転換し、片や湖の中へ歩き出して同じ結果になった。双方とも、それ以前に、世の中のあちらこちらを見てまわっていた。さらにまた、ソニアの顔には深い皺《しわ》が刻まれていて、賢い100歳に似ていなくもない、とアランは思った。

ソニアは誰かのためにサーカスの芸をしようというのではなく、たまたまこの老人を好きになっていた。果物をくれて、鼻をなでてくれ、友達みたいに話しかけてくる。なんて言ってるのかほとんどわからないけれど、それはかまわない。なんだか楽しい。

だから老人がソニアにお座りと言えばソニアはお座りをするし、くるっと回ってと言えば、喜んでそうする。後ろ足2本で立ってみせたりもした。もっとも老人はその指示の仕方を心得てはいない。なにかするとリンゴをひとつふたつもらえるし、ついでに鼻をなでてもらえるのは純然たるボーナス。ソニアは、金でなつく女ではない。

そんな時間、ベッピンはベランダの段々に腰かけるのが好きだ。ベニーとブーステルがいっしょで、片方はコーヒーをすすり、片方はドッグフードをかじる。ふたりはアランとソニアが中庭で絆を固めるのを見守り、ユーリウスは湖でパーチを釣る。

春の暖気がつづいていた。太陽がまるまる1週間、輝いていて、天気予報によれば高気圧がつづくそうだ。

ベニーは、ありとあらゆる技能に加えて建築家の成りそこないでもあったから、ベッピンが買いとったばかりのバスをソニアに都合のよいように改装すべく設計図を描いていた。ユーリウスが泥棒だけではなく材木屋もやっていたから大工仕事をこなすのがわかって、ベッピンはブーステルに言っていた。この人たち、なかなかいいじゃない。閉め出さなくてよかったわね。

半日とかからずユーリウスは、ベニーの指示に従って、新しいバスの内装を仕上げた。そのあとソニアがバスに入ったり出たりして、アランといっしょに具合を試す。ソニアは気に入ったらしい。ちょっと窮屈だけれど、2種類のディナーが左側と真正面に置かれてあり、右側には飲み水がある。床はゆるい傾斜のしつらえで、ソニアの落としものには専用の坑《あな》が後ろに走っている。坑にはぎっしり枯草が詰められている。移動中の緊急噴出の大部分を吸収できるようにしてあるのだ。さらにまた、バスの両側にドリルでいくつも穴を開けた充分な換気システムがあり、運転キャビンの後ろは、ソニアが移動中に恩人かつ飼養人を見られるように、スライド式のガラスの仕切りになっている。バスは、端的にいうなら、贅沢な象運送車に改造されたのだ。

準備が整えば整うほど、一同は出発したくなくなった。湖畔農場での生活が快適なものとなっていたからだ。ことさらベニーとベッピンは、すでに3日目の夜、いっしょに過ごせるのに別々の部屋で別々のベッドに寝るのが残念だと思うようになっていた。薪《まき》の暖炉のぬくもりのなか、食事も旨く、酒も旨く、アラン・カールソンの驚くべき人生エピソードの数々を聞く、そんなふうに過ごす毎晩だった。しかし月曜日の朝、冷蔵庫もパントリーもほとんど空になり、ベッピンは蓄えを仕入れにロットネへ行かねばならなくなった。安全のために、車は古いVWパサートにした。メルセデスは納屋の裏に隠してある。ひとつの紙袋に自分と年長の3人のためのあれやこれやを詰めて、もうひとつの紙袋にはソニアのための新鮮なアルゼンチンリンゴを詰めた。農場へ戻ると、ベッピンはリンゴの袋をアランに渡し、ほかの食料品をしまってから、ベルギー苺の籠を持って、ベニーとブーステルのいるベランダへ行く。ユーリウスもいた。珍しく釣りはお休み。

ちょうどこのとき、フォード・ムスタングが轟音とともに中庭へ突っこんできて、危うくアランとソニアに衝突しそうになった。ソニアは誰よりも冷静だった。アランから次のリンゴをもらうことに集中していたので、周りの事態を見ても聞いてもいなかった。あるいはたぶん、なにはともあれ、見たか聞いたかしたのだろう。というのも鼻をくるっと回す途中で、アランと新来の訪問者に尻を向けたまま、ふっと動かなくなったのだ。

二番目に冷静だったのはアラン。危機一髪の瞬間を幾度も生きのびてきたから、突進してくるフォード・ムスタングにも動じない。間一髪で止まるなら、それでよし。

三番目に冷静だったのは、たぶんブーステル。見知らぬ人が来ても逃げ出したり吠えたりしないようにと、厳しく育てられていた。しかし両耳を突っ立て、両目を見開き、事の成りゆきに身がまえる。

ところがベッピンとベニーとユーリウスはいっせいにベランダから飛びおりて、一列に並んで次なる展開を見守った。

バケツは、一瞬まごついたふうで、ぐらつきながらムスタングを降り、後部座席の下のバッグの中の拳銃を探る。それをまず象の尻に向け、それから思い直して、ベランダで一列に並ぶアランと3人の仲間に向け、そして言った（陳腐な台詞《せりふ》）。

「両手を挙げろ！」

「両手を挙げろ⁇」

こんな馬鹿げた台詞をアランは久しく耳にしていない。この男はなにが起こると思ってるのか。こっちは100歳、それでリンゴを投げつけるとでも？　それともあっちにいるきゃしゃなレディがベルギー苺の爆弾攻撃をやらかすとでも？

それとも……。

「よしよし、手はどうでもかまわねえ、だけど小細工するな」

「小細工？」

「黙らねえか、この野郎！　スーツケースをどこへやりやがったか言え、あれをかっぱらった野郎はどこにいる」

やっぱりこうなった、とベッピンは思った。もはや運の尽き。案の定、現実となった。誰も返事をしない。それぞれに頭を絞り、ぎゅうぎゅう絞る音が聞こえるくらいだったが、象だけはべつで、目の前のドラマから顔をそむけ、そろそろ小用を足そうかと思っていた。象がジョジョーッとやるとき、もしたまたま近くにいたなら、とばっちりを避けようがない。

「あっ、くそッ」とバケツは言い、象からどぼどぼ流れ出た散乱水から慌てて数歩離れた……。

「なんで象がいる？」

やはり返答はない。しかしブーステルはもはや自分を抑えることができなかった。なにやらただごとではないと、明らかに感じとったのだ。そして見知らぬ男に思いきり吠えたくなった。ちゃんと躾《しつけ》られて知ってはいるのに、太いうなり声を発した。アルザス犬がベランダにいるのを見て、バケツは本能的に2歩後退し、拳銃を掲げ、今にも一発ぶっ放しそうになる。

まさにこのとき、アランの100歳の頭脳が名案を思いついた。突拍子もない考えだし、実行半ばで撃たれる危険はまぎれもなくある。むろん、100歳とて不死身ではない。深く息を吸い、唇におめでたい笑みを浮かべ、まっすぐこの厄介者に歩み寄る。そしていかにもよぼついた声で言った。

「それ、まったく、べらぼうに素敵な拳銃じゃないか。本物なのかね？　持たしてくれんかい？」

ベニーもユーリウスもベッピンも、この爺さん頭がおかしくなったと思った。

「やめろ、アラン！」と、ベニーが叫んだ。

「ああ、やめとけ、くそ爺、さもないと撃ち殺すぞ」と、バケツが言う。

ところがアランはとことこ進み出る。バケツは一歩後退し、ますます脅すように拳銃を持つ手をアランのほうへ突き出し、そしてそれから……しくじった。

もし、ねっとりするほやほやの象の糞《ふん》の山に足を踏み入れたことがあるなら、体のバランスを保つのはとうてい不可能だと知るだろう。バケツは知らなかったが、すぐに学んだ。退く片足がずるっとすべり、バケツは両手でそれを抑えようとしたがどうにもならず転倒し、ふんわり仰向けにそこへ収まった。

「お座りだ、ソニア、お座り！」と、アランは大胆な計画の締めくくりに言った。

「ダメ、ソニア、お座りダメ」と、ベッピンが叫ぶ。今にもどうなるかが咄嗟《とっさ》に見てとれた。

「くそっ」と、バケツは仰向けにひっくり返ったまま象の糞便まみれになっている。

ソニアは全員に背を向けて立っていたが、アランの指図をはっきりと鮮明に聞きとったのだった。

それにこの老人が優しくしてくれるので、言われたとおりにするのが好きだ。それにまた、自分の恩人かつ飼養人がその命令を保証したのだ。「ダメ」という言葉の命令撤回機能はソニアが理解しているものではなかった。

だからソニアはお座りをした。尻がなにやら柔いぬくぬくしたものに逢着し、鈍い砕ける音と金切り声のようなものがあって、それから完全な沈黙が支配した。ソニアはもう1個リンゴを待つ。

「第2号だな」と、ユーリウス。

「きゃー、びっくりコクじゃない」と、ベッピン。

「げへっ」と、ベニー。

「ほら、リンゴだよ、ソニア」と、アラン。

ヘンリク・「バケツ」・フルテンはひと言も発しない。

親分はバケツの連絡を3時間待った。それからあの役立たずになにか起こったにちがいないと覚悟した。どうしてどいつもこいつも言われたとおりにしないのか、まったくもってわからない。

これは自分の出番だ。それだけははっきりしている。親分はまず、バケツから聞いた車のナンバーを調べた。数分後には、全国自動車登録に照会して判明した。車は赤のＶＷパサート、所有者はグニラ・ビョルクルンド、スモーランド州ロットネ、湖畔農場。

11 1945〜1947年 40〜42歳

テキーラをまるまる1本飲み干してからすぐにしらふになるということが可能だとすれば、それをやってみせたのがハリー・Ｓ・トルーマン副大統領である。ルーズヴェルト大統領の突然の逝去の報を聞くや、副大統領はアランとの愉快なディナーを切り上げて、ただちにワシントンへ飛んだ。アランはひとりレストランに取り残され、給仕頭と勘定のことで押し問答をする羽目になった。結局、将来の合衆国大統領ならツケにして当然だろうというアランの言い分を給仕頭は受け入れた。とにかくトルーマンの住所は知っている。

アランは気分爽快で歩いて研究所へ戻り、アメリカの名だたる物理学者、数学者、化学者にコーヒーを注ぐ助手としての務めを再開した。もっとも皆、今やアランの前ではいくぶんバツの悪い思いをしていた。2週間もするとアランはそろそろ進退を考え始めていた。ワシントンからの1本の電話が問題を決着する。

「やあ、アラン、ハリーだよ」

「どこのハリー?」

「トルーマンだよ、アラン。ハリー・S・トルーマン、大統領だぞ、こんにゃろ！」

「これは失礼！　先日は素晴しい食事だったよ、大統領閣下、サンキュー。帰りの飛行機、操縦桿を握らなくてよかったんだろうね？」

そう、大統領は操縦桿を握らなかった。由々しき事態にもかかわらず、ソファに沈没し、5時間後、着陸するまで目をさまさなかった。

しかし今、ハリー・トルーマンは前任者から受け継いだもろもろのことを処理しなければならず、そのひとつにアランの助けを必要としている、引き受けてもらえまいか。

アランにまったく異存はない。翌朝、ロスアラモス国立研究所をきっぱりと辞した。

大統領執務室《オーヴァル・オフィス》は、アランの想像したとおりほぼ楕円《オーヴァル》だった。その部屋で、ロスアラモスの飲み友達と向き合う。

大統領は、とある女に手こずっていると明かす。政治的理由から、ないがしろにはできない。女の名は宋美齢《そうびれい》。たぶんアランは聞いたことがないだろう。ないだろうな。

で、その女とは、中国の反共産主義国民党指導者、蔣介石の妻だという。とてつもない美人で、アメリカで教育を受け、ルーズヴェルト夫人の親友でもある。どこへ行っても数千人の聴衆が集まり、一度は議会でも演説した。今度は、共産主義との戦いに関してルーズヴェルト大統領が約束したことをすべてトルーマン大統領に遂行してもらいたいと、さんざんせっつくので弱っている。

「政治の話になるとは思わなかった」と、アランは言った。

「大統領になると、なかなかそうもいかないんだ」と、ハリー・トルーマンは言った。

目下のところ、国民党と共産主義者の闘争は束の間の休戦状態にある。満州で共通の旗印のもとに戦っているからだ。しかし日本軍はじきに降伏するだろう。そうなると中国人はまた仲間内で戦うのは間違いない。

「どうして日本軍がじきに降伏するとわかるんだい？」と、アランが問う。

「きみともあろう者が、それくらい判断できるだろ」と、トルーマンは答えて、さっと話題を変えた。

大統領はついで、アランにとっては退屈な中国情勢をひとわたり語った。情報局の報告によれば、共産主義者が内戦で優位に立っているという。戦略情報局では蔣介石の軍事戦略について疑問が出ている。蔣介石は都市部に集中し、農村地帯を共産主義プロパガンダに明け渡している。共産主義者の指導者、毛沢東は、じきにアメリカ軍によって抹消されるにしても、その思想が人民の間に足場を固める危険は明らかに存在する。あの癪《しゃく》にさわる宋美齢ですら、なにか手を打たねばならないと考えている。だから浅はかにも同じ軍事路線を続行している。

大統領は軍事戦略のなんたるかを逐一《ちくいち》語るが、アランは聞くのをやめていた。上の空で大統領執務室を眺めわたし、窓ガラスが防弾なのか、左側の扉がどこへ通ずるのかと考えていた。巨大な絨毯を引っぱってクリーニングに出すのは大仕事にちがいない……。とうとう、アランが理解したかどうかの質問攻めの始まる前に大統領の言葉をさえぎるべきだと考えた。

「失礼、ハリー、わたしになにをしろというわけ？」

「ああ、さっきも言ったように、農村地帯で共産主義者が勝手な活動をするのを阻止することだ……」

「実際になにをしろと?」

「宋美齢はアメリカの武器支援の増大を求めていて、すでに提供した以上の軍事援助を求めている」

「で、具体的になにをしろと?」

アランが3度同じことを問うと、大統領はふっと口をつぐむ。それから言った。

「中国へ行って橋を爆破してもらいたい」

「どうしてそれを言わなかったんだ?」と、アランは言い、顔を輝かす。

「できるかぎり多くの橋だ、そうしてできるだけ多くの共産主義者の道路を寸断する……」

「初めての国へ行くのは楽しいね」と、アランは言った。

「宋美齢の兵士に橋を爆破する技を仕込んでもらいたいんだ、そして……」

「いつ発ったらいい?」


アランは爆薬の専門家だし、急速に、かつ酔いの勢いで、将来のアメリカ大統領と親友になったが、それでもやはりスウェーデン人である。もしちょっぴりでも政治に関心があれば、なぜ自分がこの特別任務に選ばれたのか大統領に質したかもしれない。それを問われていたら、大統領は嘘偽りなく答えただろう。中国におけるふたつの並行する、しかも相敵対する可能性のある軍事計画を、合衆国はおおっぴらに支援するわけにはいかない。合衆国は表向きは蔣介石と国民党を支持していた。今度はその支援を裏で増大させる。美貌の、(大統領の見解では)蛇のような、半アメリカ化された宋美齢が命令し推進する大規模な橋の爆破のために、船一隻分の装備を提供するというわけだ。最悪なのは、宋美齢とエレノア・ルーズヴェルト夫人がお茶一杯ですべてを決定したということを、トルーマンは無視できないということだ。まいったね！　今や残るは、大統領がアラン・カールソンと宋美齢を引き合わせる手しかない。そうすれば大統領に関するかぎり、問題は片づく。大統領の日程表の次なる項目は形式的なものだった。というのもすでに決断を下していたからだ。いわば物理的にボタンを押す必要はない。フィリピン東のある島で、B29爆撃機の乗組員が大統領からのゴーサインを待っていた。すべての実験が完了していた。間違いは起こりえない。

翌日は1945年8月6日だった。

人生でなにか新たなことが始まると期待したアラン・カールソンの喜びは、宋美齢に初めて会ったとき、たちまちしぼむ。アランはワシントンのホテルのスイートにこの女性を訪ねるよう指示されていた。押し問答のすえに二重、三重のボディガードの間を抜けてから、この女性の前に立ち、手を差し出して言った。

「初めまして、マダム、アラン・カールソンです」

宋美齢は握手に応じない。かわりに、すぐそばの肘掛椅子《ひじかけ》を指さす。

「お座り！」と、言った。

生まれてこのかた、アランは狂ってるだのファシストだの、さんざん悪しざまにされてきたが、犬扱いされたことはない。そんな物言いはないでしょうと言ってやろうかと思ったが、それは控えた。次なる展開に興味がわいたからだ。それに、肘掛椅子はいかにも座り心地がよさそうだ。

アランが座ると、宋美齢はアランのとりわけ毛嫌いしていること、つまり政治的説明を始めた。

妙なことに、計画全体の背後にいる人物としてルーズヴェルト大統領の名を出す。どうにも腑に落ちない。墓の中から軍事作戦を指揮することができるはずもなかろう。

宋美齢は共産主義者の進出をくいとめる重要性、田舎者の毛沢東が政治的害毒を地方から地方へまき散らすのを阻止する重要性を述べ立てた。そしてこれまたアランは腑に落ちないのだが、夫の蔣介石が己の任務をなにひとつ理解していないという。

「おふたりのロマンティックな側面もお聞きしたいですね」と、アランは言った。

宋美齢はアランに申し渡す。そういう問題はアランのような下々の者には関係ない。カールソンは、この作戦を指揮する自分の配下になるべくルーズヴェルト大統領に任命されたのだ。たった今から、話しかけられたときだけ返事をして、それ以外は黙っていなさい。

アランは腹を立てない。腹を立てるという言葉は語彙にないらしい。しかし話しかけられたのに乗じて言い返した。

「ルーズヴェルトの噂を最後に耳にしたのは、逝去したということでしたが、もしなにかの間違いなら新聞に載ったでしょう。わたしがここに来たのは、トルーマン大統領に頼まれたからです。しかし奥様がおかんむりということなら、わたしはかまいません。中国訪問はまたの機会にしてもいいですし、それに橋の爆破はさんざんやってきましたから」

宋美齢に対してこんなふうに異を唱える者はいなかった。母親が仏教徒との結婚を思いとどまらせようとしたとき以来のことで、それはもう昔の話。しかもその結婚で娘がトップに登りつめたから、母親は謝ることになったのだ。

今や、宋美齢は立ち止まって考えねばならなくなった。明らかに状況判断を間違えていた。今の今まで、ルーズヴェルト大統領夫妻と個人的な友人であると言えば、すべてのアメリカ人が畏《かしこ》まった。ほかの誰とも違う反応をするこの人物をどう扱うべきだろうか。あの無能なトルーマンが送りこんできたのは、いったい何者なのだろうか。

宋美齢は誰とでも打ちとける人間ではないが、目的が主義より大事である。だから戦法を変えた。

「お互い、きちんと自己紹介するのを忘れたわね」と言い、西側の作法で手を差し出す。「遅きに失するということはないでしょう」

アランは根にもつタイプではない。その手をとって寛大な笑みを浮かべた。とはいえ、遅きに失するということはないには、一般に同意できない。たとえば父がニコライ皇帝の忠実な信奉者になったのは、ロシア革命の前日だった。

2日後、宋美齢と20名の身辺警護官とともにアランはロサンゼルスに向かっていた。一同とダイナマイトの積荷を上海へ運ぶ船がそこに待機していた。

太平洋を渡る長い航海中、宋美齢から遠ざかっているのは無理だろうとアランは悟る。船内に隠れ場所はない。したがって遠ざかろうとするのはあきらめて、毎晩、ディナーのときには船長のテーブルの指定席に座った。利点は食事がいいことだ。難点はそのテーブルに着くのがアランと船長だけではないことである。宋美齢という同席者がいて、これがのべつまくなしに政治のことをしゃべるしか能がない。

正直なところ、もうひとつ難点があった。ウオツカではなく、緑色のバナナ酒が出される。アランは出てくるものはなんでも受け入れたが、それにしても本質的に飲めたしろものではないものを飲みこむのは初めてだと思った。アルコール成分のないこの飲物は、できるだけ素早く飲みこんで胃袋に収めねばならない。そうしないと口の中にねばねばと残る。

ところが宋美齢はこのリキュールの味が大好きで、毎晩、飲み干すグラスの数が多くなればなるほど、果てしない政治漫談が個人攻撃の口調になっていく。

太平洋上のディナーのたびごとに、アランは苦もなく学んだ。たとえば、田舎者の毛沢東と共産主義者たちが間違いなく内戦を制するであろうこと、そういう結果を本質的に引き起こしたのは蔣介石であること。宋美齢の夫は総司令官としては無能だという。まさしくこの時点でも、中国南部の重慶《じゅうけい》市で毛沢東との和平交渉に臨んでいる。ミスター・カールソンにしろ船長にしろ、こんな愚かしい話を聞いたことはないだろうというわけだ。共産主義者と交渉なんてとんでもない。それでどうなるかといえば、結局どうにもならないのだという。

宋美齢は交渉が決裂するのを確信していた。諜報員の報告によれば、共産軍の大部隊が重慶から遠くない四川省の荒涼たる山中で指導者、毛沢東の到着を待っている。宋美齢の精選秘密諜報員たちは、宋美齢自身と同じく、あの田舎者の率いる軍勢が次には北東、陝西《せんせい》省へ、河南《かなん》省へと移動し、国中に忌わしいプロパガンダ行進をつづけていくだろうと思っていた。

毎晩の政治談義が必要以上に長くならないようにアランは無言を通したが、救いがたく慇懃《いんぎん》な船長が矢継早に質問を繰り出しては、幾度も幾度も宋美齢のグラスに甘ったるい緑色のバナナ汁を注ぐ。

船長は、たとえば、毛沢東が実際にどんなふうな脅威になっているのかと尋ねた。国民党には合衆国という後ろ盾がついているではないか。船長の理解するに、合衆国の軍事力は絶対的な優位に立つ。

この質問は夕食の苦難を1時間近くも引きのばした。宋美齢は、情けない夫は脳みそもカリスマ性も乳牛程度、指導者としての資質もその程度だと述べ立てる。蔣介石は都市部を制圧するのがすべてだという誤った信念に凝り固まっているというのだ。

毛沢東と戦闘を交えるのは宋美齢の意図ではなかった。アランと少数のボディガードだけで計画を練ったところで、そんなことはできるはずもない。20人の装備不足の兵士、ミスター・カールソンを入れて21人が、有能な敵兵の大軍勢を相手に四川省の山中で戦う……。そんなことになったら目も当てられない。

そうではなくて、計画の第一段階はあの田舎者の動員力を制限すること、共産軍が動き回るのをもっと困難にする。次の段階としては、今こそ絶好の機会だということを情けない夫にわからせる。軍を農村部へ送り込み、国民党が中国人民を共産主義から守る、決してその逆ではないということを人民に示すのだ。宋美齢があの田舎者と同じくわかっていたことを、蔣介石はまだわかっていない。すなわち、国民を後ろ盾にすれば一国の指導者になるのは容易になるということだ。

むろん、たまには盲目の雌鶏も地面に落ちている穀粒を見つけることがあり、蔣介石が敵を重慶での和平交渉に誘ったのは好都合だ。というのも、ひょっとして運がよければ、あの田舎者と兵士らは交渉が決裂したあともまだ長江の南にいるだろう。そこへボディガードとカールソンの一団が到着する。それからカールソンが橋を爆破すれば戦果絶大！　今後しばらくの間、あの田舎者はチベットに半分入った山中に閉じこめられるだろう。

「でも万一あいつがたまたま川の反対側にいたら、そのときはそのときで再編成ね。中国には50

００の川があるわ。だからあの寄生虫がどこへ行こうと、途中に川がある」

田舎者にして寄生虫か、と、アランは内心ひとりごちた。そいつの交戦相手が臆病で無能な人物、おまけに脳みそが乳牛並みの男、そして双方の間に緑色のバナナ酒で酔いの回った蛇がいるわけか。

「どういう結果になるか大いに楽しみですな」と、アランは本心から言った。

「ところで唐突なんですが、船長、もしかしてどこかにちょっぴりウオツカがありませんか、この緑のリキュールを流し込みたいので」

残念ながら、船長はないと言う。しかしミスター・カールソンがべつの味をお望みなら、いろいろな風味のものがたくさんありますぞ。レモン酒、クリーム酒、ミント酒……。

「また唐突なんですが」と、アランは言った。「上海へはいつ着くとお考えで？」


アラン・カールソンと宋美齢のボディガード20名の部隊は、長江を川船で四川の方角に向かった。共産主義の成り上がり者、毛沢東の政治生命を乱そうとする計画の一部である。出発は１９４５年10月12日、案の定、和平交渉が決裂した２日後だった。

船はなんとも悠長に進んだ。というのもボディガードたちが港へ着くたびに羽を伸ばしたがるからだ。しかも港があるわあるわ。まず南京、それから蕪湖《ぶこ》、安慶《あんけい》、九江《きゅうこう》、武漢《ぶかん》、岳陽《がくよう》、宜都《ぎと》、奉《ほう》節《せつ》、万州《まんしゅう》、重慶、そして瀘州《ろしゅう》。港へ着くたびに、泥酔、売春、道徳一般の欠如が大手をふるう。

そういう生きざまではじきに資金を使い果たすので、20人のボディガードは新税の導入を考案した。港で船に作物をおろそうとする農民は、５元の手数料を払わないかぎりそれを許されなかった。不満を言う者は銃殺である。

この新たな税収もたちまち市の闇界隈で使い果たされた。しかもそういう界隈は決まって港に近い。アランは思った。もし宋美齢が人民を味方につけるのが重要だと信じるなら、下々の兵士にまでそのメッセージを伝えたのではなかろうか。しかしありがたいことに、それは宋美齢の問題であって、アランの問題ではない。

2ヶ月かかってアランと20名の兵士は四川省に到着した。そのときには毛沢東の軍勢はとっくに北へ向かっていた。ひそかに山中を抜けるのではなく、まっすぐ谷へおり、そして宜賓《ぎひん》市防衛のために残っていた国民党の連隊と戦闘に入った。

宜賓はほどなく共産主義者の手に落ちる寸前となる。3500名の国民党兵士が戦死し、そのうち少なくとも2500人は酔っていて戦えなかった。比較すると、共産主義者の死者は300名、しらふだったらしい。

しかしながら宜賓をめぐる戦闘は国民党にとって成功だった。というのは捕虜とした50人の共産主義者のなかに宝玉のひとりがいたからだ。捕虜のうち49人は銃殺して地面の穴に押し込んでもかまわないような者ばかりだった。ところが50人目！　ななななんと！　50人目は誰あろう、美貌の江《こう》青《せい》。マルクス＝レーニン主義者となった女優で、それよりなにより、毛沢東の3番目の妻である。

すぐさま協議が開始された。片や国民党の宜賓の中隊長、片や宋美齢のボディガードたち。論点は、花形捕虜、江青の身柄をどちらが引き受けるかである。それまでのところ、中隊長は江青を監禁して、宋美齢の兵士を乗せた船の到着を待つしかなかった。宋美齢が船に乗っているかもしれないので、あえてそれ以外の手は打てない。議論の相手になる女ではないのだ。

しかし宋美齢は台北にいると判明し、国民党の中隊長に関するかぎり、事は大いに簡単になった。

江青はまず、さんざんいたぶられてレイプされるだろう。それから、もしまだ生きていれば射殺されるだろう。

宋美齢のボディガードたちはレイプにぜんぜん反対しない。それどころか自分らもそれに加わろうとしているが、しかし江青を死なせるわけにはいかない。宋美齢か蔣介石のもとへ連れて行き、そこで運命を決めてもらうのだ。これはトップレベルの政治なのだ、と、国際的に経験を積んだ兵士らが田舎で訓練された宜賓の中隊長を見下す口調で言った。

中隊長は、午後には宝玉を譲り渡すことをしぶしぶ約束する。会談が散会になると、兵士らは勝利を祝う酒盛りをすることに決めた。帰りの船旅は珠玉の捕虜とともに大いに楽しめるぞ！

最終交渉が、アランと兵士全員をはるばる海から運んできた川船の甲板でおこなわれた。自分でも驚いたが、アランは一同の会話をほとんど理解できた。兵士らがさまざまな都市で遊びほうけている間、アランは船尾甲板で気のよい食堂給仕の阿明《アーミン》と過ごした。この男がたいへんな教え上手なのだった。２ヶ月たつと、阿明のおかげでアランは中国語で言いたいことを充分伝えられるようになっていた（独特の罵《ののし》りや罵倒語も使いこなせた）。

子供のころ、アランは、せっかくの機会に酒を飲まない人間は信用するなと教え込まれた。ほんの６歳のとき、父は息子の小さな肩に手を乗せて言った。

「神父には気をつけろよ、いいな。それにウオツカを飲まない大人もだ。なかでも最悪なのは、ウオツカを飲まない神父だ」

己の忠告に従って、アランの父は完全にしらふだったことはなく、ある日、悪気もない乗客の顔面にパンチをくらわせ、即、国鉄をクビになった。これがもとで今度は母が己の警句を息子に伝える。

「酔っぱらいには気をつけるんだよ、アラン。わたしはそれができなかった」

少年は成長し、両親から受けついだ考えに自分の考えを付与した。聖職者と政治家は同じくらい悪《わる》だ、と、アランは考えた。共産主義者、ファシスト、資本主義者、その他もろもろの政治人種、どれもこれもちっとも変わりはない。しかし、信頼できる人間はフルーツジュースなんぞ飲まないという父の持論には同意した。そして、たとえいささか飲みすぎたとしても行動を慎まねばならないという点では、母に同意した。

実際問題として、川船の旅をつづけている間に、アランは宋美齢と酔っぱらい兵士20人（転落して溺死したのがひとりいたから、実際には19人）に協力する気が失せていた。のみならず甲板下に監禁されている捕虜を兵士らがレイプする場からは遠ざかりたい。共産主義者か否か、夫が誰であるかは関係ない。

だからアランは船から脱走し、捕虜を連れ去ろうと決心した。そして親しくなった食堂給仕にその決意を打ち明け、これから逃げ出すふたりのために旅の間の食料を調達してはくれまいかと阿明に頭を下げて頼んだ。阿明はそれを引き受けたが、自分もいっしょに行くという条件を出す。

宋美齢のボディガード19名の兵士のうち18名は、船の料理番と船長とともに、宜賓市の歓楽街へ遊びに出かけていた。19番目の兵士、つまり貧乏くじを引いた兵士が、江青の独房へおりる階段のドアの前に仏頂面をして座っている。

アランは番兵のそばへ座って、いっしょに一杯どうかと持ちかけた。番兵は、ひょっとすると国一番の大物捕虜の見張りを任されているから、ライスウオッカを飲むわけにいかないと言う。

「まったくそのとおり」と、アランは言った。「しかし一杯くらいならどうってことないだろ」

「そうだな」と、番兵は考えてから言った。「一杯ぐらいならどうってことないか」

2時間後、アランと番兵はそれぞれ1本ずつ空にして、その間に食堂給仕の阿明が小走りにパントリーへ行き来して食べものを運んだ。アランはこのひと仕事でちょいと酔いが回ったが、番兵のほうはオープンデッキでとうに眠りこけていた。

アランは足もとに正体なく酔いつぶれている中国兵を見おろす。

「スウェーデン人に飲み勝とうなんてしないことだ、フィンランド人か、せめてロシア人でなければな」

爆弾の専門家、アラン・カールソン、食堂給仕、阿明、そして永久に感謝の念を忘れない共産主義指導者の妻、江青。3人は暗闇に乗じて川船から抜け出し、じきに山中に入った。江青がすでに夫の軍勢とともに多くの時間を過ごしたところである。この地域のチベット遊牧民は江青を知っていたので、逃亡者たちは、阿明の調達した食料が尽きてからも、腹一杯食べるのに困らなかった。チベット人には人民解放軍と友好関係を保つ然るべき理由があった、というか、そう考えていた。もし共産軍が中国争奪戦に勝利すれば、チベットはただちに独立できると一般に考えられていたのだ。

江青は、自分とアランと阿明の3人が、国民党支配の領土を大きく迂回して、北方向へ急ぐべきだと提案した。2、3ヶ月間、山中を歩けば、陝西省の西安にたどり着く。日数がかかりすぎないかぎり、夫がそこにいるはずだという。

食堂給仕の阿明は、毛沢東その人に仕えることができると江青が約束したので、大喜びした。兵士らの行状をまざまざと目にして、隠れ共産主義者になっていた。だから寝返って、同時に出世できるとあれば万々歳だ。

しかしながらアランは言った。共産主義の闘争は自分がいなくても間違いなくうまく運ぶ。だから自分は国へ帰ってもいいと思う。江青もそう思わないか。

江青も異論はないと言う。しかし国というのはスウェーデンなのだから、おそろしく遠い。いったいどうやって帰るのか。

アランは答えた。船か飛行機を利用できれば一番だが、あいにく世界の海洋の配置からして中国のど真ん中で船に乗れる可能性はなく、かつまた山の中に空港があるのも見たことがない。それにどのみち現金も持ち合わせていない。

「だから歩くしかないだろうな」と、アランは言った。

3人の逃亡者を寛大に受け入れた村の長には弟がいて、これが誰よりも世界を旅したことのある男だという。従軍中に北はウランバートル、西はカブールまで行っている。それだけでなく東インド諸島へ行く途中、ベンガル湾にも入った。その弟が村へ帰っていて、長はそれを呼びにやり、カールソンがスウェーデンへの帰路を見つけることができるように世界地図を書いてほしいと言った。弟はそれを引き受け、翌日には地図を完成した。

たとえ充分な厚着をするにしても、手製の世界地図と羅針盤だけを頼りにヒマラヤ山脈を縦断するのは大胆だ。実際、アランは山脈とアラル海とカスピ海の北を歩くことだってできたろうが、現実と手製の地図は一致しない。だからアランは江青と阿明に別れを告げ、徒歩の旅に出た。チベットを抜け、ヒマラヤ山脈を越え、英領インド、アフガニスタンを抜けてイランに入り、トルコに出て、それからヨーロッパを北上するのだ。

2ヶ月間歩きつづけてから、アランは山脈の間違った側を来たのがわかった。引き返して最初から出直すのが最善だ。さらに4ヶ月後（今度は山脈の正しい側）、ずいぶんのろのろした進み具合だと悟る。山村の市場で、身ぶり言語と知っている中国語を駆使して、駱駝《らくだ》の値段を値切ろうとねばりにねばった。駱駝売りとようやく折り合いがついたが、それとて娘もいっしょに売りつけようとするのをなんとか断ってからである。

アランは娘のことも考えないではなかった。肉体的理由からではない。もはやそういう衝動はないからだ。そんなものはルンドボリ教授の手術教室に置き去りになった。惹かれたのは旅の道連れとしてである。チベットの高地で過ごしていれば孤独に襲われることもありうる。

ところが娘はアランの知らない一本調子のチベット＝ビルマ語方言しかしゃべらないから、知的な刺激に関していえば、駱駝相手にしゃべるほうがましだと思った。おまけに娘が契約の一環として性的な期待を抱いていないともかぎらない。ときどきアランを見る目つきが、どうもそんなふうなのだ。

だからさらに2ヶ月の孤独のなか、アランは駱駝の背にゆられながら世界の屋根を渡っていき、やがて3人の見知らぬ男たちに出会う。やはり駱駝に乗っていた。アランは知っている言語で挨拶する。中国語、スペイン語、英語、スウェーデン語。幸い、英語が通じた。

アランは初対面の者たちにスウェーデンへ帰る途中だと伝えた。男たちは目を丸くしてアランを見る。この男は駱駝に乗ってはるばる北欧まで行く気か？

「エーレスンド海峡はちょいと船で渡るけどね」と、アランは言った。

3人ともエーレスンド海峡のなんたるかを知らないので、バルト海が大西洋と接するところだと教える。アランがイギリス＝アメリカの従僕、イラン君主に仕える人物でないのを確かめてから、男たちはいっしょに行こうと誘った。

テヘランの大学で英語を学んでいるときに出会った仲だという。大学を終えてから、中国で2年間過ごし、共産主義の英雄、毛沢東と同じ空気を吸い、これからイランへ帰るのだという。

「われわれはマルキシストだ」と、ひとりが言った。「われわれは国際労働者の名において闘争をつづけている。その名において、われわれはイランと全世界で革命を遂行する。われわれは全人民の経済的社会的平等に基づく社会を築く。各人は能力に応じて働き、労働に応じて受ける」

「なるほど、同志」と、アランは言った。「ところで予備のウオツカはある？」

あるという。ボトルが駱駝の背から駱駝の背へと渡って、アランはこの旅が順調に運んでいると感じ始めた。

11ヶ月の間、4人は少なくとも3度、互いの命を救った。雪崩、盗賊、厳寒、そして幾度も見舞われた飢えを生きのびた。2頭の駱駝が息絶え、3頭目は殺して食肉としなければならなかったし、4頭目は、逮捕を免れて入国を許されるために、アフガンの税関吏に譲った。

アランは、ヒマラヤ山脈を縦断するのがたやすいと思ったことは一度もない。それにしてもこの親切なイラン人共産主義者たちに出くわしたのはつくづく幸運だったと、あとでよくわかった。スウェーデンの冬をさんざん体験してきただけに、たとえ酷寒を自力でなんとか耐え抜くことができたとしても、たったひとりで谷間の砂嵐や川の氾濫、あるいは山中の零下40度と格闘するのは、決して楽しくなかったろう。一同は高度2000メートルの尾根にキャンプを張って、1946年から47年にかけての冬が終わるのを待ったのだった。

3人の共産主義者はアランを自分たちの闘争に引き入れようとした。ダイナマイトを扱う才能があるとわかってからは、とくにそうだった。アランは幸運を祈ると言ったが、自分はイクスフルトの家の手入れがあるのでスウェーデンに帰らなくてはならないと告げた（18年前にその家を粉みじんに爆破したことをど忘れしていた）。

結局、3人は自分たちの大義の正当性をアランに納得させるのをあきらめ、この男はよき同志であり、雪にちっとも弱音を吐かない人物だということで落ち着く。一同が天候の回復を待つ間、アランは山羊の乳からアルコールを作る方法を考え出したので、立場がさらによくなった。共産主義者たちはどうしてそんなことができるのか推しはかりかねたが、結果としてたしかにアルコールになるし体も多少温まり、退屈しのぎにもなった。

1947年の春、一同はついに世界最高峰の南側に到達した。イラン国境に近づくにつれて、共産主義者たちはますますイランの将来のことを話す。今こそ、外国人どもをこの国から永久に追放しなければならない。イギリス人どもは腐敗した君主《シャー》を長年にわたって庇護してきた。最悪だ。しかし君主が尻尾を振って言いなりになるのはもういやだと抵抗すると、イギリス人どもは君主を玉座からおろして息子にすげ替えた。アランは蔣介石と宋美齢の関係を思い出した。広い世の中では家族関係が妙なものになりうるのだ。

君主の息子は父親より買収しやすかった。だからイギリス人とアメリカ人がイランの石油を支配している。毛沢東に鼓舞されて、このイラン人共産主義者たちはなんとしてもそれを阻止するという。問題は、イランの共産主義者のなかにはスターリンのソ連で実践されているたぐいの共産主義にかぶれている者もいることだ。宗教をもちこむ苛立たしい革命分子もいるという。「興味深い」と、アランは言ったが、真意は逆。

3人はその問題についての長い共産党宣言を引きながら、状況は興味深いどころの話ではないと言った。3人組の将来は、要するに、勝利か死か！

まさにその翌日、その後者が現実となる。というのは4人の仲間がイラン領土に足を踏み入れるやいなや、4人とも国境パトロール隊に逮捕されたからである。3人の共産主義者は不運にも各自が共産党宣言（ペルシア語版）を持っていた。それでただちに銃殺された。アランが生きのびたのは、なんら文献のたぐいを持っていなかったからだった。おまけに外国人の顔つきだから、あれこれ訊問するまでもない。

背中にライフル銃を突きつけられながら、アランは帽子をぬいで、3人の死んだ共産主義者にいっしょにヒマラヤ山脈を渡ってくれたことを感謝した。友人になった人間が目の前で死ぬのにはどうしても平然としていられない。

長く悼んでいる時間はなかった。両腕を後ろ手に縛り上げられ、トラックの後部に放り込まれたのだ。毛布に鼻を埋めたまま、英語でテヘランのスウェーデン大使館へ連れて行ってほしいと頼んだ。市内にスウェーデンの在外公館がないのならアメリカ大使館でもいい。

「黙れ《カーフェ・ショ》！」と、威嚇の口調の返答。

言葉は理解できないが、意味合いはわかる。しばらく口を閉じていたほうが無難だ。

地球の反対側、ワシントンDCでは、ハリー・トルーマン大統領が自身の問題をかかえていた。選挙が近いので、政策を鮮明にしておくのが重要だった。つまり、どういう政策かを決定することだ。最大の戦略的課題は、どの程度まで南部の黒人を支援する用意があるか。進歩的に見えて、柔軟すぎるふうには見えない、その微妙なバランスを保たなくてはならない。すなわち、いかにして世論の支持を保つか。

そして世界という舞台では、スターリンという相手もいる。といっても妥協する用意はない。スターリンはそうとう多数の民衆の心をつかんでいるが、ハリー・S・トルーマンはそうではなかった。

ほかのあらゆる点でも、中国は歴史を作りつつあった。スターリンが毛沢東の助っ人となり、トルーマンもアマチュア軍人の蔣介石に対して同じことをせざるをえない。宋美齢にはすでに要求をかなえてやったが、それも終わりにしなくてはなるまい。アラン・カールソンはどうなったろう。実にいいやつだった。

蔣介石は敗北に敗北を重ねた。そして宋美齢の計画は頓挫する。それを任された爆薬の専門家が姿を消したからだ。あの田舎者の妻も連れ去った。

宋美齢は再三再四、トルーマン大統領に会見を求めた。あわよくばアラン・カールソンを送ってきたその男を素手で絞め殺したいと思ったのだ。ところがトルーマンはそれに応ずるひまはない。それどころか、合衆国は国民党に背を向けた。中国では、汚職、超インフレ、飢饉、それがすべて毛沢東に手を貸した。結局、蔣介石、宋美齢、その一族郎党は台湾へ逃れねばならなかった。中国本土は共産主義中国となる。

12 2005年5月9日 月曜日

100歳

湖畔農場の仲間たちは、そろそろバスに乗りこんでここからおさらばする頃合だと悟った。しかしまず、いくつか始末しておかねばならないことがある。

ベッピンはフード付きのレインコートをはおってゴム手袋をつけ、ソニアが尻に敷いて死に追いやったならず者の残骸を洗い流すべく、ホースを伸ばしにかかった。しかしまず、男の死体の右手から拳銃を引き抜いてベランダに置き（あとで、これを忘れてしまう）、その銃身を4メートル離れたモミの木の太い幹に向けた。いつ暴発するかわかったものじゃない。

バケツからソニアの排泄物を洗い落とし、その体を本人のフォード・ムスタングの後部座席の下に寝かせる。ふつうならその余地がないだろうが、今やぺしゃんこになっていた。それからユーリウスがこの凶漢の車のハンドルを握って車を発進させ、ベニーがベッピンのパサートに乗ってすぐあとにつづく。湖畔農場から離れた人けのない安全な場所を見つけて、ならず者の車にガソリンをかけて火をつけるという考えだ。本物のギャングならそうするだろう。

しかしそれにはガソリンが1缶要る。そこでユーリウスとベニーはブラーエスのガソリンスタンドで車を止め、ベニーが中へ入って必要なものを仕入れ、ユーリウスはキャンディみたいなものを買う。

300馬力を超すV8搭載のフォード・ムスタングの新車がガソリンスタンドに止まっているのは、ブラーエスでは目立ちすぎる。ボーイング747機がストックホルムのダウンタウンの通りに駐機しているようなもの。あっという間に、バケツの弟と〈ザ・ヴァイオレンス〉の仲間のひとりがこの機に乗じた。弟はムスタングに飛び乗り、仲間はガソリンスタンドの売店でキャンディを眺めているらしきこの車の主を見張る。すげえ見《め》っけもの！　間抜けなやつ！　イグニッションキーまで入れっぱなしだ。

ベニーとユーリウスは外へ出た。片方は今買ったガソリンの缶をかかえ、もう片方は新聞を脇にはさんで、キャンディをほおばっている。なんとムスタングが消え失せていた。

「ここにムスタングを止めなかったっけ？」と、ユーリウス。

「うん、ここだ」と、ベニー。

「まずいことになったか？」と、ユーリウス。

「うん、まずい」と、ベニー。

そして盗難を免れたパサートで湖畔農場へ戻った。

ムスタングは、黒の車体の屋根に明るい黄色縞が2本走っている。かなりの高級車で、バケツの弟と仲間たちならいい金稼ぎになりそうなしろものだ。たまたま見つけたうえに盗むのも簡単だった。無計画の窃盗から5分もたたないうちに、車は無事、〈ザ・ヴァイオレンス〉のガレージに収まった。

翌日、ナンバープレートを変えてから、弟が手下のひとりに車をリガの商売仲間のもとへ届けさせた。偽造ナンバープレートと偽造証書を用意して、ラトビア人一味が個人輸入品として売れるように偽装した車を〈ザ・ヴァイオレンス〉の誰かのもとへ戻す。手品みたいに、盗難車が合法車となるのだ。

ところが今回、事は計画どおりに運ばなかった。というのもスウェーデン人から届いた車が、リガの南郊外のズィエップニエクカルーンスのガレージに置かれているうちに、異臭を放ってきたからである。ガレージの主《あるじ》が原因を調べ、後部座席の下に死体を発見した。主は怒声を張り上げるや、ナンバープレートやらなんやら、車の出処《でどころ》の手掛りになりそうなものを残らず引っぱがす。それから、かつては光り輝いていたムスタングの車体を凸凹の傷だらけにして、ついに車はポンコツにしか見えなくなった。ついで外へ出ると、ひとりの酔っ払いを見つけ、ワイン4本やるからこのポンコツを廃品回収所まで運転して処分してくれと言い渡す。死体ごとである。


湖畔農場の一行は出発の準備にかかった。死体ごとムスタングが盗まれたのはもちろん心配だけれど、アランに言わせると、世の中こういうもの、これから先もなるようになる。それにアランの意見では、車泥棒は警察に通報しないと思ってまず大丈夫。一般に車泥棒は警察から距離を置きたがるからだ。

夕方6時、暗くならないうちに出発しなければならない。バスはでかいし、最初に通る道は狭くて曲がりくねっている。

ソニアはキャスター付きのスツールに立っている。庭と納屋から象の痕跡は残らず掃除した。パサートとベニーの古いメルセデスは置いていく。違法なことに使ったわけではないし、それに置いていくしかあるまい。

バスは出発した。最初、ベッピンは自分が運転するつもりだった。大型バスの運転は完璧に心得ている。しかしベニーがトラック運転手の成りそこないでもあって、あらゆる種別の運転免許を取得していることがわかった。だから運転を任せることにする。これ以上、違法行為をしてはまずい。

郵便受けのところで、ベニーはハンドルを左に切った。ベッピンの言うには、砂利道をくねくね曲がって行けばオービー村に着くので、そこからハイウエーに出られる。たっぷり半時間はかかるだろうから、その間に大事な問題を相談しよう。つまり、ほんとうにどこへ行くかということだ。

4時間前、親分はじりじりしながら、まだ消えていないたったひとりの手下を待っていた。なにはともあれ、カラカスが戻り次第、自分とふたりで南へ向かう。モーターバイクではなく、同好会ジャケットも着ない。慎重に行動しなければなるまい。

親分は、同好会ジャケットの〈一獄一会〉マークに物言わせる、以前の方策に疑いを抱き始めていた。当初は、グループ内に一体感と仲間意識を築き、外部の人間に一目置かせるのが狙いだった。ところがまず、グループは親分の想定したよりずっと少数になった。ボルト、バケツ、カラカス、そして自分自身の4人組なら、ジャケットなしでやっていける。そして違法すれすれの活動をやっているから、これ見よがしに同好会ジャケットを着るのは逆効果になる。ボルトにマルムショーピングでの取引を命じたのは、その点でいささか矛盾していた。一方では、目立たないように公共交通機関を利用しなければならず、また一方では、ロシア人に取引相手を知らせるため、背中に〈一獄一会〉マークのある同好会ジャケットを着なければならないからだ。

　そしてそのボルトが逃亡中……それともなにかあったのか。背中のマークはこう書いてあるのも同然だ。「問題があれば、親分に電話せよ」

　ちくしょう！　と、親分はむしゃくしゃする。このごたごたが一段落したら、ジャケットを全部燃やしてしまおう。それにしてもカラカスのやつはどこにいる？　もう予定の出発時間じゃないか！

　カラカスは8分後に現れ、セブン・イレブンに寄ってスイカを買ったので遅れたと釈明した。

「喉が渇いてると旨いんすよ」と、カラカス。

「喉が渇いてると旨い？　組織の半数が５０００万クローナを持って消えたってのに、おめえは果物を買いに行ってただと？」

「果物じゃないす、野菜です」と、カラカス。「キュウリと同じ仲間です」

　これが親分にはカチンときた。親分はスイカを取りあげるや、カラカスの頭でかち割った。とたんにカラカスは泣き出して、もう同好会なんかにいたくないと言った。最初にボルトが、次にバケツがいなくなってからというもの、親分は自分をいびるばかりじゃないか、まるでカラカスのせいだみたいに。いいよ、親分は勝手にするがいいさ。カラカスはこれから電話でタクシーを呼んで、港へ行って、故郷の家族のもとへ帰る……カラカスにいる家族のもとへ。そうすればせめてまた本名を名乗れるんだ。

「くそくらえ《ペテ・ア・ラ・ミエルダ》！」カラカスはわめくなり、外へ飛び出した。

親分はため息をつく。すべて収拾がつかなくなってきた。まずボルトが消えた。思い返せば、そのフラストレーションをなにもバケツとカラカスに当たり散らすことはなかった。それからバケツが消えた。思い返せば、そのフラストレーションをカラカスに当たり散らすことはなかった。それからカラカスが消えた。スイカを買うため。そして今度は、思い返せば、たしかに……あいつの頭でメロンをかち割ることはなかった。

そして今から、自分ひとりだけで探しに……。いや、なにを探すのかよくわからない。ボルトが見つかるか？　しかしボルトはスーツケースを持ち逃げした？　あいつはそこまで愚かだろうか。で、バケツはどうした？

親分の運転する車はステータスの象徴だ。最新型ＢＭＷ Ｘ５。しかもたいていは猛スピードで運転する。それを追尾する覆面パトカーが、ストックホルムからスモーランドまでの走行中に犯した交通違反の数をじっくり勘定していた。３００キロほど過ぎた時点で、覆面パトカーの中では意見が一致していた。もちろんそんなことにはならないとしても、もし走行中の違反をすべて法廷に持ち込んだなら、前方のＢＭＷを運転する人物は、今後４００年間、運転免許剥奪になって当然だ。それはともかく、アセーダを過ぎたあたりでアロンソン警視はストックホルムの同僚たちの無線を傍受し、協力に礼を言い、あとは自分が監視すると伝えた。

ＢＭＷのＧＰＳのおかげで、親分は苦もなく湖畔農場へたどり着いた。しかし近づくにつれて、運転が乱暴になる。すでに違法のスピードがさらに増して、アロンソン警視は付いていくのに苦労する。ペール＝グンナル・イェルディン親分に気づかれないように一定の距離を保たねばならないが、しかしアロンソンは目標を見失い始めた。長い一直線の道に出たときだけはときおりＢＭＷがちらっと視界に入るが……もうどこにも見えない！

イェルディンはどこへ行った？　どこかで横道に入ったはず、それとも……？　アロンソンはスピードを落とす。額《ひたい》に汗が吹き出すのがわかる。これは想定外だった。

左にそれる道が1本ある。たぶんBMWはあの道を行った。それとも直進したのなら行き先は……たしかあっちは、ロットネだっけ？　イェルディンがそれより早く横道に入ったのでなければ。きっとそうだ。アロンソンはカーブを切り、イェルディンが行ったと思われる脇道へ曲がった。


親分はブレーキを踏んで１８０キロから20キロに減速し、ＧＰＳの示す砂利道へ急ハンドルを切る。よし、わずか1キロかそこらで目的の場所へ着く。

湖畔農場の郵便受けから２００メートルのところで、道は最後の曲がり角になり、そこを曲がるとバスの後部が見えた。親分が向かいかけた方角の出口からちょうどのろのろと出て行ったところだ。さてどうしようか。バスに乗ってるのは？　まだ誰か湖畔農場にいるのか？

親分はバスをそのまま行かせることにした。曲がり道を進むと、農家があり、納屋があり、くたびれた湖畔の小屋がある。

しかしバケツはいない。ボルトもいない。爺《じじい》もいない。赤毛の女もいない。そしてキャスター付きのグレーのスーツケースがどこにもない。

親分はもう1分、その場を点検した。明らかに人はいないが、納屋の裏に2台の車が隠してあった。赤のＶＷパサートとシルバーのメルセデス。

「ここだ、間違いない」と、親分は言った。しかしわずかに遅かった。

そこでバスに追いつくことにした。さしてむずかしくはない。砂利の曲がり道をほんの3、4分前に出たばかりだ。親分はアクセルを踏み、砂煙のなかに消える。さっき自分のやってきた方角から青のボルボが接近していることなど眼中になかった。

最初、アロンソン警視はイェルディンのスピードを考えると、追跡の情熱はしぼんだ。どうあがいても追いつけはしまい。それよりここをちょっと見ておくほうがよさそうだ。グニラ・ビョルクルンドの名が郵便受けにあった。

「やっぱりあんたが赤毛のグニラだね」と、アロンソン警視は言った。

こうしてアロンソンのボルボは、ヘンリク・「バケツ」・フルテンのフォード・ムスタングが9時間前に、ペール＝グンナル・イェルディン親分のBMWが数分前に到着したのと同じ農場の庭に到着した。

アロンソン警視は、親分と同じく、湖畔農場がもぬけの殻であるのを見てとる。ただし親分よりはもうちょいと時間をかけて、謎のさまざまな断片を探した。ひとつはキッチンにあったその日の新聞、そして冷蔵庫の中の新しい青物。だからこの日の朝まではキャンプをたたんでいなかったわけだ。謎のもうひとつの断片は、もちろん納屋の後ろのメルセデスとパサート。1台はアロンソンに多くのことを語る。もう1台はグニラ・ビョルクルンドの車だろうと推測した。もうふたつの手掛りがアロンソン警視の発見を待っていた。まず、農家のベランダの板床の端っこに拳銃が1丁見つかった。なんのためにここに？　誰の指紋がついてる？　アロンソンはバケツ・フルテンだろうと推測し、注意深く拳銃をビニール袋にすべりこませる。もうひとつの発見は、アロンソンがそこを立ち去ろうとしたとき、郵便受けにあった。この日の郵便物の中に自動車免許許可局からの公式通知書があり、1992年型の黄色いスカニアK113の所有者が変更になったことを証明している。

「だからバスで移動してるんだ」と、警視はつぶやいた。

バスはのろのろくねくねと森を抜けて行く。BMWが追いつくのに長くはかからなかった。しかしその狭い道で、親分はバスを追いながら、バスに誰が乗っているのか、キャスター付きのグレーのスーツケースを運んでいるのかどうかを想像する以外、なにもできないでいた。

おめでたいことに、ほんの5メートル後方の危険に気づかないまま、バスの仲間たちはこれまでの状況を話し合い、2、3週間隠れる場所を見つけられれば事態は落ち着くと速断した。そもそも湖畔農場がそういう場所のつもりだったけれど、その名案は、予期せぬ訪問客が現れてソニアがその客を尻の下にしてしまったので、台無しになったのだ。

今の問題は、アラン、ユーリウス、ベニー、ベッピンにひとつ共通点があることだ。つまり、親戚も友人もほとんどひとりもいない。人間4人、犬、そして象を乗せた黄色のバスを隠してくれるような誰かがいるだろうか。

アランは親戚も友人もいないわけを話した。なにせ自分は100歳だし、親戚も友人もなんらかの原因で死んでしまったか、今ごろはもう歳が歳だから死んでいるだろう。年々、運よく生きのびる者は少なくなっている。

ユーリウスが言うに、自分の得意は敵を作ることで、友人を作ることではない。アラン、ベニー、ベッピンとは友情を深めたいが、今はそのときでないし、その場所でもない。

ベッピンが言うには、離婚以来ずっと長いこと人付き合いをとことん避けてきたから、連絡して助けてもらえるような知り合いは皆無。

残るはベニー。兄がいるのではなかったか。世界一怒れる兄が。

ユーリウスがその兄を買収できないかと問うと、ベニーの顔がパッと輝いた。何百万もの大金がスーツケースにあるのだ。買収できないことはない。なにしろボッセは誇りよりも欲が強いからだ。しかしどういうふうに話を持ち込むか。そしてベニーは解答を出す。兄には長年の借りを返したいと告げることにしよう。

そういう算段をしてから、ベニーは兄に電話したが、名を告げる間もなく、まくし立てられた。ボッセは弾を込めたショットガンを持っていて、こっぴどく弾を浴びたいのなら弟を歓迎するという。ベニーは言った。そういう目に遭いたくはないけれど、とにかく友人たちといっしょに訪れたい。金銭交渉をまとめたいからだ。叔父フラッセの金のことで、いうなれば兄弟間の不一致があった。

ボッセは、やたらややこしい物言いはやめろと弟に応じた。それから単刀直入に言った。

「いくら持ってるんだ？」

「300万でどう？」と、ベニーが問う。

ボッセはしばしなにも言わない。状況をとっくり考えていた。弟をよく知っているから、わざわざ電話してきて、こんな冗談を言うはずはない。俺の弟がべらぼうな金持ち！　300万！　すげえじゃないか！　しかし……たぶんまだ持ってるのでは？

「400万でどうだ？」と、ボッセは探りを入れる。

しかしベニーは、もう兄にごり押しさせるものかときっぱり決断していた。だからこう言った。

「俺たち、ホテルに泊まってもいいんだ、そんなに迷惑になるんなら」

弟を迷惑と思ったことはないと、ボッセは言った。ベニーと友人たちを心から歓迎するし、もしベニーが３００万で、あるいはなんなら３５０万で昔の仲違《たが》いを修復したいなら、それはそれで結構だ。

ボッセはベニーに自宅への道順を教えて、２時間ほどかかるだろうと言った。すべて最善へ向かっているらしい。道も広くなってきたし、まっすぐだ。

それが親分にも必要だった。つまり、広いまっすぐな道である。10分間、バスの後ろに張りついている間、ＢＭＷはストックホルムからここまでガソリンを補給していないことを親分に訴えていたからだ。補給の時間はなかった。

親分の恐れていた悪夢は、森の真ん中でガソリン切れになることだった。そうなったら黄色のバスが遠くに消えるのを指をくわえて見送るしかない。たぶんボルトとバケツとスーツケースが、あるいは誰となにが乗っているにしても。

だから親分は、ストックホルムの犯罪グループの親分にふさわしい活力と運転術を見せつけるべく行動した。アクセルを踏むや、たちまちバスを追い越し、もう１５０メートル行ってからＢＭＷを見事にスキッドさせて止め、その車体で道をふさいだ。それから拳銃を抜いて、追い越したばかりの車を迎えようとした。

親分は、今や死んだかトンズラした手下より分析癖がある。車で道をふさいでバスを停車させるという着想は、ガソリン切れになりそうだという事実に端を発したものだ。しかし親分はまた、バス運転士が停車を決断するだろうという完璧に正しい推測も為していた。その結論は、一般に人は道でわざわざ他人に衝突して、双方の命と健康を危険にさらすようなことはしないという信念に基づいていた。

そして実際、ベニーはＢＭＷを見るやいなや思いきりブレーキを踏む。親分の想定どおりだった。ともかくも、そこまでは。

ところがその計算は、バスの積荷の中にまさか重さ数トンの象がいるという危険を勘定に入れていなかった。もしそれを勘定に入れていたなら、それがバスの制動距離におよぼす影響を考慮したであろうし、とりわけそこがまだ砂利道ということを忘れなかったろう。

ベニーは衝突を避けるべくまさに最善をつくしたが、まだ時速50キロほど出ていた。象を乗せた15トンのバスはその砂利道で車に激突し、とたんに車は宙に放り出されて20メートル吹っ飛び、樹齢80年のモミの木にめり込んだ。

「たぶん3号だな」と、ユーリウスが言った。

２本足の乗客は全員バスから飛び出して（そのほうがたやすい乗客もいた）、大破したＢＭＷを点検する。ハンドルにぶら下がって、どうやら息絶えているように見えるのは、一同の知らない男である。今朝、ならず者2号が突きつけてすごんだのと同じ型の拳銃を握っていた。

「三度目の正直と思ったんだろう」と、ユーリウスが言った。「考え直すだけの頭はあるわけだ」

ベニーはユーリウスの軽口にぎこちなく異議を唱えた。１日にひとりのならず者を殺すだけでも充分なのに、今日はもう2人目、しかもまだ夕方の6時前だ。運が悪ければ、もっと殺すことになりかねない。

アランが死体3号をどこかへ隠そうと提案する。殺《あや》めてしまった人間にあまりかかずらうと、ろくなことにならない。下手をすると殺めてしまったことを人に告白することになる。そんないわれはないではないか。

とたんにベッピンが、ハンドルにでれっと突っ伏している死体に向かって腹立たしげに叫び始める。いったいなんで道の真ん中に車を急停止するなんてバカなことをしたのよ。

死体はそれに応えて、弱々しく喉を鳴らし、片方の足をひくひく動かす。


アロンソン警視にとって意味のある唯一の計画は、イェルディン親分がほんの半時間ほど前にたどったのと同じ方角に向かうことだった。〈一獄一会〉のリーダーに追いつけないまでも、途中でなにか目につくものが現れるかもしれない。それにベクショーはそう遠くはない。まずはホテルを見つけて、状況をゆっくり考えてから3時間ばかり眠るとしよう。

まもなく、BMW X5の新車の残骸がモミの木に巻きついているのがアロンソンの目に入った。最初、アロンソンは驚きもしなかった。湖畔農場を出たときの猛スピードを考えれば、イェルディンが衝突したのだ。ところが近寄ってみると、どうもそうではないらしい。

第一に、車内が空っぽ。運転席は血まみれだが、運転手がどこにもいない。

第二に、車体の右側に異常な凹みがあり、ところどころ黄色い塗料の跡がある。なにか大きな黄色のものがフルスピードで車に激突したようだ。

「たとえば、黄色の1992年型スカニアK113」と、アロンソン警視はひとりごちた。べつだんむずかしい推断ではなかった。それはさらに裏づけられる。黄色のスカニアのナンバープレートがBMWの右後部ドアにしっかと刻印されていた。番号と文字を自動車運転免許許可局の所有者変更記録と照会するだけで、疑念は晴れる。

アロンソン警視はまだ事の真相を測りかねていた。しかし、信じがたいにしても、ひとつだけはっきりしてきた。100歳のアラン・カールソンとその一味は、人を殺害して遺体をこっそり始末する手際にかなり長けているらしい。

13

1947～1948年

アランは、幾晩もトラックの荷台に腹這いになったままテヘランへ向かう道中ほど、不愉快な思いをしたことはなかった。なにしろ寒いし、山羊の乳で作った体の温まる特製どぶろくもない。もっとも両手を後ろ手に縛られていては、それもままならなかったろう。

移動が終わってアランがほっとしたのも無理はない。午後遅く、トラックは首都の中心にある大きな褐色の建物の正門前に止まった。

2人の兵士はよそ者の立ち上がるのに手を貸し、ひどい泥だけを払った。それからアランの両手を縛り上げていたロープをゆるめ、ライフル銃をかまえてアランを見張る。

もしアランがペルシア語をマスターしていたなら、入口のわきの黄色い表示でどこへ連れられたのかを知ることができたろう。しかし読めない。それにどこでもよかった。それより大事なのは朝食にありつけるかどうかということだ。あるいはランチ。できれば両方。

むろん、ふたりの兵士は共産主義者と目される男を連行した場所を正確に知っていた。アランを扉から押しやると、兵士のひとりがにやりと笑ってアランに別れを告げ、英語で言った。

「グッドラック」。

アランはありがとうと応じたものの、その英語に皮肉が込められているのは察した。そこで今から周りに気を配る必要があると思った。

アランを拘束した隊の将校が同じ階級の将校に捕虜を正式に渡す。然るべき手続きがすむと、アランはすぐそばの廊下を行く監房に移された。

監房は、アランがついこの間まで慣れていたところに比べれば、まさしく楽園《シャングリラ》の地だった。ベッドが4つ並び、それぞれのベッドに2枚重ねの毛布があり、天井には1個の電灯、一角に水道と洗面台、もう一角に蓋付きの大人用バケツ。粥《ポリッジ》の入った普通サイズの器と飢えをしのぎ渇きを癒すための1リットルの水も渡されていた。

ベッドは3つ空いていたが、4つ目には男が仰向きになり、両手を組み合わせ両目を閉じていた。アランが入って行くと、男はうたた寝から目をさまし、起き上がった。長身でやせていて、黒衣と対照的な白の牧師カラーを着けている。アランは手を差し出して名を名乗り、残念ながらこの地の言葉を話せないと言った。この聖職者は英語を少しは話せるだろうか。

黒衣の男は話せると言った。オクスフォードで生まれ育ち、そこで教育を受けたからだという。ケヴィン・ファーガソン、英国国教会の牧師。イランで12年間、迷える魂を探して真の信仰に勧誘してきた。ところでミスター・カールソンの宗派は？

アランは答えた。純然たる肉体感覚として自分は迷える者だ、なにしろ自分の居場所を自分で決められないのだから。しかしだからといって魂が迷っているわけではない。自分はつねづね宗教をこう考えてきた。つまり、確実に知ることができないならば、あれこれ推測しても始まらない。

アランはファーガソン牧師がもっと長い説教を始めようとするのを見てとり、素早く言いそえた。英国国教会の信者になりたくないという自分の切なる願い、ついでながらいかなる宗派の信者にもなりたくないという願いを、どうか尊重してもらえないだろうか。

ファーガソン牧師は拒絶されて引き下がる男ではない。ところがこのときばかりは違った。神をべつにすれば、この暗澹《あんたん》たる状況から己を救ってくれるかもしれない唯一の人物を、その意思に逆らって改宗させるのは控えたほうがよさそうだ。

ファーガソン牧師は妥協策に出た。気乗りはしないけれども、せめて三位一体《さんみいったい》について少し説いてもこの人物を傷つけることになるまい。それはたまたま英国国教会「39箇条」の冒頭である。

アランは、すぐにはわかってもらえないだろうが、自分は三位一体にまったく無関心だと言った。

「この世のありとあらゆる分類で、少なくとも三位一体にだけはぜんぜん興味がないんだ」と、アランは言った。

あまりの愚かしさに、ファーガソン牧師は宗教に関するかぎりカールソンを煩《わずら》わせることはしないと約束した。「たとえ同じ監房にわれわれを置いたのが神の思し召しであるにしても」

そして今度は、自分とアランの苦境へ話を転じた。

「先行きは思わしくない」と、ファーガソン牧師は言った。「われわれはふたりとも、もうじき創造主に対面するのかもしれない。さっきあんな約束をしなければ、今こそきみは真の信仰を抱くべきだと言いたいところだが」

アランはきっと牧師を見たが、なにも言わない。牧師は、ふたりとも国家情報保安局、つまり秘密警察の監房に入れられているのだと説明した。公共の安全を守る組織のように思われるかもしれないが、秘密警察の実体は君主の警備で、その目的はイランの民衆を適度におびえさせ適度に敬意を抱かせることだ。いざとなれば社会主義者、共産主義者、イスラーム主義者、その他の不穏分子を一網打尽にして皆殺しにする。

「英国国教会の牧師も？」

ファーガソン牧師は、イランには宗教の自由があるから英国国教会の牧師は恐れるものはないと答えた。しかしこの英国国教会の牧師だけは行き過ぎだったらしい。

「秘密警察に捕まった者の先行きは思わしくない。わたしの場合、ここが終着駅だろう」と、ファーガソン牧師は言い、急に悲しげな顔つきになった。

とたんにアランは、相手が聖職者であるにせよ、この獄友を哀れに思った。慰めるように言った。たぶん脱出する手だては見つかる。しかし何事にも頃合というものがある。そもそも牧師はなにをしでかしてここに閉じこめられることになったのか。

ケヴィン・ファーガソン牧師はふんと鼻を鳴らし、気を取り直す。死ぬのは怖くない、と言った。ただ、この地上でまだまだ為すべきことがあると考えている。自分はいつものように己の命を神の手にゆだねているけれども、神の決定を待つ間に、もしカールソンがこの苦境を逃れる手だてを見つけてくれても、きっと神は気分をそこねられることはあるまい。

それから牧師は身の上話を始めた。牧師が学問を終えたばかりのとき、主が夢の中に現れてこう言った。「世に出て伝導の仕事を為せ」主はそう言ったが、それ以上は語らず、そこで牧師はどこへ行くべきかを自分で決めた。

主教をしていたイギリス人の友人からイランのことを聞いた。信仰の自由がはなはだしく侵害されている国である。たとえば、イランの英国国教会の教徒は実に少ないけれど、シーア派、スンニ派、ユダヤ教徒、さらには純然たる邪教に固執する人民がわんさといる。クリスチャンの数についていえば、アルメニア人かアッシリア人と同じだ。

アランはそれは知らなかったと言い、なるほど勉強になったと牧師に礼を言った。

牧師はつづける。イランとイギリスは友好関係にあったので、教会の上層部の契約のおかげで、牧師はイギリスの政府専用機でテヘランに来ることができた。これは10年以上前、1935年ころの話。それ以来、牧師はいろいろな宗教の場へ赴いて、首都で輪を広げていく。最初は、さまざまな宗教儀式に集中した。モスク、シナゴーグ、ありとあらゆるたぐいの寺院に入り込み、好機を捕らえては儀式を中断させ、通訳を通して真の信仰を説いた。

アランは牧師の勇気に感心したものの、その精神力にはいささか疑問を感じると言った。そんなふうな顔の出し方では、結局はまずいことになったのではないか。

ファーガソン牧師はそのとおりだと認める。実際、うまく運んだことは一度としてなかった。最後まで聞いてもらえることはなかった。通訳とともに叩き出されて、たいていはふたりともぶん殴られた。しかしなにをされてもめげることなく、牧師は奮闘をつづけた。出会う人々すべての魂に英国国教会の小さな種を植えつけているのを知っていたからだ。

ところが結局、牧師の噂が広く伝わって、いっしょに動いてくれる通訳を見つけることがむずかしくなった。そこで牧師はひと休みして、ペルシア語の習得に努力した。そうしながら作戦を練るすべを考えて、ある日、ペルシア語をらくらくと操れるようになったので、新たな計画に取りかかった。

牧師は寺院や礼拝に行くのではなく、あちこちの市場を訪れた。己が偽りとみなす教えの信者が買物客のなかに大勢いるのを知っていたからで、そこで辻説法をしようと思い立ったのだ。

こうすることで最初の数年のように殴られる回数は減ったけれども、救われた魂の数はファーガソン牧師の期待した数にはまだまだおよばない。

改宗者の数が目標にどれくらい届かなかったかとアランが問うと、それは見方によると牧師は答えた。一方では、ひとつの宗教に働きかけるたびにひとりの改宗者を得て、全部で８人になった。その一方、数ヶ月前、８人全員が実は秘密警察のスパイらしいことを知った。宣教師の動向を見張るべく送り出されたのである。

「すると、純然たる改宗者はゼロから８人」と、アランは言った。

「８人よりはゼロに近いだろう」と、ファーガソン牧師。

「12年間でね」と、アランは言った。

すでに乏しい結果がさらに乏しくなっているのを知って落胆したと、牧師は言った。この国では決して成功しないことも知った。イラン人は、いかに改宗したいと思ったところで、あえて改宗しない。秘密警察がいたるところで目を光らせ、もし宗教を変えようものなら、間違いなく身辺調査書が作成されて当局の記録に残る。そして身辺調査書が当局の記録に残されてから痕跡なき失踪まで、たいてい時間を要しない。

アランは言った。ファーガソン牧師がどう思うにせよ、そのほかにも今の信心で満足しているイラン人もいないことはないだろう。そこはわかっているのかどうか。

牧師は答えた。そこまで無知なことを言う人間に会ったことはないが、英国国教会の教えを語るのは控えることをきみに約束した以上、きちんとした返答はできない。とにかく無用にわたしの話の腰を折らないで聞いてくれないか。

ファーガソン牧師は先をつづける。秘密警察が布教活動に入り込んでくるやり方はよくわかったので、牧師は新たな考え方をすることにした。大きく考える考え方である。

だから牧師はスパイと目される8人の信徒をふりはらい、地下共産主義運動と連絡をつけた。自分は真の信仰会のイギリス代表だと名乗り、会って将来を論じたいと告げた。顔合わせを設定するには時間がかかったが、ようやくラザヴィー・ホラーサーン州の主な共産主義者グループの5人と膝を付き合わせる。牧師としてはテヘランの共産主義者らに会いたかった。重要な決定を為すのはたぶんテヘランの面々だろうと思っていたからだ。しかし皮切りとしては有効だ。

あるいは、有効ではないか。

牧師ファーガソンは共産主義者たちに大構想を提示した。要するに、共産主義者が天下を取った暁には、英国国教会主義がイランの国家宗教となる。もし共産主義者が同調してくれるなら、自分は宗教大臣の地位に就き、最初から国民ひとりひとりに必ず聖書が行き渡るようにする。教会はあとから建てればよい。まずはシナゴーグやモスクを法令によって閉鎖して、それを教会として使う。ひとつだけ知りたいのだが、諸君は共産主義革命がいつ成就されると思うか。

共産主義者らは、ファーガソン牧師の期待とは裏腹に、熱意どころか好奇心すら示さなかった。おまけにあからさまに言ってのけた。その暁には英国国教会主義なんてものはなくなる、ついでながら共産主義以外のいかなる主義もなくなる。おまけに牧師は、偽りの口実でこの集まりを設けたと声高にとっちめられた。われわれ共産主義者はこんなとんでもない時間の浪費を経験したことはない。

3対2の評決で、ファーガソン牧師はしこたま殴られることになった。それから列車に乗せられてテヘランへ戻った。痛い目に遭いたくなければ二度と姿を見せるなということも、全員一致で決まっていた。

アランは頬をゆるませて言った。失礼ながら、牧師さん、あなたは完全に気が狂ってるとしか思えない。共産主義者と宗教的な取り決めをしようなんてのは、無謀も無謀だ。そんなことがわからなかったのだろうか。

牧師は答えた。きみのような異教徒はなにが賢明でなにが愚かかの判断をしないほうがよい。もちろん自分も成功の見込みのないことはわかっていた。

「しかし思ってみてくれないか、カールソンさん、もし成功したら。思ってみてくれないか、カンタベリー大司教に電報を打って、一挙に5000万人の新しい英国国教会信者を獲得したと報告できるんだ」

アランは言った。狂気と天才の違いは紙一重であるのは認めるし、この場合そのどちらなのかはしかと言えないけれども、やはり疑念はわく。

それはともかく、専制君主の忌わしき秘密警察がラザヴィー・ホラーサーン州の共産主義者たちを盗聴していたことは判明した。ファーガソン牧師は首都に着くとすぐさま捕らえられ、尋問のために勾留されたからだ。

「わたしはなにもかも認めた、ほかにも多少」と、ファーガソン牧師は言った。「わたしのやせた体は拷問に耐えるように創造されていないから。さんざん殴られるのと拷問とは別物だ」

すぐさま誇張気味に自白したあと、ファーガソン牧師はこの監房に移された。そしてこの2週間は無事に過ごしている。秘密警察長官、副首相がロンドンに出張中だからだ。

「副首相？」と、アランが問う。

「そう、というか人殺し集団のボスだ」と、ファーガソン牧師。

秘密警察ほど上から支配されている組織はないといわれている。ふだんから人民の胸に恐怖を植えつける、あるいは共産主義者や社会主義者やイスラーム主義者を殺す、そういう場合にはボスの承認を仰ぐ必要はない。しかし通常と少しでも異なることが起こった場合、決めるのはボスだ。君主はこの男に副首相の肩書を与えたが、ファーガソン牧師の意見によれば、実は人殺しである。

「看守たちの話だと、直接呼びかけるときには『副』を付けないほうがいい、きみもわたしも、まずい事態になれば直接会うことになるだろうから」

どうやら牧師は、自分で認める以上に長く地下共産主義者たちと接触していたらしい、とアランは思った。というのも牧師はこうつづけたのだ。

「第二次世界大戦が終わってからというもの、アメリカのCIAがここに来て、君主の秘密警察を作り上げた」

「CIA？」と、アランは言う。

「そう、今はそういう名称さ。以前はOSSだったが、同じ汚い仕事をしている。連中がイラン警察にあらゆる小細工や拷問を教えた。いったいどういう男なんだろう、ＣＩＡがこんなふうに世界を破壊するのを容認するというのは」
「つまり、アメリカ大統領のことかい？」
「ハリー・Ｓ・トルーマンは地獄で火あぶりになる、信じてくれ」と、ファーガソン牧師は言った。
「そう思うかい？」と、アランは言った。

テヘラン中心部の秘密警察拘置所で、日々が過ぎていく。アランはファーガソン牧師に、これまでの経歴をなにもかも洗いざらい話した。するとそれから、牧師はパタッとアランに話しかけなくなった。自分の獄友がアメリカ大統領とどんな関係にあるか、もっと悪いことに、日本に落とされた原爆とどんな関係にあるか、それを知ったからである。

牧師はアランではなく神に向かい、助言を求めて祈った。己を助けるためにこのカールソンを遣わしたのは主なのか、それとも悪魔が背後に潜んでいるのか。

しかし神は沈黙をもって答えた。神はときおりそうする。ファーガソン牧師は、つねにそれを、自身で考えるべしという意味に解釈する。なるほど自身で考えるのは必ずしもよい結果にならないけれど、しかしあきらめることはできない。

２日と２晩熟慮して、牧師ファーガソンは当面、隣のベッドの異教徒と和睦すべきだという結論に至った。そこでアランにふたたび話をしたいと告げた。

アランは言った。牧師が黙りこくっている間ずいぶん静かであったけれども、結局は、片方がしゃべるときには片方が応ずるというのが望ましい。

「それに、われわれはここから脱出しようというのだし、もし人殺しのボスがロンドンから帰る前に脱出できれば、それがいちばんだ。だからこんな窮屈なところでぶつぶつ言ってても仕方ないではないか」

ファーガソン牧師は同意した。人殺しのボスが帰ってきたら、おそらくふたりとも簡単な取り調べを受け、それから行方不明になるだけ。そういう噂をファーガソン牧師は耳にしていた。

監房は実際の刑務所の中にあるのではない。警備万全の施設とは違っていた。看守が扉にしっかり鍵を掛けることすらない。とはいえ建物の出入口には少なくとも４人の看守がいて、アランと牧師が抜け出そうとすれば、それを黙って見ているはずもない。

なにか騒ぎを起こすとか気を逸らすとかできないものか、と、アランは思案した。そうすれば大混乱のさなかにこっそり逃げ出せる。

アランは和睦にひと働きさせようと考え、どれくらい時間の余裕があるかを看守から聞き出す役割を牧師に託した。つまり、人殺しのボスが帰るのは正確にいつなのか。

牧師は機会があり次第、聞いてみようと約束する。

ひょっとすると、すぐにもかもしれない。扉がガチャガチャ音を立てたからだ。いちばん若くていちばん思いやりのある看守が首を突き出して、同情するような顔で言った。

「首相がイギリスからお帰りだよ。尋問の時間だ。どっちが先だい？」

国家情報保安局長は暗澹たる気分だった。ロンドンへ出かけて行き、イギリス人どもにとっちめられたのだ。この自分が、首相（も同然）たる存在、政府機関の長、イラン人社会の最重要部署の一員たる者が、イギリス人どもにとっちめられるとは！

君主は傲慢なイギリス人どもの幸せを保証する以外、なにもしないではないか。石油はイギリス人の手にあり、連中が国家の変化をもくろむいかなる者をもことごとく除去してくれると君主自身が安心している。ところがそれが容易ではない。なぜなら君主に誰が満足しているというのだ。イスラーム主義者でもなく、共産主義者でもなく、英貨1ポンドの週給で文字どおり死ぬまで働く地元の石油労働者でもない。

そして今度のことでは、俺がとっちめられた。ほめられて当然だってのに！

秘密警察長官は、ついこのあいだ素性の知れない工作員をいささか厳しく扱ったのが失敗だったと知っている。工作員は、肉屋の店先に並ぶのは国家秘密警察の職員だけではないと言い張ったのが悪かっただけだから、釈放してほしいと要求したのだった。

工作員はこの主張を述べると、腕組みをして、それ以上いかなる質問にも返答しなかった。警察長官は工作員の顔つきが気に入らなかった（実に挑発的だった）。だからＣＩＡの拷問法をひとつふたつ実行した（警察長官はアメリカ人の創意に感心していた）。この時点で工作員はイギリス大使館の次官補だと判明し、むろん、大いにまずい事態となった。

解決策は、まず次官補の身なりをできるだけ整え、それから釈放することだった。ただし直後にトラックに轢《ひ》かれ、トラックは現場から消える。そうすれば外交危機が避けられる。警察長官はそう推論して悦に入った。

ところがイギリス人は次官補の遺骸を拾い集めて、すべての破片をロンドンへ送り、そこで綿密な鑑識がなされた。そのあと警察長官はイギリスへ喚問され、説明を求められた。次官補が急に秘密警察本部前の通りへ姿を現し、とたんに荒っぽく轢き殺された経緯についてである。それまで受けた拷問の跡はほとんど見えなくなっていた。

警察長官はむろん断乎として、関与を一切否認した。これは外交ゲームの筋書きどおりだったが、たまたまこの次官補は、最近まで首相だったウィンストン・チャーチルと親交のあるなんとか卿の息子だった。かくてイギリスは強固な姿勢を打ち出す。

こうした結果、国家情報保安局はほんの2週間後に迫ったウィンストン・チャーチルのテヘラン訪問に関する責任を解除された。代わって君主自身のボディガードの素人どもがその任に当たるというが、あんな連中にはその能力はありえない。警察長官としては、はなはだしく権威の失墜だ。それに自分と君主の間柄もぎくしゃくしてくる。

苦々しい思いをふっ切るべく、警察長官は監房に待たせているというふたりの国家の敵を召喚していた。短い取り調べをし、手早く目立たぬように処刑を済ませ、いつもどおりの死体埋葬だ。それからランチにして、午後からもうひとりの国家の敵を相手にしようか。

アラン・カールソンは自分が先だと申し出ていた。警察長官は執務室で出迎え、握手をして、ミスター・カールソンに座ってくれと言い、コーヒーと煙草を勧める。

人殺しのボスに会ったことはなかったけれど、この人殺しのボスは想像していたほど不愉快な人物ではなさそうだと、アランは思った。そこでコーヒーはいただきましょうと言い、首相閣下のお許しをいただけるなら、煙草は遠慮してよろしいですかと言った。

警察長官は決まってもの柔らかな態度で取り調べを始める。どうせじきにこいつを殺すのだから、無骨者みたいなふるまいをする必要はない。それにまた、警察長官は犠牲者の目に望みのゆらめくのを見るのが楽しかった。概して人間はおめでたい。

この犠牲者はそうおびえていないようだ、今のところは。しかもいかにも話しかけてほしいという態度で話しかけてくる。こういう始まりは興味を引くし幸先がよい。

取り調べの間、アランは、周到なサバイバル作戦がないままに、これまでの人生の後半部分のエピソードを選んで提供した。すなわち、自分は爆薬の専門家であり、共産主義者と戦う至難の使命を遂行すべくハリー・S・トルーマン大統領によって中国に派遣された。その後、徒歩でスウェーデンへ帰国すべく長旅に出た。その途中にイランの存在することを今は悔やんでいる。必要なビザなしに入国してしまったのだ。しかし首相閣下が釈放してくださるならただちに国外に去ることを約束する。

警察長官は次々と補足的な質問を浴びせた。とりわけカールソンが逮捕されたときイラン人共産主義者たちといっしょにいたのはなぜか。アランは正直に答えた。共産主義者たちとは偶然に遭遇し、助け合いながらヒマラヤ山脈を縦断しようということになった。そして言いそえた。もし首相閣下が同じような徒歩の旅を計画なさるなら、助けになろうという者があればそれが誰だろうと気難しいことを言うべきではありません、なにしろ山脈はおっそろしく高いからです。

警察長官はヒマラヤ山脈を徒歩で縦断する計画もないし、アランを解放するつもりもない。しかし国際経験のあるこの爆薬の専門家を永久に行方不明とする前に、なにか利用できそうだと考えた。いささか熱のこもりすぎた声で、警察長官は警護の堅い有名人をこっそり殺害した経験はあるかとアランに尋ねた。

アランはそんなことを一度としてしたことがない。橋を爆破するみたいに人を殺す計画を立てたこともない。そんなことをしたくもない。しかしここは前向きに考えねばならない。チェーンスモーカーのこの人殺しボスはなにか魂胆があるのではないか。

アランは記憶を探り、すぐにはこう思いつくしかなかった。

「グレン・ミラー」

「グレン・ミラー？」と、警察長官がおうむ返しに言った。

アランはロスアラモス時代のことを思い出していた。数年前、合衆国陸軍航空隊機がイギリスの海岸沖で消息を絶ったあと、グレン・ミラーという若いジャズ・ミュージシャンが行方不明になったというニュースを耳にして、誰もかれもがショックを受けていたのだった。

「そうなんです」と、アランは強調して声をひそめる。「事故に見せかける作戦で、わたしが首尾よくやってのけました。両方のプロペラエンジンが燃え尽きるように細工したので、英仏海峡の真ん中で墜落しました。以来、行方知れずです。ナチスに転向した者にはふさわしい宿命かと存じます、首相閣下」

「グレン・ミラーってのはナチだったのか？」と、驚いた警察長官が問う。

アランはうなずいて肯定した（グレン・ミラーの遺族全員に無言の謝罪をしつつ）。警察長官のほうは、己の偉大なるジャズヒーローがヒトラーの使い走りをしていたという情報をなんとか納得しようとする。

そこでアランは、グレン・ミラーがどうなったか人殺しのボスがあれこれわんさと訊いてくる前に、会話の主導権を握るのが最善だと考えた。

「首相閣下のお望みとあれば、わたしは誰でも始末する用意があります、もちろん最大の慎重さをもって。わたしたちが友人として別れることと交換条件で」

警察長官は『ムーンライト・セレナーデ』の陰に隠れていた男が嘆かわしくも仮面をはぎ取られたことにまだゆさぶられていたが、だからといって軽々しくだまされる男ではない。アラン・カールソンの将来について交渉する気はさらさらなかった。

「もしわたしが誰かを始末してくれと言ったなら、きみは言われたようにやることだな。そのときにはきみの釈放を考えないでもない」と言って、警察長官はテーブルの向こうから身を乗り出し、アランの飲みかけのコーヒーカップでジューッと煙草を消した。

「ええ、そのつもりです、もちろん」と、アランは言った。「ちょっと曖昧な言い方をしましたけれど」


この日の午前の取り調べにかぎって、いつもの警察長官のやり方とは違っていた。国家の敵を始末するのではなく、訊問を長引かせて新たな状況につつがなくそなえようとするためだった。ランチの後、警察長官とアラン・カールソンはふたたび顔を合わせて計画を練った。

そのもくろみは、君主自身のボディガードが警護するなかでウィンストン・チャーチルを殺害するというものだ。しかし国家情報保安局との、いわんや局長とのいかなるつながりも露見しないように事を起こさねばならない。イギリス人は細部の細部にまで注視して事件を調査するだろうから、どんな手ぬかりもあってはならない。もし計画が成功すれば、結果は必ずや警察長官の利となる。なによりもまず、傲慢なイギリス人どもを黙らせることになる。チャーチル来訪中の警備責任を警察長官から奪いとった連中をである。さらにまた、ボディガードがヘマをしでかしたあとは、警察長官がその処理を任されるのは間違いない。そしてすべてが明らかになれば、警察長官の立場は強固になる。今みたいに弱い立場ではなくなる。

警察長官とアランは親友みたいに計画を検討した。もっとも警察長官は、親密になりすぎたと感じるたびに、アランのコーヒーでジューッと煙草を消す。

警察長官はアランに、イラン唯一の防弾車が局の地下ガレージにあると言った。特別仕様のデソートのステーションワゴンだ。ワインレッドのぴかぴかの新車だという。君主のボディガードがじきにその車を要請してくるのは確実だろう。チャーチルを空港から君主の王宮へ送るためだ。

うまく配合した爆薬を車の車台《シャーシ》に仕掛けることで問題を解決できそうだと、アランは言った。首相閣下にたどり着くような、いかなる糸口も残してはならないという必要性を考えて、アランはふたつの対策を提示した。

ひとつは、爆薬の成分が毛沢東の共産主義者が中国で使用したのと正確に同じであること。そういう爆薬についてアランは多くを知っているから、共産主義者の襲撃のように見せることができる。

もうひとつの対策は、問題の爆薬をデソートの車台のフロント部分に見つからぬよう仕掛けること。ただしただちに爆発させるのではなく、それが車から落下して、コンマ数秒後に地面にぶつかるときに爆発するようにする。

その間に車はわずかばかり走行するから、ウィンストン・チャーチルが座席に収まって葉巻をくゆらしている位置が爆発の真上になり、車の床に穴を開け、チャーチルをあの世へ送ることになる。地面には大きなクレーターが残るだろう。

「こうすれば爆薬が車に仕掛けられたのではなく、道路に埋められていたと思わせることになります。ちょいとした偽装ですが、首相閣下にも満足いただけるのではないでしょうか」

警察長官は嬉しげに期待しながらくつくつ笑い、火のついた煙草をアランの注いだばかりのコーヒーに弾《はじ》き入れた。アランは言った。首相閣下、そのお煙草やわたしのコーヒーをどうなさろうと結構ですが、もし前にある灰皿がお気に入らなくて、もしわたしが場を外すことを許可なさるのであれば、わたしが閣下のために新しい灰皿を買ってまいりましょう。

警察長官はそんな言葉に耳も貸さず、アランの爆破計画をただちに承認し、できるだけ短時間に車を準備するために必要なもののリストを作成せよと言った。

アランは爆薬を作るために必要な9つの成分を列挙した。それに追加して、10番目にニトログリセリン。役に立つかもしれない。そして11番目に、インク1壜。

さらにまた、アランは首相閣下の最も信頼する配下1名を助手兼購入責任者としてお借りしたいと言った。そして獄友、ファーガソン牧師を通訳として連れていきたい。

警察長官は苛立たしげに言った。聖職者は嫌いだから、今すぐにもこの牧師を片付けたいところだが、しかし時間がない。そしてまたしてもアランのコーヒーでジューッと煙草を消す。これで話は終わりだと示し、どっちがボスかをアランに念押しするためである。

数日が過ぎ、すべて計画どおりに運んだ。ボディガードの主任が連絡してきて、デソートを来週の水曜日に取りに行くという。警察長官は激怒した。これは要請というより通告だ。しかし実のところ、アランの計画にはぴったりだった。ボディガードが車のことで連絡してこなかったらどうなったろう。ともかくも、ボディガードの主任はじきに当然の罰を受ける。

アランは爆薬を用意するまでどれくらい時間があるかを知った。まずいことに、ファーガソン牧師もこれからの成りゆきを推測するに至った。チャーチル前首相の殺害の共犯者になるだけでなく、己の命もじきに終わると信じるに足る理由もある。人殺しとして神の前に立つことは、ファーガソン牧師の期待するものではない。

しかしアランは牧師を落ち着かせ、両方の問題を解決する計画があるから大丈夫だと言った。まず、アランと牧師が逃げられるチャンスは充分ある。次に、必ずしもチャーチルの命が犠牲になることはない。

ただし計画のすべては牧師にかかっている。今だというときに、アランの言うことをやってのけねばならない。牧師はそうすると約束した。アランだけが己の生きのびる希望だ。神はまだ祈りの問いに答えてくれないからだ。それがもう1ヶ月近くつづいている。ひょっとして神は己が共産主義者と同盟を組もうとしたことをお怒りなのだろうか。


水曜日になった。デソートの装備が整った。車台に仕掛ける爆弾は計画に必要なものより大きくなったが、それでも完全に隠すことができた。不審物がないかと覗《のぞ》かれても大丈夫。

アランは警察長官に遠隔操作がどう働くかを示し、爆発したら最終的にどういう結果になるかを細かに説明した。警察長官はにやりと笑み、悦に入る。そしてこの日18本目の煙草をアランのコーヒーに突っこんだ。

アランは新しいカップを引っぱり出した。ツールボックスの陰に隠しておいたカップで、ある策略があってそれを廊下と監房と出口へつながる階段のそばのテーブルに置く。なにげないふうにアランは牧師の腕をとり、ガレージを出た。警察長官はデソートの周りを歩き回り、この日19本目の煙草をぷかぷかやりながら、もうじき起こる出来事を思い浮かべてわくわくしていた。アランがしっかりと腕をつかまえるので、牧師はいよいよ本番なのだと悟る。カールソンの言うことに一字一句従うのだ。ふたりは監房を通り過ぎ、受付に向かった。受付に来ると、アランは武装している看守の前で止まらずに、牧師の腕をしっかりつかんだまま、そこを素通りした。

看守らはカールソンと牧師を見なれているし、脱走を企てるとは思ってもいない。だから看守主任が大声を上げたのは意外だった。

「止まれ！　どこへ行く気だ？」

もう一歩で自由になれるところで牧師とともにアランは止まり、そしておおいに意外という顔つきになる。

「われわれは出ていいんだ。首相閣下から聞いてない？」

ファーガソン牧師は足がすくみ、それでも失神しないように必死で酸素を吸い込む。

「そのまま動くな」と、看守主任は命令口調で言った。「首相閣下に確認するまでどこへも行ってはならん」

３人の看守に牧師とカールソンを見張っているように命じて、看守主任は確認を求めに地下の廊下をガレージへ向かう。アランは笑顔で牧師を励まし、すぐにすべて解決すると言った。もっともその反対になって、すべておじゃんにならなければの話。

第一にアランと牧師に外へ出る許可を与えていないし、第二にそんな予定もなかったから、警察長官は看守の問いに猛然と反応した。

「なんだと？　あいつらが入口に突っ立って、ぬけぬけと嘘をぬかしてる？　くそったれめが、思い知らせてやる……」

警察長官はめったに罵《ののし》らない。つねづね威厳をただよわせるように気を配る。しかし今やいきり立っていた。そしていつもの習慣で、カールソンのカップでジューッと煙草を消し、それから階段へ突進する。

というか、そのつもりではあったのだが、コーヒーカップより先に足を運ぶことはなかった。なぜならこのときカップの中味はコーヒーでなく、黒インクに混ぜたニトログリセリン純液だったのだ。大爆発が起こり、副首相と看守主任は粉みじんに吹っ飛ぶ。ガレージから白煙がもうもうと逆巻いて、アランと牧師と看守3人の立つ廊下の突き当たりへ向かっていく。

「さあ行くぞ」と、アランは牧師に言った。ふたりはずんずん歩く。

看守は3人ともカールソンと牧師が外へ出るのを止めるべきだということを重々承知していたけれども、ほんの1秒とたたないうちに、ガレージが火の海になったから当然といえば当然、デソートの車の下に仕掛けた爆薬、ウィンストン・チャーチルを狙った爆薬が、これまた爆裂した。もともとの目的に充分適っていたのをアランに証明したわけだ。建物全体がたちまち傾《かし》ぐや、1階が炎に包まれ、アランは牧師に指示を変更した。

「今度は走るぞ」

3人の看守のうちふたりは衝撃波で壁に叩きつけられ、火だるまになっていた。3人目はふたりの囚人に注意を払うことができなくなっていた。数秒間、なにが起こったのかと考えはしたが、同僚ふたりと同じく命果てるのを避けるべく逃げ出す。アランと牧師はもはや一方の方向に姿を消していた。ひとり残った看守は別の方向へ走り出した。

アランが独自のやり方で自身と牧師を秘密警察本部から離れた場所に退避させたので、今度は牧師が役立つ番である。牧師は外交使節団の所在を知っていて、アランをわざわざスウェーデン大使館まで案内した。そこへ着くと、アランは牧師を温かくハグして、これまでの礼を述べた。それから牧師自身はどうするつもりかと尋ねた。イギリス大使館はどこにあるのか。

そう遠くないが、イギリス大使館へ行く必要はない、と牧師は言った。あそこにいるのは、すでに全員が英国国教会の信徒だ。そう、自分は新たな戦略を思いついた。この1時間ほどの間になにかを学んだとすれば、それはすべての始まりも終わりも国家情報保安局にあるらしいということだ。だからあの組織を内部から変えることが必要なのだ。秘密警察のために働いている者たち、それに協力する者たちが全員、英国国教会の信徒となれば、そう、あとはいとも簡単だ。

アランは言った。もし将来、きみが考え直すようなことがあれば、スウェーデンにいい外国人保護施設を知っている。牧師は答えた。依怙地《いこじ》と思われるかもしれないが、お断りする。今やはっきりと自分の天職を見出した。だからここで別れを告げたい。まずは生き残った看守、あっちの方角へ逃げ出した男から始めてみよう。根がお人好しの好青年だから、たぶん真の信仰の道へ導くことができる。

「さようなら！」と、牧師はおごそかに言って、歩き去った。

「じゃあ、また」と、アランは言った。

アランは牧師が遠くに去るのを見守り、世の中狂っているから牧師はこれから歩む道を生きのびるかもしれないと考えた。

ところがアランは間違っていた。牧師は看守が意識朦朧《もうろう》としてテヘラン中心の公園をふらついているのを見つけた。両腕に火傷を負いながら、安全装置を外した自動小銃を両手でかまえている。

「やあ、いたね、わが子よ」と言って、牧師は抱擁しようと歩み寄る。

「おまえ！」と、看守が叫んだ。「おまえだな！」

それから牧師の胸に22発の弾丸を撃ち込んだ。弾切れにならなければ、もっと撃ち込んだろう。


アランは地方訛りのスウェーデン語をしゃべるのでスウェーデン大使館に入れてもらえた。しかしそこからがややこしい。身元を証明する書類を持っていないからだ。だから大使館としてはパスポートを発行できないし、スウェーデンに帰国する手助けもできない。かつまた、三等書記官ベリークヴィストが言うに、スウェーデンは特別な個人識別番号を導入したばかりで、カールソンが何年も国外にいたとなれば、アラン・カールソンなる男性はスウェーデン本国のデータシステムに入っていないだろう。

そう言われて、アランは応じた。スウェーデンの人名がすべて番号に変わったからといって、自分はフレン郊外のイクスフルト村出身のアラン・カールソンだし、これからもそうだ。三等書記官さん、とにかく書類を作ってくれませんか。

三等書記官ベリークヴィストは、たまたまこのとき大使館の最上級職員だった。ただひとり、ストックホルムでの外交官会議に出席することができなかったのだ。いきなりなんだかんだと重なるのは俺の巡り合わせか。この1時間ばかりテヘラン中心の一部で火災が起こっているだけでは足りないというわけだ。おまけに今度はスウェーデン人だと称する身元不明の男が現れた。この男が本当のことを言っている節はないでもない。しかしこういう場合、将来のキャリアを危うくしないために規則に準じるのが大事だ。三等書記官ベリークヴィストは、カールソンの身元が確認できないかぎりパスポートは発行できないという言明を繰り返した。

ずいぶん融通の利かない人だと、アランは三等書記官ベリークヴィストに言った。しかし電話を使わせてもらえるならすべて片づく。

三等書記官は使ってよいと言った。しかし長距離電話は高くつくんでね。誰に電話したいんです？

アランは石頭の三等書記官にうんざりしてきたので返事をせず、なにげないふうに言った。

「ペール・アルビンはまだスウェーデンの首相？」

「いや」と、三等書記官はぎくりとする。「ターゲ・エルランデルが首相だ。ハンソン首相は去年の秋に亡くなった。しかしなぜ……」

「ちょっと黙っててくれないかな、すぐに済むから」

アランはワシントンのホワイトハウスへ電話した。大統領の主席秘書官につながる。女性秘書官はミスター・カールソンの名をよく覚えていた。大統領からよい噂をたくさん聞いています、もし大事な用件でしたら大統領を起こしていいかどうか確かめてきましょう。こちらワシントンはまだ朝の8時、トルーマン大統領は早起きではありませんが。

少したってから、起き抜けのトルーマン大統領が電話口に出た。数分間、大統領とアランの快活なおしゃべりが弾む。近況を伝え合ってから、ようやくアランは用件を切り出した。ハリー、頼み事があるんだ。スウェーデンのエルランデル新首相に電話して、わたしの身元を保証してもらえないだろうか。そうすればエルランデルがテヘランのスウェーデン大使館の三等書記官ベリークヴィストに電話して、わたしにすぐさまパスポートを発行するようにと命じるだろうから。

ハリー・トルーマンはもちろんそうしようと言った。まず正確を期するために、三等書記官の名の綴りを言ってくれないか。

「トルーマン大統領がきみの名の綴りを知りたいそうだ」と、アランは三等書記官ベリークヴィストに言った。「きみが直接教えたほうがいい」

三等書記官ベリークヴィストは、ほとんど恍惚状態で合衆国大統領のために一文字一文字、自分の名を伝え、受話器を置いてから、８分間ひと言も発しなかった。正確にその８分間で、エルランデル首相は大使館に電話を入れ、三等書記官ベリークヴィストに命じた。⑴アラン・カールソンに外交官身分を明記したパスポートを即刻発行すること、⑵すみやかにカールソンのスウェーデン帰国を手配すること。

「しかし身元確認番号がないのですが」と、三等書記官ベリークヴィストは言い返した。

「言っておく、三等書記官、問題を解決するんだ」と、エルランデル首相。「四等書記官か五等書記官になりたくなければ……」

「四等書記官、五等書記官というのはありません」と、三等書記官は言い返す。

「ならば、どういう結論になる？」

大戦の英雄、ウィンストン・チャーチルは、意外にも1945年の英国総選挙で敗北した。イギリス国民の感謝の念が尽きたのだ。

しかしチャーチルは報復を計画し、世界を旅することで好機を待っていた。前首相は労働党の能力を疑っていた。今は大英帝国を統治して計画経済を導入しようとし、同時に帝国を統治できるはずのない人民に譲り渡そうとしている。

たとえば、英領インド。今やバラバラに崩壊しそうだ。ヒンドゥー教徒とイスラーム教徒がうまくやっていけるはずはないし、その中間にはマハトマ・ガンディーなんてやつがあぐらをかいて座り、なにかが不満だといって断食を始めた。いったいどういう軍事戦略だ。ナチのイギリス空爆攻撃に対してあんな戦略がどこまで通じたか。

英領東アフリカは、今のところ、そう悪い状況ではない。しかしアフリカ人もまた自治を求めるのはたんに時間の問題だ。

チャーチルは必ずしもすべてが昔どおりではないのを理解していたが、にもかかわらず何が必要かを言明できる指揮官、権威をもってそれを言明できる指揮官がイギリスには必要だと考えていた。こずるい社会主義者クレメント・アトリーなんてのが出る幕じゃない。

インドについていえば、負け戦であるのをチャーチルも認めていた。長年そういう展開になっていて、戦時中はインド人に将来の独立のシグナルを送る必要があった。そうすることで生存競争の真っ只中にイギリスは内乱に干渉しなくてすんだのだ。

しかし多くの場所で、その進展をくいとめる時間は充分ある。チャーチルの秋の予定はケニアを訪れて、状況を評価することだった。しかしまずテヘランに立ち寄り、君主とお茶を飲む予定だった。運悪く、着陸したのが混乱の最中。前日、国家情報保安局で爆発事件があった。建物全体が崩壊して焼け落ちた。あの阿呆の警察長官も爆発で命を落としたのは間違いない。無実のイギリス大使館職員に手荒い仕打ちをしたとんでもないやつ。

警察長官は大きな損失ではなかったが、1台しかない君主の防弾車も焼失したという。それゆえ君主とチャーチルの会談は予期していたよりずっと短時間になり、警備上の理由から空港で行われた。しかしながら、訪問が実現したのはよかった。君主によれば、状況は制御されている。秘密警察本部での爆発はちょっとした騒ぎだし、今のところ原因は究明されていない。しかし警察長官が爆発で命を落としたということを君主はさほど意に介すまい。あの男とは接触を断ち始めていたのだから。

だから政治状況は安定している。じきに秘密警察の新しいトップを任命する。それにアングロ＝イラン石油会社の業績もわかってきた。石油は英国とイランの双方に莫大な富をもたらした。真実をいうなら主に英国にであるが、しかし公平を欠くわけではない。イランの唯一の貢献は安い労働力に過ぎないのだから。むろん、石油そのものもだが。

「おおむねイランは平和で繁栄しておる」と、ウィンストン・チャーチルはロンドンに戻る機内で、席に着いたばかりのスウェーデン駐在武官に言った。

「ご満足の様子で嬉しく存じます、ミスター・チャーチル」と、アランは答え、それにお元気そうですねと言いそえた。

ロンドンに一時着陸があってから、アランはようやくストックホルムのブロンマ空港に降り立った。11年ぶりにスウェーデンの地を踏んだのだ。１９４７年12月下旬、この時期のふつうの天候だった。

到着ロビーで、若い男がアランを待っていた。男はエルランデル首相の補佐官だと告げ、首相ができればなるべく早くアランに会いたがっていると伝えた。

アランはそうしようと言い、嬉々として補佐官のあとに従う。補佐官は誇らしげにアランを真新しい政府公用車、黒のぴかぴかのボルボＰＶ４４４に案内した。

「こんなカッコイイの見たことありますか、カールソンさん？」と、車好きの補佐官が言った。「44馬力ですよ！」

「先週、ワインレッドの見事なデソートを見たけど」と、アランは応じた。「しかしきみの車のほうが立派だね」

車でストックホルムの中心へ連れていかれて、アランは興味深くあたりを見まわした。恥ずかしいけれど、首都へ来たことはなかった。実に美しい市だ。いたるところに川と橋があり、橋はひとつも爆破されていない。

首相はアランを出迎えるなり言った。「カールソン君！　きみのことはずいぶん耳にしておる！」そして補佐官を部屋の外へ押しやると、扉を閉じた。

口に出して言わなかったものの、アランはターゲ・エルランデルについてなにひとつ耳にしたことがない。首相が左翼なのか右翼なのかすら知らない。どっちかなのは確かだ。なぜならアランが人生から教わったことがひとつあるとすれば、それは人が必ずそのどちらかだと言い張るということだから。

とにかく首相はどちらかだろう。今は、なにを言うのか聞くとしよう。

首相は明かす。トルーマン大統領にふたたび電話をかけなおして、きみのことをもっと長くしゃべったんだ。だから今はなにもかも承知……。

ところがここで首相は話すのをやめた。首相になって1年足らずなので、まだまだ学ぶべきことは多い。しかしすでにひとつだけは承知している。つまり、ある状況においては、承知していないのが最善、あるいは承知していることを承知しているという証拠を残さないのが最善なのだ。それゆえ首相は言いかけてやめたのである。アラン・カールソンについてトルーマン大統領から聞いたことは、ふたりだけの秘密にしておかねばならない。そこで首相は、すぐさま要点に入った。

「きみは着の身着のままでスウェーデンに帰国したそうだね。だから言うなれば国への奉仕の対価として、現金を用意した。ここに1万クローナある」

そして首相は紙幣のずっしり詰まった封筒を手渡すと、領収書にサインをしてくれと言った。すべて規則どおりにしなくてはならないのだという。

「ありがとうございます、首相閣下。こんなに手厚くしていただいたからには、着替えを買って、今夜はきれいなホテルに泊まることもできそうです。1945年の8月以来、久しぶりに歯もみがけるでしょうし……」

首相は、アランが下着の状態を語り始めるのを制して、この金は無条件で渡すのだけれど、ちょうど今、スウェーデンで核分裂に関連する動きがあるので、ちょっと見てほしいと言った。

実は、前年の秋に前首相が他界したとき、エルランデル首相はいくつもの重大な問題を引き継いで、それにどう対処すべきかわかっていなかった。たとえば、原子爆弾なるものに関してスウェーデンはいかなる立場をとるべきか。この国は共産主義に対して自衛しなければならないと、軍最高司令官から幾度も聞かされていた。スウェーデンとスターリンとの間には小国フィンランドしか存在しないからだ。

この問題にはふたつの面がある。一方では、最高司令官は結婚によって豊かな上流階級の仲間入りをし、老スウェーデン国王とときおり酒をたしなむことが知られている。しかし社会民主主義者エルランデルは、グスタフ5世がスウェーデンの防衛政策に影響を与えるなどというのは耐えがたい。

その一方、エルランデルは最高司令官が正しいという可能性を排除できない。スターリンと共産主義者らを信頼することはできないのだ。もし連中が西へ領土を広げようという気になったら、スウェーデンは隣国としておちおちしていられない。

スウェーデンの軍事研究局は、数少ない核エネルギーの専門家を新設の原子力エネルギー公社に移動させた。その専門家たちが、ヒロシマとナガサキで起こったことを精査しようとしていた。それに加えて、わかりやすい言葉でいうなら「核の将来をスウェーデンの観点から分析する」という使命もあった。明確に説明されたのではないが、エルランデル首相は漠然と立案されている課題を承知していた。平明な言葉で言いあらわすなら、それはこういうことである。

わが国に原子爆弾が必要となった場合、いったいそれをどのようにして製造するか。

そしてその答えが首相の真向かいに座っている。ターゲ・エルランデルはそれを承知していたが、自分が承知していることを誰にも知られたくない。政治とは足もとを掬《すく》われないことだ。

それで前日、エルランデル首相は原子力エネルギー公社の研究所長、シグヴァルド・エクルンド博士に連絡し、アラン・カールソンを採用面接に呼んでほしいと告げた。その面接で関心を示すようなら、カールソンが原子力エネルギー公社の活動に役立つかどうか、とことん問い質《ただ》してほしい。

エクルンド博士は、首相が原子力計画に関わるのを好ましく思っていなかった。アラン・カールソンが社会民主党のスパイではないかと疑ってすらいた。しかしカールソンを面接することを約束した。ただ、妙なことに首相はこの男の資格に関してはなにも言わなかった。エルランデルは、エクルンド博士にカールソンの背景をとことん問い質してほしいと言ったとき、「とことん」という言葉を強調した。アランのほうは、エクルンド博士であれ、ほかの博士であれ、首相の要望とあれば、会うことに異論はなかった。

1万クローナは過分な額だと、アランは思った。そして最高級の贅沢なホテルにチェックインした。

グランドホテルのフロント係は薄汚くてひどい身なりの男を胡散臭《うさんくさ》げに見たが、アランはスウェーデンの外交官パスポートを示した。

「もちろんお部屋は用意できます、駐在武官様」と、フロント係が言った。「お支払いは現金でなさいますか、それとも請求書を外務省へお送りしましょうか」

「現金でいい」と、アランは言った。「前払いが必要かい？」

「いいえ、武官様。もちろん結構です」受付係は頭を下げた。

もしこの受付係が未来を見通すことができたなら、違った応対をしていたにちがいない。

翌日、エクルンド博士はシャワーを浴びて身なりの整ったアラン・カールソンをストックホルムのオフィスに迎えた。博士はコーヒーと煙草を勧めた。テヘランの人殺し集団のボスがそうだった（ただしエクルンドは、煙草を自分の灰皿で消した）。

エクルンド博士は、己の人材補充方式に首相が介入するのが快くなかった。アランはアランで、部屋の否定的な空気を感じとり、一瞬、宋美齢《そうびれい》に初めて会ったときのことを思い出した。人がどういう態度をとろうと勝手だが、一般に、理由がないなら不機嫌にならなくてもいいだろうとアランは思った。

両者の会見は短かった。

「首相があなたにとことん問い質してほしいと言うんです、カールソンさん、われわれの組織の仕事に向いているかどうか確かめたいと。今からそうします、むろん、あなたに異論がなければですが」

はい、結構です。博士がわたしについてもっとお知りになりたいのは当然だと思います。とことんというのは強みになりますし、ですから博士、どうぞいくらでも問い質してください。

「それでは」と、エクルンド博士は言った。「まずあなたの学歴ですが……」

「とり立てて言うほどのことは」と、アランは言った。「ほんの3年です」

「3年⁉」と、エクルンド博士が叫ぶ。「たった3年の学歴では、カールソンさん、物理学者にも数学者にも化学者にもなれないじゃありませんか」

「いや、全部で3年です。10歳の誕生日前に学校へ行かなくなりましたから」

エクルンド博士は落ち着きを取り戻そうとした。するとこの男はまったく教育を受けていない！読み書きすらできるのか？

「それで、カールソンさん、あなたの思っているこの原子力エネルギー公社の仕事にふさわしいような専門家としての経験はありますか？」

まあ、いうなれば、そのとおり。しばらく合衆国のニューメキシコ州ロスアラモスで働いていました。

ここでエクルンド博士の顔がパッと輝く。エルランデル首相には裏づけがあったのかもしれない。ロスアラモスの成果は誰もが知っている。カールソンはそこでなにをしていたのか。

「コーヒーを出していました」と、アランが答える。

「コーヒー？」エクルンド博士の顔がまた曇った。

「はい、たまには紅茶も。わたしは助手兼給仕でしたから」

「核融合に関係する決定にも関わったのかね？」

「いいえ」と、アラン。「せいぜい関わったとすれば、ある会議でなにか言ったときですね、ほんとうはコーヒーを出しているはずだったんですが」

「するとカールソンさん、あなたは給仕をしていた会議でたまたまなにか言った……。で、どうなりました？」

「それが、会議は中断になりましてね……それからわたしは部屋を出るようにと言われました」

エクルンド博士は二の句が継げない。10歳になる前から小学校の落ちこぼれだった給仕がスウェーデンのために原子爆弾を製造するのに役立つと、首相は考えたのだろうか。

そんな駆け出しの首相がたとえ1年でももったなら大事件だと、エクルンド博士は内心つぶやき、それからアランに言った。カールソンさんがほかに発言することがなければ、面接はこれで終わりとしましょう。現在、あなたの空きはないと思います。原子力エネルギー公社でコーヒーをいれてくれる助手はロスアラモスへ行ったことがありませんが、それでもいい仕事をしてくれます。それにグレタはオフィスの掃除までしてくれるんで、そのぶんプラスと見なさねばならない。

　アランはしばし黙りこくった。たぶんグレタも含めて、エクルンド博士の配下の大学出の連中と違って、自分は原子爆弾の製造法を知っていると言ってやろうかと思った。

　しかしアランは、エクルンド博士がその質問をしないなら協力するに値しないと決断した。おまけに、グレタのいれたコーヒーはひどい味だった。


　アランは原子力エネルギー公社に採用されなかった。嘆かわしいくらいに資格不足だったからだ。しかしアランはグランドホテルの外の公園ベンチに座って、おおいに満足だった。川の向こうの王宮の眺めもいい。不満を感じようがない。首相が親切にも与えてくれた金はまだほとんど残っている。今は高級ホテルに滞在中。毎晩、レストランで食事をし、とくに1月初旬のこの日は顔に日射しを浴びて、身も心も暖まっている。

　もちろん尻はひんやりして、だからひとりの男が隣に座ったのはちょいと意外だった。アランは「ゴーデフテミッダーグ」と、丁寧なスウェーデン語で言った。

「グッド・アフタヌーン、ミスター・カールソン」と、男は英語で応じた。

14

2005年5月9日 月曜日

アロンソン警視がエスキルストゥーナのコニー・ラネリード検察官に捜査結果を報告すると、検察官はただちにアラン・カールソン、ユーリウス・ヨンソン、ベニー・ユングベリ、およびグニラ・ビョルクルンドの逮捕状を発布することに決めた。

１００歳老人が窓をよじ登って外へ出て姿を消してからずっと、アロンソンとこの事件の担当検察官は緊密に連絡を取り合っていて、検察官の関心はぐんぐん増大していた。そして今、まだ被害者を発見するにいたっていないけれども、アラン・カールソンを殺人罪、あるいは少なくとも致死罪で起訴するという派手な舞台の可能性を思い描いていた。スウェーデンの法制史上、それが可能だった事例がひとつかふたつはある。そのためには文句なしの有力証拠と抜群の辣腕《らつわん》検察官が不可欠だ。後者については検察官コニー・ラネリード本人がいるから問題ない。前者については、一連の状況証拠を構築することだ。第一のつながりをがっちり固めてしまえば、あとのつながりは弱くはならない。

アロンソン警視のほうは、事の進展に少々失望していた。高齢の老人を犯罪者一味の爪から救っていれば、この今のように、高齢者から犯罪者を救いそこねているのより、ずっと気が晴れたろうに。

「アラン・カールソンたちがビュールンド、フルテン、イェルディンの死に関わっていると、ほんとうに立証できるのか、まだ遺体がないのに?」と、アロンソンは、「いや」という返事を期待しつつ問う。

「そんな気弱なことを言うな、ヨーラン」と、検察官コニー・ラネリードは言った。「今にわかる。とっ捕まえてくれりゃ、そのたわけ爺《じじい》はたちまちゲロする。もし耄碌《もうろく》してるなら、ほかの連中の陳述に矛盾が出てくるだろうし、そうなればすべてそろう」

そして検察官はふたたび警視と事件を洗いなおす。まず、戦略を説明した。全員を殺人罪で勾留できるとは思わないが、ほかにも罪状はある。故殺罪、あるいは犯行幇助罪、致死罪、犯罪者隠匿。遺体に関係するあれこれの違法行為も活用できそうだが、ここは検察官として多少時間をかけてじっくり考えねば。

容疑者のなかにはあとから事件に関与した者もいて、そっちを有罪にするのはむずかしそうなので、検察官は、事件の中心にいた男、１００歳のアラン・カールソンに焦点を絞ることに決めた。

「この男の場合、文字どおり本当の意味で終身刑にできそうだ」と、ラネリード検察官は冗談を言った。

まず第一に、この老人にはビュールンド、フルテン、イェルディンを殺す動機がある。そうしなければ逆の危険を冒すことになる、つまりビュールンド、フルテン、イェルディンに消されてしまうという動機だ。検察官として、自分は〈一獄一会〉組織の３人が暴力に訴える傾向にあるという証拠をにぎっている。

だからといって、老人が正当防衛で行動したことにはならない。なぜならカールソンと３人の被害者の間に、検察官には中味が不明のスーツケースがあるからだ。そもそも最初から、スーツケースは一連の出来事の中心であるのは明らかだ。だから老人にはほかの連中を殺すという選択肢があった。スーツケースを盗むのを思いとどまってもよかったし、あるいは少なくとも返すこともできた。

さらにまた、検察官はカールソンなる男と被害者たちとの地理的接点をいくつも指摘することができた。最初の被害者は、カールソンと同じく、同時刻でなかったとしても、ビーリンゲ駅でバスを降りた。そして、カールソンおよびその連れと違って、被害者1号は点検トロッコで移動した以後は目撃されていない。しかしながら「何者か」が死体となり、痕跡を残した。これが誰であるかは明らかだろう。同じ日の後刻、老人もこそ泥ヨンソンも生きていたことは立証可能だ。カールソンと被害者2号との地理的接点はやや弱い。いっしょにいるのを目撃されたことはない。しかし一方にはシルバーのメルセデス、一方には忘れられた拳銃、そのふたつはラネリード検察官に次のことを語っているし、じきに法廷にもそれを語るだろう。すなわち、カールソンなる男と被害者フルテン、つまりバケツと呼ばれる名の人物は、ふたりともスモーランドの湖畔農場にいたということだ。拳銃に残るフルテンの指紋はまだ確認されていないけれど、それは純粋に時間の問題だと、検察官は思った。

突然に拳銃が見つかったのは天の賜物《たまもの》だ。それはバケツ・フルテンが湖畔農場にいたという証拠であるうえに、被害者2号を殺す動機を強める。

カールソンに関するかぎり、今やDNAというすばらしい発見を活用できる。件《くだん》の老人がそれをいたるところにまき散らしたのは間違いなかろう。だから今や検察官は方程式を手に入れた。

バケツ ＋ カールソン ＝ 湖畔農場！

DNAを使えば、つぶれたBMWの車内の血液が被害者3号、親分としても知られるペール＝グンナル・イェルディンのものであることが確認されるだろう。じきに破損車のさらに徹底した検証が可能になるし、カールソンと一味もそこにいて、そこらじゅうのものに指をふれたことが判明するはずだ。死体を車から運び出すにはそれ以外にあるまい。

だから検察官としては動機も示せるし、アラン・カールソンとならず者3人の死体との時間的空間的関連も示せる。

検察官は3人全員が被害者、つまり実際に死んでいるということを確信しているのかどうかと、警視はあえて尋ねた。ラネリード検察官は鼻であしらい、1号と3号に関するかぎり、これ以上説明は必要ないと言った。2号については、法廷を信頼しなければならない。なぜなら1号と3号が死んだということを受け入れたなら、2号は状況証拠という誰しも知る連鎖の一環として決着がつく。

「それとも警視、きみはこう言いたいのか、つまり2号がたったいま友人を殺害した連中にいそいそと拳銃を差し出して、にこやかに別れを告げて立ち去った、2、3時間後の親分の到来を待たずにか？」と、ラネリード検察官は辛辣な口調で言った。

「いや、そんなつもりは」と、警視はたじろぐ。

検察官は論拠がちょっぴり弱いことを認めつつも、それを固めるのは出来事の連鎖だと言った。検察官は凶器を入手していない（黄色のバスを除けば）。しかしカールソンを手始めに被害者1号の件で告訴するもくろみだという。

「少なくとも、その老人を致死罪か共謀罪で拘束するつもりだ。そいつを有罪にできれば、あとの連中は落ちる。程度の差こそあれ、かならず落ちる！」

検察官とて、取り調べ中にそれぞれの陳述がくいちがうからといって勾留することはできても、それを根拠に逮捕することはできない。しかしながら、それは計画Bだ。連中は全員、アマチュアだからである。100歳、こそ泥、ホットドッグ屋台店主、そして女、どいつも取調室のプレッシャーに耐えきれまい。

「ベクショーへ行ってくれ、アロンソン、そして然るべきホテルにチェックインするんだ。夕方には、その100歳が正真正銘、殺人鬼だというニュースを流しておく。明日の朝早くには居場所について通報がわんさと入るだろうから、昼飯前にはひっ捕まえられる、約束する」

15

2005年5月9日 月曜日

100歳

「ここに300万ある、兄貴。この機会にフラッセ叔父さんからの金のことで俺が取った行動を謝りたい」

ベニーは即、要点に入った。ボッセとは30年ぶりの出会いである。握手をするより先に、金の入った袋を手渡す。そして兄がまだ息をのんでいるうちに、大真面目な声でつづけた。

「今は、ふたつ言いたいことがあるんだ。ひとつは兄貴の助けが要るってこと、俺たち、とんでもないへまをやらかしたんだ。もうひとつは、今渡した金は兄貴のものだってこと、兄貴の取り分だよ。とっとと失せろというんなら、そうしよう。とにかくその金は兄貴のものだ」

兄弟は、黄色のバスのまだ点灯しているヘッドライトのなかで向き合った。ボッセのかなり大きな住居、鐘撞《かねつき》農場の入口、場所はヴェストヨータ平原、ファルシェーピングという小さな町からほんの数キロ南西である。ボッセはできるだけ気を落ち着かせてから、いくつか訊きたいことがあるが、かまわないかと言った。返答次第で、助けになれるかどうか決めるとしよう。ベニーはうなずく。

「よし」と、ボッセ。「俺にくれた金だが、これはまっとうに稼いだ金か？」

「ぜんぜん違う」と、ベニー。

「サツに追われたか？」

「たぶん泥棒と警察に」と、ベニー。「だけど主に泥棒にさ」

「このバスはどうした？　前がすっかりへこんじまってるぞ」

「フルスピードの泥棒に衝突したんだ」

「そいつ、死んだのか？」

「いや、あいにく。脳震盪《しんとう》を起こしてバスの中でのびてる。肋骨が何本か折れてるし、片方の腕も骨折、右の腿に傷口がぱっくり開いてる。重体だが容態は安定ってやつさ」

「そいつも連れてきたのか？」

「うん、だからひどい状況でね」

「ほかに俺が知っておくべきことは？」

「そうだな、途中でほかの泥棒をふたり殺したってことだ、バスにいる半死半生のやつの仲間さ。たまたま俺たちにころがりこんだ５０００万をなにがなんでも取り返すっていうもんだから」

「5000万？」

「5000万。ただし諸経費は引く、とくにこのバスの経費だ」

「どうしてバスで動いてるんだ？」

「後ろに象を乗せてるからさ」

「象？」

「ソニアという名の牝《めす》の象だ」

「象？」

「アジア象」

「象？」

「象」

ボッセはしばし無言。それから言った。

「象もかっぱらってきたのか？」

「まさか、なに言ってんだよ」

ボッセはまた無言。それから言った。

「夕食はグリルドチキンにローストポテトだ。それでいいか？」

「もちろん、いいね」と、ベニーが言った。

「なにか飲み物もあるだろね？」バスの中から年寄りの声が言った。

破損車の真ん中で死体がまだ生きているということが明らかになると、ベニーはすぐさまユーリウスに、バスの運転席の後ろから救急箱を取ってくるようにと命じた。ベニーが言うには、皆の迷惑になるかもしれないが、自分は医者の成りそこないであるからして医者の成りそこないの倫理をも考える。だから死体をあのままにして出血死させるなど考えられない。

10分後、仲間たちが動き出す。半死体を車の残骸から引きずり出し、ベニーが診察にかかり、診断を下し、救急箱の助けを借りて然るべき医療処置をほどこす。とりわけ、半死体の腿の大量出血が止まったのを確認する。

こうなると、アランとユーリウスはバスの後部へ移動してソニアといっしょにならざるをえない。半死体が運転キャビンの後部座席に寝ころがり、ベッピンが付き添い看護師として座る場所を作るためだ。ベニーは被害者の脈拍と血圧が正常であるのをすでに測定していた。適量のモルヒネを打って、ベニーは全身損傷の患者が眠れるようにした。

仲間たちがボッセのところに滞在したいと本気で思っているのを確かめるとすぐに、ベニーは改めて患者を診察した。半死体はまだ昏睡状態なので、ベニーは少し待ってから動かすことに決めた。それからベニーはボッセの広々したキッチンで仲間と合流した。主《あるじ》が食事の用意をする間、ひとりひとりがこの数日の波瀾万丈の経緯を物語る。まずアラン、それからユーリウス、それからベニーがベッピンに言葉を足してもらいながら、それからまたベニーが話し始めて、ならず者3号のBMWの激突の件に至る。ボッセはふたりの人間が命を落としたさまを詳しく聞いたし、事の成りゆきがスウェーデンの法律に違反するかたちで隠蔽されたのもわかったけれど、ひとつだけ確認したいことがあった。

「ところで、俺の間違いでなければ……バスの中に象がいるのか」

「そうよ、でも明日の朝には外へ出してやらなくちゃ」と、ベッピンが言った。

それ以外、ボッセはさして言うことはない。法律がなんだかんだ言っても道義はべつの結論に達するというのがボッセの持論だ。小商いをしてたって、胸を張ってるかぎり法律をわきへやる手はいろいろ見てきた。

「俺らの遺産をおまえが分配したやり方みたいなもんだよ、ただし逆だが」

と、ボッセはさりげなくベニーに言った。

「おいおい、俺の新品のモーターバイクをぶち壊したのは誰だ?」と、ベニーがやり返す。

「あれはおまえが熔接の養成課程で落ちこぼれたからよ」と、ボッセ。

「そっちが四六時中、兄貴風を吹かせるから、わざと落ちこぼれたんだ」と、ベニー。

ボッセはボッセの返答に対するベニーの返答に対する返答を用意しているかのような顔つきだが、アランは兄弟の間に割って入って言った。わたしはさんざん世界中を見てまわったが、それで学んだことがひとつあるとすれば、この世のどんなに大きく耐えがたいような抗争でもこういうやりとりが土台になっている。つまり、「おまえは愚かだ、いや、愚かなのはおまえだ、いや、おまえが愚かなんだ」。解決法はだね、とアランはつづける。いっしょにウオツカを1本飲んで、前向きになることだよ。しかし今の場合、あいにくベニーが禁酒主義だという問題がある。もちろん、ベニーの分のウオツカはわたしが面倒みてもいいが、それでは同じことにならないだろうね。

「だからボトル1本のウオツカでイスラエル・パレスチナ闘争が解決するっていうのかい?」と、ボッセが言った。「大昔の聖書にまでさかのぼるんだぜ」

「その抗争にかぎっていえば、ボトル1本では埒《らち》が明かないだろうね」と、アランが応ずる。「しかし原理は同じだ」

「俺がべつのものを飲んでも原理は同じかな」と、ベニーが言った。完全禁酒を貫くことで自分がなにもかもぶち壊しにするかのように思ったのだ。

アランはこの展開を喜ばしく思った。兄弟間の口論にもはや毒気はない。アランはそう言って、付け加えた。問題のウオツカだが、まさにそういう理由から、抗争を解決するのとはべつの用途もあるんだがね。

ウオツカはあとにしてくれと、ボッセが言った。食事の用意ができた。焼きたてのチキンにローストポテト、大人にはビール、弟にはソフトドリンクだ。

一同がキッチンでディナーを食べている間に、ペール＝グンナル・イェルディン親分が目をさました。頭がずきんずきんする、息をするたびに痛む、片方の腕は三角巾で吊られてるから、たぶん折れたらしい。バスの運転席からなんとかおりるとき、右腿の傷が出血し始めた。驚いたことに、グローブボックスに拳銃がある。世の中どいつもこいつも間抜けらしいな、俺以外は。

モルヒネがまだ効いているので痛みには耐えられたが、そのために頭の中がごちゃごちゃでまとまりがつかない。足をひきずりながら庭に出て、あちこちの窓から中を覗くと、この家の全員がキッチンに集まっているのは確かだった。アルザス犬も1匹いる。そして、おや、庭に出るキッチン扉に鍵が掛かっていない。親分は足を引きずり引きずりその扉口を抜けると、一大決心をして拳銃を左手にかまえ、こう言った。

「犬をパントリーに閉じこめろ、でなきゃ一発ぶち込むぜ。それからでもまだ弾は5発ある、おまえらひとりに一発ずつな」

自分でも意外だったが、親分は怒りをぐっと抑えていた。ベッピンが怖がるというより渋い顔になり、ブーステルをパントリーの中へ入れてドアを閉じた。ブーステルは驚いて、ちょっぴり不安にもなったが、なによりも満足した。パントリーの中に閉じこめられたのがわかったからだ。犬がもっとひどい仕打ちをされることはいろいろある。

5人の仲間は1列に並んだ。親分はそこにあるスーツケースは自分のものだと告げ、帰るときにはそれをいただいてゆくと言った。5人のうち1人や2人は生かしておいてもいいが、それは訊くことにどう答えるか、そしてスーツケースの中身がどれくらい消えたかによる。

アランがまず口を開いて言った。スーツケースの２００万から３００万は消えているけどね、しかし拳銃名人、額が減ったのはあんたとて不満じゃなかろうさ。いろいろわけあってあんたの仲間がふたり命を落としたからね。つまり、分け前にあずかる頭数も減ったわけだから。

「ボルトとバケツは死んだのか？」と、親分が問う。

「鬼師《おにかます》か!?」と、いきなりボッセが叫んだ。「おまえかよ、鬼師。久しぶりだなあ！」

「悪玉《あくだま》ボッセか！」と、ペール＝グンナル・鬼師・イェルディンが応じる。

そして悪玉ボッセと鬼師・イェルディンはキッチンの真ん中でハグし合った。

「やれやれ、これまた生きのびそうだ」と、アランは言った。

ブーステルがパントリーから出されて、ベニーが鬼師イェルディンの出血している傷の手当をし、悪玉ボッセがテーブルにもうひとつ席を用意する。

「フォークだけでいい」と、鬼師。「とにかく右腕が使えねえから」

「昔はナイフの名人だったじゃねえか」と、悪玉ボッセ。

鬼師と悪玉ボッセは親密な間柄で、食品業の仲間でもあった。鬼師はつねづね気が短い男で、そのぶんちょいと先へ進みたがる。結局、ふたりは別々の道を行くことになった。鬼師はスウェーデン・ミートボールをフィリピンから輸入して、ホルマリンで賞味期間の日付を3日から3ヶ月に延長するのがいいと言い張った（あるいは、どの程度たっぷりホルマリンを使うかによっては3年）。ボッセはその時点でストップを掛ける。人を死なせるようなもので食品加工することに巻き込まれたくない。鬼師に言わせると、ボッセは大袈裟だ。人は食品に多少の化学薬品が入っているくらいで死にやしないし、ホルマリンの場合はその逆だ。

ふたりは仲違いせずに別れた。ボッセはヴェステルヨートランドへ移り、鬼師はある輸入会社へ強盗に入ってみたらそれがものの見事に成功したので、ミートボール計画はわきへやり、強盗を本職とすることに決めた。

最初、ボッセと鬼師は年に1、2度は顔を合わせたが、年月がたつうちにだんだん疎遠になった。そうしてこの晩、不意に鬼師がふらつく足取りでボッセのキッチンに立っていたのである。その気になったときの脅しのすごみはボッセも覚えていた。

ところが鬼師の怒りは、ボッセが若いころの友であり同志だった男とわかるや収まった。そして悪玉ボッセとその仲間と同じテーブルに着く。こいつらがボルトとバケツを殺したのも仕方ない。スーツケースだのなんだのの件は明日にしよう。今はディナーを楽しむだけ。

「乾杯！」と、ペール＝グンナル・鬼師・イェルディンは言うなり、気を失った。顔が料理に突っ伏す。

一同は鬼師の顔にべとつく料理をぬぐい、ゲストルームへ動かし、ベッドに寝かせた。ベニーが診察をしてから、患者にまたモルヒネを投与する。明日までぐっすり眠るだろう。

こうしてようやく、ベニーと仲間たちがチキンとローストポテトを味わう。こりゃあ、いける！

「このチキン、ほんとに旨い！」と、ユーリウスが料理をほめると、全員がうなずいて、こんな味のいいのは食べたことがないと言った。秘訣はなんだろうか。

ボッセは明かす。新鮮なチキンをポーランドから輸入し（「粗悪品じゃない、最高のやつ」）、それから手作業でチキン1羽1羽に特製の香料混合水を1リットル注入する。それから新たなパッケージにして、表示を「スウェーデン産」にしたほうが国内受けすると考えた。

「香料入りだから旨味倍増、水入りだから目方倍増、スウェーデン産だから人気倍増」と、ボッセは解説した。

ほんの小商いから始めたのに、急成長の一大ビジネスとなった。俺のチキンはひっぱりだこさ。でも安全のために、この地域の卸業者には売らない。誰かが通りかかって、ボッセの農場で餌をつつついている鶏が1羽もいないのを知ったらまずいからな。

そこが法律と道義の違いだ、とボッセは言った。ポーランド人は鶏を飼育して絞めるのがスウェーデン人より下手なわけではない。品質は国境となんの関係もないではないか。

「人間てのは愚かだよ」と、ボッセは言った。「フランスでは、フランス肉が最高。ドイツでは、ドイツ肉。スウェーデンでも同じだ。だからみんなのために、隠していることもあるのさ」

「思いやりがあるな」と、アランは皮肉を込めずに言った。

ボッセは似たようなことをスイカにもやったという。やはり輸入して、これはポーランドからではない。スペインかモロッコだ。これはスペイン産と称することにした。まさかスウェーデンのど真ん中のシェヴデ産とは誰も思わない。売る前に、1個1個、半リットルの砂糖水を注入した。

「目方が2倍だから、こっちはありがたい。味が3倍だから、消費者もありがたい」

「これまた思いやりがある」と、アランは言った。やはり皮肉を込めない。

ベッピンは、体に悪いからと半リットルもの砂糖水をごぼごぼ流し込まない消費者もいるだろうと思ったが、何も言わなかった。それに、スイカはチキン同様にとろける味だった。

ヨーラン・アロンソン警視は、ベクショーのホテル・ロイヤルコーナーのレストランでチキン・コルドン・ブルーを食べた。チキンはヴェステルヨートランド産ではなく、ぱさついていて味がない。しかしアロンソンは良質のワイン1本を飲み飲み、それを胃袋に流し込んだ。

もう今ごろ、検察官がどこかの記者にもらしているのは間違いない。明日には記者連中がまた大挙して押し寄せる。おそらくラネリード検察官の臆測どおり、フロントの大破した黄色いバスの所在について情報がわんさか入るだろう。それを待つ間、自分はへたに動かないほうがよさそうだ。ほかにすることもない。家族はいないし、親友もいないし、これという趣味もない。この妙な追跡劇が終わったら、人生のオーバーホールをするぞ。

アロンソン警視は今夜の締めにジントニックを注文した。飲みながら、なんだか自分が哀れな気がして、実弾入りの拳銃を引き抜いてバーのピアノ弾きに1発見舞おうかなどと、あられもない空想をした。もししらふでいて、すでに知っていることをよくよく考えていたなら、事は間違いなくべつの展開になっただろう。

同じ日の夜、エクスプレス紙の編集部では、翌日の見出しを決める際、意味がどうのこうのという議論が少しあった。結局、報道部長は死者1名は殺人、死者2名は二重殺人にしようと決めたが、死者3名は大量殺人といえないのではないかという意見の部員もある。報道部長はようやくうまい見出しを考え出した。

行方不明
100歳
三重殺人
疑惑浮上

夜が深まる鐘撞農場では、被疑者たち全員が上機嫌だった。愉快な話がぽんぽん飛び出す。ボッセが聖書をとり出して披露した話が大受けだった。まるでその気がなかったのに、聖書を最初から最後まで読んだというのだ。よっぽどひどい拷問を受けたのだろうとアランは言ったが、それが真相ではなかった。このボッセは他人からなにかを無理強いされたことはない。そう、俺自身の好奇心の手柄さ。

「わたしならそこまで好奇心をそそられないだろうな」と、アランは言った。

ユーリウスがボッセの話の腰を折らないでくれないかとアランに言い、アランはわかったと応じた。ボッセが話をつづける。

数ヶ月前のある日、シェブデ郊外のリサイクルセンターにいる知り合いからボッセに電話がかかってきた。競馬場で知り合った仲である。この知り合いはボッセが多少やましいこともやぶさかとしないのを知っていたし、ボッセがつねづねなにか儲け口を探しているのも知っていた。リサイクルセンターに再生紙処分になる半トンの書籍が届いたという。書籍でなくゴミと分類され、なにか欠陥があるらしい。ボッセの知り合いはどういう書籍なのか好奇心をそそられて、包装を開いてみた。すると聖書が入っているだけ（知り合いはぜんぜんべつのたぐいのものを期待していた）。

「ところがそれがふつうの聖書じゃない」と言って、ボッセは回し見できるように実物を1冊手渡す。「金文字なんか入ってる本革装丁の超薄紙本だぜ。ほら、見ろよ。登場人物のリスト、カラー印刷の地図、索引……」

実物を見て感心する仲間たち同様、ボッセの知り合いも感心したので処分するのをやめて、ボッセに電話し、全部横流ししてやろうと持ちかけた。まあ1000クローナでどうだ。

ボッセはこれに飛びついた。そしてその日の午後には半トンの凝った聖書が納屋に納まる。ところがいくら探しても、欠陥本は見つからない。てんでわけがわからない。そこである晩、居間の暖炉の前に腰をすえて読み始めた。「初めに……」から。念のため、自分の古い普及版聖書と照らし合わせた。どこかに誤植があるはず、そうでなければこれほどの美本を、しかも神聖なる書籍を捨てるなんてことをするわけがない。

ボッセは毎晩毎晩、読みに読んだ。旧約聖書、つづいて新約聖書。古い普及版聖書と付き合わせてなおも読んでいったが、不備は見つからない。

そうしてある晩、最後の章、最後のページ、最後の1行にたどり着く。

すると、あった！　あの許し難き不可解なる誤植、聖書所有者が再生紙処分を依頼する理由となった誤植。

ボッセはテーブルの仲間たちにそれを1冊ずつ手渡し、ひとりひとりが最後の1行をめくって、次々にけたたけた笑い出した。

ボッセは、現に誤植があるのを知って嬉しくなった。それがどうまぎれ込んだのかに関心はなかった。とにかく好奇心を満足させたし、その過程で小学生以来、初めて本を読み、しかもその間にちょっぴり信仰心も芽生えた。鐘撞農場の商売に関して神のご意見をうかがったというのではないし、所得申告書を作成するときに神のご加護を求めたというのでもない。しかしその他もろもろに関して、ボッセは己の人生を父と子と聖霊の手の中に置いた。そして父と子と聖霊のいずれもが憂慮することはあるまいと確信して、土曜日ごとにあちこちの市場で屋台を出して、小さな誤植のある聖書を売った。（「1冊、たったの99クローナですぞ！　すげえお買得ですぜ！」）

しかしもしボッセがその気になっていたなら、そしてもし、大穴馬券の確率ながら、事の真相を突きとめていたなら、以上の話を披露したあと、さらに次のようにつづけたであろう。

ロッテルダム郊外のある植字工が、精神の危機にあった。数年前、勧誘されてエホバの証人に入会したが、追い出されたのだ。この会派が１７９９年から１９８０年までの間にイエスの再臨を14回も予言したことを調べ上げて、なんと14回ともすべて当たらなかったという事実をかなり声高に述べ立てたからである。

そこで植字工は、ペンテコステ教会の信者となる。最後の審判の教えが気に入ったし、悪に対する神の決定的な勝利という観念も受け入れることができた。イエスの再臨も受け入れた（この会派は日付を示していなかった）。そして己の幼少時の人間が、父親も含めてその大半が、地獄で焼かれるのだ。

ところがこの会派からも追い出しをくらう。まるひと月分の寄付金が植字工の保管中に所在不明となったからだ。寄付金消滅は天地神明に誓って自分と関係ないと植字工は言った。それに、クリスチャンなら容赦すべきではないのか。それに、車が壊れて、仕事をつづけるために新車が必要になったとき、ほかに選択肢があっただろうか。

憎々しい気分で、植字工はこの日の仕事に取りかかる。皮肉にも、それがたまたま２０００部の聖書を印刷する仕事だった。しかもおまけに、スウェーデンからの注文である。植字工の知るかぎり、自分が６歳のときに家族を捨てた父親が暮らす地だ。

目に涙を浮かべながら、植字工は一章一章、組版を作っていく。そして最終章、ヨハネの黙示録までできたとき、ついに糸が切れた。いったいイエスがこの地上へ戻りたいと望むなどありうるだろうか。この地上ではもはや決定的に悪が善を征服した。だからなにがどうなるのでもない。そして聖書は……ただの冗談ではないか！

かくて神経がぼろぼろになった植字工は、印刷直前のスウェーデン語聖書のまさに最終章に小さな追加を入れた。植字工は父の言語をあまり覚えていないが、少なくとも文脈にしっくり合う童話を思い出すことはできた。かくて聖書の最後の２行に植字工の追加した１行が印刷された。

20 以上すべてを証しする方が、言われる。「然り、わたしはすぐに来る」アーメン、主イエスよ、来てください。
21 主イエスの恵みが、すべての者と共にあるように。
22 そして皆が幸せに暮らしました。めでたし、めでたし。

鐘撞農場はすっかり夜になった。友愛のみならずウオッカがふんだんに流れ出て、それがいつまでもつづきそうだった。ところが禁酒主義者ベニーが夜もこんなにふけたと気づく。そこで一同にもう寝る時間だと言った。明日は解決しなくてはならないことがわんさとある。だからみんな、寝ておかなくてはいけない。

「わたしがもうちと好奇心旺盛なら、顔を料理に突っ伏した男がどんな気分なのか見てみたいところだ」と、アランが言った。

16

1948～1953年

公園ベンチの男は、「グッド・アフタヌーン、ミスター・カールソン」と英語で言った。そこからアランはふたつの結論を引き出した。まず、男がスウェーデン人でないこと。スウェーデン人なら母国語で口をきいたはずである。もうひとつは、アランが誰であるか知っていること。名前で呼び掛けてきたからだ。

男の身なりは洒落ている。黒縁のグレーの帽子、グレーの外套に黒の靴。ビジネスマンとして通りそうな風采だ。人なつこい顔つきで、なにか思惑があるのは間違いない。だからアランは英語で言った。

「ひょっとして、わたしの人生が今から一変するということかな？」

男はそういう変化の可能性はなきにしもあらずと答え、ただしそれはミスター・カールソンご本人次第だと言いそえた。実は、この男の雇い主がミスター・カールソンと面談して仕事を提供したいのだという。

アランは答えた。今のところ不自由なく暮らしているが、もちろん、これからの人生を公園ベンチに座って過ごすことはできない。雇い主の名前を教えてくれないだろうか。イエスかノーの返事をする相手がわかれば、イエスかノーの返事がしやすい。あなたもそう思いませんか？

男はまったくそのとおりとうなずいたが、雇い主がちょっと特殊で、じきじきに自己紹介をしたがるだろうと言った。

「でも、わたしがその雇い主のところへすぐにもお連れします、ご都合よければですが」

いいですよ、とアランは言った。それで結構。

男は言いそえた。少々遠出になります。もしホテルのお荷物を取りに戻られるのなら、ロビーでお待ちします。ホテルまでお乗せしましょう。運転手付きの車がすぐそばに待機していた。

これまた洒落た車、最新型の赤のフォードセダン。しかも運転手付きである。こちらは無口なタイプ。人なつこい男ほど人なつこそうには見えない。

「ホテルには寄らなくて結構」と、アランは言った。「身軽な旅に慣れているんで」

「そうですか」と、人なつこい男は言い、運転手の背中をぽんと叩く。「車を出せ」の意味だ。

車はダラーロへ向かった。曲がりくねる道を首都から1時間あまり南へ行ったところだ。アランと人なつこい男はあれやこれや話した。人なつこい男はオペラの素晴しさを滔々《とうとう》と説明し、アランは凍死せずにヒマラヤ山脈を縦断するすべを語った。

太陽が沈んでから、赤のセダンは海岸ぞいの小村に入った。夏には群島観光客で賑わう人気海岸も、冬になると暗く静まり返る。

「するとここに住んでるわけか、あんたの雇い主は」と、アランは言った。

「いや、厳密には違う」と、人なつこい男は言った。

人なつこい男の運転手はなにも言わない。アランと人なつこい男を港で降ろすと、そのまま去った。その前に、人なつこい男はフォードのトランクから毛皮のコートを取り出して、人なつこい仕草でアランの肩に掛けながら、申し訳ないが冬の冷気のなか、これから少し歩かねばならないと言った。

アランは、すぐ間近に起こるかもしれないことに望みを（ついでながら恐れを）抱く男ではない。起こることは起こる。あれこれ予測を立てても始まらない。

とはいうものの、アランは驚いた。人なつこい男はダラーロの中心から離れて、氷の上を漆黒の群島の夜のなかへ進んで行くのだ。

人なつこい男とアランはどんどん歩きつづける。ときおり、人なつこい男が懐中電灯をつけては、ちょっと冬の闇を照らしてから磁石で方角を確かめる。歩いている間じゅう、アランに話しかけることをせず、大声で歩数を数えた。アランの聞いたことのない言語である。

かなり早足で虚空のなかへ15分歩くと、人なつこい男はさあ着いたと言った。周りは真っ暗で、遠い島にちらつく明かりがひとつ見えるだけ。ふたりの足もとの地面が（というより氷が）、突然、割れた。


人なつこい男が数え間違えたのだろう。あるいは、潜水艦の艦長が正確な位置を間違えた。原因がなんであれ、全長90メートルの船体が、アランと人なつこい男に近すぎるところで氷を破って浮上した。ふたりとも後ろ向きに転落し、氷の海で危うく命果てるところだった。しかしすぐにアランは暖かい艦内に助け降ろされた。

「さあ、今日はなにが起こるかと朝から予測しないのが賢いということがわかったろう」と、アランは言った。「結局、どんなに前から予測したってこんなことになるのは予測できなかったろうさ」

この時点で、人なつこい男はもうそんなに隠し立てする必要はないと考えた。そして、自分の名はユーリ・ボリソヴィチ・ポポフだとアランに明かす。ソヴィエト社会主義共和国連邦のために働いている。物理学者で、政治家でも軍人でもない。ミスター・カールソンを説得してモスクワに連れてくるようにと、ストックホルムに派遣された。ユーリ・ボリソヴィチがこの任務に選ばれたのは、ミスター・カールソンが渋る可能性があるので、物理学者というユーリ・ボリソヴィチの背景によってそこを打開するためだった。つまり、ミスター・カールソンとユーリ・ボリソヴィチはいわば同じ言語をしゃべるからだ。

「しかしわたしは物理学者ではない」と、アランは言った。

「そうかもしれないが、わたしの情報筋によればあなたはわたしの知りたいことを知っているそうだ」

「わたしが？　いったいなにを？」

「爆弾だよ、ミスター・カールソン。爆弾」


ユーリ・ボリソヴィチとアラン・エマヌエルは、たちまち気の合う仲となった。行き先も理由も問わずに二つ返事で承諾したこと、それがユーリ・ボリソヴィチを感心させ、ユーリ自身に欠ける、どうともなれという豪胆さをアランが持ち合わせていることを示した。アランはアランで、政治だの宗教だのに辟易しないですむ話し相手に恵まれたことを感謝した。

そのうえさらに、ユーリ・ボリソヴィチもアラン・エマヌエルもウオツカには目がないところも共通しているのがじきに判明した。前の晩、ユーリ・ボリソヴィチはグランドホテルのダイニングルームでアラン・エマヌエルを見張っていた間、スウェーデン銘柄を味わう機会があった。最初、ユーリ・ボリソヴィチはドライすぎてロシア産の甘みがないと思ったが、2、3杯飲むと慣れてきた。さらに2杯飲んだあと、「いける！」と、思わず口走った。

「でももちろんこっちのほうが優る」と、ユーリ・ボリソヴィチは言い、ストリチナヤのボトルを持ち上げる。ユーリ・ボリソヴィチとアラン・エマヌエルは、将校専用食堂をふたりだけで占領して腰を落ち着けた。さあて、ふたりで飲むぞ！

「いいね」と、アランは言った。「海の空気は疲れるよ」

最初の一杯を飲みほすなり、アランは互いの呼び方を変えるべきだと主張した。ユーリ・ボリソヴィチに話しかけるたびにわたしがユーリ・ボリソヴィチにユーリ・ボリソヴィチと言わなくちゃならないのは、どうにも不便だ。自分もアラン・エマヌエルと呼ばれたくない。というのもイクスフルトの教会で洗礼されて以来、ミドルネームを使ったことはない。

「だから今から、きみはユーリで、わたしはアランだ」と、アランは言った。

「そうしないなら、今からこの船を降りる」

「それはやめてくれ、アラン、ここは水深200メートルだ」と、ユーリは言った。「まあ、もう一杯やろう」

ユーリ・ボリソヴィチ・ポポフは熱心な社会主義者で、ソヴィエト社会主義の名のもとに働きつづけることだけを望んでいた。同志スターリンは厳格な人物だが、忠実に体制に奉仕するなら恐れるものは何もないことを自分は知っているという。

アランは言った。自分はいかなる体制にも奉仕するつもりはないが、もし原爆問題の解決に行き詰まっているのなら、情報のひとつやふたつ提供することはできる。しかしなによりまず、このウオツカをもう一杯やりたい。それにしても、しらふでも発音できない銘柄だ。そしてもうひとつ。これからも政治の話をしないと約束してほしい。

ユーリはアランが協力を約束してくれて実にありがたいと言った。そしてすぐさまつづける。わたしの上司、ベリヤ元帥がスウェーデンの専門家に一括払いで10万米ドルを提供する意向だ。きみの協力が原爆製造につながるという条件のもとでね。

「考えてみよう」と、アランは言った。

ボトルの中味が着々と減るうちに、アランとユーリは天と地のあらゆることを話し合った（政治と宗教は除く）。ときおり原子爆弾の難題にも話がおよび、これは今後数日の論題ではあるが、アランは単純な情報をいくつか述べた。

「ふむふむ」と、上級物理学者ユーリ・ボリソヴィチ・ポポフ。「わかりかけてきたが……」

「ところで、わたしはわからない」と、アランは言った。「オペラのことをもういっぺん説明してくれよ。大声でがなりどおしかい？」

ユーリはにやりとして、ウオツカをぐいっと呷《あお》り、立ち上がって歌い出す。酔いがまわり始めたので、歌ったのは古いロシア民謡ではなく、プッチーニの『トゥーランドット』のアリア「誰も寝てはならぬ《ネッスン・ドルマ》」だった。

「素晴しかった」ユーリが歌い終えると、アランは言った。

「ネッスン・ドルマ！」と、ユーリはいかめしく言った。「誰も寝てはならぬ！」

誰も寝てはならぬかどうかにかかわりなく、ふたりともまもなく将校専用食堂の隣の寝棚に沈没した。目がさめると、潜水艦はすでにレニングラード港のドックに入っていた。そこに一台のリムジンが待っていて、ベリヤ元帥との会見のためにふたりをクレムリンに送る手はずである。

「サンクトペテルブルク、ペトログラード、レニングラード……。どれかに決めたらどうなんだい」と、アランは言った。

「改めて、よろしく」と、ユーリが言う。

ユーリとアランは、ハンバー・プルマン・リムジンの後部座席に乗り込んだ。レニングラードからモスクワへまる1日の移動である。スライド式の窓が運転手席とコンパートメントを仕切っていて、そこにアランと新たな友が収まる。コンパートメントには冷蔵庫までそなえつけてあり、当面ふたりの乗客に充分なだけの飲料水、ソフトドリンク、アルコール類一式が用意されていた。丸い容器に真っ赤なグミキャンデー、トレーに高級チョコレートも盛られてある。車と調度は、イギリスから輸入したものを別にするなら、ソヴィエト社会主義工学の輝かしい結実だった。

ユーリはアランに自分の経歴を話した。ノーベル賞受賞者アーネスト・ラザフォード、ニュージーランド出身の伝説的核物理学者のもとで学んだという。だからユーリ・ボリソヴィチは英語がぺらぺらなのだ。代わってアランが（ますます仰天するユーリ・ボリソヴィチに）、スペイン、アメリカ、中国、ヒマラヤ、イランでの冒険譚《たん》を披露する。

「で、英国国教会の牧師はどうなったんだい？」と、ユーリが問う。

「わからない」と、アランが言う。「ペルシア全土を英国国教会派にしたか、それとも死んだか。どっちつかずという可能性は薄いね」

「ソ連でスターリンに楯突くようなものだ」と、ユーリは忌憚《きたん》なく言った。「それが革命に対する犯罪であろうという事実を抜きにしても、生存の見込みは乏しい」

この日にかぎって、この同乗者にかぎって、ユーリの忌憚なさは歯止めが利かなくなっているようだった。胸襟《きょうきん》を開いて、ベリヤ元帥のことをどう思っているかを語った。国家保安局長だった男が、いきなり原子爆弾製造構想のトップになった。ベリヤはまったくの破廉恥男だ。女や子供に性的虐待を加える。好ましからぬ人間を、殺さない場合は、強制収容所《グラーグ》に送る。

「好ましからぬ分子はできるだけ早く排除しなければならないにしても、正当な、革命的根拠に基づいてそうしなければならない。社会主義の目的を推し進めない者は一掃しなければならないさ。ベリヤ元帥の目的を推し進めない者ではなくて。違う！　アラン、ひどい話だよ。ベリヤ元帥は決して革命の真の代表じゃない。でもそれは同志スターリンが悪いんじゃない。わたしは拝顔の栄誉に浴したことは一度もないが、あの方は国家全体に、ほとんど国家全体に対する責任を担っておられる。そしてもしそういう激務の真っ只中で、しかも一刻を争う時点で、ベリヤ元帥には担いきれない責任をあの男に与えたとすれば……そう、同志スターリンはそうするのが正当だった。ところで、アラン、素晴しいことを教えよう。きみとわたしは、なんと今日の午後、謁見の栄誉に浴するのだ、ベリヤ元帥だけでなく、同志スターリンその人に！　われわれをディナーに招待してくださったんだ！」

「それは楽しみだ」と、アランは言った。「しかしそれまで腹をすかしたままかい？　真っ赤なグミキャンデーでしのぐってわけ？」

ユーリは途中の小さな町でリムジンを止めさせ、アランにサンドイッチをみつくろってきた。それからまた旅がつづく。

サンドイッチをぱくつきながら、アランはベリヤ元帥なる人物像を想像した。ユーリの描写からすると、つい最近他界したテヘランの秘密情報部長に似ているらしい。

ユーリはユーリで、このスウェーデン人がどういう人物なのか推定しようとする。スウェーデン人がもうじきスターリンと会食する。楽しみだと言った。ユーリとしては訊かないわけにいかない。楽しみだとは、食事なのか謁見なのか。

「生きるためには食わねばならぬ」と、アランはそつなく応じ、ロシアのサンドイッチの質をほめた。「ところでユーリ、わたしからひとつふたつ訊いていいかい?」

「いいとも、アラン。どんどん訊いてくれ。できるだけ答えよう」

アランは言った。正直なところ、きみが政治のことをまくし立てていたとき、わたしは聞いていなかった。この世で政治ほど興味のないものはないからね。たしか昨夜きみはそっちの方向へ行かないと約束したではないか。

しかしアランは、ユーリの話すベリヤ元帥の人間的欠陥には関心をもった。アランは子供のころ、同じタイプの人間に会ったことがある。一方で、話のとおりなら、ベリヤ元帥は血も涙もない。その一方、アランを気遣ってリムジンだのなんだの、とてつもなく厚遇する。

「でもふと思うんだけど、元帥はどうしてわたしをあっさり誘拐させなかったのかな、そうして知りたいことをきみに聞き出させてもよかったのに」と、アランは言った。「そうすれば真っ赤なグミキャンデーだの、高級チョコレートだの、10万ドルだの、なんだかんだと無駄遣いをすることもなかったろう」

ユーリは言った。遺憾ながら、きみの観察はある程度当たっている。ベリヤ元帥は、革命の名のもとに、一度ならず無実の人々を拷問した。そういうことがあったのは自分も知っている。しかし今、状況は、正確にはどう言ったらよいか、つまり、と言いかけてユーリは冷蔵庫を開き、真っ昼間というのに力づけにビールを抜く。状況は、つまり、ベリヤ元帥がごく最近、そういう策略に失敗したんだ。西側のある専門家をスイスで誘拐してベリヤ元帥のもとへ拉致してきたんだが、それが大失態だった。申し訳ないが、詳しいことは言えない。でもわたしの言うことを信じてくれ。最近のその失敗で学んだのさ。必要な核の助言は、上からの決定に従って、西側市場で買うことにする。俗悪ではあるが、需要と供給の原理に基づいて。

ソ連の原子兵器計画は1942年4月、核物理学者ゲオルギー・ニコラエヴィチ・フリョロフが同志スターリンに宛てた書簡から始まった。書簡でフリョロフは指摘した。1938年に発見されて以来、核分裂に関して西の同盟国メディアは口をつぐんだきり、ひと言も報じていない。

同志スターリンはしたたか者である。核物理学者フリョロフと同じく、核分裂の発見をめぐる3年間の完全な沈黙は、何者かがなにかを隠しているということだと考えた。たとえば、ソ連をたちまち、ロシアふうのイメージでいうなら、詰《チェックメイト》みに追い込む爆弾を何者かが開発中だということである。

だから猶予はならない。ただしヒトラーとナチスドイツが本腰を入れてソ連侵攻を開始したという問題もかかえていた。ボルガ川の西全域となればモスクワも含まれ、それだけでも許せないが、スターリングラードとなれば断乎許せない。

スターリングラード攻防戦は、控えめにいっても、スターリンにとって個人的な問題だった。150万人ほどの死者が出たにもかかわらず、赤軍は勝利し、ヒトラー軍を退却させ、ついにははるかベルリンの掩蔽壕《えんぺいごう》まで追いやる。

ドイツ軍が撤退を始めてから、ようやくスターリンは己と己の国家に将来があると感じた。そういうときに核分裂研究が動き出した。

しかし原子爆弾は一朝一夕に製造されるものではない。まだ考案されていないとなればなおさらだ。ソ連の原爆研究が行き詰まったまま2年ほど過ぎたある日、爆発が起こる。ニューメキシコでだった。アメリカが競走に勝ったのだ。ずっと早くに走り出したのだから無理もない。ニューメキシコの砂漠での実験のあと、さらにふたつの爆発が起こる。どちらも実験ではなかった。ひとつはヒロシマ、もうひとつはナガサキ。これによってトルーマンはスターリンの鼻を明かし、誰が主役かを世界に示す。スターリンがこれに甘んじないことは、スターリンを知るまでもなく誰にもわかる。

「問題を解決しろ」と、同志スターリンはベリヤ元帥に言った。「それとももっとはっきり言ってやろうか。**問題を解決しろ！**」

ベリヤ元帥は、配下の物理学者、化学者、数学者が全員にっちもさっちもいかなくなっているのを悟る。その半分を強制収容所に送ったところでどうなるものでもない。かつまた元帥は、この分野の諜報員たちが聖域中の聖域に近づいたという意味合いの報告も得ていなかった。現時点で、アメリカの青写真を盗むのはまったく不可能だ。

唯一の解決策は、モスクワの南東、車で数時間のところにある秘密都市サロフの研究センターですでに知られていることを補足するために、外部から知識を持ち込むことだった。ベリヤ元帥にとって最高以外は粗悪である。だから国際秘密諜報局長にこう言った。

「アルベルト・アインシュタインをひっ捕まえてこい」

「しかし……アルベルト・アインシュタインは……」と、仰天した国際秘密諜報局長が言う。

「アルベルト・アインシュタインは世界最高に頭の切れる男だ。わたしの言うとおりにする気があるのか、それともおまえさんは死にたい願望でも抱いてるのか？」と、元帥ベリヤは言った。

国際秘密諜報局長は新しい女に出会ったばかりで、この女ほど芳《かぐわ》しいものは地上に存在しないから、むろん死にたい願望なんぞは抱いていない。そう告げる間もなく、元帥は言った。

「問題を解決しろ。もっとはっきり言ってやろうか。**問題を解決しろ！**」


アルベルト・アインシュタインをひっ捕まえて、モスクワ行きの梱包荷物で送るなど容易な仕事ではない。第一に、本人を見つけなければならない。アルベルト・アインシュタインはドイツで生まれたが、イタリアへ移住し、その後スイス、アメリカへ渡った。それ以来、ありとあらゆる場所をありとあらゆる理由で行き来している。今のところニュージャージー州に家があるが、現場の諜報員らによると、家は空っぽらしい。おまけに、可能なら誘拐はヨーロッパで実行するようにと、ベリヤ元帥は命じた。有名人を合衆国からこっそり拉致して大西洋を越えるのは、面倒を引き起こす。それにしてもその男はどこにいる？　旅に出る前に行き先を人に告げたことはまずないし、重要な会議に何日も遅れることで悪名高い男だ。

国際秘密諜報局長はアインシュタインとなんらかの接点のある家のリストを作り、諜報員を派遣してそれぞれの家を見張らせた。本宅はニュージャージーにあり、親友の家はジュネーヴにある。出版社はワシントンにあり、ほかに友人ふたり、ひとりはバーゼル、もうひとりはオハイオ州クリーヴランド。

数日間じりじり待った甲斐あって、成果があった。グレーのレインコートの男、襟を立て、帽子をかぶっている。男が徒歩でやってきて、まっすぐ向かった家は、アルベルト・アインシュタインの親友、ミケーレ・ベッソの住むスイスの家である。

男が呼鈴を鳴らすと、ベッソ本人のみならず初老の夫婦が諸手を挙げて出迎えた。この夫婦も調査の必要がありそうだ。監視諜報員は250キロ離れたバーゼルで同じ任務に当たる同僚を呼び寄せた。そして何時間も熟練の監視をつづけ、持参している何枚もの写真と見比べてから、ふたりの諜報員は結論に達する。間違いなくアルベルト・アインシュタインが親友を訪ねてきたのだ。初老の夫婦はおそらくミケーレ・ベッソの義弟と妻のマーヤだ。マーヤはアルベルト・アインシュタインの妹でもある。家族水入らずの集まりというわけだ。

アルベルトはしっかり監視されていた2日間、友人と妹夫婦の家に滞在し、それから外套を着て、手袋を着け、帽子をかぶり、来たときと同じようにこっそりと外へ出る。

しかし角を曲がる間もなくガシッと取り押さえられるや車の後部座席に押し込められ、クロロホルムを嗅がされた。それからオーストリア経由でハンガリーへ拉致された。ハンガリーはソヴィエト連邦に対してきわめて友好的な姿勢をとっていたから、ほとんど詮索せずにペーチの軍事空港に給油のために着陸したいというソ連の要望を受け入れ、機はソ連の民間人ふたりと眠くてたまらない男ひとりを乗せて、ただちに離陸し、不明の目的地へ向かった。

翌日にはベリヤ元帥の監督のもと、モスクワの秘密警察でアルベルト・アインシュタインの尋問が開始された。痛い目に遭いたくなければ、協力するか、それとも誰のためにもならない妨害行為に出るか、どっちだ。

残念ながら、答えは後者だった。アルベルト・アインシュタインは、核分裂の技術など一瞬たりとも考えたことはないと言い張る（すでに1939年、この男がルーズヴェルト大統領とこの件について話し合い、それがマンハッタン計画につながったことは誰しも知るのにである）。それどころか、アルベルト・アインシュタインは自分がアルベルト・アインシュタインであることすら認めない。愚劣なくらい頑固に、自分はアルベルト・アインシュタインの弟、ヘルベルト・アインシュタインだと言い張る。しかしアルベルト・アインシュタインに弟はいない。妹がいるだけだ。だからそういうごまかしはベリヤと尋問官には通用しない。かくていよいよ荒っぽい手で口を割らせようとなったとき、驚くべき出来事がニューヨークの7番街で起こった。

ニューヨーク7番街のカーネギーホールで、アルベルト・アインシュタインは特別招待の2800人の聴衆を前に相対性理論の講演を行っていたのだ。聴衆のなかに、ふたりのソ連スパイがいた。

ふたりのアルベルト・アインシュタインはベリヤ元帥にとってひとり多すぎる。たとえそのひとりがはるか彼方、大西洋の向こう側にいるとしても。カーネギーホールの人物が本物だという確認はじきにとれて、するともうひとりはいったい何者なのか。

誰も好んで蒙《こうむ》りたくない手順を経験させようかという脅しに屈して、偽アルベルト・アインシュタインはベリヤ元帥になにもかも包み隠さず話すと誓った。

「包み隠さず話します、元帥閣下、でも途中でさえぎらないでください」と、偽アルベルト・アインシュタインは言った。

ベリヤ元帥はさえぎるときは頭に1発ぶち込むと言い、さっきまでの話が嘘八百でないとはっきりするまで待ってやろうと威嚇する。

「ようし話せ。うんざりさせるんじゃないぞ」と、ベリヤ元帥は言い、拳銃の撃鉄を起こした。

アルベルト・アインシュタインの不明の弟、ヘルベルトだと言い張った男は、深く息を吸い、またしても同じことを言い張った（危うく1発が発射寸前）。

それから物語が始まった。もし真実なら、あまりにも悲しい物語だから、ベリヤ元帥とて語り手の処刑を思いとどまったとしても無理はない。

ヘルマン、パウリーネ・アインシュタイン夫妻は子供をふたりもった。最初がアルベルト、それからマーヤ。ところがパパ・アインシュタインは、ミュンヘンで経営していた電気化学工場で、美人の（しかし脳の弱い）秘書についつい手を出してしまう。こうして生まれたのがヘルベルトだ。アルベルトとマーヤの秘密の腹違いの弟である。

元帥の諜報員らがすでに確認していたように、ヘルベルトはアルベルトの生き写しそのものだった。ただしアルベルトの13歳年下。ヘルベルトは不幸にも母親の知能をまるまる受け継いだ。というか、知能欠落を。

ヘルベルトが2歳だった1895年、一家はミュンヘンからミラノへ引っ越した。ヘルベルトはいっしょに行ったが、母は違う。パパ・アインシュタインは母に然るべき修復案を提示したが、ヘルベルトのママは相手にしなかった。ブラートヴルストがスパゲッティになり、ドイツ語がイタリアのなんとか語になるなど、とても考えられなかったのだ。おまけに、その赤ん坊がまあ厄介者、四六時中ぎゃあぎゃあ泣いて食べ物をせがむし、尻の始末も大変だ。ヘルベルトをどこかへ連れていこうというなら、それは結構。わたしはどこにも行きませんん。

ヘルベルトの母はパパ・アインシュタインから相当の額の金をもらった。その後、本物の伯爵に出会い、この伯爵に説き伏せられて、ありとあらゆる病いを治す霊薬を作る完成間近の器械に全額を投資したらしい。ところが伯爵は姿を消す。霊薬もろとも消えたにちがいない。というのはヘルベルトのやつれきったママは数年後、肺結核で死んだからだ。

ヘルベルトはこうして兄のアルベルト、姉のマーヤとともに育った。しかしパパ・アインシュタインは醜聞を恐れて、ヘルベルトを甥と呼ぶ。ヘルベルトは兄とはとくべつ仲良かったわけではないが、姉は大好きだった。もっともその姉のことも従姉《いとこ》と言わねばならなかった。

「要するに」と、ヘルベルト・アインシュタイン。「わたしは母に捨てられ、父に否定されたんです。それにわたしはジャガイモ並みの知能しかありません。生まれてから人の役に立つ仕事をしたことがありません。父の遺産で暮らしてきただけです。賢いことを考えたことはいっぺんもありません」

ベリヤ元帥は拳銃をおろした。話はある程度信憑性《しんぴょう》がある。元帥は、愚鈍なヘルベルト・アインシュタインが示した自己認識は見上げたものだとさえ思った。

さて、どうしようか。元帥は尋問室の椅子から立ち上がった。安全のために、革命の名において善悪の一切の思考はわきへ押しやる。すでになんだかんだと面倒をかかえている。これ以上、重荷を担うまでもあるまい。元帥は2人の警備兵をふり向いて言った。

「こいつを始末しろ」

そう言い捨てて、部屋を出ていった。

ヘルベルト・アインシュタインのことでのしくじりを同志スターリンに報告するのは愉快ではないが、ベリヤ元帥は幸運だった。冷遇の憂き目に遭う前に、ロスアラモスで突破口が開いたのだ。何年にもわたって、13万人以上の人間がいわゆるマンハッタン計画に従事しており、当然ながら、社会主義革命に忠実な人間もひとりやふたりでなかった。しかし原子爆弾の機密中の機密情報を手に入れた者はいない。ところが同じくらい有益な情報が届いたのだ。あるスウェーデン人が難問を解いた。その名前も判明している！

半日とかからずに、アラン・カールソンがストックホルムのグランドホテルに滞在しているのがわかった。スウェーデンの原子兵器計画のトップに協力は必要ないと申し渡されてから、連日ぶらぶら過ごしているという。

「要するに、どっちが愚鈍の世界記録保持者かだ」と、ベリヤ元帥はひとりごちた。「スウェーデンの原子兵器構想のトップか、ヘルベルト・アインシュタインのお母ちゃんか……」

今回、ベリヤ元帥は新たな手に出た。アラン・カールソンを説得して、多額の米ドルと引き換えに知識を提供させるのだ。説得に当たるのは、不器用で手際の悪い諜報員ではなく、アラン・カールソン本人と同じ科学者がよい。問題の諜報員は（安全のために）ユーリ・ボリソヴィチ・ポポフのお抱え運転手に格下げとなった。ユーリ・ボリソヴィチはベリヤ元帥の原子兵器グループの中核の一員で、乗り気になっている有能な物理学者だ。

そうして万事が計画どおりに運んでいた。ユーリ・ボリソヴィチはアラン・カールソンとともにモスクワに向かっている。しかもカールソンは乗り気のようだ。

ベリヤ元帥のモスクワのオフィスは、クレムリンの壁の中にあった。同志スターリンがそれを望んだのだ。元帥は自らアラン・カールソンとユーリ・ボリソヴィチをロビーに出迎えた。

「よく来てくれました、ミスター・カールソン」と、ベリヤ元帥は握手をした。

「よろしく、元帥閣下」と、アランは言った。

ベリヤ元帥は無駄話をするタイプではない。人生は短いからそんなひまはない（それに世間付き合いのできない男だった）。

だからアランに言った。

「報告によると、ミスター・カールソン、ソヴィエト社会主義共和国の核問題に10万ドルで協力してくださるそうですな」

アランは答えた。お金のことはあまり考えませんでしたが、なにか必要であるならユーリ・ボリソヴィチに手を貸したいと思います。実際、その必要があるらしいですし。しかし元帥閣下、明日まで待ってくださるとありがたいですね、なにせおっそろしく長旅をしてきたばかりですから。

ベリヤ元帥は答えた。長旅でお疲れなのはよくわかります、ミスター・カールソン。じきに同志スターリンとの会食がありまして、そのあとはクレムリンでも最高の来賓スイートでお休みいただきましょう。

同志スターリンは食事となると豪勢そのもの。イクラ、燻製ニシン、塩漬けキュウリ、ミートサラダ、焙り焼き野菜、ボルシチ、ペリミニ、ブリヌイ、ラムカツ、ピエロギ、アイスクリーム。色とりどりのワインがあり、もちろんウオツカもある。まだまだウオツカがある。

テーブルを囲んだのは、同志スターリン本人、イクスフルトからのアラン・カールソン、核物理学者ユーリ・ボリソヴィチ・ポポフ、ソヴィエト国家保安局長ラヴレンチィ・パヴロヴィチ・ベリヤ元帥、それにほとんど存在感のない無名の若い小男、この男には飲み物も食事もない。実は通訳で、この男が同席していることなど誰も意識しない。

スターリンは最初から上機嫌だった。ラヴレンチィ・パヴロヴィチはつねに窮地を脱する。なるほど、アインシュタインのことではしくじった。スターリンの耳に届いているだろう。しかしもう過ぎたこと。それにまた、アインシュタイン（本物）は頭脳をもつにすぎない。カールソンは厳密かつ詳細な知識をもっているのだ。

それにカールソンがいいやつらしいというのはマイナス材料ではない。スターリンには、ごくごく簡単にではあるが、経歴を話してある。父親はスウェーデンで社会主義のために戦い、それから同じ目的のためにロシアへ移住した。立派なものだ。その息子はスペイン内戦で戦い、どっちの側だったかを問うほどスターリンは野暮ではない。その後、アメリカへ逃げのびる（逃げたのもやむをえまいと、スターリンは臆測した）。そして偶然、連合国に奉仕することになったが、これも許されるだろう。スターリン自身、大戦の後半、いうなれば同じことをしたのだから。

メインコースに入ってほんの数分後、スターリンはスウェーデンの乾杯の歌を覚えてしまった。Helan《ヘーラン》 går《ゴー》, sjung《フユン》 hopp《ホップ》 faderallan《ファーダーアラン》 lallan《ララン》 lej《ライ》、グラスを掲げるたびにこれを歌う。そのたびにアランがスターリンの歌声をほめるものだから、スターリンは子供のころ聖歌隊に入っていただけでなく、結婚式があるとソロで歌ったなどとしゃべりまくり、立ち上がるや、証拠を見せるぞと跳んだりはねたり、歌に合わせて両腕両足を四方八方にふりまわし、いやはやアランの目にはほとんどインディアン踊りだが、見事は見事であった。

アランは歌を歌えない。そういえば、自分は文化的価値のあることはなにもできないのだ。しかし場の空気からHelan går以上の芸を求められているらしく、とっさに思い出したのはヴェルネル・フォン・ハイデンスタムの詩だった。アランの村の小学校の教師が児童にむりやり暗記させたものである。

スターリンがテーブルに戻り、アランは立ち上がって故郷のスウェーデン語で詩を暗唱すると宣言した。８歳の少年だったころ、アランは暗唱させられるものの意味を理解したことがなかった。こうしてこの詩を暗唱する35年後の今も、やはりさっぱりわからない。ロシア語＝英語通訳（存在感ゼロ）は沈黙したきりで、ますます影が薄れていた。

アランはそれから（拍手が収まるのを待ってから）、暗唱したのはヴェルネル・フォン・ハイデンスタムの詩だと言った。それを知ったら同志スターリンがどういう反応をするかと知っていたなら、アランはそれを明かさなかったろう。せめて真実をちょいと手直ししたはずだ。

同志スターリンはかつて詩人だった。しかも有能な詩人だった。しかしながら時代精神がこの人物を革命戦士に仕立てたのだ。そういう背景自体が詩的である。スターリンは今も詩に関心をもち、主な現代詩人についても知っていた。

アランにとってまずいことに、スターリンもヴェルネル・フォン・ハイデンスタムが誰かをよく知っていた。アランと違って、ヴェルネル・フォン・ハイデンスタムがドイツを愛していたことを知っていた。ドイツと相思相愛であることも知っていた。ヒトラーの右腕、ルドルフ・ヘスは、1930年代にハイデンスタムの故郷を訪れ、その後まもなく、ハイデンスタムはハイデルベルク大学から名誉博士号を授与されていた。

こういう次第で、スターリンの気分が激変する。

「カールソン君は腕を広げてきみを迎えた寛大な招待主を侮辱する気なのか？」と、スターリンが問う。

アランはそんなつもりはないと打ち消した。もしハイデンスタムがスターリン閣下のご気分を害したのであれば、心底お詫び申し上げます。ハイデンスタムは死んでから数年になりますので、多少お気持ちは収まるかと存じます。

「で、sjung hopp faderallan lallan lej、それはどういう意味だ？　スターリンに革命の敵どもを何度も讃えさせたのか？」と、スターリン。怒り出すと決まって自分のことを三人称で言うのだ。

アランは答えた。sjung hopp faderallan lallan lejを英語に訳すには少し時間が要りますが、しかしスターリン閣下、それはただの浮かれた小唄ものですから。

「浮かれた小物だと？」同志スターリンはがなり声になる。「ミスター・カールソンはスターリンが浮かれた小物だと思うのか？」

アランはスターリンの怒りっぽさにうんざりしてきた。べつにたいしたことでないのに、このご老体は顔を真っ赤にする。

スターリンはつづける。

「で、きみはスペイン内戦でなにをした？　ハイデンスタムの愛読者がどっちの側に立って戦ったのか、それを聞きたい！」

こいつは第六感も持ち合わせているようだと、アランは思った。どうせこんなに腹を立てているのだから、洗いざらいしゃべったほうがいいらしい。

「わたしは実際に戦ったのではないんです、スターリン閣下。最初は共和国軍に手を貸しました、それからいろいろわけあって、フランコ将軍の味方になりました」

「フランコ将軍だと？」と、スターリンは怒声を発し、立ち上がった拍子に椅子が後ろへひっくり返った。

怒りが増大するのは明らかだ。波瀾つづきの人生で、アランはどなられたことは何度かあったが、決してどなり返したことはなく、スターリンに真正面からどなり返そうという気もなかった。この事態に平然としていたのではない。逆に、テーブルで向き合う小男拡声器のことが急速に嫌いになってきた。しかし表には出さない。

「それだけじゃありません、スターリン閣下。毛沢東と戦うために中国へ行きました。それからイランへ行き、チャーチル暗殺の計画を阻止しました」

「チャーチル？　あのでぶ豚め！」と、スターリンはがなる。

スターリンは一瞬落ち着いて、ウオツカをごくごくっと飲みほす。アランは羨ましい目で見た。自分にも一杯注いでもらいたいところだが、そんなことを言い出せる場合ではない。

ベリヤ元帥とユーリ・ボリソヴィチはひと言も発しなかった。双方の顔つきがぜんぜんべつの表情だ。ベリヤは腹立たしげにアランを睨《にら》みつけ、ユーリはただ渋い顔。

スターリンは呷ったばかりのウオツカを吸収してから、通常音量に声を落とした。まだ怒っている。

「スターリンは正しく理解したか?」と、スターリンは訊く。「フランコの味方だった、同志毛沢東を敵に回して戦った、ロンドンで豚の命を救った、そして合衆国の超資本主義者どもの手に世界最強の武器を渡した」

「自分は知らずにいた」と、スターリンはぼそっと言い、怒りのあまりに三人称で話すのを忘れていた。「で、今度はソヴィエト社会主義に身売りをしようというのか? 10万ドルが魂の値段か? それとも今晩のうちに値上げしたか?」

アランはもはや手を貸す気がない。ユーリはいい男だし、協力を求めてきたのはあの男だ。しかしユーリの仕事の結果がいずれは同志スターリンの手に握られるのは確実で、この人物はアランの描く本物の同志とは違う。それどころか精神不安定らしい。この男に爆弾をもてあそばせないのが最善だろう。

「正確には違います」と、アランは言った。「金のことではなく……」

先をつづける間もなく、スターリンがまた爆発した。

「何様のつもりだ、このどぶネズミが! 貴様、ファシズムの、おぞましいアメリカ資本主義の、スターリンが蔑むこの世のすべてのものの、そのお先棒が、よくも、よくも、貴様が、クレムリンに、クレムリンに来て、スターリンと、スターリンと交渉できると思うのか!」

「どうしてなんでも2度言うのですか?」と、アランが言うのもかまわず、スターリンは先をつづける。

「ソ連はふたたび戦争をする用意がある、貴様に言っておく! いざ戦争だ、アメリカ帝国主義を粉砕するまで、断乎、いざ戦争だ！」

「そうお考えで？」と、アラン。

「戦いを起こして勝利するために、われらは原子爆弾なんぞいらん！　われらに必要なのは社会主義者の魂と心だ！　敗北はありえないことを知る者は、敗北がありえないのだ！」

「もちろん誰かが原子爆弾を落っことさないかぎりは」と、アランは言った。

「自分は資本主義を破壊する！　よく聞け！　資本主義者をひとり残らずぶち殺す！　まず貴様から始めるか、泥棒犬め、爆弾作りに協力しないなら！」

やれやれ、ものの1分間のうちに、どぶネズミと泥棒犬の両方にされた。それにスターリンはかなり矛盾している。アランの協力を望んでもいるのだから。

こんな罵詈雑言をもう黙って聞いていられない。モスクワへ来たのは手を貸すためだ、どやされるためではない。スターリンは自分でやればいい。

「あのう」と、アランは言った。

「なんだ」と、スターリンは怒気こめて言う。

「そのヒゲを剃ってはいかがでしょう？」

とたんに会食はお開きになった。通訳が卒倒したからだ。


予定は急遽《きゅうきょ》、変更になった。アランの宿泊先はクレムリン最上の来賓スイートではなく、国家秘密警察の地下室の窓のない独房だった。同志スターリンは最終的に決断した。ソ連は自国の専門家が製造法を創出するか、もしくは古き良き諜報活動によって、原子爆弾を入手すべし。西側の人間を誘拐するのはやめる。資本主義者ともファシストとも両者の同盟とも断乎、交渉しない。

ユーリは、はなはだすっきりしない気分だった。自分が説得してソ連へ連れてきた好人物アランが今や確実に処刑されるからだけではなく、同志スターリンがあれほど人間的欠陥を露呈したからでもあった。偉大なる指導者は知識人で、教養もあり、ダンスもうまく、歌声も素晴しい。そのうえさらに、完全に気がふれている！　アランはたまたま場違いの詩を暗唱しただけなのに、そのとたん愉快な会食は破局を迎えた。

命がけの思いで、ユーリは慎重に言葉を選び選び、ベリヤにアランの間近い処刑のことを尋ねた。なにがなんでもそれしか選択肢はないのかどうか。

ユーリは元帥を誤解していた。女や子供に暴力を行使する、罪人のみならず無実の者をも拷問し処刑する、ほかにもまだまだ……しかしどんなにおぞましい手段を用いるにしても、ベリヤ元帥はひたすらソ連の利益のために仕事をするのだ。

「心配するな、ユーリ・ボリソヴィチ、ミスター・カールソンは死にやしない。少なくとも、まだな」

ベリヤ元帥は、ユーリ・ボリソヴィチや同僚の科学者たちが相変わらず爆弾製造に成功しない場合にそなえて、アラン・カールソンを予備に残しておくつもりだと説明した。この説明には恫喝《どうかつ》が埋め込まれてあり、ベリヤ元帥はおおいに悦に入っていた。

裁判を待ちながら、アランは秘密警察本部の数多い独房のひとつにいた。毎日、パン1斤、砂糖30グラム、温かい3度の食事（野菜スープ、野菜スープ、野菜スープ）を与えられる以外、なにも起こらない。

食事は、むろんこの独房よりクレムリンのほうがずっとずっとよかった。しかしアランは、スープはこんな味だけれども、少なくとも平穏のなかで口に入れられると思った。わけのわからない理由でどなりつけられることはない。

新奇な食事が6日間つづいてから、秘密警察の特別法廷がアランを召喚した。法廷は、アランの独房と同じく、ルビャンカ広場のそばの巨大な秘密警察本部にあったが、2、3階上である。アランは、一段高い判事席の前の椅子に座らせられた。判事の左側に検察官、いかめしい表情の男が座り、右側にはアランの被告側弁護士、同じようにいかめしい表情の男が座った。

冒頭、検察官がなにかロシア語で言ったが、アランにはわからない。それから被告弁護人がなにかロシア語で言ったが、これまたアランにはわからない。そのあと、判事はなにやら思案げにうなずいてから、カンニングペーパーのごときものを開いて目を走らせ（間違いのないことを確かめ）、それから判決を言い渡した。

「特別法廷は、ここにスウェーデン王国国民アラン・エマヌエル・カールソンをソ連の社会主義体制にとっての危険分子と見なし、ウラジオストク強制収容所に禁固30年の判決を下す」

判事は被告人に、判決は上告できること、そして上告裁判は今日から3ヶ月以内に行われることを告げた。しかしアラン・カールソンの被告側弁護士は、上告しないことをアラン・カールソンに代わって法廷に告げた。対してアラン・カールソンは、穏当な判決に感謝した。

もちろんアランは感謝しているか否かを問われはしなかったが、判決にはありがたい面もあった。

第一に、被告人は生きる。危険分子と分類された場合、これは稀有なことだ。第二に、ウラジオストクのグラーグに入れられる。シベリアでは気候がいちばん厳しくない。故郷のセーデルマンランドとさほど変わらない。もっと北のロシア内陸では気温がマイナス50度、マイナス60度、マイナス70度にさえなる。

だからアランは幸運だったのだ。そして30人ほどの幸運な反体制派とともに寒風の吹き抜ける貨車に押し込まれた。この貨車にかぎって、囚人1人に3枚もの毛布が配られた。物理学者ユーリ・ボリソヴィチ・ポポフが警備兵らと直属の上司にたっぷりルーブルをつかませてあったからだ。警備兵の上司は、高名な民間人がグラーグへの単純な移送に気を遣うのは奇異だと思い、上役に報告しようかとも考えたが、なにせ自分も金をもらっているので、事を荒立てないのが最善と考え直した。

貨車の中でアランが話相手を見つけるのは簡単ではなかった。なにせほとんど全員がロシア語しかしゃべらない。それでもイタリア語を話せる男がひとりいて、むろんアランは流暢なスペイン語を話すので、ふたりはまあまあ話が通じた。少なくともアランは次のことは理解した。つまり、この男はたいへんに不幸で、もし自分がこんな臆病者でなければ自殺したほうがましだというのだ。アランは精一杯慰めて、列車がシベリアに着いたら、たぶん事は自ずと解決すると言った。毛布3枚ではとてもしのげるものではないと思ったからだ。

イタリア人は洟《はな》をすすって座り直す。それから話し相手をしてくれたことをアランに感謝し、握手した。ちなみにイタリア人でなくドイツ人だった。名はヘルベルト。姓はどうにもそぐわない。

ヘルベルト・アインシュタインは生まれてから運に恵まれたことはない。行政上のミスから、長いこと本気で願っていた死刑ではなく、アランと同じ禁固30年に処せられたのだ。

シベリアのツンドラで凍死する見込みもない。余分の毛布があるだろうからだ。そのうえ、1948年1月は何年ぶりかの暖冬だ。しかしアランは、ヘルベルトに新たな可能性はたくさんあると言った。どうせこれから強制労働収容所に行くんだよ、だからもし何事もなければ、きみは死ぬまで働くことになるんだ。そうだろう?

ヘルベルトはため息をついて言った。自分は無精すぎるからそうならないかもしれない、でもはっきりは言えないな、生まれて以来、労働をしたことがないから。

ここでアランは糸口を見つけた。収容所に入れられたらぶらぶらしてはいられないよ、ぶらぶらしてたら警備兵に撃ち殺されるからね。

ヘルベルトはそうなればいいと思ったが、同時にぞくぞくっとした。何発も銃弾をぶち込まれたら、ものすごく痛いんじゃないだろうか。

アラン・カールソンは人生に多くを求めない。ベッドがあり、食べるものがたっぷりあり、何かすることがあり、ときどきは一杯のウオツカがあればいい。これだけの条件が適えば、たいていのことは我慢できる。ウラジオストクの収容所はアランの望むものすべてを提供した。ただし、ウオツカ以外。

当時、ウラジオストクの港は開放部と閉鎖部から成っていた。高さ2メートルの塀に囲まれ、グラーグは40個の茶色いバラックが4列に並ぶ。フェンスが埠頭までつづいている。グラーグの囚人が積みおろしをする船はフェンスの中に停泊し、ほかの船はフェンスの外。ほとんどすべてが囚人の仕事だ。ただ、小さな漁船だけは乗組員が自分らで仕事をこなし、たまに入港する大型石油タンカーもそうだった。

わずかの例外を除き、ウラジオストクの強制収容所の日々は同じようだった。バラックで朝6時に起床、朝食は6時15分。労働時間は1日12時間、6時半から6時半まで。正午に30分の昼食休憩。労働が終わるとただちに夕食、それから翌朝まで監禁される。

食事は中身があった。主に魚だったけれど、煮汁のみではない。収容所警備兵はいかめしいことはいかめしいが、少なくとも理由なく撃ち殺しはしない。ヘルベルト・アインシュタインすら、己の願望とは裏腹に、なんとか生きていた。囚人の誰よりも動きがのたのたのろのろ、しかし人一倍労働するアランにいつもくっついているので、目立たなかった。

アランはふたり分の労働をこなすのをどうとも思わなかった。しかしまもなくルールを決めた。ヘルベルトは人生がみじめだと嘆くのをやめること。きみはいつもそうじゃないか、もう聞き飽きたよ。同じことを何遍も繰り返ししゃべってもなんにもならない。

ヘルベルトは同意した。これでいい、たいていのことはこれでいい、ウオツカがないのを別にすれば。アランは正確に5年と3週間、なんとか耐えた。それから言った。

「さて、一杯飲みたいな。あいにくここにはない。そろそろ退散するか」

17

2005年5月10日 火曜日

100歳

春の太陽が連続9日間も燦々《さんさん》と輝き、朝はまだ冷え冷えしていたが、ボッセは朝食のテーブルをベランダに用意した。

ベニーとベッピンはソニアをバスから出して、農家の後ろの野原へ連れていく。アランと鬼師《おにかます》イェルディンはハンモックソファに座って、ゆらゆらとゆれる。ひとりは100歳で、もうひとりは100歳も同然の気分だった。頭はずきんずきんして、肋骨が折れているから息をするのも困難。右腕は使いものにならず、最悪なのは右足の深傷《ふかで》だ。ベニーがやってきて足の包帯を交換しようとしたが、まずは強い鎮痛薬を飲ませるのが最善と考えた。必要な場合、夜にはモルヒネを使うとしよう。

それからベニーはソニアのもとへ戻り、アランと鬼師はふたりだけになった。アランはそろそろふたりがもっとまともな会話をかわしてよいころだと考えた。かわいそうなことをした――ボルトだっけ?――セーデルマンランドの森中で命を落とした。そして――バケツだっけ?――ソニアの下敷きになって命果てた。とはいえボルトとバケツの両人は、控えめな言い方をしても脅威ではあった。たぶんこうなって脅威は和らいだともいえる。鬼師さんもそう思わないか?

鬼師イェルディンは答えた。若い手下が死んだのはかわいそうだが、100歳の爺さんにやっつけられたことには驚きはしない。多少の加勢があったにせよ、ふたりとも度しがたい間抜けだからだ。それに輪をかけて間抜けなのが同好会の第4メンバー、カラカスだったが、そいつもこの国を出て南米のどこかへ舞い戻った。鬼師自身もその出身地をよく知らない。

それから鬼師イェルディンの声が沈む。どうやら自分自身を哀れんでいる様子だ。コロンビアのコカインの売人に渡りをつけることができるのはカラカスだった。今や鬼師には、商売をつづけるための通訳も手下もいない。骨が何本折れているか知らないこんな体だし、これから先の見通しもまったくつかない。

アランは慰めて言った。ほかにも商売になるドラッグはきっとある。自分はドラッグのことをあまり知らないけれども、鬼師と悪玉ボッセでこの農場になにか植えて育てることもできるのではないか。

鬼師は答えた。悪玉ボッセは無二の親友だが、ボッセはろくでもない道徳観をもっている。それがなければ、鬼師とボッセは今ごろヨーロッパのミートボール王になっていたろう。

ボッセが、ハンモックを支配する重苦しい会話をさえぎって、朝食ができたぞと告げた。鬼師は世界一ジューシーなチキンにようやくありついて、天の王国から直輸入されたかのごときスイカを口にした。

朝食後、ベニーが鬼師の腿の傷を手当した。それから鬼師が、悪いけれど、どうしてもひと眠りさせてほしいと言った。

鐘撞《かねつき》農場のつづく数時間は次のような展開となる。

ベニーとベッピンは納屋のものをあれこれ動かし、ソニアにしっくりするもっとしっかりした部屋を仕上げた。

ユーリウスとボッセはファルシェーピングへ買い出しに出かけ、そこで新聞の見出しに気づいた。

100歳老人とその仲間たちが国中を荒らし回っているというのだ。

アランは朝食を終えてハンモックに戻った。できればブーステルを相手に、ゆるりと過ごしたい。

そして鬼師は眠った。


ユーリウスとボッセは買い出しから戻るなり、全員をキッチンでの総会に召集した。鬼師イェルディンまでベッドから引っぱり出された。

ユーリウスは自分とボッセが新聞で知ったことを一同に話す。あとでじっくり落ち着いて読みたければそうしてもいいが、簡単にいえば、自分たちに逮捕令状が出ている。名前の出ていないボッセ以外、全員だ。それから鬼師は、新聞記事によれば死んでいる。

「てんでデタラメだな、それにしてもいい気はしないぜ」と、鬼師イェルディン。

ユーリウスは、たとえ結局はべつの容疑になるとしても、今の時点で殺人の容疑をかけられているのは由々しきことだと言った。それから全員の意見を求める。警察に電話して、この場所を伝え、あとは正義にゆだねるべきだろうか。

めいめいがそれについての考えを口にするより先に、鬼師イェルディンがうなり声を上げて言った。警察に電話して自首しようなんてやつがいたら、おれの死に体を踏みつけにするようなものだ。

「もしそんなことになるなら、おれはまた拳銃を向けるぜ。ところで拳銃はどこへやった?」

拳銃は安全な場所に隠したと、アランは言った。ベニーが鬼師さんにさんざん妙な薬を使っていましたからな。鬼師さんも、もうしばらく隠しておいたほうがよいと思うのではありませんか。

よし、わかった、そのままにしておいてくれと鬼師は言った。ただしそう堅苦しい物言いはやめてくれ。

「おれは鬼師だ」と、鬼師は言い、100歳老人と握手する。

「わたしはアラン」と、アラン。「どうぞよろしく」

武器を使うぞと脅すことで（しかし武器はない）、鬼師は警察と検察官に何事ももらさないことを全員に約束させた。己の経験からして、正義が然るべき正義となったためしはない。ほかの者たちも同意した。もし今回、正義が然るべき正義となったらどうなるかは別問題。

短い議論の結果、ただちに黄色のバスをボッセの特大の倉庫に隠すことが決まった。まだ手つかずのたくさんのスイカといっしょに隠すのだ。そしてまた、グループの許可なく農場を出ることのできるのは悪玉ボッセのみということも決まる。すなわち、ボッセだけが警察に手配されてもいないし死んだと目されていない。

次になにをすべきか、たとえば金の入ったスーツケースをどうすべきかという問題については、決定を先延ばしにすることで意見が一致した。というか、鬼師イェルディンは言った。

「それを考えると頭が痛い。鎮痛剤があるなら今、5000万出す」

「ここに2錠ある」と、ベニー。「ただでいい」


アロンソン警視にとってはてんてこ舞いの一日だった。マスコミ報道のおかげで、三重殺人の容疑者と一味の潜伏先についての情報がわんさと寄せられた。しかしアロンソン警視が信用した唯一の情報は、ヨンショーピング市警察の副署長グンナル・レーウェンリンドからのものだった。ロースレット近くのハイウエーで、黄色のスカニア製バスを見かけたという。車体の前部がひどく凹んで、ヘッドライトは片方しか原型をとどめていなかった。車後部のチャイルドシートで孫が急に食べ物をもどし始めたものだから、レーウェンリンドは交通警察に通報することができなかった。

アロンソン警視はベクショー市のホテル・ロイヤルコーナーのピアノバーで2晩目のこのとき、酒気帯び推理のせいでまたしても状況分析を間違えた。

「北行きのハイウエーか」と、警視は考えた。「セーデルマンランドへ舞い戻る気か？　それともストックホルムに姿をくらます気か？」

明日はホテルをチェックアウトして、エスキルストゥーナの中心にあるわびしい3部屋のアパートへ帰ることに決めた。バス駅のロニー・フルトには少なくとも抱きしめてやる猫がいる。ヨーラン・アロンソンにはなにもない。そう思いながら、夜のしめくくりのウイスキーを流し込んだ。

18

1953年

48歳

5年と3週間のうちに、アランは自ずとロシア語がぺらぺらになっていた。のみならず中国語も上達した。港は活気にあふれ、アランは帰港してくる船乗りたちとのツテもできて、この船乗りたちから最近の世界情勢を知ることができた。

なかでも大事件は、ソ連が自国製の原子爆弾を開発したことだ。アランがスターリン、ベリヤ、気の合ったユーリ・ボリソヴィチに会ってから1年半後である。西では、スパイ行動が疑われた。

ソ連の原爆がロスアラモスの原爆と厳密に同じ原理で製造されたらしいからだ。潜水艦でウオッカをボトルからぐい飲みしながら、ユーリがいくつの手掛りを得たのかアランは勘定してみた。

「どうやら、ユーリ・ボリソヴィチ、きみは飲むのと聞くのを同時にこなす術をマスターしたらしいね」と、アランはつぶやいた。

合衆国とフランスと英国が占領地域を併合し、ドイツ連邦共和国を作ったのも知った。激怒したスターリンはただちに己のドイツを作ることで報復し、だから西と東はそれぞれにひとつのドイツをもった。功利的だとアランは思った。

スウェーデン国王が死んだ。それは英国紙に載っていた記事で、どういう理由かその新聞を手に入れた中国人船乗りが、ウラジオストクにいたスウェーデン人の囚人のことを覚えていて、新聞を持ってきてくれたのだ。アランの関心からすれば国王はほとんど丸1年前に死んでいるが、それは問題ではない。新国王が即位し、故国は安定しているようだ。

それはべつとして、港の船乗りたちはたいてい朝鮮の戦争のことを話した。意外な話題ではない。朝鮮は200キロしか離れていないからだ。

アランの理解したところでは、次のような情勢である。

朝鮮半島は、第二次世界大戦が終結したとき、いわば取り残された。スターリンとトルーマンが兄弟同士の取り決めでそれぞれ少しずつ占領し、38度線で北と南を分かつ決定をした。それから朝鮮の自治について延々と交渉がおこなわれたが、スターリンとトルーマンは同じ政治的見解をもたないから、すべてがドイツと似たような結果になった。まず、合衆国が南朝鮮を立て、それに対抗してソ連が北朝鮮を立てる。それからアメリカ人とロシア人は、あとを朝鮮人任せにした。

ところがこれはうまく機能しない。北の金日成《キム・イルソン》と南の李承晩《イ・スンマン》は、それぞれ自分こそ半島全体を統治する最高の資質があると考えていた。かくて戦争が始まった。

３年後、推定４００万の死者が出たにもかかわらず、まったくなにひとつ変わらない。北は依然として北、南は依然として南。38度線が双方をいまだに分かつ。


例の飲み物、グラーグ脱走の最大理由となった飲み物にありつくには、ウラジオストクの港に停泊する多くの船舶のどれかにこっそり乗り込むのがごく自然な方策だろう。しかしここ数年、収容所小屋の少なくとも７人の友人が同じことを考え、７人全員が発見されて処刑された。そのたびに、バラックの者たちはその死を悼《いた》んだ。いちばん強く悼んだのはヘルベルト・アインシュタインだと思われる。アランしか知らないことだが、ヘルベルトの悲しみの理由は、いまだになお、己が処刑されないことである。

船舶に近づく難題のひとつは、囚人が皆、黒白の囚人服を着せられていることだ。人混みの中にまぎれ込むことができない。かつまた、船舶までは狭い通路になっていて警備が厳しく、よく訓練された番犬がクレーンで船に積み込まれる積荷をすべて嗅ぐ。

アランを密航者としてたやすく受け入れてくれそうな船を見つけるのは簡単ではない。中国本土へ向かう軍用輸送船も多いし、北朝鮮東海岸の元山《ウオンサン》へ向かう船も多い。中国の船長にしろ北朝鮮の船長にしろ、グラーグの囚人が船倉にもぐり込んでいるのを見つけたら、連れて引き返すか海に放り込むかするらしい（最終結果は同じだが、海に放り込むほうが当局とかかわらずにすむ）。

陸路を行くのもやはりむずかしい。北へ向かって厳寒のシベリアへ入るのは無理だ。西へ向かって中国へ入るのも無理。

残るは南方向、韓国だ。グラーグ脱走者は反共産主義者とみなされるから、保護してくれるはず。途中に北朝鮮があるのが難点だ。


途中、いくつもの障害があるだろうとわかっていながら、アランは南へ向かう陸路の脱走計画らしきものを漠然と練り上げていた。ウオツカが飲めないとあれば、死ぬまでうじうじ考えていても始まらない。


自分ひとりで行くか、それとも誰かといっしょに行くか。その場合は、みじめなやつだけれどもヘルベルトがいい。実は、準備段階でヘルベルトを使えそうだと、アランは考えた。それに、ひとりで逃げるよりふたりで逃げたほうが面白そうだ。

「脱走？」と、ヘルベルト・アインシュタイン。「陸を？　韓国へ？　北朝鮮経由で？」

「まあそういうこと」と、アランは言った。「少なくともそれが作業計画だ」

「生きのびる可能性はちょっぴりもないや」と、ヘルベルト。

「たぶんそのとおりだ」と、アランは言った。

「賛成！」と、ヘルベルトは言った。


5年もたつと、囚人番号133、ヘルベルトの頭の中で認知活動がほとんどないことを収容所の誰もが知っていた。少しは活動しているのが明らかだとしても、それは内面的なトラブルを引き起こすだけらしい。

そういうわけで、ヘルベルト・アインシュタインのこととなると、収容所警備兵らはある程度大目に見るようになった。ほかの囚人なら食事の列に並ぶべきときに並ばなければ、最善でもどなりつけられ、悪ければ下腹にライフル銃を突きつけられ、最悪の場合は永久におさらばとなった。

しかし5年たっても、ヘルベルトはバラックのどれがどれだか判別できない。どれも同じ茶色、どれも同じ大きさ、ごっちゃになる。食事はいつもバラック13と14の間で出されるのだが、囚人133号はしばしばバラック7のあたりをうろつく。あるいは19。あるいは25。

「こらッ、アインシュタイン」と、収容所警備兵はどなりつける。「飯の列はあっちだ。そっちじゃない、あっちだ！　いつもあっちじゃねえか！」

ヘルベルトといっしょならこの評判を利用できると、アランは考えた。囚人服のままで逃げることもできなくはないが、囚人服のまま1分か2分以上生きのびるほうがもっとむずかしい。アランもヘルベルトも、めいめい軍服が必要だ。そして軍服倉庫に近づいても見つかったとたんに射殺されないただひとりの囚人が、133号アインシュタインだった。

そこでアランはヘルベルトになにをするか教えた。昼食時になったら「違う方向へ行く」。軍服倉庫のスタッフも昼食になるからだ。その半時間、倉庫を見張るのは監視塔4号の機関砲兵士ひとりだけになる。ほかの警備兵と同じく、この警備兵も囚人133号の妙な行動は知っているので、ヘルベルトを見てもたぶんどなりつけるだけで撃ちはしまい。そしてもしアランの推測が間違いでも、ヘルベルトの果てしなき死にたい願望を考えれば大問題ではない。

ヘルベルトはアランの計画がよくできていると思った。だけど、自分はなにをするんだっけ、もういっぺん教えてくれないかなあ。

こんな調子であるから、事はうまく運ばない。ヘルベルトはなにをするか忘れて、ここへ収容されて以来初めて、食事の列にちゃんと並んでいた。アランはすでに並んでいた。そしてため息をもらすと、ヘルベルトを軍服倉庫の方角へそっと押しやる。ところがこれが助けにならない。ヘルベルトはまたまた違う方向へ行き、いつのまにか洗濯室に入っていた。すると目にしたのは、洗い終わってアイロンのかかった山積みの軍服。

ヘルベルトは軍服を2着取り、上着の下に隠し、それから外へ出てバラックのあちこちをうろつく。監視塔4号の兵士が見ていたが、どなりつけるのも面倒だった。あの阿呆、自分のバラックへ行く気らしい。

「奇跡だ」と、ヘルベルトはつぶやき、さっきと同じことを夢見る。つまり、己がはるか彼方の別天地にいるのを夢見ていた。

アランとヘルベルトは、めいめいの軍服を手に入れた。赤軍の誇らしき新兵たることを表す軍服である。あとは、これから先の計画を実行するだけだ。

アランは最近、元山へ向かう船舶が非常に多くなってきたことに気づいていた。ソ連は公式には戦争で北朝鮮の側に立っていないけれど、おびただしい軍用資材が列車でウラジオストクに到着し始め、それを積み込んだ船はすべて同じ目的地に向かう。行き先が公表されていたわけではないが、アランは勘を働かせて船乗りたちから聞き出していた。ときどき積荷がなにかも見えた。たとえば、全地形対応車や戦車、あるいは木製コンテナだけのこともある。

6年前、テヘランでやったような陽動作戦が必要だった。汝《なんじ》の最善から逸脱するなというローマの古い格言に従って、アランは火薬仕事がよさそうだと思いつく。そこへ元山行きのコンテナが目に入った。たしかではないが、そのいくつかには爆薬が入っていると思われる。もしドックの中でそういうコンテナに火がついて、もしそれが爆発し始めたら……。そうなったら、アランとヘルベルトは人目につかない場所へもぐり込んで、ソ連の軍服に着替えられる。それから車を1台手に入れなくてはなるまい。イグニッションキーと満タンのガソリンも要るし、車の持ち主に見られないこと。そうすればアランとヘルベルトの命令で警備ゲートが開き、港とグラーグのエリアから外に出てしまえば、誰も不審に思わないし、盗難車を探す者もいないし、あとを追ってくる者もいない。そしてそれから、どうやって北朝鮮に入るかという難題があり、とりわけ次にどうやって北から南へ入るかという難題もある。

「自分が鈍いのかもしれないけど」と、ヘルベルトが言った。「でも、そういう計画どおりにならない気がするなあ」

「きみは鈍くないよ」と、アランは言った。「まあ、ちょっと鈍いところもあるが、この計画に関するかぎり、まったくきみの言うとおりだ。そしてわたしは考えれば考えるほど、それはそれでいいじゃないかとますます思う。いいかい、物事はなるようになる、それがふつうだ、ほとんど必ずそうなんだ」

脱走計画の最初の（かつ唯一の）一歩は、格好のコンテナに火をつけることだ。そのために必要なのは、(1)格好のコンテナと、(2)なにかコンテナに火をつけるものである。格好のコンテナを積んだ船を待ちながら、アランは愚鈍の誉れ高きヘルベルト・アインシュタインをもうひとつの使命に送り出した。そしてヘルベルトはアランの信頼が見当外れでないことを証明した。ロケット信号弾を盗んでズボンの中に隠したのである。ソ連の警備兵はヘルベルトがいるべきでないところにいるのに気づく。しかし処刑もせず身体検査もせず、警備兵は、5年もぶち込まれていれば囚人133号はいいかげん迷わなくてもいいだろうというようなことを大声でどなっただけだった。ヘルベルトはすみませんと言い、爪先立ちで去る。そしてもうひと芝居打ち、違う方角へ進んだ。

「バラックは左だ、アインシュタイン」と、警備兵が後ろからどなった。「てめえ、どこまでバカなんだ」

アランはヘルベルトが首尾よく任務を果たしたことをほめ上げて、ひと芝居も見事だと言った。ヘルベルトは顔を赤らめ、そんなにほめないでくれ、バカがバカを演ずるのはむずかしくないと言った。アランは言った。むずかしいんだと思っていたよ、これまで出会ったバカはみんな逆のことをしようとしたからね。

どうやら絶好の日が到来した。1953年3月1日の寒い朝、アランの勘定しきれない数の、いわんやヘルベルトには勘定できない数の貨車を連ねて列車が到着したのだ。明らかに軍事輸送である。積荷のすべてが3隻の船に積み込まれるところで、3隻とも北朝鮮行きだ。8台のT-34戦車は積荷の一部として隠せないが、それ以外はすべてラベルのない巨大な木製コンテナに詰められている。しかし厚板の隙き間がどこもコンテナのどれかにロケット信号弾を撃ち込めるだけの幅はあった。半日の積荷作業の終わるチャンスをつかまえて、まさにそれをアランは実行した。

すぐにコンテナから煙がもくもく上がったが、うまい具合に、発火するまで数秒あったので、アランはその場を去り、関与を疑われずにすんだ。ほどなく、零下の外気もなんのその、コンテナそのものがめらめら炎上した。

計画では、火が積荷の中の手榴弾かなにかに達すればコンテナが爆発するはず。そうなれば警備兵は蜘蛛の子を散らすように逃げまどうだろうから、アランとヘルベルトはバラックへ引き返して素早く着替えることができる。

ところがどっこい、なにも爆発しない。ただ、煙だけはもうもうと立ちのぼり、なおさら悪いことに、火に近づきたくない警備兵らが何人かの囚人に炎上するコンテナに放水を命じた。

それで今度は、3人の囚人がしめたとばかりに煙にまぎれて高さ2メートルのフェンスをよじ登り、港の開放側へ逃げのびようとした。しかし監視塔の兵士がちゃんと見ていた。すでに機関銃をかまえ、3人の囚人めがけて煙のなか、銃弾を浴びせる。曳光弾《えいこうだん》を使っているので、3人とも何十発もの銃弾を受け、地面に倒れて絶命した。即死でなくとも、1秒後には確実に絶命した。というのは銃弾を浴びたのは囚人だけではない。燃えるコンテナの左にあった無傷のコンテナも連射の犠牲となったからだ。

アランのコンテナには1500枚の軍用毛布が入っていた。隣のコンテナには1500個の手榴弾。曳光弾は燐光体を内蔵していて、最初の1発が最初の手榴弾に命中するとその手榴弾が爆発し、コンマ数秒後、残りの1499個を道連れにした。爆発は強力で、次の4個のコンテナが収容所の中へ30メートルから80メートル吹っ飛んだ。

コンテナ5番には700個の地雷が詰まっていて、まもなく最初の爆発と同じくらい強力な爆発が起こり、それが今度は4個のコンテナの中身を四方八方に散乱させた。

大混乱をアランとヘルベルトは願っていて、その大混乱がふたりの前に実現したのだ。しかしまだ序の口だった。炎はコンテナからコンテナへ燃え移る。そのひとつにはディーゼル燃料とガソリンが満載されている。もうひとつには弾薬が詰め込まれていて、それが自爆する。監視塔2塔とバラック8棟がめらめら燃え上がるところへ、さらに徹甲弾《てっこうだん》が襲った。最初の数発が監視塔3号をぶちのめす。次の数発は収容所の入口建物の中へ突入し、入口バリアと守衛所を道連れにした。

4隻の船が停泊して積荷を待っていたが、次の徹甲弾攻撃で4隻とも炎上した。

それからもう1個の手榴弾コンテナが爆発し、それが新たな連鎖反応を引き起こし、それがついには列の最後のコンテナに達した。たまたまこれの中身も徹甲弾、それが別方向、港の開放側に向かって飛んでいく。6万5000トンの石油を搭載したタンカーがそこに停泊しようとしていた。船橋にもろにくらってタンカーは漂流し始め、さらに3発がタンカー横っ腹に命中して、最大の炎上が始まる。

激しく燃えるタンカーが、埠頭のへりぞいに市の中心へ向かって漂流して行く。この最後の航行で、全長2・2キロにわたって途中の全家屋に火をつけた。その日、風は南東から吹いていた。だから25分もたたないうちに、ウラジオストクのすべてが文字どおり火の海と化した。

同志スターリンは、クルィラーツコエの邸で側近のベリヤ、マレンコフ、ブルガーニン、フルシチョフと楽しいディナーを終えようとしていた。そこへ報せが届く。毛布のコンテナで発生した火事が制御不能となったために、大筋、ウラジオストクはもはや存在しないという報せである。

この報せにスターリンはそうとううろたえた。

スターリンの新しいお気に入り、勢力みなぎるニキータ・セルゲーエヴィチ・フルシチョフが、この件に関してひとつ提案してよろしいでしょうかと言った。スターリンはぎこちなく答える。よろしい、ニキータ・セルゲーエヴィチ、言ってみろ。

「同志スターリン」と、フルシチョフは言った。「この件で起こったことは起こらなかったのだという提案であります。同志スターリンが以前計画しておられたように、それからへこたれることなく町を再建し、同志スターリンが以前計画しておられたように、そこを太平洋艦隊の基地とするのでありとりわけ大事なのは、起こったことは起こらなかったことにする、そうしなければわれわれが示してはならない弱みをさらすことになります。同志スターリンはわたしの言う意味をおわかりいただけますか？　同志スターリンは賛成なさいますか？」

スターリンはまだうろたえている。それに酔ってもいた。それでもうなずいて言った。スターリンの意向としては、起こったことは起こらなかったことにする全責任をニキータ・セルゲーエヴィチに与えたい。そう言い終えると、今夜はこれで寝ると告げた。気分がすぐれない。

ウラジオストク、と、ベリヤ元帥は内心つぶやく。われわれだけで原爆を製造できない場合にそなえて処刑しないでおいたあの野郎、スウェーデン人ファシストの専門家を送ったところではないか。すっかり忘れていた。あの悪魔め、粛清しておくべきだった、ユーリ・ボリソヴィチ・ポポフが見事に難題を解決したのだから。どのみちあいつも灰になっているだろう、あの町を道連れにしなくても。

寝室の扉口で、スターリンはいかなる事態においても自分を起こしてはならないとスタッフに告げた。それから扉を閉め、ベッドの端に腰かけ、シャツのボタンを外しながら思いめぐらす。

ウラジオストク……スターリンがソ連太平洋艦隊の基地とすることを決めた町が！　ウラジオストク……朝鮮戦争で、来るべき攻撃において重要な役割を果たすはずの町が！　ウラジオストクが……。

もはや存在しないとは！

スターリンはうすうす勘づき始めた。いったいなんで毛布のコンテナがマイナス20度のなかで燃え出すんだ。誰かの仕業に違いなく、するとあの野郎なら……。

そのとたん、スターリンは真っ逆さまに床に崩れ落ちた。脳卒中の発作に襲われて翌晩までそのままだった。同志スターリンが起こすなと命じたからには、起こしてはならないからだ。

アランとヘルベルトのバラックは最初に火がついた棟のひとつだった。ふたりはこっそり隠れて軍服を着るという最初の計画を取りやめた。

収容所を囲むフェンスはすでに焼け落ち、もし崩壊していない監視塔があったとしても警備兵はいない。だから収容所の外へ簡単に出られた。

しかし次にどうしようか。軍用トラックはすべて炎上しているから盗むことができない。町へ入って車を見つけるという選択肢もない。なんらかの理由で、ウラジオストクのすべてが炎上しているのだ。

火災と爆発を生きのびた囚人のほとんどは、収容所の外の道にひとかたまりになり、手榴弾と徹甲弾、そのほか宙を飛び交うすべてのものから距離をとって避難していた。何人かの向こう気の強い者たちが歩き出す。そろって北西方向、ロシア人が逃げ出すなら妥当な方向はそれしかない。東は海、南では朝鮮戦争、真北にはどんどん燃え上がる町。残る唯一の選択肢は、歩いて厳寒のシベリアへ入ることだった。しかし兵士らはそれも計算ずみだった。その日のうちに脱走者は全員、ひとり残らず捕らえられてあの世へ送られた。

アランとヘルベルトだけは例外だった。ふたりはウラジオストク南西の丘へたどり着く。そこでひと休みして、眼下の破壊を見つめた。

「あのロケット信号弾、ものすごい明るさだ」と、ヘルベルト。

「原子爆弾でもあれほどの威力はないだろう」と、アラン。

「で、これからどうする?」と、ヘルベルト。こごえる寒さのなか、収容所へ戻りたくすらなったが、収容所はもはやない。

「さて、北朝鮮へ行くぞ」と、アランは言った。「車も見当たらないから、歩くしかない。体も温まるだろう」

キリル・アファナシエヴィチ・メレツコフは、赤軍で最も優秀で最も勲章の多い司令官のひとりである。ソヴィエト連邦の英雄。レーニン勲章を7度以上授与されている。

第4部隊の司令官として、レニングラードを包囲したドイツ軍と戦い、恐怖の900日後、包囲は破られた。メレツコフがありとあらゆる勲章、称号、褒章に加えて、ソ連の元帥に任じられたのは不思議ではない。

ヒトラーが完全に撤退したのち、メレツコフは列車で9600キロ行った東に赴任する。極東前線を指揮し、日本軍を満州から追放することを求められたのだ。案の定、これにも成功する。

それから世界大戦が終結し、メレツコフ自身も疲れていた。モスクワで誰が待っているのでもないから、そのまま東にとどまる。ウラジオストクで軍のデスクワークに就いた。デスクも高級だった。純チーク材。

１９５３年の冬、メレツコフは56歳、まだデスクワークに就いていた。そのデスクから、朝鮮戦争におけるソ連の不在を管理した。メレツコフ元帥も同志スターリンも、ソ連がアメリカ軍と直接には交戦しないことを戦略の要と考えていた。両陣営とも原爆を所有しているが、アメリカが先行している。何ごとにも適時というものがあり、今は挑発的になる時ではない。朝鮮にかかわればソ連は当然、そうならざるをえない。朝鮮戦争には勝てる。なにがなんでも勝たねばならぬ。

しかし元帥となった今、メレツコフはたまには気楽に息抜きをする。たとえば、ウラジオストクから南へ2時間ほど行ったクラスキノ郊外に狩猟小屋を所有している。なるべくなら冬、できればひとりきりで、しばしばそこに滞在した。ただし、副官は別。元帥たる者は、自分で車を運転するわけにいかない。人にどう思われるか。

メレツコフ元帥と副官がウラジオストクまであとほぼ1時間というところへ来たとき、真っ黒い煙がもくもく上がるのが湾曲する海岸路から見えた。

かなり距離があるので、トランクから双眼鏡を取り出す必要がある。そこでメレツコフ元帥は副官に車をフルスピードで走らせ、15分後、湾のよく見えるところに車を止めさせた。

アランとヘルベルトが幹線道路をしばらく歩いていると、薄緑色の高級ポベダが南から近づいてきた。ふたりの脱走者は雪の吹きだまりの陰に身を隠し、車をやり過ごす。ところが車は減速して、50メートルほど離れたところで止まった。

車を降りたのは胸にたくさん勲章をつけた士官で、副官を伴っている。副官が士官の双眼鏡を車のトランクから取り出し、士官と副官は車を離れて、ウラジオストクのある反対側の湾がもっとよく見える場所を探している。

おかげでアランとヘルベルトは苦もなく車に忍び寄り、士官の拳銃と副官の自動小銃を分捕ることができた。それから士官と副官がきわどい状況にあることをわからせた。つまり、アランは言った。

「おふたりとも、服を脱いでいただけますか」

メレツコフ元帥は激怒した。ソ連軍の元帥にこんな扱いは許さん、おまえが収容所の囚人だとしても許せん。おふたりとももとぬかしやがったが、このK・A・メレツコフ元帥にパンツ一枚で歩いてウラジオストクに入れというのか。アランは応じた。そもそもウラジオストクに入るのはむずかしいでしょうな、目下焼け落ちている最中ですから。しかしそれ以外は、自分と友人ヘルベルトの言ったとおりです。もちろんおふたりには、代わりの粗末な黒白の囚人服を置いていきましょう。とにかくウラジオストクに近づけば、というか煙の雲と瓦礫《がれき》に近づけば、それだけ体がぬくまりますな。

そう言ってアランとヘルベルトはせしめた軍服を着て、囚人服をまとめて地べたに重ねた。アランは自分で運転するのが安全と考え、だからヘルベルトはメレツコフ元帥になり、アランは副官になる。アランは元帥に別れを告げ、そんなに怒ることはないでしょうと言った。怒ってもどうなるものでもありませんぞ。それにもうじき春ですし、ウラジオストクの春は……いや、春にならないか。ともかく元帥、前向きに考えることですな、すべて元帥次第ですよ。パンツ一枚で歩いて、それで人生終わりだと考えるなら、それはそれで結構ですがね。

「さよなら、元帥。それからきみも」と、アランは副官に言いそえた。

元帥は返事をしない。ふたりを睨《ね》めつけるだけ。アランはポベダをぐるりと回した。それからヘルベルトとともに南へ向かった。

次の停車駅は北朝鮮。


ソ連と北朝鮮の国境越えは至極簡単で、すぐに終わった。まず、ソ連国境警備兵が気をつけをして敬礼し、それから北朝鮮国境警備兵が同じことをする。ひと言も言葉を交わすことなく、バーが上がってソ連の元帥（ヘルベルト）と副官（アラン）を通した。2名の北朝鮮国境警備兵のうち忠誠心の厚いほうは、己がひと役買っている光景を目の当たりにして感涙にむせばんばかり。朝鮮にはソヴィエト社会主義共和国連邦ほどよき友はいない。たぶん元帥は、ウラジオストクからの補給品が無事に届いているか確かめに元山へ行くのだろう。

ところがどっこい、この元帥は北朝鮮の幸福などてんで思ってもいない。車のグローブボックスをどう開けるのかと、それで頭がいっぱいだった。

アランがウラジオストクの港で船乗りたちから聞いていた話では、朝鮮戦争は停戦状態になり、双方が38度線のそれぞれの自陣へ後退したということだった。それを知るとヘルベルトは、北から南へ行くにはスピードを上げてジャンプで国境を飛び越すのはどうだろうと言った（幅が広すぎなければ）。ジャンプしたときに撃たれる危険はあるけど、どうってことないさ。

　ところがなんと、国境がまだかなり先という地点で、すでに全面戦争が始まっていた。アメリカの爆撃機が上空を旋回し、標的を見つけては片っ端から爆撃しているようだ。アランは薄緑色のロシア製将校専用車が格好の標的になりそうだと思ったので、幹線道路から出て（元帥の許可を求めないで）内陸へ方向を転じ、狭い道に入り、頭上で飛行機の轟音が聞こえるたびに避難場所を探した。

　アランはなおも南西方向へ車を走らせ、ヘルベルトのほうは元帥の軍服の内ポケットに見つけた財布の中身を逐一《ちくいち》、実況中継してみせる。かなりの額のルーブルのほか、元帥が召喚された情報やウラジオストクでの活動に関する書簡もあった。

「たぶん列車輸送の責任者だよ」と、ヘルベルトは言った。

　アランはヘルベルトのその考えをほめてやる。なかなか賢いじゃないかと言うと、ヘルベルトは顔を赤らめた。

「ところで、元帥キリル・アファナシエヴィチ・メレツコフという名前を覚えられるか？」と、アランが問う。「役に立つだろうから」

「覚えられないなあ」と、ヘルベルト。

　暗くなりかけたころ、アランとヘルベルトの車は裕福らしい農家の庭に入った。農夫と妻とふたりの子供がお偉いお客と高級車の前で気をつけをした。副官（アラン）はロシア語と中国語の両方で、いきなり来て悪いがなにか食べるものはないかと言った。むろん金は払う。ルーブルでいいか、それしか持ち合わせていない。

農夫も妻もアランの言うことがひと言もわからない。しかし12歳の長男が学校でロシア語を教えられていたので、父親に通訳した。それから数秒とかからず、副官アランとヘルベルト元帥は家の中へ招き入れられた。

14時間後、アランとヘルベルトは旅をつづける用意ができた。

まずは、百姓夫婦と子供らとの食事。チリとガーリック風味のポーク料理のライス添え、そして、ありがたや、朝鮮ウオツカも！　むろん朝鮮ウオツカはスウェーデンのとは違うが、5年と3週間の不本意な断酒のあとだけに、御の字も御の字だ。

食事後、元帥と副官は一夜の宿を提供される。ヘルベルト元帥には大きな寝室があてがわれ、母と父は子供らの部屋へ。副官アランはキッチンの床で寝た。

朝になり、蒸し野菜と乾燥フルーツとティーの朝食を終えると、農夫は納屋の石油缶のガソリンを元帥の車に入れる。

最後に、農夫が元帥の差し出したルーブルの札束をどうしても受けとらないので、ついに元帥はドイツ語でどなった。

「この金を受けとるんだ、百姓！」

農夫はおったまげて、ちんぷんかんぷんのままヘルベルトの命令に従った。

ふたりは手を振って機嫌よく別れを告げ、それから南西方向へ車は走行をつづけた。曲がりくねる道にほかの車はないが、頭上には爆撃機のすさまじい轟音がひびく。

車が平壌《ピョンヤン》に近づくうちに、アランはそろそろ新たな計画を立てたほうがよいと考えた。今や、韓国行きを企てるのは論外だ。

計画変更で、金日成首相との面会を設定するとしよう。ヘルベルトがとにかくソ連の元帥なのだから、それで充分だ。

ヘルベルトが、計画に口を出して悪いけど金日成に面会してどうなるんだいと問う。

アランは、今はなんともわからないが、考えてみるから大丈夫だと答えた。今のところきみに言えるのは、なるべく親玉に近づいたほうが旨い食事にありつけるということだ。それにウオツカも飲める。

アランはわかっていたが、途中で車を止められて、ふたりが然るべき検問を受けるのは時間の問題である。元帥といえども戦時下の国の首都に車を乗り入れれば、誰か彼かになにか訊かれるのは間違いない。だからアランは2時間ほどかけてヘルベルトに台詞《せりふ》を教え込んだ。ロシア語のたった1行だが、きわめて重要な台詞である。「ソ連のメレツコフ元帥だ。おまえの指揮官のもとへ案内しろ！」

平壌はこのとき、環状外枠国防線と環状内枠国防線を敷いていた。環状外枠は、市から20キロ、道の随所に配置された対空砲と二重検問所から成り、環状内枠はまさしくバリケード、陸上攻撃に対する防衛前線である。アランとヘルベルトはまず外枠検問所のひとつで車を止められ、ひとりの泥酔した北朝鮮兵士と向き合った。機関銃を胸にかかえている。元帥ヘルベルトは1行の台詞のリハーサルをさんざん繰り返してきて、いよいよ本番。

「おまえの指揮官だ、案内しろ、ソ連のもとへ」

運よく、兵士はロシア語がわからなかった。しかし中国語ならわかる。そこで副官（アラン）が元帥の言葉を通訳し、それで語順が整った。

ところがこの兵士はしたたかな量のアルコールを摂取しているから、なにをすべきかまったく決断できない。アランとヘルベルトをなんとか検問所の哨舎《しょうしゃ》へ誘い入れ、200メートル離れた同僚に電話した。それからしょぼくれた肘掛椅子に腰をおろし、内ポケットからライスウオツカの壜を引っぱり出す（この日の3本目）。そしてグイッとひと飲みして、鼻歌を歌いながら、ソ連の客を素通りする空ろな眼をさまよわせる。

アランは警備兵と対面したヘルベルトの努力が物足りなく、ヘルベルトが元帥では、金日成と対面したら即刻、元帥も副官もふんづかまえられるだろうと思った。窓を通して、もうひとりの警備兵が近づいてくるのが見える。

さあ、急がなくては。

「服を取っ替えよう、ヘルベルト」と、アランは言った。

「なんで？」と、ヘルベルトが問う。

「いいから早く」と、アランは言った。

かくて大急ぎで、元帥が副官となり、副官が元帥となった。ぐでんぐでんの兵士が空ろな眼をぎょろつかせ、朝鮮語でしどろもどろになにか言った。

数秒後、兵士2号が哨舎に入ってくるや、たいへんな高官を目の前にして敬礼した。兵士2号は中国語もしゃべるので、アラン（偽装元帥）はもう一度、金日成首相に面会したい旨を伝える。兵士2号が応じるより先に、1号のしどろもどろが収まった。

「なんと言ってる？」と、アラン元帥が問う。

「貴殿が服を脱いでまた着直したと申しております」と、兵士2号が嘘偽りなく答えた。

「ウオツカのせいだな」と、アランは言って首を振った。

兵士2号は同僚のふるまいを詫び、アランとヘルベルトが服を脱ぎ交換して着替えたと1号がなおも言い張ると、その鼻面にガツンと一発くらわせ、泥酔を報告されたくなかったらもう黙れと命じた。

兵士1号は黙るほうを選び（そしてもうひと飲みし）、2号は電話を2本かけてから、通行証に朝鮮語を書き入れ、2箇所に署名してスタンプを押し、それをアラン元帥に手渡す。それから言った。

「元帥閣下、次の検問所でこれを見せてください。首相の副司令官の副司令官のもとへ案内されます」

アランは礼を言い、敬礼し、車に戻り、ヘルベルトを前に押しやる。

「きみが副官になったんだから、これから先は運転を頼む」と、アランは言った。

「わくわくするなあ」と、ヘルベルトが言った。「スイス警察に二度と運転するなと言われて以来、運転していないんだ」

「それ以上は言わないでくれ」と、アラン。

「右折左折がたいへんなんだ」と、ヘルベルト。

「言ったろ、それ以上言わないでくれないか」と、アラン。

ヘルベルトがハンドルを握って車は走る。アランの思ったよりずっとうまく走った。通行証のおかげで面倒もなくまっすぐ市へ入り、そのまま首相官邸へ着いた。

官邸では副司令官の副司令官が出迎え、副司令官との対面は3日後になると言った。それまで本官邸の来賓スイートにお泊まりください。お食事は8時です、よろしいでしょうか。

「言ったとおりだろ?」と、アランはヘルベルトに言った。


金日成《キム・イルソン》は、1912年4月、平壌郊外のクリスチャンの家に生まれた。一家は、すべての朝鮮人家族と同じく、日本統治下にあった。数年間、日本軍は植民地の人々をほとんど好きなように扱った。慰安婦や創氏改名、軍隊などへの徴用などさまざまな問題が起き、朝鮮の言語や文化は軽んじられた。

金日成の父は物静かな薬剤師だったが、かなりはっきりと日本批判をする人物で、だからある日、一家は北方の内モンゴルへ移住するのが賢明だと考えた。

しかし1931年に日本軍が侵攻した後、すべてが平和でも物静かでもなくなる。金日成の父はすでに死去していたが、母親に鼓舞されて金日成は中国人ゲリラの一員となり、日本軍を満州から、最終的には朝鮮から追放する野心を燃やす。

金日成は、共産主義ゲリラとして、中国軍でキャリアを築いた。行動の男、しかも勇敢という評判を得る。一個師団の指揮官に任命され、日本軍と激しく戦った末に師団の数名とともに生き残る。1941年、世界大戦のさなかだった。そして国境を越えてソ連に逃げ込まざるをえなかった。

しかしソ連でもキャリアを積む。まもなく赤軍の大佐となり、1945年まで戦った。

終戦の結果、日本は朝鮮を返還しなければならなくなる。金日成は、今や国家の英雄として、国外生活から帰国する。残るはただ国家を築くことだ。人民が金日成を、偉大な指導者を望んでいるのは間違いなかった。

しかし戦争の勝者、ソ連と合衆国が、朝鮮を都合のよいように分割する。合衆国では、筋金入りの共産主義者を半島全土のトップに据《す》えるわけにいかないという気運があった。だから自分たちの側の人物、ある朝鮮人亡命者を空輸し、南に据えた。金日成は北に落ち着くと思われていたが、しかし金日成はそうはしない。それどころか朝鮮戦争を始める。日本軍を追い払うことができたのなら、アメリカ軍も国連の追従者らも追い払うことができるはず。

金日成は中国とソ連の両方で従軍した。今度は己自身の主義のために戦うのだ。波瀾に満ちたその海外生活で学んだことは、なによりもまず、誰にも依存するなということであった。

そしてその原則に唯一の例外を設けた。そしてその例外を己の副司令官に指名した。金日成首相と接触をとりたいのなら、まず最初に息子、金正日《キム・ジョンイル》との対面を求めねばならない。

「そして来訪者は少なくとも72時間待たせてから迎えること。それが威厳を維持する方法だ、よいな」と、金日成は息子に教えた。

「わかりました、父上」と、金正日は偽り、わからなかった言葉をあとから辞書で引いた。

3日間はアランとヘルベルトにとってちっとも苦ではなかった。なにせ食事は上等だし、首相官邸のベッドはふかふかだ。それにアメリカ軍爆撃機が平壊に近づいてくることは稀《まれ》である。たやすく狙い撃ちにされるからだ。

しかしついに、その時が来た。アランは首相の副司令官の副司令官に連れられ、官邸の廊下をいくつも渡って副司令官のオフィスに入った。アランは、副司令官がまだ子供にすぎないという現実に心構えができていた。

「わたしは首相の息子、金正日です」と、金正日は言った。「そして父の副司令官です」

金正日の差し出す手はしっかりしていた。もっともその手は、アランのがっしりした拳《こぶし》の中にすっぽり消えた。

「わたしはキリル・アファナシエヴィチ・メレツコフ元帥です」と、アランは言った。「接見いただき感謝いたします。お許しがあればわたしの使命をお伝えしたいのですが、よろしいでしょうか」

金正日がよろしいと言うので、アランはでっち上げ話をつづける。元帥はモスクワの同志スターリンから直接、首相へのメッセージを託されてきた。合衆国が、資本主義者のハイエナどもが、ソ連の通信網に侵入している疑いがあるので（元帥としてはそれ以上詳しいことは申し上げられないが、理解いただけることと思う）、同志スターリンはメッセージをじきじきに伝えることを決定した。その名誉ある使命が元帥の肩と副官の肩に託された（ただし安全のために副官は来賓スイートに残してきた）。

金正日は疑わしげにアラン元帥を見て、教科書を朗読するみたいに、自分の仕事はなにを犠牲にしても父を守ることだと言った。そして仕事の一部は誰も信頼しないことだと言った。父にそう教えられたのだという。だから金正日としては、元帥を父、首相に面会させる前に、元帥の話をソ連に照会したい。金正日はモスクワに電話して、スターリンが実際に元帥を派遣したのか問い合わせる。

「一介の元帥が申し上げるのは僭越《せんえつ》であるにしても、電話を使うべきでないことが本当かどうかを確かめるために電話を使うべきではないと存じます」

金正日はアランの言う意味を理解できた。しかし父親の言葉が脳裏にこだまする。「誰も信頼してはならぬ、よいな！」結局、少年は解決策を思いつく。やっぱりスターリン小父さんに電話しよう、暗号で話せばいいんだ。スターリン小父さんには幾度か会ったことがあり、スターリン小父さんはいつも自分のことを「豆闘士」と呼んでいた。

「だからスターリン小父さんに電話して、『豆闘士』だと名乗って、それからスターリン小父さんが父を訪ねるようにと誰かを派遣したか訊いてみます。そうすればあとはしゃべらなくてもすみます、たとえアメリカ軍が聞いていても。どう思います、元帥？」

元帥は、この少年はとんでもなく陰険だと思った。いったいいくつだ？ 10歳？ アラン自身は早くから大人になった。金正日の年頃には、ダイナマイト相手にニトログリセリン社の工場でひたすら精一杯働いていた。さらにまた、アランは事態が険悪な結果に動いていると思った。しかしそんなことは口に出せない。どのみち、物事はなるようになる。

「金日成閣下のとても賢いご子息としては、先のこともお考えでしょうね」と、アランは言い、あとは運命に任せた。

「はい、父のあと、父の仕事を受け継ぐつもりです。だから元帥のおっしゃるとおりです。でも今は、お茶を飲んでてください、スターリン小父さんに電話しますから」

金少年は部屋の片隅の褐色のデスクに歩み寄り、アランは茶を注ぎつつ、窓から飛びおりようかと考えた。しかしすぐさま思い直す。第一、ここは首相官邸の4階だし、仲間を見捨てて置き去りにするわけにいかない。ヘルベルトなら喜んで飛びおりただろう（ただしその度胸があれば）。しかし今はここにいない。

アランの思いは不意に中断した。金少年がいきなりわんわん泣き出したからだ。受話器を置くや、アランのもとへ駆け寄ってきて泣き叫ぶ。

「スターリン小父さんが死んだ！　スターリン小父さんが死んだ！」

アランはこれほど運がよいとは、ほとんどお笑いだと思った。それから言った。

「ほらほら、金君、さあさあ、元帥小父さんが抱きしめてあげよう。ほらほら……」

どうにかこうにか慰めてやると、金少年はもはや早熟の子ではなくなったようだ。まるでこれっきり大人にはなれないかのような按配である。洟《はな》をぐすぐす啜《すす》りながら、こう知らせた。スターリンは数日前、発作を起こし、スターリン小母さん（少年のいうスターリン小母さん）の話によると、金少年が電話を入れる直前に死んだ。

金少年を膝にのせて、アランは同志スターリンと最後に会った輝かしい思い出を情感こめて話した。いっしょに宴の食事を楽しんだこと、真の友人同士にのみ盛り上がるよい気分。同志スターリンは踊ってみせ、歌ってみせ、そうして夜がふけたこと。アランはスターリンが頭の中の回路がショートする直前まで歌っていたグルジアの民謡をハミングし始めた。金少年はその歌を知っていた。

スターリン小父さんは自分にも聞かせてくれた。かくて、それまではともかく、すべての疑いが一掃された。元帥小父さんは自分で言ってるとおりの人なのだ。父、首相には必ず明日会えるようにします。金少年はそう言って、またぎゅっと抱きつく。

実のところ、首相は隣のオフィスから半島の半分を統治しているのではなかった。それはあまりにも危険すぎる。だから金日成に会おうとするなら、長距離移動をしなければならない。首相の副司令官も同行するので、保安上の理由から自走式榴弾砲SU－122で行くことになる。

車は快適とはほど遠かったが、それは自走式榴弾砲のせいではなかった。移動中、アランはさほど重要でないことをふたつ、あれこれ思案する時間がたっぷりあったからだ。ひとつは金日成になにを言うか、もうひとつは金日成がどういう結果を望んでいるか。

首相の副司令官（かつ息子）の前で、アランは同志スターリンから重要なメッセージを託されてきたと言明し、驚くほど運に恵まれたおかげで、ひとつはたやすくなった。偽元帥は今やなんでも言うことができる。スターリンははるか彼方のあの世にいて、否定することができない。だからアランは金日成へのメッセージをこうしようと考えた。スターリンは朝鮮での共産主義者の闘争を支援すべく、金日成に戦車200台を提供する。いや、300台か。数字が多いほど、首相は機嫌をよくするだろう。

もうひとつはけっこう厄介だ。金日成に対する使命を完了した後、ソ連へ帰るというのはあまり気乗りしない。かといって、北朝鮮指導者の手を借りてアランとヘルベルトが韓国へ行くなんてのもむずかしい。そして、約束の戦車が現れないとあっては、金日成の近辺に滞在するのが日に日に不穏になる。

　中国という選択肢もありうるか？　アランとヘルベルトが黒白の囚人服を着ているかぎり、答えは否だが、ほかには選択肢がなさそうだ。アランはソ連の元帥になったのだから、朝鮮の巨大な隣人は脅威から期待に変貌したはず。もし金日成をうまくまるめこんで立派な紹介状を書かせることができれば、なおさらのことだ。

　だから、次の停車駅は中国？　そうなれば物事はいかようにもなるだろう。途中でもっとよい選択肢が現れなければ、またヒマラヤ山脈をうろつくまでのこと。

　これだけ案を練れば充分だと、アランは思った。まず、金日成に戦車300台、あるいは400台の約束をする。ケチることはない。それから偽元帥は首相にうやうやしく願い出る。中国行きの交通手段とビザを用意していただけまいか、元帥は毛沢東とも面会しなければならないので。アランは自分の計画にほくそ笑んだ。日が暮れるころ、武装護衛隊は、アラン、ヘルベルト、金正日とともに、軍駐屯地らしきところへ入った。

「やっと韓国に来たのか？」と、ヘルベルトが期待して問う。

「もし金日成がでかでか顔を見せるんじゃなくて、そっと顔を伏せて隠れている国があるとすれば、そこが韓国だ」と、アランは言った。

「そうか、やっぱりそうじゃないんだ。そう思ったけど、そうか、やっぱり」と、ヘルベルト。

　それから10輪の無限軌道装甲車がギーッと止まった。乗っていた3人が這い出す。軍用飛行場で、司令部の建物らしきものの前だった。

Chapter18 48歳

金少年が扉を開いてアランとヘルベルトを先に中へ入れ、それから自分は急ぎ足に先に進み、次の扉を開いて同じようにした。こうして3人は聖域中の聖域に到達する。中には大きな書き物机があり、書類が山積みになっていた。

その後ろの壁に朝鮮の地図、右側にはソファがふたつ。金日成首相が片方のソファに座り、もう一方のソファの客と話をしていた。部屋の反対側には機関銃武装の兵士が2名、直立不動の姿勢をとっている。

「今晩は、首相閣下」と、アランは言った。「わたしはソ連のキリル・アファナシエヴィチ・メレツコフ元帥です」

「断じて違う」と、金日成は泰然として言った。「わたしはメレツコフ元帥を非常によく知っている」

「はあ」と、アランは言った。

2人の兵士はたちまち直立不動の姿勢を崩し、偽元帥と同じく偽者らしき副官に武器を向けた。金日成は泰然としているが、息子のほうは突如、涙まみれの憤りまみれになった。おそらくこの瞬間に幼年期の最後のひとかけらも消え失せた。誰も信頼してはならぬ！　なのに偽元帥の膝にのっていた！　誰も信頼してはならぬ！　もう二度と、絶対に、誰ひとり信頼しないぞ。

「死んじまえ！」と、息子が涙をぽろぽろ流しながらアランにどなる。「おまえもだ！」と、ヘルベルトにどなった。

「そうだ、死んでもらおう」と、金日成は相変わらず泰然として言い放つ。「だがその前に、誰がおまえたちを送ってきたのか知りたい」

こりゃまずいぞ、とアランは思った。

こりゃうまいぞ、とヘルベルトは思った。


本物の元帥キリル・アファナシエヴィチ・メレツコフと副官は、ウラジオストクの廃墟とおぼしき方角へ歩くしかなかった。

数時間後、破壊された市の近くに赤軍が設営した野営地へたどり着く。そこで屈辱がいや増した。元帥は脱走を後悔した脱走囚人かと疑われたからだ。しかしまもなく、本人であることが判明し、地位にふさわしい待遇を受ける。

人生でただ一度だけ、メレツコフ元帥は不当な扱いを体験したことがあった。スターリンの副司令官ベリヤが、理由もなくメレツコフを逮捕して拷問したのだ。スターリンが自ら救出にこなければ、そのまま死なせる気だったのは間違いない。あのときあいつと一戦交えても当然だったのだが、勝利しなければならない世界大戦が起こり、それにとにかくベリヤの力は強すぎた。だからやむなく忘れ去るしかなかった。だが、自分は決して二度と屈辱に甘んじないとあのとき自分に誓った。だから今は、車と軍服をかっぱらったふたりの男を探し出してぶち殺さねばならぬ。

メレツコフはすぐには捜索を開始できなかった。元帥の軍服がないからだ。野営地で仕立屋を見つけるのは至難だし、針と糸という細かな問題もある。ウラジオストクの裁縫店のすべてが、市全体とともに、消滅してしまった。

それでも3日後、元帥の軍服が用意された。むろん、勲章はない。偽元帥がひけらかしているからだ。それなのにそいつを阻止できない。メレツコフ元帥は自分と副官とでなんとか新たなポベダを調達した（大半の軍用車輌は焼失していた）。そして明け方、南へ出発した。5日後、恐怖の追跡が開始される。

朝鮮の国境で疑念は確信に至る。別の元帥が、元帥と同じく、元帥のポベダと同じく別のポベダに乗って、国境を越えるとそのまま南へ向かった。国境警備兵はそれ以上のことは知らないという。メレツコフ元帥はアランが5日前に達したのと同じ結論に達した。すなわち、このまま前線へ向かうのは自殺行為だ、と。だから行き先を平壌に転じ、2時間後にはそれが正しい判断だったと確認できた。

環状外枠国防線の警備兵らの話では、メレツコフ元帥なる人物が副官とともに金日成首相との面会を求め、首相の副司令官に謁見を許されたという。メレツコフ元帥と副官はそのまま平壌へ向かった。

本物のメレツコフ元帥は、その日の昼食後、首相の副司令官の副司令官と会った。ソ連の元帥にしか発揮できない権威を示して、メレツコフ元帥はまもなく副司令官の副司令官に納得させた。首相と子息の生命の危険が迫っている、副司令官の副司令官は即刻われわれを首相の司令本部へ案内すること。一刻の猶予もならないので、元帥のポベダを使う。金正日と犯罪者らの乗ってきた自走式榴弾砲より少なくとも4倍速い。

「さて」と、金日成は傲然とかまえつつも関心を示す。「おまえは誰だ、誰に送り込まれた、なにが目的でこんなぺてんを仕組んだ?」

アランが返事をする間もなく、扉が開くや本物のメレツコフ元帥が飛び込んできて叫んだ。部屋のど真ん中にいるそのふたりは犯罪収容所の囚人だ、暗殺を企てている。

一瞬、元帥と副官が増えたものだから機関銃をかまえる2名の兵士は戸惑った。しかし新来の元帥が本物だと首相が納得するやいなや、2名の兵士は再度、2人の詐欺師に銃を向ける。

「大丈夫だ、キリル・アファナシエヴィチ」と、金日成は言った。「状況は制御されている」

「死んじまえ！」と、激怒してメレツコフ元帥は叫ぶ。なんと目の前にアランがいる。元帥の軍服を着て胸の勲章をひけらかしている。

「ええ、皆さんそうおっしゃる」と、アランは応じた。「最初はこの若き金閣下、それから首相閣下、そして今度はあなた、元帥閣下。わたしの死を要求しないかたはたったひとり、あなただけです」と、アランは言い、首相の招待客にふり向いた。「どなたか存じませんが、この件についてべつのご意見をお持ちではないでしょうか」

「むろん、お持ちではない」と、客は笑顔で返す。「わたしは毛沢東、中華人民共和国の指導者だ。わが同志金日成に危害を加えようとする者に格別同情はしない」

「毛閣下！」と、アランは言った。「これは光栄です。たとえわたしがまもなく処分されても、どうかお忘れなく、美しい奥方によろしくとお伝えください」

「わたしの妻を知っているのか？」と、毛沢東は驚いた。

「はい、毛閣下が最近、奥様を替えてないかぎり。ときどきお替えになりますからね。江青《こうせい》とわたしは何年か前に四川省で会いました。山脈を歩きましたよ、阿明《アーミン》という名の若い給仕もいっしょでした」

「きみはアラン・カールソンか?」と、毛沢東は驚いて言った。「妻の命の恩人か?」

ヘルベルト・アインシュタインはよくわからなかったが、友人のアランが9つの命をもっていることはよくわかった。ふたりの確実な死がべつのものに変貌しようとしている、またしても！　そんなことになるなんて許せるものか！　ヘルベルトは愕然として行動に出た。

「おれは逃げるぞ、おれは逃げるぞ、撃つがいい、撃つがいい！」そう叫びながら部屋を飛び出し、見当違いのドアを開いて掃除用具入れの中へ飛び込むや、バケツとモップの上へ転倒した。

「同志」と、毛沢東は言った。「あいつはアインシュタインの係累ではないな?」

「まあそう言わないで」と、アランは言った。「そう言わないで」


毛沢東がこの場にいるのはべつに不思議ではなかった。金日成の設営した司令本部は中国の満州にあったからだ。遼寧《りょうねい》省の瀋陽《しんよう》郊外、平壌の北西ほぼ500キロのところである。毛沢東はこの地で過ごすのを好んだ。おそらくこの地を最も強力に支援していたのだ。そして北朝鮮のこの友と過ごすのを好んだ。

しかしながら、解決しなければならないすべてを解決し、アランの生首を求める者たちに再考を促すにはかなり時間を要した。

メレッツコフ元帥が真っ先に許しの手を差し出した。アラン・カールソンも、このメレッツコフ自身と同じように、ベリヤ元帥の狂気に虐待されたのだ（安全のため、アランはウラジオストク全焼を引き起こした細部については語らずにいた）。そしてアランが、軍服の上着を取り替えて元帥に勲章を残らずお返ししましょうと言うと、元帥の怒りは消滅した。

のみならず金日成も、怒りの理由は持ち合わせていないという思いだ。要するに、アランは首相に危害を加えようとしたわけではない。金日成の唯一の懸念は息子が裏切られたという気持ちになっていることだった。

金少年はなおも泣き叫び、わめきちらし、アランの即時処刑を、なるべくなら暴殺を要求した。結局、金日成が息子の横っ面を張り、黙れと命じ、黙らないともう一発くらわせるぞと言った。

アランとメレツコフ元帥は金日成のソファを勧められ、まもなく掃除用具入れの中身をふりほどいた失意のヘルベルトも加わる。

毛沢東の20歳の料理人が部屋へ呼ばれてきて、アランの身元が決定的に確認された。アランと阿明はしばらくひしと抱き合い、やがて毛沢東は阿明に厨房へ戻って麺を作れと命じる。


妻の命を救ったアランに対する毛沢東の感謝の念は極まるところを知らない。アランとアランの同志の要望にはなんでも際限なく尽力しよう。アランが望むなら、中国に滞在するのもよし。アランも同志も尊厳ある地位で快適な生活ができることを、毛沢東が保証する。

しかしアランは答えた。毛閣下に申し上げます。わたしは共産主義にはさんざんお世話になりましたが、なにか強い酒を飲めるようなところで、政治談義を聞かされることなく、のんびりくつろぎたいのです。

毛沢東はそれもよかろうと言い、だが将来に高望みをしないようにと警告した。共産主義はいたるところで成果を挙げており、遠からず全世界が征服されるのだから。

アランは、共産主義が入り込むのにいちばん時間がかかりそうなのはどこでしょうかと尋ねた。

なるべくなら太陽の輝く土地、白い砂浜が広がり、インドネシアの緑色のバナナ酒以外のドリンクを飲めるところがいいですが。

「わたしは休暇が必要だと思います」と、アランは言った。「今まで休暇を取ったことがありませんから」

毛沢東と金日成とメレツコフ元帥は内々でその問題を協議した。キューバが候補地として浮上し、キューバ以上に資本主義の支配する国は考えられないという結論になる。アランはその情報に感謝をしたが、カリブ海はおそろしく遠いと言った。そういえばわたしには金もパスポートもありませんので、あまり高望みはできませんな。

金とパスポートについてなら、ミスター・カールソンは心配しなくてよろしい。毛沢東が、どこへでも好きなところへ行ける偽造書類をアランと友人に用意することを約束する。ドル紙幣もわんさと提供しよう。ドルはありあまるほどある。トルーマン大統領が中国国民党に送ってきた金で、国民党があたふたと台湾へ逃亡する際に放棄していったものだ。しかしカリブ海は地球の反対側にあるから、ほかの選択肢を考えるのも悪くあるまい。

3人の大共産主義者が、そのイデオロギーにアレルギーの男の休暇地に関する創造的議論をつづける間、アランは無言でハリー・トルーマンの金銭援助に感謝した。

フィリピンはどうかという提案もあったが、政情が安定していないという。最終的に、毛沢東がバリはどうかと言った。アランがインドネシアのバナナ酒をくさしたものだから、それで毛沢東はインドネシアを思いついたのである。それに共産主義国でもない。もっとも共産主義は藪《やぶ》に潜んではいる。キューバを除けば、世界中どこでもそうだ。しかしバリではバナナ酒以外の酒も飲める、と毛議長が断言した。

「バリだよ」と、アランは言った。「いっしょに来るか、ヘルベルト？」

ヘルベルト・アインシュタインは自分がもうちょっぴり生きのびるのだということがだんだんわかってきた。そして、しょんぼりうなずく。うん、行くよ、仕方ないもんな。

19　2005年5月11日 水曜日～5月25日 水曜日　100歳

逃亡者たちと推定死者は、鐘撞《かねつき》農場でなんとか人目につかずに過ごしていた。農場は本道から200メートル引っこんでいるので、その角度からは農家と納屋にさえぎられて裏庭は見えない。そこがソニアのための自由区となった。納屋から農場の奥の小さな森までちょっとした散歩ができた。農場での生活はなかなか楽しいものだった。ベニーは決まった時間に鬼師《おにかます》の傷を手当てし、然るべき一定の量の薬を飲ませた。ブーステルはヴェストヨータ平原のひらけた光景がお気に入りだし、ソニアは腹をすかさずにいられればどこでもかまわないし、恩人かつ飼養人のベッピンがときどき優しい言葉をかけてくれればそれで満足だった。最近、年寄りが仲間に加わったけれど、象は前より環境がよくなったと思っていた。

ベニーとベッピンにとっては、天気がどうだろうと毎日太陽が輝いている。もし法の手から逃亡中でなければ、すぐにも結婚しただろう。ある程度の年齢に達すると、すべてぴったりなときを感じとるのが容易になる。

同時にまた、ベニーとボッセは仲の良い兄弟となっていった。自分はウオッカでなくフルーツジュースを飲むけれども一人前の大人だということをベニーがボッセにわからせて以来、ぎくしゃくした関係はぐっと滑らかになった。ボッセはまた、ベニーがなんでも知っていることに感心していた。学校へ行ったのはばかげてもいなかったし、時間の無駄でもなかったのだ。まるで弟が兄になったかのようで、それもなかなかいいものだとボッセは思った。

アランは何事にも騒ぎ立てない。一日中、ハンモックで過ごす。もっとも天気はいつものスウェーデンの5月だ。ときおり、鬼師がそばの椅子に腰掛けて雑談をする。

そんな会話のなかで、ふたりは安息《ニルヴァーナ》のなんたるかのイメージを共有しているのがわかった。両者とも、その完璧で至上の調和を満喫できるのは、太陽の輝く暖かな気候のなか、パラソルの下のビーチチェアだという。そこへさまざまな冷たいドリンクが運ばれてくる。アランは鬼師にバリ島で過ごした愉楽の日々のことを語った。むかしむかし、毛沢東からもらった金で休暇を楽しんでいたころの話だ。

ところがグラスの中身はなにがいいかとなると、アランと鬼師は意見が合わない。100歳はウオツカコーラ、できればウオツカグレープがいいと言う。祭り気分のときには、ウオツカをストレートでぐいぐいやる。

鬼師イェルディンは一方、色とりどりの飲物が好きだ。最高は黄金色に近いオレンジ、夕焼けみたいな色合い。そして真ん中に小さなパラソル。アランはどうしてグラスにパラソルを突っ立てねばならないんだと問う。パラソルを飲めるわけじゃないだろう。鬼師は答える。あんたはずいぶん世の中を見てきたから、俺みたいなストックホルム生まれのただの前科者よりもいろんなことを知ってるのは確かだ。だけどそれだけはわかっちゃいないね。

安息をめぐってこういう打ちとけたやりとりが、しばしつづいた。片方は年齢がほぼ2倍、片方は図体がほぼ2倍、しかしなんとも相性がよい。

数日たち、数週たつと、マスコミは記事を存続させるのが困難になった。記事とは、つまり、三重殺人の容疑者と手下たちに関するもの。ほんの1日か2日後には、テレビも全国紙も地元紙も報道をやめていた。なにも言うことがないならなにも言わないという、昔ながらの守りの姿勢である。

夕刊各紙、スウェーデンのタブロイド紙は、そこであきらめない。なにも言うことがないなら、なにも言うことがないのを自分でわかっていない人間にしゃべらせればよい。エクスプレス紙は夕ロットカードを使ってアランの所在を知ろうという企画を載せたが、それも打ち切った。アラン・カールソンについてはもう充分。次の記事を嗅ぎ回ること、業界でいうガセネタでもいい。ほかになにも入手できなければ、奇跡の最新ダイエットなんて記事を載せる。それでいつもうまくいく。

かくてマスコミから１００歳の謎は忘れ去られていった。しかしひとつだけ例外があった。地元紙には、アラン・カールソン失踪のさまざまな関連記事がいくつも載った。たとえば、バス駅の券売所には今後襲われることのないように防護扉が取り付けられたこと。あるいはまた、老人ホームの所長アリスが、アラン・カールソンの入居権を剥奪し、その部屋をほかの人に、「スタッフの配慮と温かみをもっとわかってくれる人」に与えると決定したこと。

しかしどの日の記事にも、アラン・カールソンが老人ホームの窓をよじ登って逃げた結果だと警察の信じる一連の出来事の要約があった。

この地元紙に、たまたま恐竜のごとき発行人（兼編集長）がいた。この男の救いがたく時代遅れな姿勢は、市民は有罪と証明されるまで無罪であるというものだ。だから紙面では登場人物の本名を慎重に扱う。アラン・カールソンはアラン・カールソンだが、ユーリウス・ヨンソンは「67歳」、ベニー・ユングベリは「ホットドッグ屋台店主」だった。

これに腹を立てたある男がアロンソン警視のオフィスに電話をかけてきた。行方不明のアラン・カールソン、殺人の容疑者について情報があるという。

アロンソン警視は情報はありがたいと言った。

男が言うには、地元紙の記事を連日すべて読んだし、事件について注意深く考えた。警視さんほどの情報は持ち合わせないが、警察はその外人のことをきちんと調べ上げていないようだね。

「間違いなく、その外人が本物の悪党だ」と、男は言った。

「外人？」と、アロンソン警視は言った。

「そうだ、名前はイブラヒムだかムハンマドだか知らないけどよ、だって新聞には〈ホットドッグ屋台店主〉としか書いてないから、トルコ人だかアラブ人だかわかりゃしない。スウェーデン人はホットドッグ屋台なんかやるかよ。外人で税金払わないからやってけるんだ」

「ほう」と、アロンソン。「そんなに一気に言われてもね。なるほどトルコ人でイスラム教徒ってのはいるね、あるいはアラブ人でイスラム教徒、こっちのほうがいそうだが」

「だから、やつはトルコ人で、しかもイスラム教徒だってば！　もっと悪い！　素性をとことん洗えってんだよ！　それとやつの家族もだ。親類が１００人はいるだろよ、しかもそいつら全員が福祉手当で食ってる」

「100人もいないね」と、警視は言った。「兄がひとりいるだけで……」

そう言って、ふと思い出した。2週間ほど前、アロンソン警視はアラン・カールソンとユーリウス・ヨンソンとベニー・ユングベリの家族を捜査するように命じた。捜査対象は女、なるべくなら赤毛の女、姉妹か従姉妹《いとこ》か子供か孫がスモーランドに住んでいないかというものだ。それはグニラ・ビョルクルンドが特定される前のことだった。結果は思わしくない。ひとりだけ名前が浮かび上がって、その時点ではまったく無関係と思われたが、しかし今は？　ベニー・ユングベリにはファルシェーピングのすぐ郊外に住む兄がいる。そこに全員が潜伏しているのではないか。警視の考えを匿名の通報者が遮断する。

「で、その兄貴はどこにホットドッグ屋台を出してる？　いくら税金を払ってる？　こういう大量移民は阻止しなくちゃならん！」

アロンソンは男の通報に礼を言い、ただこの件のホットドッグ屋台店主はユングベリという名で生粋のスウェーデン人だと告げた。ユングベリがイスラム教徒かどうかは、わたしにはわからんね。関心もない。

男は警視の応対がけんか腰だと咎《とが》めて、そういう物言いは明らかに社会主義者と同類だと言った。

「俺とおんなじ考えの人間は大勢いるぜ。俺らは多数派になりつつある。来年の選挙を見ろってんだ」

アロンソン警視は匿名の男にいいかげんにしろと言い、電話を切った。

アロンソンはラネリード検察官に電話し、検察官の許可があれば、明日ヴェステルヨートランドへ行き、100歳老人とその一味の件に関する新情報を追ってみると告げた（アロンソンは、ベニー・ユングベリの兄の存在について2週間以上前から知っていたことを検察官に言う必要はないと考えた）。ラネリード検察官はアロンソンにいいだろうと言った。

午後5時近く、検察官はそろそろ今日の勤めを終えようとしながら、内心ひとりつぶやいていた。この事件のことを本に書こうか。『最大の裁きの勝利』。そんなんでいいかな。ちょっと大仰か？『大いなる裁きの勝利』。このほうがいい。控えめだし。書き手の人柄としっくりする。

20 1953～1968年

毛沢東はアランとヘルベルトに偽造英国パスポートを用意した。瀋陽《しんよう》発の飛行機は上海、香港を経由してマレーシアに着く。ほどなく、ふたりの元グラーグ脱獄者はインド洋からほんの数メートルの白浜でパラソルの下にいた。

善意のウェイトレスがしょっちゅう間違いをしなければ、なにもかも完璧だった。アランとヘルベルトが飲み物を注文するたびに、違うものが運ばれてくる。注文を間違わなければ、今度はビーチで迷ってしまうという按配だ。とうとうアランが業を煮やした。ウオツカのコカ・コーラ割りを注文したのに（「コーラよりウオツカを多めに」）、運ばれてきたのはピサン・アンボン、けばけばしい緑色のバナナ酒である。

「いいかげんにしてほしいね」と、アランが、ホテルの支配人に苦情を言ってウェイトレスを替えてもらおうとする。

「ぜったいだめだ！」と、ヘルベルトが言った。「あんなに魅力的じゃないか！」

ウェイトレスの名はニ・ワヤン・ラクシュミー。32歳で、とうに結婚していていい歳である。美形だが、家柄は立派ではなく、金は無く、おまけにコドク（バリ語の蛙）程度の知能しかないのを誰もが知っている。だからこの島で、男の子が女の子を選び女の子が男の子を選ぶとき（選ぶ相手がいればだが）、ニ・ワヤン・ラクシュミーはとり残された。

本人はそれをぜんぜん苦にしなかった。相手が男であれ女であれ、とにかく人との付き合いが苦手だった。今の今までは。ふたりの白人客のひとりにはどこか特別な雰囲気がある。名前はヘルベルト、まるでなにか、どこか共通するものがあるようだ。少なくとも30歳は年上だったが、そんなことは問題ではない。というのも、そう、恋をしてしまったのである。そしてその気持ちが報われた。ヘルベルトは一度として自分と同じくらい頭の悪い人間に出会ったことがなかったのだ。

ニ・ワヤン・ラクシュミーが15歳になったとき、父親は語学本を買い与えた。娘がその本でオランダ語を覚えることを期待したのだ。インドネシアは当時、オランダの植民地だったからである。教科書と格闘して4年後、あるオランダ人がやってきた。ニ・ワヤン・ラクシュミーはさんざん苦労して覚えたオランダ語を初めて試した。するとドイツ語をしゃべるんだねと言われる。父親が、これまた頭脳明晰ではなくて、ちがう本を買い与えたのだ。

13年後の今、その不幸な出来事が思いがけなく有用な結果をもたらした。ニ・ワヤン・ラクシュミーとヘルベルトは互いにしゃべる言葉が通じて、互いに愛を告白できたからだ。

次にヘルベルトは、毛沢東がアランに与えたドル札の山の半分を求め、それからニ・ワヤン・ラクシュミーの父親を探して長女との結婚の承諾を求めた。父親はからかわれていると思った。こんな外人が、うなるほど金を持ってる白人が、うちの娘のなかでもいちばん脳みその足りないのを嫁にほしいという。わざわざ訪ねてきただけでも驚きだ。ニ・ワヤン・ラクシュミーの家はシュードラのカーストに属する。バリの4カーストのうち最下層だ。

「間違いなくこの家かい？」と、父親は問う。「嫁にくれというのは長女をかい？」

ヘルベルト・アインシュタインは答えた。自分はよくなんでもごっちゃにしてしまうけれど、この場合にかぎっては絶対に間違いない。


2週間後、ふたりは結婚する。ヘルベルトはすでに改宗していた。なんという宗教だったかは覚えていない。しかし象の頭やなんかを飾る面白い宗教だ。この間ずっと、ヘルベルトは新妻の名前を覚えようとしたが、結局あきらめる。

「ねえ、おまえ」と、夫は言った。「おまえの名前を覚えられないんだ。アマンダって呼んだらまずいかなあ」

「いいわよ、ヘルベルト。アマンダって、音がいいじゃない。でも、どうしてアマンダ？」

「どうしてかわかんないけど」と、ヘルベルト。「もっといいのがあるかい？」

ニ・ワヤン・ラクシュミーも思いつかない。かくてこのときから妻はアマンダ・アインシュタインとなった。

ヘルベルトとアマンダはサヌールの村に家を買った。アランが毎日過ごしたホテルとビーチから遠くないところだ。アマンダはウェイトレスを辞めた。自分から辞めたほうがいいと思ったのだ。なにひとつまともにできたことがないから、いずれはクビになったろう。さて、これから先どうするか決めなくてはならない。

ヘルベルトと同じく、アマンダはごっちゃにできるものはなんでもごっちゃにする。左は右になり、上は下になり、こっちはあっちになる。だからまったく教育がない。せいぜい教育といえば、いつも学校へ行く道は思い出せたということくらいだ。

しかし今や、アマンダとヘルベルトにはうなるほどドルがあるから、なんでもそれで片づくはず。あたしはおっそろしく頭悪いけど、とアマンダは夫に言った、でもバカじゃないわよ！

そして、インドネシアではなんでも売り物になるから、金を持っていればほしいものはなんでも買えると言った。ヘルベルトは妻の言うことが理解できない。するとアマンダは、理解できないということがどういうことかを知っているので、それを説明するのでなく、こう言った。

「ねえヘルベルト、あなたが自分でしたいこと言ってみて」

「つまり、ええと、車を運転できることとか？」

「うん、それよ！」と、アマンダは言った。

それからちょっと出かけてくると言った。用事があるの。でも夕食前には帰るから。

3時間後、アマンダが戻る。交付されたばかりの運転免許証を持ってきた。ヘルベルト名義だ。それだけではない。ヘルベルトが公認運転教官であることを証明する認定証と、地元の自動車学校を買いとったことを示す領収書も持ってきた。その新名称は、アインシュタイン運転教習所。

こりゃすごいや、とヘルベルトは思った。しかし、だからといって、運転がうまくなったわけではないだろ？　まあそれはそうだけど、と、アマンダが説明する。これで地位ができたわけよ。これであなたがいい運転とそうじゃない運転を決められるでしょ。人生って必ずしも正しいことが正しいのでなくて、責任者の言うことが正しいってことになるものよ。

ヘルベルトの顔がパッと輝く。よしわかった！

アインシュタイン運転教習所はじきに会社として成功する。運転免許証の必要な島民のほとんど誰もが、優しい白人に教えてもらいたがった。ヘルベルトの役割はぐんぐん増大した。法規の授業は自分で担当し、親しげながらも権威ある口ぶりで、衝突するかもしれないのでスピードを出しすぎないようにと述べる。交通の障害になるので、のろのろ運転もしてはいけない。あの先生の言うことはよくわかる気がする。

半年後、島にふたつあった教習所が顧客を失って閉鎖した。今やヘルベルトの独占となる。週に一度はビーチを訪れるヘルベルトが、ある日アランにそのことを話した。

「たいしたものだな、ヘルベルト」と、アランは言った。「こともあろうにきみが自動車の運転を教えることになったとは。しかも左側通行のこの地で」

「左側通行だって？」と、ヘルベルト。「インドネシアでは左側通行なのかい？」

アマンダも大忙しだった。まず、それなりの学歴を手に入れた。今や経済学の学位をもつ。２週間ほどかかって、金もかなりかかったものの、結局は修了証明書を手にした。満点もいくつか、ジャワ島有数の大学から。

　大学卒の学歴を後ろ盾にクタのリゾートビーチをずいぶん見て歩いて、アマンダは懸命に考えた。家族にたんまりお金をもたらすようなことがなにかできないかしら。経済学の学位があるにしても、まだ計算はあまりよくできない。でもたぶん、うん、もしかしたらできるんじゃないかな？　うん、できるってば、と、アマンダ・アインシュタインは考えた。

「あたし、政治をやろう！」


アマンダ・アインシュタインは自由民主改進党を創設した（自由、民主、改進の3語をいっしょにすれば語呂がいいと思ったから）。そしてただちに6000人の仮想党員を集めた。アマンダが秋の知事選挙に立候補すべきだと、その全員が思っている。現知事は高齢のために身を退くことになっていて、アマンダが思い立つ前、後を継ぐ有力候補者はひとりだけだった。今やふたり。片やペダナカーストの男、一方はシュードラカーストの女。

　選挙の結果はアマンダの不利が確定的だった。ただしそれは、アマンダがしこたまドル札をもっていなければの話。


　ヘルベルトは愛妻が政界に入ることになんの異論もないけれど、アランが政治一般を嫌い、グラーグで数年過ごしてから共産主義をことさら嫌っているのを知っている。

「俺たち、共産主義者になるの？」と、不安げに問う。

いいえ、そんなつもりはないわ。政党名に入れてないでしょ。でもあなたが共産主義者になりたいのなら、入れてもいいわよ。

「自由民主共産改進党」と、アマンダが言い、語調を試す。ちょっと長すぎるけど、悪くないかも。しかしヘルベルトはそんなことを言っていない。ぜんぜん逆のことを思っている。俺たちの政党、あまり政治に深入りしないほうがいいんじゃないかなあ。

ふたりは選挙キャンペーンの資金をどうするか話し合った。アマンダによれば、キャンペーンが終わったらそんなにたくさんドルが残らない。選挙に勝つにはお金がかかるんだもの。ヘルベルト、あなたはどう思う？

ヘルベルトは答える。家族でそういうことがわかるのは、きみ、アマンダだけだ。張り合う相手がたいしていないにしてもさ。

「いいわ」と、アマンダは言った。「それじゃ、あたしたちの資金の3分の1をあたしの選挙キャンペーンに、3分の1を選挙区の親玉たちへの賄賂に、3分の1を対立候補の評判に泥を塗るのに、それから負けたときのこと考えて3分の1を生活費に残しておく。どうかしら？」

ヘルベルトは鼻の頭を掻《か》くだけで、なにも考えはない。しかしアランにはアマンダの計画を話した。アランはため息をついた。やれやれ、バナナ酒とウオツカの違いもわからない女が今度は知事になれるつもりでいる。しかしそれはかまわない。そもそも毛沢東がごっそりくれたドルから始まったことだし、その半分、つまりアランの取り分はまだたっぷり残っている。だから選挙が終わったらヘルベルトとアマンダにもう少し譲ろう。ただし今後は、ヘルベルトとアマンダが理解していないことに手を出したというような話は聞きたくないね。

ヘルベルトはこの提案に感謝した。アランはとても思いやりある男だ、と、それだけはヘルベルトにもはっきりわかる。

ところがアランの助けはいらなかった。知事選挙はアマンダの完勝に終わる。80パーセント以上の得票率で勝利した。対立候補の得票率は22パーセント。対立候補は、合計が100パーセントを超えているのは選挙の不正を示していると思った。しかし裁判所はすぐに申し立てを却下し、知事当選者アインシュタイン夫人の中傷をなおもつづけるなら深刻な結果をもたらすと警告した。裁判所声明の直前、アマンダは裁判長とお茶を飲んだのだった。

アマンダ・アインシュタインがじわりじわり着実に全島を支配する一方、夫ヘルベルトは人々に運転を教えた（ただし、よほどの必要がないかぎり自分がハンドルを握ることはしない）。アランは適当なドリンクを片手に海辺のラウンジチェアで過ごした。アマンダがウェイトレスを辞めたので、今や（たいていの場合）注文したものが間違いなく運ばれてくる。

ラウンジチェアに座って好きなドリンクを飲む以外、アランは取り寄せた海外紙をあちこちめくり、腹がすくと食べ、頭がぼやけてきたときには自室でうたた寝をした。

数日が数週間になり、数週間が数ヶ月になり、数ヶ月が数年になり、それでもアランは休暇が退屈にならなかった。15年たっても、まだドルがたっぷりあった。もともとドルがうなるほどあったばかりか、滞在していたホテルを一時アマンダとヘルベルト・アインシュタインが所有していたので、アランはただひとりの無賃優待客となったからである。

アランは今や63歳、必要以上に動き回らない。一方、アマンダは精力的に政治キャリアを積み重ねていった。姉妹のひとりが所有し経営する地元の統計会社の定期世論調査によればである。大衆に人気があった。かつまた、バリは人権団体によって国内で最も汚職にまみれていない地域にランク付けされた。つまりは、アマンダが調査委員会をまるごと買収したからである。

とはいうものの、汚職撲滅キャンペーンはアマンダの知事としての仕事を特徴づける3公約のひとつだった。だからバリの全小学校に汚職撲滅の授業さえ導入した。デンパサール市のある校長が不服を申し立てた。そんなことをしたら逆効果になりかねないというのだ。しかしアマンダはこの男を教育委員会のトップに据《す》え、給料を2倍にし、そうして黙らせた。

もうひとつは、共産主義に対するアマンダの奮闘である。選挙前から、手に余るくらいに大きくなりつつあった地元の共産党を活動禁止にする活動を大々的におこなった。これが功を奏して、予測していたよりずっと少ない予算で選挙を終えた。

もうひとつ、アマンダの成功に寄与したのはヘルベルトとアランである。ふたりを通して、世界の大部分では一年中30度ではないということを知ったのだ。ヨーロッパというところはたいへん涼しい、とりわけアランの出身地の極北では最高に寒い。

そこでアマンダは、観光事業の発展を促すべく、自身が買いとったばかりの土地に高級ホテルの建つのを次々に認可した。あるいはまた、身内や親族をできるだけ優遇した。父、母、姉妹、伯父、叔母、従姉妹《いとこ》などが皆、バリ島社会の中心的かつ報酬優遇の地位に就く。こうしてアマンダはなんと2度も知事再選を果たした。2度目には、投票数と投票者数が一致さえした。

年月のたつうちに、アマンダもふたりの息子を産んでいた。最初はアラン・アインシュタイン（ヘルベルトはほとんどなにもかもアランに感謝していた）、つづいてマオ・アインシュタイン（毛《マオ》主席からの有益なドルの山に敬意を表して）。

ところがある日、すべてが崩壊する。始まりは標高3000メートルの火山、アグン山が噴火したときだった。70キロ離れたアランにとっての直接の影響は、噴煙が太陽を封鎖したことである。バリのほかの人々にとっては、もっと深刻だった。数千人が命を落とし、さらに多くが島を離れた。バリのこれまで人気絶大の知事はこれという決断をなにひとつしない。決断すべきことが数多くあるということをわかってすらいなかった。

火山噴火は徐々に収まったが、島は、国内情勢と同じように、政治的にも経済的にもなお噴火をつづけていた。ジャカルタではスハルトがスカルノの後を引き継ぎ、この新指導者は前任者と違って、さまざまな政治的逸脱に手心を加えなかった。とりわけスハルトは、共産主義者、推定共産主義者、共産主義容疑者、潜在共産主義者、可能性のきわめて低い共産主義者、まったく無実の者を迫害した。まもなく20万人から30万人の命が失われた。この数字は確かではない。というのも多くの中国系島民が共産主義者のレッテルを貼られ、インドネシアから船荷扱いで追放され、そして資本主義者として扱われる中国に上陸せざるをえなかったのだ。噴煙が消え去ったとき、インドネシアの2億人の住民でまだ共産主義思想を標榜《ひょうぼう》する者はひとりもいなくなった（それは犯罪と宣告されていたので、それが身のためだった）。使命を完了したスハルトは、今度は合衆国と西側諸国に国の富を共有させる。これが経済の歯車を回転させ、人々の暮らしぶりもよくなり、なかでもスハルト自身は信じられないくらいの金満家となる。砂糖の密輸から軍人キャリアを始めた一兵卒としては悪くない。

アマンダ・アインシュタインは、もはや知事でいるのが楽しくなくなった。8万人ものバリ島人が、人々に正しい考え方をさせようとするジャカルタ政府の努力の犠牲になった。

混乱のなか、ヘルベルトは引退し、アマンダはまだ50歳になっていないのに同じことを考え始めた。家族は土地といくつものホテルを所有しているのだし、家族の繁栄を可能にしてくれたドル紙幣の山はさらにまた大きな山になっている。引退したほうがよさそう。でもそれからなにをしようかしら。

「パリ在住のインドネシア大使になるのはどうかね？」と、スハルトは電話で名を名乗ってから単刀直入に尋ねた。

スハルトは、バリにおけるアマンダ・アインシュタインの活動やこの地の共産主義者を禁圧した確乎たる決断に注目していた。また、大使館上級職の男女比率の是正を望んでいた（もしアマンダが引き受けてくれれば、比率は24対1になる）。

「パリ？」と、アマンダ・アインシュタインは言った。「それ、どこにあるの？」

最初、アランは1963年の火山噴火を天災と見なし、それが自分に潮時を告げていると思った。しかし消えゆく噴煙の背後から太陽がふたたび顔を出すと、たいていのことが以前と同じような姿に戻った（ただ、どういうわけか、街では内乱が起こっているようだ）。だからアランはもう数年、ビーチチェアで過ごした。

　そしてヘルベルトのおかげで、結局は荷物をまとめて引っ越すことになった。ある日、ヘルベルトが、アマンダとともにパリへ移り住むことになったと告げたのだ。もしアランがいっしょにくるのなら、このあいだ使った偽造英国パスポート（期限切れ）ではなく、インドネシアの偽造パスポートを友人が手配するという。おまけに、将来の大使が大使館での仕事に就けるように取りはからう。アランは働かなければならないというのでなく、そうしないとフランスに入国するのが多少面倒だからだという。

　アランはこの誘いを受け入れた。もうたっぷりと休息した。それに、パリは世界の片隅にある物静かで安定した地域らしい。最近のバリのような、アランのホテルの近辺にまで吹き荒れた暴動は起こるまい。

　出発は2週間後。アマンダは5月1日に大使館勤務を始める。

　1968年だった。

21 2005年5月26日 木曜日

ペール＝グンナル・イェルディンがまだ眠っているときに、ヨーラン・アロンソン警視は鐘撞《かねつき》農場に入った。そして驚いたことに、アラン・エマヌエル・カールソンが木造のだだっぴろいベランダのハンモックに収まっているのを目にした。

ベニーとベッピンとブーステルは、納屋の中のソニアの新居にせっせと水を運んでいた。ユーリウスはヒゲを伸び放題にしていて、グループの承諾を得てボッセといっしょにファルシェーピングへ買い出しに出ていた。アランはハンモックで眠っていて、警視に声をかけられて目をさました。

「アラン・カールソンだろう？」と、アロンソン警視は言った。

アランは目を開き、そうらしいね、と言った。しかしそちらがどなたかは知らない。まずはそれを明らかにしてはくれまいか。

警視はアロンソンと名乗り、県警本部の警視だと告げた。自分は少し前からカールソンという人物を探している。殺人容疑で逮捕するためだ。その仲間、ヨンソンおよびユングベリ、それにビョルクルンドという女も逮捕する。たぶんあんたは連中の居場所を知っているのではないか。

アランはすぐには返答しない。考えをまとめてみなければと言った。いま目をさましたばかりだから、そこはわかってほしい。友人のことを話すとなれば、いろいろ慎重に考えざるをえないではないか。警視さんもそう思うでしょう？

警視は言った。自分は助言をする立場にないが、しかしなにか知っているなら早いとこ話すべきだ。もっともそう急いでいるわけではない。

アランはそう言われてひと安心し、キッチンでコーヒーをいれてくるからハンモックに座っていてくれないかと警視に言った。

「コーヒーに砂糖は入れるかね、警視さん？　ミルクは？」

アロンソン警視は逮捕した犯罪人を、たとえ隣のキッチンにであれ、やすやすと立ち去らせるような男ではない。しかしこの人物にかぎっては、どこか気を許せるところがあった。それに、ハンモックからキッチンを見渡せる。だからアロンソンはアランの申し出を受け入れた。

「ミルクをお願いしよう、砂糖は結構」と言って、警視はハンモックに収まる。

逮捕されたばかりのアランはキッチンで大忙し（「デニッシュもいかがかな？」）、それをアロンソン警視はベランダのハンモックから見守る。それにしても自分の捜査の不手際ぶりは理解しがたい。農家のベランダに独りぼっちの老人を見かけたものの、それをボッセ・ユングベリの父親と思い込み、その父親の線から息子に行き着けると判断した。そして次の段階として、手配中の連中がひとりとしてこの近辺にいないのがわかり、わざわざヴェステルヨートランドまで遠出したのがむだだったという結論になると思っていたのだった。

しかしアロンソンがベランダのすぐ近くまできたとき、ハンモックの老人がアラン・カールソン本人だと判明した。アロンソンとしては冷静にプロの態度で行動した。もっとも三重殺人の容疑者がコーヒーをいれにキッチンへ行くのを許したことを「プロ」といえればであって、今やなんだか自分がど素人みたいな気になってきた。アラン・カールソンは１００歳、危険人物には見えないけれども、ほかの３人の容疑者がひょっとしてボッセ・ユングベリと連れ立って現れたとしたらどうしようか。犯罪者を匿《かくま》った容疑でそいつも逮捕しなければならないのだ。

「ミルクだけで砂糖なしだったね？」と、アランがキッチンから声をかける。

「なんせこの年だから、忘れっぽくて」

アロンソンはコーヒーにミルクを入れてほしいともう一度言い、それから携帯を取り出してファルシェーピングの同僚に応援を要請しようとした。念のために、パトカー２台。

しかし自分からかけるより先に、携帯が鳴った。ラネリード検察官からだ。とんでもない報告である。

22 2005年5月25日 水曜日〜5月26日 木曜日

１００歳

ベント・「ボルト」・ビュールンドの鼻衝《つ》く遺体を紅海の魚にふるまったエジプト人船員は、３日間の休暇をもらってようやくジブチ港に着いた。

尻ポケットには、８００スウェーデン・クローナの入ったボルトの財布を突っこんでいる。それがいくらになるのかまったく知らないものの、期待はしていて、どこか換金できるところを探していた。

ジブチの首都は、味気ないことに国名と同じ名で、若くて活気ある土地である。若いというのは、ジブチが戦略的にアフリカの角、紅海がインド洋に接するすぐそばに位置しているからであり、かつまたジブチに暮らす住民はあまり長生きしないからである。50歳の誕生日を迎えるのすら例外に入る。

エジプト人船員は市の魚市場で足を止めた。たぶん換金できる場所を探すより先に揚物《あげもの》を食べたくなったのだ。すぐそばに汗かきの男が立っていた。この地の人間で、落ち着きなく足を交互に上げ下げして体をゆらし、熱病に冒されたようなぎょろつく目つきだ。

船員は汗かき男がこんなに汗だくだくになっているのを不思議に思わなかった。なにしろ日陰でも35度はある。それに汗かき男は腰布《サロン》を2枚重ね、シャツを2枚重ね、トルコ帽を目深にかぶっている。

汗かき男は20歳代半ば、これ以上歳をとる野心をみじんも持ち合わせていなかった。魂は革命に浸かっていた。人口の半数が失業者だからではなく、国民の5人にひとりがＨＩＶ感染者やエイズ患者だからでもなく、飲料水の絶望的な不足ゆえでもなく、砂漠が国土に広がり、哀れなくらいに狭い耕作地をのみ込んでいるからでもない。そうではなくて、男が憤っているのはアメリカ軍がこの国に基地を配備したからである。

その点に関していえば、アメリカ軍だけではない。フランス外人部隊がすでに配備されていた。フランスとジブチはつながりが強い。国はかつて仏領ソマリランドという名称だった（むろんフランス語で）。独立が認められたのは１９７０年代になってからのことだ。

フランス外人部隊基地の隣に、合衆国も自国の基地を置く権利を主張してきた。ペルシア湾とアフガニスタンから好都合な距離だし、間近に迫る中央アフリカの一連の悲劇からも好都合な距離だ。名案だと、アメリカ人は思った。ほとんどすべてのジブチ人は意に介さない。１日１日を生きのびることだけで頭がいっぱいなのだ。

しかしそんななかにもひとりだけ、アメリカ軍の存在についてじっくり考える者がいた。あるいはたんに宗教心がありすぎて、己だけの世俗的利益を求めなかったのかもしれない。

理由はともかく、この男が首都の中心をぶらつきながら、休暇中のアメリカ兵士の一団に目を光らせていた。歩きつつ、神経をぴくぴくさせながら紐をいじる。絶好のタイミングでその紐を引っぱり、アメリカ兵どもを地獄へ吹っ飛ばし、己は正反対の方角へ旅立つのだ。

ところがなにしろ暑いのなんの（ジブチの暑さは尋常ではない）。爆弾本体は胴体に巻きつけられ、上下2枚重ねの衣類をかぶせられていた。自爆犯は太陽光を浴びて煮えたぎっていたにちがいない。ついにはうっかり、ちょっぴり強く紐をいじってしまった。

そうすることで、男は己のみならずたまたま近くにいた不運な人々をミンチに変えた。さらにふたりのジブチ人が出血死し、十数人が重傷を負った。

犠牲者にアメリカ人は1人もいなかった。しかし自爆犯のすぐそばに立っていた男はヨーロッパ人らしかった。警察は、奇跡的に無傷の財布を持ち主の遺骸のそばに発見する。中には800スウェーデン・クローナの紙幣のほかに、パスポートと運転免許証が入っていた。

翌日、ジブチのスウェーデン名誉領事は市長から伝えられた。すべての証拠から推して、スウェーデンの民間人、エリク・ベント・ビュールルンドが、市の魚市場で起こった狂気の爆弾攻撃で犠牲になったというのである。

遺憾ながら、市としては件《くだん》のビュールルンドの遺骸をお渡しすることができない。遺体は損傷が激しすぎるからだ。しかし破片は即刻、丁重かつ懇《ねんご》ろに火葬に付された。

名誉領事はビュールンドの財布を受け取る。中身はパスポートと運転免許証（現金は途中で消えていた）。市長は市がスウェーデン市民を保護できなかったことに遺憾の意を表してから、市長としては名誉領事に申し上げたいことがあると言った。

ビュールンドは有効ビザ無しでジブチに入った。市長としては、何度フランスにこの問題を提示したか知れない。ゲレ大統領とも話した。フランスが外人部隊を飛行機で基地に直接送り込むなら、それはそれでかまわない。しかし外人部隊兵士が基地を離れて民間人としてジブチ市（市長の言う「わが市」）に入る場合、その瞬間から有効な書類を携帯していなければならない。市長としては、ビュールンドが外人部隊兵士であったことを一瞬たりとも疑わない。このパターンはよくよく知っている。アメリカ軍は規則を順守するが、フランス軍はいまだにここが仏領ソマリランドであるかのようにふるまう。

名誉領事は市長の哀悼の意に礼を言い、折りをみてフランス代表団とビザの問題を話し合うと、空約束をした。

ラトビアの首都リガの南郊外の廃品回収所で破砕機を扱っていた不運な男、アーニス・イクステンスにとって、それは身の毛のよだつ体験だった。並ぶ最後の車をぺしゃんこに処理した直後、さっきまで車だった立方体の鉄パッケージから人間の片腕が突き出ているのに気づいたのだ。

アーニスはすぐさま警察に通報し、真っ昼間だったけれども家へ帰った。死人の片腕のイメージがこれから先いつまでも自分にとりついて消えないだろう。アーニスは、破砕機で車をつぶす前にすでに死人であったことを神に祈った。

リガの警察署長はスウェーデン大使館で大使にじかに伝えた。民間人ヘンリク・ミカエル・フルテンの死体が、リガ南郊外の廃品回収所でフォード・ムスタングの車内に見つかった。すなわち、本人であることはまだ確認できないが、所持していた財布の中身からして本人であると思われる。

5月26日午前11時15分、ストックホルムのスウェーデン外務省はジブチの名誉領事から1通のファクスを受けとった。死亡したスウェーデン市民に関する情報と資料である。8分後、2通目のファクスが届く。同じ内容だが、今度はラトビアの大使館からだ。

省の担当職員はすぐさま2人の死亡者の名前と写真がわかった。先日、タブロイド紙に載っていたからだ。ちょっと妙だと、職員は思った。どちらもスウェーデンからそうとう遠いところで死んだとあるが、新聞記事から受けた印象とは違う。しかしそれを明らかにするのは警察と検察官の仕事だ。職員は2通のファクスをスキャンして、それから2名の被害者の関連情報をすべてメールで伝えた。

ラネリード検察官の人生は今にも破綻しそうだった。100歳の三重殺人犯の告訴は、自分が長らく待ち望んでいたプロとしての快挙となるはずだし、自分はそれにふさわしいのだ。

ところが今や判明した。被害者1号は、セーデルマンランドで死んだはずが、3週間後にふたたびジブチで死んだという。そして被害者2号は、スモーランドで死んだはずが、ふたたびラトビアのリガで死んだ。

オフィスの窓を開け放って10度深く息を吸ってから、ラネリード検察官の頭はようやく動き出す。アロンソンに電話を入れなければならん、と、ラネリードは結論した。そしてアロンソンに被害者

3号を見つけてもらわねば。100歳と3号の間にはDNAのつながりがあるはずだ。でなければ俺は物笑いの種になってしまう。

電話でラネリードの声を聞いたとき、すぐさまアロンソン警視はアラン・カールソンの所在を突きとめた経緯を話し始め、件のカールソンの身柄を拘束したと告げた（もっとも身柄拘束の最中、本人はキッチンにいてアロンソンのためにコーヒーをいれていたのだった）。

「ほかの連中もたぶんこの近辺にいるだろうが、確認の電話を入れるのが最善と思って……」

ラネリード検察官は警視の報告をさえぎり、失意の口調で言った。被害者1号がジブチで、被害者2号がリガで発見されたんだ。状況証拠の鎖が崩れてきた。

「ジブチ？」と、アロンソン警視は言った。「それはどこだい？」

「知らないんだ」と、ラネリード検察官は言った。「しかしオーケル村の鋳造所から20キロ以上離れているからには、わたしの論拠はいちじるしく弱まる。いいか、ぜひとも被害者3号を見つけてくれ！」

まさにこのとき、目をさましたばかりのペール＝グンナル・イェルディンがベランダに出てきた。目をまん丸くして自分を睨《ね》めつけるアロンソン警視に向かって、丁寧に、しかしいくぶん警戒気味に会釈した。

「3号がこっちを見つけたらしい」と、警視は言った。

23

1968年

パリのインドネシア大使館でアランに与えられた仕事は難儀なものではなかった。新任大使、アマンダ・アインシュタイン夫人はアランにベッド付きの個室を与え、好きなように時間を使っていいと言った。

「でも、通訳をしてくれたらありがたいわ、外国から来た人と話さなくちゃならないとき、まずいことにならないように」

アランは答えた。仕事が仕事だからなにがあるかわからない。聞いたところでは、早くも明日、最初の外国人に会うそうだね。

アマンダは思い出したように言った。そうだったわ、エリゼ宮に任命式に行くんだった。儀式そのものは2分とかからないんだけど、それだけでもなにかやらかしそう。あたしの悪い癖だもの。

アランは了解した。まずいことを言ってしまうこともあるだろうね。だけどド・ゴール大統領なら大丈夫、ただしその2分間だけはインドネシア語しかしゃべらないこと。あとはにこにこ笑って愛想よくしていればいい。

「名前、なんだっけ?」と、アマンダ。

「いいからインドネシア語、インドネシア語をしゃべるんだ」と、アラン。「もっといいのはバリ語だな」

そう言ってから、アランはフランスの首都をぶらつこうと外に出た。ビーチチェアで15年も過ごしたのだから、久しぶりに足を伸ばしてもいいだろう。それにさっき大使館の鏡を見て思い出したが1963年の火山爆発以来、散髪はもちろん髭《ひげ》も剃っていない。

ところが営業中の理髪店が見つからない。どこもかしこも閉まっている。どこもかしこもストライキ中らしい。群衆は建物を占拠し、街路をデモ行進し、車をひっくり返し、互いに物を投げ合って、叫んだり怒鳴ったりしている。暴徒のバリケードが道をふさぐなか、アランは頭を低くして歩いた。

ついこの間までいたバリ島にそっくりだ。もっとも気温はひんやりしている。アランはくるりと向きを変え、大使館に戻った。

戻ると、大使が半狂乱になっている。たった今エリゼ宮から連絡が入って、2分間の儀式が正式の昼食会に変わったという。大使と大使の夫と、もちろん通訳も招きたいという丁重な招待らしい。そしてド・ゴール大統領は、内務大臣のフーシェと、これまたどうしたことか、米国大統領リンドン・B・ジョンソンを招待するのだという。

アマンダは自棄《やけ》になっていた。大統領と2分間会うだけならなんとかなるから、即刻、強制送還になんてならないでしょうけど、3時間もよ、しかももうひとり大統領がいるのよ。

「いったいどうなってるのよ、どうしたらいいの、アラン?」

ただの握手からふたりの大統領の同席する長時間の会食に変更になったいきさつは、アランにとって理解不能である。そして理解不能のことを理解しようとするのは、アランの性分に合わない。

「どうしたらいいかな。ヘルベルトを呼んで一杯飲もうか。もう昼過ぎだし」

ド・ゴール大統領が執りおこなう遠隔地のさして重要でもない国の大使親任式の場合、普通は60秒で終了する。大使本人がおしゃべりな場合でも、その倍はかからない。

ところがこのインドネシア大使の場合、急遽《きゅうきょ》、事情が変わったのは、高度な政治的理由が絡んでいたからである。アランが事前に知っていたとしても解決しようのないものだった。

たまたまこのとき、リンドン・B・ジョンソン大統領がパリのアメリカ大使館に滞在中で、政治的勝利を願っていた。世界中でヴェトナム戦争反対の波がハリケーンのように吹き荒れ、ヴェトナム戦争の代名詞となったジョンソン大統領はいたるところで不人気だった。

ジョンソンは11月の大統領選出馬はとうにあきらめていたが、せめて「人殺し」だのなんだの、いたるところで叫ばれる不愉快な呼び名だけはどうにかしたかった。だからまずハノイの空爆停止を命令し、とにかく和平会談の開催を取りまとめたのだ。当の会談の開催される市内がこのような戦争状態にあるとは知りもしなかったが、正直なところジョンソンは滑稽だと思った。ざまあみろ、ド・ゴール。

ジョンソン大統領はド・ゴールのことを、ドイツからフランスを解放するためにあれほど腕まくりして努力した者たちの苦労をけろっと忘れてしまった、健忘症の下司野郎だと思っていた。ところが政治のゲームは皮肉にも、このふたりの大統領を同じ町で同じ時期に引き合わせたばかりか、会食をせざるをえない羽目に追い込んだのだ。

だが公式に招待されたからには、受け入れるほかあるまい。おまけによくあることだから驚きはせんが、フランス人どもは大きな間違いを犯す。こいつはダブルブッキングじゃないか。おかげでインドネシア大使（しかも女！）が食事に同席するらしい。まあそれは逆にかえって好都合かもしれん。食事の席でその女としゃべっていれば、あの忌々《いまいま》しい下司ド・ゴールと話さないでもすむ。

ところがそれはダブルブッキングではなかった。ド・ゴールはぎりぎりになって決断したのだった。こうすれば、昼食会の苦痛はまあまあ我慢できるだろう。インドネシア大使（しかも女！）と話していれば、あのジョンソンと議論せずにすむ。

ド・ゴール大統領はジョンソンが嫌いだった。それは個人的な理由ではなく歴史的な理由からだった。アメリカ合衆国は戦争末期、フランスを軍事的な保護国にしようとした。連中は間違いなく、フランスの国土を盗もうと企てたのだ。ド・ゴールとしてはそれが許せない、現大統領がそれに関与していたかどうかはともかく。現大統領は、ええと、ジョンソンか。ただのジョンソンという名だ。アメリカ人ってのは気品がない、と、シャルル・アンドレ・ジョゼフ・ピエール＝マリ・ド・ゴールは思った。

アマンダとヘルベルトは話し合い、ふたりの大統領とのエリゼ宮での会食の間、ヘルベルトは大使館に残るのが最善ということになった。そのほうが、ひどい結果に終わる危険性を正確に半分に減らすことができるから。アラン、きみもそう思わないか？

アランはちょっと考え、いくつかの答えを思い浮かべたが、結局こう言った。

「ヘルベルト、きみは残ってくれ」

招待客が集まり、主《あるじ》を待っているのに、当の本人は客たちを待たせておく楽しみだけのために執務室で時間をつぶしていた。あの忌々しいジョンソンの機嫌をそこねるために、さらにあと数分待たせておくつもりだった。

愛するパリに猛威を振るうデモの喧噪が遠くから聞こえてくる。第五共和政は突然、なんの説明もなく根底から揺らぎ始めた。それはフリーセックスを要求しヴェトナム戦争に反対する学生たちの手で始まった。そこまでは、大統領はそれほど心配していなかった。学生というのはいつでも不満の材料をほじくり出すものだ。

だが、デモの参加者が増え、深刻化し、ますます暴力的になってくると、そこに労働組合が合流し、1千万規模の労働者がストライキに突入すると脅しをかけてきた。1千万人！ それでは国中が機能停止になってしまうではないか。

労働組合は労働時間短縮と賃上げを要求した。もうひとつ、ド・ゴール大統領の退陣も求めてきた。大統領に言わせると、あいつらは全面的に間違っている。はるかに困難な戦いを指導して勝利を導いたのは、いったい誰だと思っているのだ。内務省の政治顧問たちは、強硬な抗議には同等の強硬姿勢で臨むべきだと進言してきた。状況はさほど深刻ではない。たとえば、ソ連の画策する共産主義者によるフランス占領の企てとは違う。もっともあの阿呆なジョンソンなら、デザートのコーヒーを飲みながら、放っておけばそのたぐいのことを言いかねない。アメリカ人というのは、どこの街角でもコミュニストを発見する連中だ。万一の用心に、内務大臣のフーシェと閣内のきわめて有能な政治顧問を招いておいた。あのふたりに任せておけば、現在のフランス国内を支配している混乱状況をしのぐ手だてもあろう。それにもしあのジョンソンが首をつっこんできたら、くだらんおしゃべりをやめさせることもできる。

「ざまみろ！」ド・ゴール大統領はそう吐き捨てて、椅子から立ち上がった。
さすがにこれ以上は昼食を先延ばしにするわけにもいくまい。

大統領側近の護衛は、インドネシア大使の通訳だという髭もじゃの長髪男を特に念入りに点検した。だが男の書類に不備はなく、武器も携帯していない。そのうえ、大使（しかも女！）が男のことを全面的に保証するという。かくして髭面男は、ずっと若くてずっとスマートな身なりのアメリカ人通訳と、そのコピーのようなフランス人通訳との間に座った。

3人のうちでいちばん仕事が多かったのは、髭面のインドネシア側通訳だった。ジョンソン大統領とド・ゴール大統領は互いに話し合うのを避けて、女性大使に質問を浴びせかけた。

まずド・ゴール大統領がアマンダ・アインシュタインに職歴を尋ねる。アマンダは答えた。あたしほんとに馬鹿なもんだから、賄賂をたくさん使って知事になったの。そのあとも片っ端から賄賂を使って2期つづけて知事選に勝ったわ。この間ずっと、家族ともどもうまい汁を吸ってきた。そのうち新大統領のスハルトがいきなり電話をかけてきて、パリのインドネシア大使のポストをもらったのよ。

「あたし、パリがどこにあるかなんて知らなかった。国だと思ってたの、町じゃなくて。こんな無茶苦茶な話、聞いたことないでしょ！」と言って、アマンダ・アインシュタインはけらけら笑う。

これを母国語で言って、髪も髭も伸び放題の通訳が英語に翻訳する。このときもそうだが、アマンダ・アインシュタインのしゃべることはほとんどすべて適切と思われる内容に変更していた。

昼食が終わったころには、ふたりの大統領はただひとつの点で意見が一致していた。ふたりとも、アマンダ・アインシュタイン大使が愉快で教養があって話が面白くて知性があると思った。ただし、ボルネオの野生人みたいな男を連れてくるとは、通訳の選び方の趣味が悪い。

内務大臣フーシェのきわめて有能な政治顧問クロード・ペナンは、1928年にストラスブールで生まれた。両親は名うての狂信的コミュニストで、1936年にスペイン内戦が始まると息子を連れてスペインに渡り、ファシストとの戦いに身を投じた。

その後、家族は全員内戦を生きのび、複雑な経路をたどってソ連に逃亡する。モスクワに着くと、コミンテルンのためにいっそう尽力した。そして、当時11歳の息子、クロードを売り込んだ。この子はもう3ヵ国語を話せます。ストラスブールにいたのでフランス語とドイツ語ができ、さらに今ではスペイン語も。この子の知識はいずれ革命のお役に立つのではないでしょうか?

そのとおりになった。クロード少年の語学の才能と知能指数は、多くの試験でつぶさに評価された。そして言語習得とイデオロギー教育を旨とした専門学校に入り、15歳にならないうちにフランス語、ドイツ語、スペイン語、ロシア語、英語、中国語を話せるようになった。

第二次世界大戦の終結直後、18歳のクロードは、スターリンのもとで進行する革命の展開に関して両親がさまざまな疑惑を表明するのを耳にする。青年はそうした両親の発言を上司に報告した。その結果、ミシェル・ペナンとモニック・ペナンは逮捕され、反革命的活動の罪状で処刑される。クロードは最初の勲章を授けられる。1945-46年期の最優等学生の金メダルだ。

1946年以降、クロードは外国部局での仕事に編入される。任務は、西側に渡って必要なら何十年でも、正体を隠したスパイとして権力の錯綜した迷路に潜入することだった。それからのクロードは切れ者ベリヤ元帥の傘下に入り、写真によって顔が永遠に記録されかねない公務から外される。若きクロードは、ベリヤ同席の際にのみ通訳の任務に就かされることになった。

１９４９年、21歳のとき、クロード・ペナンはフランスに派遣される。今度はパリに。そこでクロードは本来の身元のままでもいいと認められていたが、大幅に履歴を変える。そしてソルボンヌを卒業することで、のし上がっていく。

19年後の１９６８年5月、クロード・ペナンはフランス共和国大統領の側近の地位にまで登り詰めていた。ここ2年、内務大臣クリスティアン・フーシェの右腕となり、それを隠れみのに、それまでにも増して革命を画策する。内務大臣への進言はそのまま大統領に伝わり、学生と労働者の蜂起に対する厳しい対決姿勢を演出する。念のため、フランス共産党は学生と労働者の諸要求を後押ししていないという偽りの信号を発信させていた。フランスにおける共産主義革命はほとんどひと月先にまで迫っていた。そしてそのことをフーシェもド・ゴールも知らない。


昼食後、一同は広間に場所を移し、くつろいでコーヒーが出されるのを待っていた。ド・ゴール大統領とジョンソン大統領は、当たりさわりのない言葉をかわす。このとき、髭も髪も伸び放題の通訳がふたりの会話に割って入った。

「お邪魔をして申し訳ありません、大統領閣下。ド・ゴール大統領にお伝えしなければならないことがあります、早急にです」

ド・ゴール大統領は護衛官を呼びそうになった。フランス共和国大統領たる者は、そう簡単に誰とでも接することはしない。しかし髭面長髪男が実に礼儀正しいので、はねつけるわけにもいかなくなった。

「よろしい、早く言いたまえ。いいかね、わたしは今、最重要人物と話をしている最中なのだ。本来なら通訳と話す暇はない」

それはよく存じております、それほどお時間はとらせません、とアランは言った。大統領も知っておられたほうがよろしいかと思いますが、あの内務大臣の政治顧問はスパイです。

「なんだと、今なんと言った?」ド・ゴール大統領は大きな声で尋ねたが、フーシェはテラスで煙草をふかしていて、その腹心の男もテラスで煙草をふかしていて、声は届かなかった。

アランは事情を説明した。ちょうど20年前、わたしはかのスターリン氏とベリヤ氏と、なんとも胡散臭《うさんくさ》い夕食をともにしたことがあります。その場でスターリンの通訳をしていたのが、間違いなくあのフーシェ内務大臣の政治顧問の方でした。

「もう20年前になりますが、あの方はまったく変わっていません。逆にわたしは大いに変わっています。当時は髭をはやしていませんでしたし、髪の毛もこんなにぼうぼうではありません。ですからわたしはあの方がスパイだとわかったのですが、あの方はわたしに気づかなかった。わたし本人ですら、鏡を覗いてこれが自分だとは気づかなかったくらいですから」

ド・ゴール大統領は顔をパッと赤くして、招待客に失礼と言い、内務大臣に内々で話したいことがあると告げた(「いや、内々でと言ったろ、政治顧問抜きだ! 今すぐ!」)。

ジョンソン大統領とインドネシア語通訳は差し向かいで残されることになった。ジョンソンはいかにも嬉しそうである。通訳の手を握り締め、フランス大統領の傲慢の鼻をへし折ってくれたことへの感謝の気持ちを伝える。

「きみに出会えて嬉しいよ」と、ジョンソン大統領は言う。「ええと、なんて名前だったかな?」

「アラン・カールソンと申します。あなたの前任者の前任者の前任者、トルーマン大統領には会ったことがあります」

「ほんとかね!」とジョンソン大統領は叫んだ。「ハリーはもうじき90歳になるが、まだ元気でぴんぴんしている。わたしとはいい友達だ」

「よろしくお伝えください」と、アランは言い、アマンダのところへ行くので失礼しますと告げた(両大統領にアマンダがどんなことをしゃべったのかを教えておかねばならない)。


両大統領との昼食会は唐突に終わり、会食者たちはそれぞれ自分の職場に戻った。ところがアランとアマンダが大使館に到着した直後、ジョンソンから電話が入り、アランを夕食に招待したいので今夜8時にアメリカ大使館にきてほしいという。

「それは素晴しい」とアランは言った。「今夜はたっぷり食事らしい食事をしようと考えていたところです。フランス料理がどうのこうのと言っても、たいして食べないうちにたちまち皿が空になりますから」

まったくそのとおりだとジョンソン大統領は同意し、今夜は大いに楽しくなりそうだと言った。

ジョンソン大統領がアラン・カールソンを招待する理由は少なくとも3つあった。件《くだん》のスパイに関することと、アランがスターリンとベリヤに会ったときのことをもっと詳しく知りたい。第二に電話で確かめたところ、ハリー・トルーマンはアラン・カールソンが1945年のロスアラモスでなにをしたか話してくれた。その事実だけでも夕食に招く意味はある。第三にエリゼ宮での昼食会の展開は、ジョンソンにはとんでもない儲け物だった。ド・ゴールが仰天かつ狼狽《ろうばい》するさまを至近距離で見ることができた。殊勲の第一位はアランに尽きる。

「ようこそ、カールソンさん」と、ジョンソン大統領は両手でアランの手を握りながら話しかける。「ライアン・ハットン氏を紹介しよう。こちらは、まあ、当大使館でちょっとした秘密の任務を負った人物でしてね。法律顧問という肩書きだったと思うが」

アランは秘密顧問と握手し、3人は食卓についた。席につくなり大統領はビールとウオツカを存分にやってくれと言う。フランスワインはフランス人を思い起こさせる。今夜は愉快な食事にしたいからね。

最初の料理を平らげている間、アランは過去のさまざまなエピソードを語り、ついにはあのひどい展開になった、クレムリンでのいわくつきの晩餐会の話に触れた。そのときのことです、あの未来のフーシェ内務大臣の政治顧問が卒倒してしまって、すっかり怒り狂っていたスターリンに向かってわたしが最後にようやく気の利いたことを言ったのに、それを通訳することすらできなかったのは。

メインディッシュが出たころには、ジョンソン大統領にとって、フランス大統領の側近に潜りこんだソ連のスパイの話は、笑い話どころではないと思えてきた。その間にライアン・ハットンの口から、件の消息通のペナン氏が極秘のうちにＣＩＡに情報を送ってきていることを知らされたからだ。事実、ペナンはＣＩＡの有力な情報源だった。しかも、フランスに共産主義が深く浸透しているとはいえ、共産主義革命の脅威は迫っていない、と言っている。今後は情報分析全体を洗い直さなければならなくなるだろう。

「今申し上げたことは、もちろん高度な機密に属する事案ですよ」と、ジョンソン大統領は釘を刺した。「だがカールソン氏は秘密を守ることができる方だ、とわたしは信じます」

「もしわたしがあなたなら、そう簡単には信じませんがね」と、アランは答えた。

それからアランは、ユーリ・ボリソヴィチ・ポポフという名のソ連でもっとも偉大な原子物理学者でもある、とびきり人なつこい男とのヘベレケ海底旅行の話を披露した。その航海の間、われわれはたっぷり原子力の問題を話し合いました。

「それでもきみはスターリンには原子爆弾の作り方を言わなかったんだろう?」と、ジョンソンは心配そうに訊く。「きみが強制収容所《グラーグ》送りになったのは、まさにきみがスターリンにそのことを説明するのを拒否したからだ、とわたしは信じていたがねえ」

「たしかにわたしはスターリンになにも言いませんでした。言ったところでなにも理解できなかったでしょう。でもその前日、その人なつこい男に情報を与えすぎたんではないかという気がかりはあります。飲み過ぎるとよくあることなんです、大統領閣下。それに翌日スターリンに会うまで、スターリンってやつがどんな男なのかも、ほとんどわかってませんでした」

ジョンソン大統領は額に置いた手を離し、髪の毛をかきむしりながら考えていた。原子爆弾の作り方を教えることは単なる「よくあること」とはまったく違うだろう、どんなにアルコールをがぶ飲みしたって。このアラン・カールソンってやつは……くわせ者か? もちろんこいつはアメリカ人じゃないからな。……でも、だからってどういう違いがある? ジョンソン大統領は少し考える時間が必要だった。

「それで、なにがあったんだね？」と、しばらくして尋ねた。

アランはこの際なにも隠し立てしまいと決めていた。そこで、ウラジオストクでのこと、メレッコフ元帥のこと、金日成《キム・イルソン》のこと、金正日《キム・ジョンイル》のこと、スターリンの幸運な死のこと、毛沢東が親切にもくれた多額なドル札のこと、バリ島で送ったのんびりした生活のこと、バリ島で送ったやや騒々しい日々のこと、そして最後にパリに到着したこと、こうしたことを包み隠さず話した。

「これでほぼすべてお話ししたと思います」と、アラン。「今は恐ろしく喉が渇いてます」

大統領はビールの追加を命じてから辛辣な口調でこう指摘した。へべれけに酔うと、よく考えもせずに原子爆弾に関する情報をべらべらしゃべってしまうような男は、節制を検討したほうがいいようだな。

「するときみは毛沢東にもらった金で15年間も休暇を過ごしてきたのかね？」

「ええ、まあそういうことです。あれはもともと蔣介石のもってた金で、さらにもともとは、わたしたちの友人ハリー・トルーマンから蔣介石が受けとった金ですから。おかげでようやくそこに思い至りました、大統領閣下。ハリーにお礼の電話を入れなくてはならんでしょうな！」

ジョンソン大統領は、目の前の髭面長髪男が原爆をスターリンに手渡したという事実と、偶然ころがりこんできたアメリカの金で楽して暮らしてきたという事実をうまく消化できずにいた。おまけに大使館に迫った群衆が、「アメリカはヴェトナムから出てけ！」とシュプレヒコールを繰り返す。ジョンソンはぐったりとした様子で押し黙っていた。

アランはビールを飲み干しながら、アメリカ大統領の苦しそうな顔をじろじろ見ていた。

「なにかして差し上げましょうか、大統領閣下?」

「なんだって?」考えごとに没頭していたジョンソンは訊き返した。

「なにかわたしにできることでもありますか、とお訊きしたんです」と、アラン。「お顔色がよろしくありません。きっと誰かの助けが必要だと思いまして」

大統領は思わずヴェトナム戦争に勝たせてくれ、とアランに頼みそうになったが、かろうじて現実に立ち戻った。そして目の前にいるスターリンに原爆を渡した男をじっと見つめる。

「ああ」と、疲れきった声で言った。「ここから出てってくれ」


アランは夕食の礼を言ってから立ち去った。ジョンソン大統領とCIAヨーロッパ支局長ライアン・ハットンが差し向かいで残された。

リンドン・B・ジョンソンはアラン・カールソンと会ったことで知った事実に打ちのめされていた。出だしは好調だったんだ……。ところが突然あいつは、アメリカのみならずスターリンにも原爆を渡したと暴露しやがった。スターリン! コミュニストのなかでも最悪のコミュニスト野郎に!

「なあ、ハットン」と、ジョンソン大統領は声をかけた。「あの忌々しいカールソンをひっ捕まえて、煮え油に放り込んでやろうか」

「そいつは名案ですな。でもあの男はまだ使えます」

秘密工作員のハットンは単なるスパイではなかった。CIAの最高の戦略家でもあった。ハットンは、アランが潜水艦に同乗して、スウェーデンからレニングラードまで愉快な海底旅行を楽しんだ相手の物理学者の履歴を、完全に掌握していた。

その男ユーリ・ボリソヴィチ・ポポフは、1949年以来ずっと現職にあります。最初の職業上の突破口はもしかしたらアランから聞いた情報ではないでしょうか。大いにありえることです。現在ポポフは63歳、ソ連の核兵器製造集団の技術主任を務めています。その地位にある者として、合衆国にとって測り知れない貴重な知識を所有しています。

もしアメリカがポポフの知っている情報を手に入れ、その結果、核武装に関しての東側に対する西側の軍事的優位の確証を得ることができましたら、大統領は軍縮競争においても一方的なイニシアチブをとれることでしょう。その情報を得るための最良の策は、アラン・カールソンを使うことです。

「きみは、アラン・カールソンをアメリカの秘密工作員にしたいというのかね？」大統領は、今後ヴェトナム戦争がつづこうとつづくまいと、軍縮の実績ぐらいで後世の人間の自分への評価を回復できるものだろうか、と考えながら尋ねた。

「それは絶対です」と、秘密工作員ハットンは答える。

「それに、あの男がこちらの提案を受け入れるかね？」

「ええ、まあその気でしょう。先ほど立ち去る前に、大統領に助力を申し出ていましたから」

「ああ、たしかに」

大統領はそれから長いこと黙っていたが、ようやく口を開いた。

「一杯飲みたいな」

国民の不満に対するフランス政府の強硬路線のために、国中が麻痺状態になった。数百万人のフランス人がストに参加した。マルセイユ港は閉鎖になり、国際空港、鉄道、すべての百貨店が閉鎖になった。

ガソリンと石油の供給が止まり、ゴミ収集も止まった。国民全体がそれぞれの要求項目を掲げていた。もちろん賃上げ、そして労働時間短縮、安定雇用、権利拡大。

今こそ教育の改革を、社会の刷新を！　第五共和政は崩壊の危機に瀕していた。

何十万人ものフランス人が街に繰り出した。なかには平和的でない者たちもいた。いたるところで車が燃やされ、街路樹が倒され、道路の舗石がはがされて、いくつものバリケードが立てられた。そこへ憲兵隊、機動隊、催涙ガス、盾……。

この時期を挟んで、フランスの大統領も首相も政府も、一斉に急な方向転換をした。今や内務大臣フーシェの特別政治顧問の影響力は消滅した（件の男は秘密警察の建物に密かに投獄された）。どうしてバスルームの体重計に盗聴器がとりつけられていたのか、どうしても説明がつかなかった）。ゼネストに参加していた労働者たちはある日突然、最低賃金の大幅アップ、10パーセントの賃金ベースアップ、週3時間の労働時間短縮、家族手当増額、労働組合の権限強化、包括的な一般賃金契約とインフレ比率適応賃金導入に関する交渉を政府から提示される。数人の閣僚の辞任も発表され、そのひとりが内務大臣フーシェだった。

この一連の処置は功を奏して、政府と大統領は最も急進的な党派の影響力を制圧できた。さらに先へ行こうとする動きに、大衆の支持はもはやついていかなかった。労働者は仕事に戻り、職場占拠は解除され、商店は再開し、輸送機能は回復した。1968年5月は終わり、6月になった。第五共和政はまだ存続していた。

シャルル・ド・ゴール大統領は自らパリのインドネシア大使館に電話をして、勲章を授与したいのでアラン・カールソン氏と話したいと告げた。しかし大使館ではアラン・カールソンはもうここに勤務していないと言い、女性大使自身もふくめ、誰も所在を知らないと伝えた。

24 2005年5月26日 木曜日

100歳

ラネリード検察官は、かろうじて残る己のキャリアと名誉だけはなんとか守ろうとした。そしてこの日の午後には記者会見を設定し、100歳の失踪人の件で男3名と女1名に対して発付した逮捕令状を撤回すると発表した。

検察官はなにをやらせてもそつがない男だが、己の能力不足と失策を認めることは不得手だ。記者会見でも馬脚を現すのではないかと不安でならなかった。なんとかわかりやすく説明しようとするのだが、どうしても複雑な言い方になってしまう。「アラン・カールソンとその一党の捜索はこれで終了します。それから本日、彼らはヴェステルヨートランドでその姿を確認されました。今まで申し上げてきたように彼らの犯行は明白ですが、このたび新たな要素が浮かび上がってきましたので、当面すべての逮捕状を取り下げざるをえなくなりました。

記者たちは当然、その新たな要素とはなにかと質問してきた。ラネリード検察官は及び腰で、ジブチとリガで見つかった死体がビュールンドとフルテンのものと合致した、と公表した。そしてこうもつづけた。ときに司法のすぐれた機能は、場合によってはどんなに不当に思えても、ある疑惑に対して一時的に逮捕状を取り下げることを要求することもある。

ラネリード検察官には、説明が不明瞭だったのではないかという不安が残った。不安は的中した。ダーゲンス・ニュヘテル紙の記者がメモを確認しながら眼鏡越しに検察官に目を向け、身を乗り出して、厄介な質問を長々と開始したのだ。

「つまりこういうことですか。事前捜査で新たな要素が見つかったが、それでもまだあなたは、アラン・カールソンの殺人ないし故殺の罪は信じている。そういうことですか？　ということは、100歳のアラン・カールソンが昨日の午後、32歳のベント・ビュールンドを力づくでアフリカ先端のジブチまで連れて行き、街の真ん中で爆死させて、しかも自分は吹っ飛ぶこともなかった。それから急遽《きゅうきょ》ヴェステルヨートランドに戻った。あなたはアラン・カールソンがどんな交通手段を使ったのか説明できますか？　わたしの知るかぎり、ジブチとスウェーデン西部を結ぶ直行便はないし、アラン・カールソンは有効パスポートをもってないんですよ」

ラネリード検察官はひとつ深呼吸をしてから答えた。言い方が悪かったのだと思います。アラン・カールソン、ユーリウス・ヨンソン、ベニー・ユングベリ、グニラ・ビョルクルンドの無罪に関しては、まったく疑いは残っていません。

「申し上げたようにまったく疑いは残っておりません」と、ラネリードは繰り返し、土壇場で難局を切り抜けられたと思った。

ところがどっこい、記者連中はそんな逃げ口上では満足しない。

「このあいだは、３人の殺人容疑者の時間的な前後関係と犯行場所を特定しましたよね。容疑が突然晴れたのなら、ほんとのところはどういう経緯になります？」地方紙の記者が突っ込んできた。

いい加減にしろ。たかが地方新聞の女記者にラネリード検察官をやりこめられると思うのか。

「捜査にかかわる法規上の理由から、現時点でこれ以上は話せません」と締めくくって、いつもならラネリード検察官は会見を打ち切る。

「捜査にかかわる法規上の理由」は一度ならず窮地の検察官を救った。しかし今度ばかりはそれでは通らない。検察官はここ数週間、４人の容疑者の有罪の理由をさんざん述べ立ててきたので、記者たちはせめてもう1、2分、説明してほしいと要求した。ダーゲンス・ニュヘテル紙の物知り顔の記者に言わせると、

「それだけの数の無実の人間がなにをしてきたのかを話せない『法規上の理由』があるんですか？」

ラネリード検察官は崖っぷちに立たされた。この今か、1日、2日後か、どう見ても転落しそうだ。しかしひとつだけ、記者たちに対して優位な点が残っている。カールソンと仲間たちの潜伏先を知っているのは自分だけだ。ヴェステルヨートランドとひと口に言っても広い。ここは一か八かやってみなくては。ラネリード検察官は言った。

「どうかこのあたりで終了させてください！　捜査にかかわる法規上の理由から、今はこれ以上お話しできません。しかし明日午後3時、この場所でもう一度記者会見を開きます。その席でみなさんのすべての質問に答えましょう」

「ヴェステルヨートランドのどこにアラン・カールソンはいるんですか？」と、べつの記者が問う。

「これ以上はなにも申し上げられません」と答えて、ラネリード検察官は退席した。

なんでこんなことになってしまった？　オフィスに独り閉じこもって7年ぶりに煙草を吸いながら、ラネリード検察官は自問した。俺は遺体が発見されない三重殺人事件の取り調べに当たった最初の検察官として、スウェーデンの犯罪年報に載るはずだったんだ。なのに突然、遺体が次々に。しかもとんでもない場所で！　そのうえ、死体3号は生きていやがる。いちばん死んでいて当たり前だったやつが。3号のおかげでどれだけ迷惑を蒙《こうむ》ったか。「あいつめ、殺してやりたい」と、検察官はひとりごちた。

しかし、とりあえずは名誉と地位を守ることだ。殺してどうなるものでもない。コニー・ラネリードは惨憺《さんたん》たる記者会見のことを思い返した。俺はアランとその共犯者が今後すべての嫌疑から自由になると明言した。そんなことになったのは、俺が、なんにも……わかっていないからだ。実際に、なにがあったのか。ボルト・ビュールンドはトロッコに乗っていたときに死んでいたはず。だったらいったい、数週間後に大陸の彼方でもういっぺん死ぬなんてことがありうるか？

ラネリード検察官は自分自身に毒づいた。俺はなんだってあんなにすぐに記者会見を招集したんだ？　まず第一にカールソンと共犯者を尋問すべきだったんじゃないか。それからメディアに発表することを決めるべきだった。

報道陣に容疑者は全員無実だと言明したあとだから、今さら連中を呼びつけて、「捜索に協力を求めた」ところで、職権濫用だと非難されるのが落ちだ。しかし、ラネリードには多くの選択肢はなかった。ともかく知らなければならない、それも明日午後3時までに。さもないと俺は、同僚の目にもはや検察官でなく道化と映ってしまう。

アロンソン警視は鐘撞《かねつき》農場のベランダのハンモックにゆったりと身を沈めて、ビスケットをかじりながらコーヒーを飲んでいた。気分は最高だった。失踪した100歳老人の追跡は終了した。感じのよい老人はもう逮捕される気づかいはない。ひと月ほど前にこの老人がなぜ急に窓から逃げ出したのか、その後どういう経緯があったのか、それはまだ判明していない。必要があれば訊くまでのことだ。でもそれは急を要することではない。

とはいえ、まずもう少し雑談するにはいい機会だ。自動車事故で死んで、今は生き返っているペール＝グンナル・イェルディン親分は、気持ちのいいまともな男だ。イェルディンは知り合ってすぐ、形式張った言い方はやめてファーストネームで呼び合おうと提案してきた。

「いいとも、鬼師《おにかます》」と、アロンソン警視は応じた。「わたしのことはヨーランと呼んでくれ」

「鬼師の洋蘭《ヨーラン》好き」と、アランが言う。「なかなか語呂がいい。ふたりで会社でも起こせそうじゃないか」

鬼師は言った。俺は出資の仕方だとか税金のことだとか、その種の詳しいことをてんで知らないから、警視と手を組んで会社を起こすなんて無理だな。でもありがとよ、アラン、そいつはいいアイディアだ。

すぐに打ち解けた雰囲気が深まってきた。ベニーとベッピンが加わり、ユーリウスとボッセがさらに加わると、ますますいい雰囲気が広がった。

ベランダではありとあらゆる話題が出たが、このひと月の出来事については一切話が出なかった。

アランが不意に家の角から一頭の象を連れて現れ、ソニアとダンスのような見せ物を演じて喝采を浴びた。ユーリウスは警察に追われる身でなくなったのが嬉しくてたまらなくなり、ファルシェーピングで素顔を隠すために伸ばした髭《ひげ》をぞりぞり剃り始めた。

「わかるかよ、俺はずっと罪人だって言われてきて、それがいきなり無罪だぜ！　嬉しくてたまらねえや！」

ボッセは、ハンガリーの本物のシャンパンを1本持ってくるから、全員で警視と乾杯しようと言った。アロンソンは、車で来たからと、ぎこちなく断わった。ファルシェーピングのセントラルホテルに部屋を予約してあるが、秩序の番人としては、ほろ酔い運転でホテルに戻るわけにはいかない。

するとベニーが言い張る。アランに言わせりゃ禁酒主義者は一般に、世界平和を脅かすそうだけど、どっかへ乗っけてもらうときには至極便利さ。

「シャンパンの一杯くらい飲みなよ。大丈夫、無事にホテルへ送るから」

ヨーラン・アロンソンを説得するのにわけはなかった。長いこと慢性の人間関係欠乏症を患ってきたが、ようやくこうしていい仲間たちに恵まれた。こんな楽しみにそっぽを向けるわけがない。

「それじゃまあ、みなさん全員の無罪獲得を祝ってちょっと一杯。警察も目をつぶってくれるでしょう。なんならもう一杯でも、なにせこの大人数ですからね……」

和気藹々《あいあい》とした祝いの数時間が過ぎたころ、アロンソン警視の携帯がふたたび鳴った。またラネリード検察官からだ。電話の内容は、不幸な偶然が重なって3人の男とひとりの女の無罪を記者た

ちの前で断言してしまったこと、もうそこから引き返すわけにはいかなくなったことだった。また
ラネリードの説明では、100歳老人が窓から逃亡してから今日までになにが起こったのか、すべ
てをどうしても知りたいという。というのも、明日の午後3時にはすべてを語ると記者たちに約束
してしまったから。

「ということは、にっちもさっちもいかなくなったんだ」と、ほろ酔いの警視は言う。

「助けてくれよ、ヨーラン」ラネリード検察官はすがるように言う。

「どうやって？　都合のいい場所に死体を置いておけとでも？　それとも、意のままにならずにお
っ死んでいないやつらを殺せとでも？」

検察官は、二番目の解決策は自分も頭では考えたが結局はあきらめた、と認めた。わたしが本当
に望んでいるのはこういうことだよ、ヨーラン。きみがなんとか駆け引きをして、アラン・カール
ソンとその……友人たち……を引き止めておいてほしいんだ。こっちから明日の午前中にちょっと
した儀礼訪問をして、セーデルマンランドとスモーランドの森で起こったことをもう少し明らかに
するために、連中と直接話をしてみるつもりだから……もちろんこれはまったく非公式の訪問だが
ね。その代わりと言っちゃなんだが、わたしはセーデルマンランド警察を代表して、4人の無実の
市民に謝罪をすることを約束する。

「セーデルマンランド警察？」と、アロンソンは聞き返した。

「そうだ。だが、もしかしたら……むしろわたしの名前のほうがいいかもしれん」と、ラネリード
検察官は言い直した。

「了解。まあ、深呼吸することだね、コニー。聞いてみよう。あとで連絡します」

アロンソン警視は一同に向き直って吉報を伝えた。ラネリード検察官が記者会見を開き、アラン・カールソンとその仲間たちの無罪を明言した。ついては明日、皆さんに会って直接話を聞きたいが都合はどうか、と言っている。

するとベッピンが啖呵《たんか》を切るみたいにまくしたてる。検察官にこの2、3週間のことを詳しくしゃべったらロクなことにならないね。ユーリウスも同調する。無実ってことは無実なんだろ。それでいいっての。

「それに俺はどうも馴染めねえな。俺の無罪なんてのは、1日持ちゃいいだろよ」

アランは言った。ささいなことを心配しなくていい。新聞もテレビも、なにか聞き出すまでそっとしておいてはくれまい。いっそ検察官ひとりに話をしてしまったほうが、これから何週間も記者たちに付きまとわれるよりマシだろう。

「それに、まるまるひと晩あるから話をこさえりゃいい」と、アランは締めくくった。

アロンソン警視は最後まで聞かないほうがいいと思った。さっと椅子から立ち上がり、自分の同席を思い出させて、話を中断させた。じゃ今夜はこのへんで、と言った。ベニーがホテルまで送ってくれるなら、たいへんありがたい。皆さんが同意してくださったら、途中でラネリード検察官に電話を入れて、明日の朝10時ならいいと伝えておきます。いずれにせよ、わたしもタクシーで来ます。車を取りにこなくちゃならないから。ところで失礼する前に、極上のブルガリア・シャンパンをもう半杯飲みたいですね。え？　ハンガリー？　まあ同じようなもんです。

警視はもう1杯、なみなみとシャンパンを注がれ、それを一気に飲み干して鼻をひとこすりしてから、ベニーが回してきた自分の車の後部座席に倒れ込んだ。いつの間にか、アロンソンは詩を口ずさみはじめた。

ああわれ、よき友を選び
ハンガリーの酒を酌みかわさば……

「カール・ミカエル・ベルマン」と、文学士の成りそこない、ベニーが言う。

「ヨハネ伝8の7、明日の朝忘れずに読むんだ、警視！」突然、衝動に駆られたようにボッセが叫んだ。「聖書のヨハネ伝8の7！」

25

2005年5月27日 金曜日

エスキルストゥーナからファルシェェーピングまでは、そこそこ時間がかかる。ラネリード検察官はまんじりともせず一夜を明かしたあげく、10時に鐘撞《かねつき》農場に着くために明け方に起きる羽目になった。会って話を聞き出すのはせいぜい一時間で切り上げないと、計画が台無しになる。記者会見は3時の予定だ。

コニー・ラネリードは車を走らせながら、泣きたいような心境だった。『大いなる裁きの勝利』、予定していた本のタイトル。ちぇっ、この世に正義のひとかけらでもあれば、今ごろあの農場に雷が落ちて、あいつらは焼けこげて昇天していたろう。そうなっていれば、記者連中にはなんとでも話せるだろうに。

アロンソン警視はぐっすり寝た。9時に目覚めたとき、前の晩のことで後味の悪さが残っていた。犯罪者とおぼしき連中とシャンパンを飲みかわし、ラネリード検察官に伝える作り話をでっち上げるとアランが言うのをはっきり聞いた。すると俺は、やつらの共犯者になるのか？　だが、なんの共犯者だ？

昨晩ホテルに戻ってから、警視は部屋のギデオン協会寄贈聖書を手にとり、ヨハネによる福音書8章7節を開いた。それからホテルのバーの片隅に陣取って、ジントニックを1杯、2杯、3杯とやりながら、2時間も聖書を読みふけった。

姦淫した女のくだりである。イエスをジレンマに陥れるために、パリサイ人たちがこの女を目の前に引きずり出す。もしイエスが、姦淫の罪を犯したからと女を石で打ち殺すべきでないと言ったら、モーセ（レビ記）と矛盾することになる。一方、イエスがモーセの戒律の立場をとったら、刑を宣告できるのは自分たちだけだと言うローマ人を敵に回すことになる。イエスはモーセの側に立つか、ローマ人の側に立つか？　パリサイ人たちは、イエスを追いつめたと思う。しかしそこはさすがにイエス、しばらく考えたあとにこう答える。

「あなたたちのなかで罪を犯したことのない者が、まず、この女に石を投げなさい」

イエスはこうして、モーセの律法とローマ人の法律双方との論争、つまりパリサイ人たちの仕掛けた罠から逃れる。こうして事件は解決。パリサイ人たちは、ひとり、またひとり、尻尾を巻いて立ち去る（そもそも人は、どんな些細な罪も犯していないなんてことはないね）。結局、イエスと女だけが残される。

「婦人よ、あの人たちはどこにいるのか。誰もあなたを罪に定めなかったのか」

女が、「主よ、誰も」と言うと、イエスは言われた。

「わたしもそなたを罰に定めない。行きなさい。これからは、もう罪を犯してはならない」

警視は警察官としての嗅覚を失っていたのではなく、なにか怪しい空気を嗅ぎとっていた。ところがカールソンもヨンソンもユングベリもビョルクルンドもイェルディンも、昨日になって、あのラネリードのやつから無罪を言い渡されてしまった。だとしたら、この俺がどんな罪状で奴らを追い込む理由があった？　はなから感じのいい連中だと思っているのだから、イエスがいみじくも言っているように、最初に石を投げることなんかできるわけがない。アロンソンは、それまでの人生で味わった惨めなエピソードのいくつかを思い出してみた。それから、改めてラネリード検察官のことを考えた。あの男は、この利益のために、とことん楽しい鬼師《おにかます》イェルディンの死をも望んだ。

「よし、ラネリードめ、俺を当てにするなよ。今度のことはおまえひとりで処理しろ」と、アロンソン警視はつぶやき、まっすぐホテルの朝食ルームに向かった。シリアルとトーストとゆで卵をコーヒーで流し込みながら、二大全国紙に目を通す。殺人の容疑をかけられながら無実と明言された失踪中の100歳老人の事件で、検察官が失態をしでかしたことを、両紙とも慎重に言葉を選んで示唆している。しかし両紙とも、詳細は不明としていた。老人はいまだに行方不明で、検察官は金曜午後までは会見をおこなわないということだ。

「やっぱりか。ラネリードめ、ひとりで始末をつけろ」

警視はタクシーを呼び、検察官が到着するちょうど3分前、9時51分に鐘撞農場に着いた。

天気予報には嵐の警報は出ていないし、ラネリードが期待している雷が鐘撞農場に落ちた様子もない。肌寒い曇り日だった。だから一同はだだっ広いキッチンに集合することになった。

昨夜、一同はラネリード検察官に聞かせる代替物語をまとめてあり、念のために朝食の席でもその物語のリハーサルをした。真実はつねにその逆よりもずっと簡単に覚えられるという事実を斟《しん》酌《しゃく》するなら、めいめいが今日の公演の役割にかなり自信をもっていた。大嘘をつく者はたちまち窮地に陥るからして、めいめいが慎重に考えてから口を開かねばならない。

「くそったれ」と、ベッピンが全体の緊張を総括してから、アロンソン警視とラネリード検察官がキッチンへ通される。


コニー・ラネリード検察官との会見は、程度の差こそあれ、全員にとって愉快そのものだった。こんな具合である。

「まず最初に、こうして迎えてくださり、感謝いたします」と、検察官は切り出した。「わたしはあなた方にお詫びしなければなりません、その、……検事局を代表いたしまして、あなた方の何人かに理由もなく逮捕状を発布したことをです。そう申し上げたうえでうかがいたいのですが、カールソンさん、あなたが老人ホームを脱走してから今日にいたるまでに、いったいなにがあったのか、是非とも知りたいと思っているのです。そのあたりからお話をうかがえませんか、カールソンさん？」

アランとしてはなんら異存はない。これは面白くなりそうだと思った。

「喜んでお話ししましょう、検事さん。もっともこのとおりの年寄りで耄碌《もうろく》していますから、記憶があやふやですがね。しかし、あそこの窓から抜け出したことは覚えてます、ええ、覚えてる。それには立派な理由があった、立派な理由がです。実は検事さん、わたしはここにいる友人のユーリウスに会いたかったんですよ。ところがこいつんところは、ウオツカの1本ぐらいかかえてなければ急に訪ねるわけにいかない。そこで隙を見て抜け出して、公営酒販店で1本買って行こうと思った。近ごろは、わざわざ公営酒販店へ出向かなくても、ちょいとあいつのところへ行けば……おっと、名前は伏せときますよ、検事さん、今日の本題とは関係がありませんから。しかしそいつのところでは個人輸入の酒を半値以下で売っている。ところがあの日、エクルンドは家にいなかった。おっといかん、名前を出してしまった。そんなわけでウオツカを公営酒販店で買うしかなかった。それからうまいことボトルを部屋へ持ち込みましてね、ふつうこの時刻にわたしはホームにいて一滴も飲まないんだが、今度はボトルをまた持ち出すわけですよね、ところが女所長が出勤していて、これが頭の後ろに目が付いているような、そうなんですよ、検事さん。アリス所長をだまくらかすなんてのはたやすくない。だからこの場合は窓から抜け出すのが最善と考えた。あの日はわたしの100歳の誕生日でしたからな、誰だって誕生日の酒を没収されたくはありませんでしょ」

検察官は、これは話が長くなりそうだと思った。この耄碌爺さん、だらだらしゃべりどおしで、話の中身がない。こっちは1時間以内に、ここを出てエスキルストゥーナに向かわねばならないのだ。

「なるほど、カールソンさん、その特別の日にアルコールを手に入れたご苦労話は興味深く拝聴しました。しかし、もう少し事件に関係する具体的なことをお聞かせ願えませんか？　ご存じのように、こちらはあまり時間がないものですから。どうか、マルムショーピングのバス駅でボルト・ビユールンドと出会った前後の話と、肝心のスーツケースの話をお聞かせください」

「ああ、さて、どうしてそうなったのか。ペール＝グンナルがユーリウスに電話をかけてきて、ユーリウスがわたしに電話をかけてきました。ユーリウスによると、ペール＝グンナルはわたしに聖書を預ってほしいと言ってきた。断れませんでしょ、なぜってわたしは……」

「聖書？」と、ラネリード検察官がさえぎった。

「検事さんがお望みなら、そうなった事情をわたしが説明しましょう」ベニーが言った。

「それはぜひ」と、検察官。

「こういうことです。アランはビーリンゲのユーリウスと親しい仲でして、ユーリウスはペール＝グンナルの親友です。検事さんが死んだと思ったそのペール＝グンナルは、わたしの親友でもあります。そしてわたしは、この家の主、ボッセの弟でもあり、このテーブルの上座の美人、グニラの婚約者でもあります。グニラは評釈に没入しておりまして、それゆえに、たとえばペール＝グンナルに聖書を売るボッセと相通ずるものがあるわけです」

検察官はボールペンとメモ帳を手にしていたが、早口でしゃべられたから1語も書きとめられない。

「評釈？」

「ええ、聖書の解釈です」と、ベッピンが説明する。

聖書の解釈？　ひと言も口をきかずに検察官の傍らに座るアロンソン警視は考えた。昨夜、このベッピンの口から飛び出したあの野卑な言葉と聖書研究が、どこでどう重なる？　しかし警視は口を出さない。事件を解決するのは検察官の領分だ。

「聖書の解釈？」と、ラネリード検察官は繰り返すのと同時に、次の話題に移ろうと決心した。

「まあいいでしょう。スーツケースとバス駅でのボルト・ビュールンドとの出会いの件に話を戻しましょう」

　すると今度は、ペール＝グンナル・イェルディンの出番だ。

「ちょっと俺に言わせてもらえますか、検事さん？」

「もちろん」と、検察官ラネリード。「この事件に少しでも光を当てられるのなら、悪魔の野郎にだって話をしてもらいたい」

「なんてことを」と、ベッピンが天を見上げた。皆で検察官をからかっているな、とアロンソン警視は確信した。

「俺がイエスに出会ってからというもの、悪魔の野郎ははるか遠い存在になったよ」と、ペール＝グンナルは言った。「検事さんは、俺がリーダーをしていた〈一獄一会《ネヴァー・アゲイン》〉という名の組織のことを知ってるだろう。最初は、組のメンバーは決して塀の向こう側へは行かないという意味だったんだ、たとえその処罰の法的理由に不備がないとしてもね。しかし今では名称の意味ががらっと変わった。〈一獄一会〉とは、もう決して法を犯す誘惑に駆られてはならぬという意味さ、人の定めた法のみならず、天に定められた法もだ」

「そういうわけであのボルトは待合室を破壊し、券売員に暴力をふるい、バスと運転手を拉致したというのかね?」と、検察官が問う。

「おいおい、あんたの言い方はなんか皮肉っぽく聞こえるぜ」と、ペール＝グンナル・イェルディン。「だがよ、俺が神の光を見たからといって、相棒たちも神の光に出会えるわけじゃない。相棒のひとりは宣教師になって南米に旅立ったが、もうふたりは残念なことに堕落しちまった。俺はボルトに、200冊の聖書を入れたあのスーツケースを探し出して、ウプサラからファルシェーピングまで運んでくれと頼んだのさ。俺の望みは、あの聖書でこの国の最悪の悪党どもに信仰の光を広めることだった」

　それまでは鐘撞農場の所有者ボッセは沈黙を保っていた。ところがここで、重いグレーのスーツケースをずしんとキッチンテーブルの上へ置き、中を開く。大量の聖書がぎっしりと詰まっていた。黒の本革表装、小口金付き、索引と出典註記付き、3枚の栞《しおり》と人物一覧表、カラーの参考地図まで付いた美装豪華版である。

「これほど豪華な聖書体験は二度とないでしょうな、検事さん」と、ボッセ・ユングベリが自信満々に言う。「どうか1冊、謹呈させてください。われわれは皆、神の光に出会わなければなりませんよ、検事さん」

　ほかの面々と違って、ボッセだけは、本心を語った。検察官は、それを察したにちがいない。聖書の話はただの逃げ口上だという思い込みがゆらぎ始めた。ボッセの差し出す聖書を受け取り、今はこの救いしか選択肢がないと思った。

「それでは、目の前の現物に話を戻しましょう」と、検察官。「マルムショーピングで、この忌々しいスーツケースになにがあったのです?」

「ばち当たりな言葉はいけません！」と、ベッピンが諫《いさ》める。

「またわたしの番かな？」と、アランが言った。「ええとですな、わたしは思ったより少し早くバス駅に着いた、ユーリウスからそう言われてたもので。その前にボルト・ビュールンドはストックホルムのペール＝グンナルに電話をかけていたんです。それで姿を見せたときには、検事さんの前でこんな言い方はなんですが、ちとめろめろでしたな。それで、検事さんもおわかりでしょうが、いや、おわかりにならないかな、わたしは検事さんのふだんの飲み方を知らんので、ええと、ともかく、どこまで話しましたっけ。そうそう、検事さんもご存じのとおり、酒が入ると良識が消える、そんな諺《ことわざ》がありましたな。わたし自身も酔いの回った勢いで、しゃべっちゃならんことをしゃべったことがある、バルト海の海底２００メートル、潜水艦の中でしたが」

「くそっ、要点を言いなさい」と、ラネリード検察官。

「汚い言い方はいけませんたら」と、ベッピン。

ラネリード検察官は、額に手をやり、二度三度と深呼吸をした。アランがふたたび話し始める。

「で、ボルト・ビュールンドはストックホルムのペール＝グンナルに電話をしてきて、ペール＝グンナルの聖書協会を辞めて外人部隊に入ると言った。ところがその前に、と言うんです、あ、検事さん、ま、お座りください、これから申し上げるのは怖い話でして、はい、あの男はマルムショーピングの広場でこの聖書を焼き払うつもりだと言った」

「正確には、『くそ忌々しい聖書』って叫んだそうです」と、ベッピンが言った。

「そこでわたしは、手遅れにならないうちにボルトを見つけて聖書を取り返す役目を仰せつかった。時間がないってことはよくあります。思っていたほど時間がないってこともある。たとえばですな、スペインではフランコ将軍が危うくわたしの目の前で木っ端みじんに吹っ飛ばされそうになった」

「フランコ将軍が今度の事件にどう関係あるんです？」と、ラネリード検察官。

「いや、なんのつながりもありません、検事さん。たとえばの話に過ぎません。正確を期すに越したことはありませんからな」

「それならカールソンさん、本件にも正確を期してくれませんか。スーツケースはどうなったのです？」

「それはですな、ボルト君はスーツケースを渡す気はない、一方わたしのこの体では力ずくで奪い取るわけにもいかんじゃないですか。たとえそう思っても、この情けない体では。そもそも、ああいう手合いは……」

「本題から外れないで、カールソンさん！」

「これは失礼、検事さん。そういうわけで、ボルト君が急にバス駅のトイレに行ってくると言ったとき、わたしはしめたと思った。そしてスーツケースといっしょにストレングネース行きのバスに乗りました。そのバスでビーリンゲの、この旧友ユーリウスのところへころがり込んだ次第です。ふたりきりのときにはユールと呼んでますがね」

「ユール？」検察官は慌てた様子で言った。

「あるいはユーリウス」と、ユーリウスが言った。「初めまして」

検察官は、またしばらく黙っていた。やっとなにかメモを取り始めた。メモとメモを線で結んでいるらしい。

「ですがカールソンさん、あなたは50クローナ札で乗車券を支払って、これでどこまで行けるかと訊いた。それなのにどうして今になって、ビーリンゲに行くつもりだったなどと言えます?」

「やれやれ」と、アラン。「ビーリンゲまでの乗車賃ぐらい知ってますよ。たまたま財布に50クローナ札が1枚あったんでちょいと運転士に冗談を言っただけです。べつに法律違反ではないでしょう、検事さん?」

検察官は冗談に応じる気分ではない。

「では、手短に、その後なにがあったのです?」

「ああ、手短にね。ユーリウスとわたしはふたりきりで楽しい宵を過ごしました。そこにボルト君が突然現れて、ドアのボルト外しをおっ始めた、駄洒落で失礼。テーブルにはウオツカが載ってました。覚えておられるでしょう、検事さん、わたしが買ってきたウオツカですよ。実は、1本でなく2本です。嘘をついてはいかんでしょう、どんな些細なことでも。それに重要かどうか判断するのはわたしではなく、あなたが……」

「つづけてください!」

「はい、失礼しました。ボルト君は入ってくるなり、ロースト鹿《エルク》とウオツカがあるのを見て怒りが収まった様子でしてな、とりあえずその晩は、われわれの楽しい晩餐に敬意を表して、聖書を燃やすのをあきらめた。アルコールにはよい面もありますな、でしょ、検事さ……」

「つづけて!」

「翌日、ボルト君はひどい二日酔いになっていた。わたしが最後に二日酔いを体験したのは1945年までさかのぼります。テキーラでトルーマン大統領をべろべろに酔わせようとしたとき以来ですな。あいにくそのとき、ルーズヴェルト大統領がぽっくり死んでしまったものですから、急に酒宴を切り上げなければなりませんでした。禍福はあざなえる縄のごとし、とはよく言ったものですな。翌日わたしは頭ががんがん痛くなりまして。それでも死んだルーズヴェルトよりはましだ、と考えて自らを慰めましたよ」

　ラネリード検察官は目をしばたたいた。いったいこいつはなにを言おうとしてるんだ。ついには好奇心が打ち勝った。検察官はアラン・カールソンに丁寧に語りかけることすら忘れてしまった。

「なんの話だ？　ルーズヴェルト大統領が死んだとき、あんたはトルーマン副大統領とテキーラを飲んでた？」

「検事さん。今日はあまり細部にこだわるな、と言われましたよね」

　検察官は答えなかった。

「とにかくボルト君は、翌朝オーケルに出発するときがきても、トロッコのペダルを踏める状態ではなかった」

「靴を履いてなかったと聞いているがね」と、検察官。「どうしてそんな下手な説明をする？」

「検事さん、あの日のボルト君の二日酔いを見せたかったですな。パンツ一丁でも乗っていたでしょう」

「それではあんたの靴は？　室内履きがユーリウスの家のキッチンにあったんだがね」

「はい、もちろんユーリウスから靴を借りました。１００歳にもなると、ついうっかり室内履きで出かけることもあるんです、検事さん、あなたもあと40年か50年すればわかりますよ」

「わたしはそんなに長生きはしないだろうね」と、ラネリード検察官が応じる。「この面談が終わるまで、生きていられるかどうかも怪しい。点検トロッコが発見されたとき、警察犬が死体の匂いを嗅ぎ取ったことはどう説明します?」

「こちらが聞きたいですな、検事さん。ボルト君が最後にトロッコを降りたんですから、本人なら説明できるんでしょうけど、残念ながらジブチで死んでしまった。検事さんは、わたしが死体の匂いの元だと考えているのですかな? わたしは死んでいない、それは確かです、しかし死人も同然の年寄りではある……。死人の匂いがちと早く出るってことはありえますかな?」

検察官は焦れ始めた。時間はどんどん過ぎていく。肝心の事件があった日から26日を数えるが、まだ1日分しか聞いていない。そのうえ、カールソン老人の口から出たことの90パーセントは、とりとめのない与太話だ。

「つづけて!」と、ラネリードは先を促す。

「ですからわたしたちは、二日酔いで眠りこけているボルト君をトロッコに残して、足のしびれを直しながらホットドッグ屋台にたどり着きました。もちろんそれが、ペール=グンナルの友人ベニーの店です」

「きみも前科者か?」

「いいえ、犯罪学は勉強しましたが」と、ベニーは嘘偽りなく答えてから、大きな刑務所で囚人にインタヴューをして、そこでたまたまペール=グンナルに出会ったという作り話を述べた。

ラネリード検察官はまた数行メモをとってから、アラン・カールソンに先をつづけるように要求する。

「いいですとも。最初ベニーは、ユーリウスとわたしを、まっすぐストックホルムへ送ると言いました。もちろん、ペール=グンナルに聖書の入ったスーツケースを届けるためです。ところがベニーは、そこにいるフィアンセのグニラが住んでいるスモーランドに寄りたいと言うんです……」

「神のお恵みを」と、グニラがラネリード検察官に会釈する。

検察官も反射的に会釈を返してから、アランのほうに向き直った。アランがつづける。

「ベニーはわれわれ仲間のなかでは、いちばんペール＝グンナルのことをよく知っていましたから、何日間かなら聖書が手元に届くのを待ってくれるはずだと言うのです。それに、聖書には今日明日にも変わってしまう情報が書かれているわけでもない。その点に関しては、わたしたちにも異存はありませんでしたな。だが同時に、永遠に待たせておくわけにもいかんでしょう。なぜなら、実際にイエスが地上に再来したら、イエスの回帰を預言した聖書のすべての章は無効になってしまいますからな……」

「事実に着目を！」

「そのとおりですな、検事さん。事実に着目しましょう。さもないと、話がどっちにいくのか、わからなくなってしまう。わたしはそのことをたぶん誰よりも知っている。もしわたしが満州で毛沢東を目の前にしている事実に着目しなかったら、きっとその場で銃殺されていたことでしょうな」

「そうなっていたら、ずいぶん手間が省けたのは間違いない」と、ラネリード検察官は言った。

「要するにベニーは、われわれがスモーランドにいる間はイエスの再来はありえないと思ったのでしょう。私の知るかぎり、それは間違っていなかった」

「脱線しないで」

「はいはい。ええと、そういうわけでわたしら3人はスモーランドへ向かいました。問題は、ペール＝グンナルにそのことを伝えずに発ったことです。それが間違いでした」

「そうだ、そこなんだ」と、ペール＝グンナルがおっかぶせる。「もちろん2、3日なら聖書を待っていたさ。だけど検事さんもわかるだろう、俺としては、ボルトがアランとユーリウスとベニーに愚かな提案を持ちかけたと思った。ボルトは〈一獄一会〉が福音を広めるという俺の考えに賛同していなかったから。新聞を読んで、改めて俺の不安が現実のものになったと思ったよ」

検察官はうなずく。どうやらこれでようやく辻褄が合う。そこでベニーのほうに向き直る。

「だがきみは、新聞で100歳の老人の誘拐事件の記事を目にしたとき、どうして警察に連絡しなかったんだね？」

「実は、そうしようかとも考えたんです。でもそれをアランとユーリウスに言ったら、ふたりとも大反対でした。ユーリウスは、主義として警察とはかかわりたくないと言うし、アランは老人ホームを抜け出してきた身だから、新聞やテレビにあることないこと報道されてアリス所長のもとへ連れ戻されたくないと言うんです」

「きみは主義として警察と口をききたくないのかね？」と、ラネリード検察官はユーリウス・ヨンソンに言った。

「ここ数年、警察とはあまり折り合いがよくないんです。しかし、例外はあります。昨日のアロンソン警視や今日の検事さんのような。検事さん、コーヒーをもう一杯いかがですか？」

そいつは大歓迎だ。なんとか力を回復して、この面談を整理して、3時にはマスコミになにか発表しなければならない。なにか本当のこと、せめて本当らしいことを。

検察官はベニー・ユングベリとの話をさらにつづける。

「で、友人のイェルディンになぜ電話をしなかったのです？　イェルディンが新聞できみに関する記事を読んでいることは想像できたはずだ」

「ペール＝グンナルがイエスに出会ったことを警察と検察はまだ知らない、だからきっと電話は盗聴されていると思ったんですよ。間違っていなかったでしょう、検事さん」

検察官はなにかもごもご言い、メモを記し、記者たちにしゃべりすぎたことを悔やんでいた。だがもう過ぎたことだ。検察官はペール＝グンナルに向き直った。

「イェルディンさん、あなたはその後アラン・カールソンたちの居所を知ったようですな。どこから情報を得たのですか？」

「それはわからないや。仲間のヘンリク・バケツ・フルテンがその秘密をかかえて墓場に入ってしまったからな。正確にいうとスクラップになった」

「どんな情報でした？」

「アランとベニーとガールフレンドを、スモーランドのロットネで見かけたという情報だよ。バケツの友達からの電話だったたと思う。俺はその情報にだけ気を取られたんだ。ベニーのガールフレンドがスモーランドに住んでいて、赤毛の女だというのは知っていた。だからバケツにロットネに行ってスーパーマーケットを見張れ、と命令したんだ。誰だって食わなければならんからな、だろ……？」

「それで、バケツは、嬉々として従った、イエスの名において？」

「まあまあ当たりだね、検事さん。バケツはいいところもけっこうあったけど、信仰心となると、そりゃ全然なしさ。ボルト以上に、組織の新方針に違和感をもっていた。ロシアかバルト諸国に行って、麻薬ビジネスを始めると言ってたし。呆れるよね、検事さん？　いずれこのことに話がいったら、やつも検事さんに追求されざるをえなかっただろうよ！　いや今じゃ手遅れだけど」

検察官は疑わしげにペール＝グンナルの顔をじっと見つめた。

「当方は、さっきユングベリさんの言ったように、テープをもっている。あんたはこちらのビョルクルンドさんのことをしゃべっている。少々聞きにくいテープだが、あの会話を聞いたら、主キリストはなんと思うだろうね」

「主はいつでも許しをくださる。検事さんも、さっき進呈した聖書を開けば納得するさ」

「汝《なんじ》の隣人の罪を許せ、しからば汝も許されよう、とイエス・キリストは申された」と、ボッセが割り込む。

「ヨハネによる福音書かい？」ホテルのバーの片隅で昨夜読んだ箇所に似ているような気がして、アロンソン警視が尋ねた。

「きみも聖書を読むのか？」検察官が驚いて、アロンソンに問いかける。

警視はそれには答えず、柔らかい笑顔を返した。

ペール＝グンナルがつづける。

「あのときは、昔からバケツが聞き慣れてる言葉づかいで話したんだ。そのほうがバケツも俺の指示に従いやすいだろうと思ってよ」

「それで、思いどおりになりましたか？」と検察官が尋ねる。

「どっちとも言えないな。俺はやつがアランやユーリウスやベニーやガールフレンドに会うのを望んでなかった。あいつのやり方は少し乱暴だから、俺の友達には気に入られないだろうと思ってね」

「そのとおりだったわ」と、ベッピンが言いそえた。

「どんなふうに?」と、ラネリード検察官。

「あたしの農場に乱入してくるなり、いきり立って汚い言葉をわめきちらして、お酒を出せって言うの。あたしはがまん強いほうだけれど、あんな下品に罵《ののし》る人には耐えられません」

警視は喉にパンのかけらが詰まるような気がした。昨夜一晩中、下品に罵っていたのは当のベッピンではないか。アロンソンはだんだんと、決して本当のことはわからないだろうという気になってきた。まあそれでもいいか。ベッピンの話はつづく。

「来たときにはもう酔ってたんでしょうね、なのに車を運転してきたんですよ、これ見よがしにピストルを振りまわして、これからドラッグの取引をするんだって得意になってた……。どこでだっけ、リガだったと思う。だからあたしはどなったんです。ええ、検事さん、あたしどなったんです、『あたしの家で銃はやめて!』そしてベランダに銃を置かせました。あれほど野蛮で不愉快な人に会ったことありませんわ」

「おそらく聖書のことで癇癪《かんしゃく》を起こしたのでしょうな」と、アランが言った。「宗教というのは、人の気持ちを高ぶらせますからな。いつかテヘランで……」

「テヘラン?」検察官が思わず聞き返す。

「ええ、もう数年前になりますか、あのころは今のように最悪の状態ではありませんでした。平和な国でしたよ、離陸するときにチャーチルもそうわたしに言ってました……」

「チャーチル?」検察官はまた聞き返した。

「ええ、首相の。もっとも、そのときは、首相ではなく、前首相。それからまた首相に返り咲く」

「チャーチルが誰かは知ってる、ちくしょう！　こっちが知りたいのは、なんでチャーチルといっしょにテヘランをずらかったのかだ」

「品のない言葉はいけませんわ、検事さん！」と、ベッピンが言う。

「いえ、正確にはチャーチルとではありません。わたしは一時、ある宣教師といっしょでした。その宣教師が人に癇癪を起こさせる名人でした」

ここで癇癪を起こしかけているのは、ラネリード検察官である。今や、フランコとトルーマンと毛沢東とチャーチルに会ったと言い張る１００歳の耄碌老人から、なにも得るものはないことは明々白々だった。しかしラネリード検察官が癇癪を起こしかけていることなど、アランは意に介さない。さらにつづける。

「バケツ青年のふるまいは、たしかに嵐のようでしたな。機嫌がよかったのはただ一度、立ち去るときだけでした。車の窓を下げてこう叫びました。『ラトビアよ、待ってろよ！』わたしらは素朴に、あの青年がラトビアに行くつもりなのだと解釈しましたが、検事さんは警察関係のご経験が豊富ですからべつの解釈をなさるでしょうな」

「ど阿呆！」と検察官は応じた。

「ど阿呆？」と、アラン。「わたしはこれまでそう言われたことはありませんぞ。激怒したスターリンに泥棒犬だのどぶネズミだのと毒づかれたことはあったが、ど阿呆呼ばわりされたことはついぞない」

「そろそろいいでしょうよ」と、ラネリード検察官。

ペール＝グンナルが割って入った。

「おいおい、検事さん、そう怒るなよ。その気になったら、どんなやつでも刑務所送りにできるんだから。あんたは話のつづきを聞きたいんだろ？」

そのとおりだ。検察官は話のつづきを聞きたかった。そこで、謝罪めいた言葉をぼそっとつぶやいた。本当は「聞きたい」のではなく、聞かねばならないのだ。だから黙ってペール＝グンナルにしゃべらせておく。

「それで〈一獄一会〉のことだけど、ボルトはフランス外人部隊に入るためにアフリカへ行ったし、バケツはドラッグ商売を始めるためにラトビアへ行ったたし、カラカスは帰ってしまった、要するに国へ帰った。残ったのは情けないことに、この俺だけさ。イエスがそばにおられるから、まったくのひとりぼっち、というわけではないけどな」

「もっともらしいことを」と検察官はつぶやく。「つづけて！」

「俺は、湖畔農場にいるベニーのガールフレンドのグニラのところへ行こうと決めた。バケツが国を出る前に電話だけはよこして、住所を教えてくれたんでね」

「ああ、それについていくつか疑問がある」と、ラネリード検察官は言った「最初の疑問はあなた、グニラ・ビョルクルンドさん。あなたはなぜ、あそこを出る数日前にバスを買ったのか、それからどうしてあそこを引き払うことにしたのかね？」

前の晩、一同はソニアをこの件から無関係にしておこうと決めていた。アランと同じくソニアも逃走中の身で、しかしアランと違って市民権をもたない。おそらくスウェーデン国籍を認められないだろうし、スウェーデンでは、たいていの国と同じように、異国者はあまり大事にされない。ソニアはおそらく国外追放か終生動物園暮らし、あるいはその両方の刑に服することになる。

「たしかにバスはあたし名義で買いました」と、ベッピンが言った。「でも本当はベニーとあたしがお金を出し合って買ったもので、ベニーのお兄さんのボッセに買ったんです」

「で、聖書を詰め込むか」と、ラネリード検察官がつい口走った。もはや丁寧口調をかなぐり捨てて感情むき出し。

「いや、スイカです」と、ボッセが応じた。「検事さん、世界一甘いスイカを食べてみませんか？」

「いや、要らん」と、ラネリード検察官。「それより話の残りを少しは明らかにしたい、それから舞い戻ってさっさと記者会見を片づけて、それから休暇を取りたい。これがわたしの望みだ。さて、先をつづけようか。なぜあんたは、ずらか……なぜペール＝グンナルが来る直前に、湖畔農場を出たんだ？」

「だけど誰も、俺が来ることなんか全然知らなかったんだぜ！」と、ペール＝グンナルが割って入る。「話についてこられないのかい、検事さん？」

「ああ、そうだ」と、ラネリード検察官。「こんな支離滅裂な話にはアインシュタインだってついていけないだろうよ」

「アインシュタインといえば……」と、アラン。

「結構、カールソンさん」と、ラネリード検察官が強ばった声で言った。「あんたとアインシュタインが一緒になにをしたのか聞く気はない。それよりイェルディンさんに説明してもらいたい、どうして『ロシア人ら』が登場することになったのか」

「ロシア人？」と、ペール＝グンナル。

「そう、ロシア人。亡くなったお友達のバケツが、われわれの傍受した通話で『ロシア人ら』がどうのと言っていた。あんたはバケツに使い捨て携帯にかけてこなかったと叱りつけてたな。するとバケツは、ロシア人らと商売するときだけだと思ったと言ってる」

「それは話したくないね」と、ペール＝グンナルが言った。なんと言ったらよいのかわからないからだった。

「しかしわたしは話したい」と、ラネリード検察官。

テーブルを沈黙が支配した。イェルディンの通話のロシア人について新聞はちらりとも言及していなかった。おまけに、イェルディン自身が完全に忘れていた。ところがそこへベニーが闖入《ちんにゅう》した。

「Если человек курит, он плохо играет в футбол.」

全員、目を丸くしてベニーを見た。

「『ロシア人ら』は、兄のボッセとわたしのことです」ベニーは説明する。「わたしたちの父と、ああ神よ父に安らぎを、それから叔父のフラッセは、叔父にもお恵みを、ふたりともにちょっと赤でした。だからわたしら兄弟は子供のころからロシア語を勉強させられて、友達や知り合いに『ロシア人ら』という仇名を付けられた。以上がわたしの述べたことです。もちろんロシア語でね」

この日のすべての陳述同様、ベニーの翻訳は真実にほど遠かった。鬼師イェルディンの窮地を救うために即興でひねり出したものだったからだ。ベニーはロシア語の学位をとる寸前までいったが(やはり最終卒業試験を受けられなかった)、だがそれもかなり昔のことである。だから急にでっち上げた文章はこんな程度のものだった。「喫煙者は決して偉大なサッカー選手にはなれない」

しかしそれで事足りた。鐘撞農場のキッチン・テーブルを囲む面々で、意味のわかるのはアランだけだった。

ラネリード検察官は、ほとほとうんざりし始めていた。前世紀の著名人を引っぱってきてたわごとを並べ立て、今度は兄弟ともにロシア語をしゃべるときた。

「説明してくれませんか、イェルディンさん、どういうことなんです、最初ここのお友達に車で轢き殺されて、それから生き返り、今はここでこうして、皆さんとスイカを食べている。やっぱりそのスイカをお相伴にあずかりますか」

「それはもう、喜んで」と、ボッセが言った。「作り方は秘密ですぞ！　諺にあるじゃないですか、『ほんとに旨いものを食べたければ、作るところを食品監査官に見られてはならぬ』」

ラネリード検察官もアロンソン警視も耳にしたことのない諺である。アロンソンはもうひと言もしゃべるまいと心に決めていたし、ラネリードのほうは、ただただすべてをひとつの結論に持っていきたい、なんでもいい、そしてここから立ち去りたい。だから諺の説明を求めなかった。そのかわり、こんな旨いスイカにかぶりついたことはないと言った。

ペール＝グンナルが説明を始める。湖畔農場へ着くとちょうどバスが出るところだった、見まわすとバスが仲間たちを連れ去ったらしいとわかった、それでバスを追いかけて、追いついて、急ブレーキをかけたとたん制御がきかなくなった。で、検事さんには珍しくもない破損車の残骸写真と相成りました。

「イェルディンがわたしらに追いついたのは当然です」と、アランが言い足す。「なんせ３００馬力のエンジンを搭載してますから。エルランデル首相の邸宅へ案内してくれたボルボＰＶ４４４とは大違い。あれはせいぜい44馬力。あの時代にはそれでもたいしたものでした。食料卸商人のグスタフソンの車は何馬力だったんでしょうな、誤ってうちの庭へ……」

「黙りなさい、カールソンさん。頭がおかしくなってくる」と、検察官が懇願した。

〈一獄一会〉の親分がまた話し始めた。事故車の中でちょいと血を流した、いや相当の出血だったが、すぐに応急手当をしてくれたから病院に行く必要はないと思った。たかが軽傷、片腕骨折、脳震盪《しんとう》、肋骨の2本や3本折れたくらいではよ。

「それにベニーは文学を勉強した男だし」と、アランが言った。

「文学？」と、ラネリード検察官がおうむ返しに言う。

「文学って言いました？　もちろん、医学ですよ」

「わたしは文学も勉強しました」と、ベニーが言った。「いちばん好きなのはカミロ・ホセ・セラです。とりわけ、1940年代に出た最初の小説『ラ・ファミリア・デ……』」

「本題に戻りましょう」

そう求めたときラネリードはたまたまアランと目を合わせた。だから、アランが話のつづきを引き取る。

「もういいでしょう、検事さん、全部話しました。それでもまだ話を聞きたいとおっしゃるのなら、CIAの工作員時代の逸話を、ひとつふたつお聞かせしましょう。それともヒマラヤ山脈縦断の旅のほうがいいかな。山羊の乳からどうやってウオツカを作るか、お知りになりたいですか？　砂糖大根と若干の太陽の光があればいい。もちろん山羊の乳もね」

頭は動いてないのに口が勝手に動くということもあるらしい。このときのラネリード検察官がそうだった。しゃべるまいと決めていたのに、アランの最後の脱線に付き合ってしまった。

「ヒマラヤを縦断した？　100歳で？」

「まさか、そんな馬鹿な」と、アラン。「いいですか検事さん、わたしはずっと100歳だったわけじゃない。なったばかりですぞ」

「それで……？」

「人は成長し老いる」と、アランはつづける。「幼いころは誰もそんなことは考えないでしょうな。たとえば幼き日の金正日《キム・ジョンイル》。わたしの膝の上でしゃくりあげて泣いていたあの可哀想な子が、今では北朝鮮の元首ですよ。そう考えると、まるで……」

「そんなことはどうでもよろしい、カールソンさん」

「ああそうでした、すみません。でも検事さんは、わたしのヒマラヤ縦断の話を聞きたいのでしょう。最初の数ヶ月は、連れは駱駝《らくだ》だけでした。なんだかんだいっても、駱駝はそう楽しくは……」

「もうけっこう！」ラネリード検察官がさえぎる。「そんな話は聞きたくない。……わたしはたんに……」

　そう言ったきり、検察官はほぼ1分間、完全に口を閉ざした。やがて、もはや質問することはないといわんばかりの疲れきった口調で、ようやく口を開く。ひとつだけ聞きたい。悪いことをしてないというのなら、あんたたちはなぜ何週間もここに隠れていたのか。

「あんたたちは無実なんだろ？」

「無実というのは流動的な観念でしてね、見る方向によって違ってくる」と、ベニー。

「その台詞《せりふ》を聞くと思い出すね」と、アランが言った。「たとえば、ジョンソン大統領とド・ゴール。いざ悪い関係になると、どっちが有罪でどっちが無実かと言い争う。いや、わたしがあのふたりと会ったときには、そんな話題は持ち出さなかった。もっと大事な問題をかかえていたからです。しかし……」

「カールソンさん」と、ラネリード検察官がさえぎる。「お願いですから、その口を閉ざしてください」

「お願いなんてとんでもない、検事さん、今から貝になりましょう、約束します。100年生きてきましたが、わたしが口をすべらせたのは2度しかありません。最初は西側に原子爆弾の作り方を教えたとき、それから同じことを東側に教えたときだけです」

ラネリードはゆっくりと椅子から立ち上がった。そして快く迎えてくれたこととコーヒーとスイカとケーキと、話をしてくれたことへの礼を言った。さらに、きわめて協力的な姿勢を見せてくれたことへの礼を言った。

キッチンから出て車に乗り込み、エンジンをスタートさせた。

「うまくいったな」ユーリウスが言う。

「ああ」とアランが応じる。「ほとんど隠しとおせたようだ」

車の中で、ラネリード検察官は精神的な麻痺状態からようやく回復してきた。話の内容を思い返しながら、補足したり削除したりして（おもに削除）、切り貼りし、推敲し、やっとまずまずの洗練された物語をでっち上げた。ただひとつの懸念は、警察犬がトロッコから嗅ぎとった死体の臭いが、100歳のアラン・カールソンのやがて来る死の予兆を知らせる臭いだ、と記者たちに信じ込ませることだった。

それからラネリード検察官はふと思いついた。あの忌々しい警察犬め……。すべて犬のせいにできないか。

あの犬が血迷ったかのように話を仕立てれば、まだ窮地を脱するチャンスはある。セーデルマンランドの森の点検トロッコに死体はなかったし、だから死体は見つからなかった。ところが自分は逆のことを信じ込まされていたので、そこから一連の論理的な結論と決定に至った。それが今度は完璧な誤りだと判明した。しかし、誰からも非難される理由はない。すべて犬が悪い。

これで説明は完璧だと、ラネリード検察官は思った。犬が臭いをたどれなくなったという話を誰かに裏付けてもらう必要がある。それからキッキーだっけ、あの牝犬には早いとこ引退してもらう。自分が事の次第を説明したあとで、あいつが能力を発揮してはまずい。

ラネリード検察官は警察犬の訓練士《ハンドラー》の弱味を握っていた。セブン・イレブンで万引きを疑われた事件を握りつぶしてやって以来のことだ。マフィン1個ちょろまかしたくらいでひとりの警察官を免職しても無意味だと、ラネリードは判断したのだった。あのハンドラーにつけを払わせるいい機会が訪れた。

「あばよ、キッキー」と、コニー・ラネリード検察官は言い、久しぶりににんまり笑む。

その直後、携帯が鳴った。県警本部長からだ。リガから来た検死報告を今見ているという連絡である。

「車のスクラップから潰れて発見された死体はヘンリク・フルテンだ」と、本部長は言った。

「素晴しい」と、ラネリード検察官。「電話をくださって感謝します！　交換につないでください。ロニー・ベックマンをつかまえたいんです。そうです、警察犬のハンドラーです」

鐘撞農場の仲間たちは、手を振ってラネリード検察官を見送ってから、アランを先頭にキッチン・テーブルの周りに戻った。解決しなければならない問題がひとつあると、アランは言った。それとも警視さんは、われわれが話し合っているあいだ外を散歩なさりたいかな。

アランはまずアロンソン警視に、ラネリード検察官とかわした話についてなにか言いたいことはないかと尋ねた。

警視はさっきの物語は明快で説得力があった、と答えた。自分に関するかぎり、本件は落着した。だから、かまわなければ同席させてほしい。自分は最初にせよ二番目にせよ石を投げるつもりはない。

「ただし、わたしの知る必要のないことは言わないでおいてほしいですな。つまり、ラネリードに伝えたのに代わる返答があるなら……」

アランはそうしようと言い、わが友アロンソンの同席を歓迎したいと言いそえた。

わが友か、とアロンソンはひとりごちた。警察官としての長いキャリアを通して、この国の怪しげな市民のなかに多くの敵は作ったが、ひとりとして友人ができたことはなかった。もう変化があってもいいときだ！　アロンソンはアランに向かって、幸せだし名誉に思うと答えた。

アランはアランで、牧師や大統領と友達になったことはあるが、警視と友人になったことはないと応じた。それから、友人アロンソンは、あまり詳しく知りたくないだろうけれど、このグループが持っている大金の出処《でどころ》は明かさないことは断っておく。もちろん、この新しい友情の名において。

「大金？」とアロンソンは尋ねた。

「そう。きみも知ってるだろ、あのスーツケース？　本革製の聖書を詰める前は、５００クローナの札束がぎっしり詰まってた。おおよそ５０００万クローナ」

「そんなべらぼう……」と、アロンソン警視。

「汚い言葉使っていいわよ」と、ベッピン。

「５０００万？」と、アロンソン警視が問う。

「旅の間の出費でいくらかは減ったがね」と、アランが言った。「さて、そろそろ金額の分配について協議しなければ。それは鬼師の意見を求めたい」

鬼師ペール＝グンナルは耳を引っ掻いた。やがて話し出す。俺の考えじゃ、この金は皆で使うべきだと思う。どっかに休暇に出かけたりしてさ。だってな、俺はさしあたりやりたいことがなにもないんだよ。せいぜい、どっか遠いところの大きなパラソルの下で、色とりどりの小さなパラソルの飾りをつけた酒を飲みたいだけだな。アランもきっと俺と同じ意見だよ。

「色とりどりのパラソルなどいらん」とアランが言い返す。

ユーリウスも酒を雨から守ることは重要ではないということに関しては、アランと意見が一致していた。とりわけ、パラソルの下にいて、雲ひとつない青空から太陽の光が燦々《さんさん》と降り注いでいれば、それでいい。それに、そんなちっぽけなことで言い争っていても仕方ないだろう。ともかく、皆で休暇に出かけることは大賛成だ。

アロンソン警視は遠慮がちに笑む。自分も仲間入りできたのかどうか確信がもてなかったからだ。ベニーがそのことに気づいたらしい。アロンソンの肩に手をかけて、警察を代表して休日に乾杯なんてのはどうだい、と如才なく訊く。警視の顔が輝く。答えようとしたその瞬間、ベッピンが楽しい雰囲気をぶちこわす。

「ブーステルとソニアがいっしょでなきゃ、どこにも行かない！」

そして、ひと呼吸おいてからさらに言う。

「地獄で雪だるまになるほうがまし！」

ベニーはベッピンをおいてどこに行く気もないので、高まっていた気分がにわかにしぼむ。

「どっちにしたって、俺らの半分は有効パスポートをもってないだろう」

アランは、スーツケースの金の分配に関して鬼師が見せた寛大な態度に感謝の意を伝えた。休暇旅行なんてのは、素晴しいアイディアだと思うよ。それも、アリス所長からできるだけ離れたところにな。ほかの皆がこの意見に賛成なら、交通機関の件もビザの問題も、なんとか解決しよう。人間のビザにも動物のビザにもうるさくない国を選ぼうか。

「でも、5トンもある象をどうやって飛行機に乗せるつもりだ？」と、ベニーが自棄《やけ》になる。

「さあね、わたしにもわからん。だが、前向きに考えるかぎり、その問題は自ずと解決する」

「それに、有効パスポートの件は？」

「ほら、そいつも前向きに考えるかぎり同じことだよ」

「ソニアはほんとは4トンのずっと下だと思う、たぶん重くても4トン半ないわ」と、ベッピンが言った。

「ほら言ったろ、ベニー」と、アラン。「それがわたしの言う前向きに考えるだ。難題がたちまち1トンも軽くなった」

「あたし、名案浮かぶかも」と、ベッピンが言う。

「わたしもだ」と、アラン。「電話借りられるかね？」

26 1968～1982年

ユーリ・ボリソヴィチ・ポポフはモスクワのほぼ350キロ東、ニジニ・ノヴゴロドのサロフ市に住み、そこで働いていた。

サロフは秘密の都市だ。秘密諜報員ハットン以上に秘密の存在。もはやサロフと称することも許されず、あまりロマンチックでないアルザマス16という名を与えられている。そのうえ、市全体がすべての地図から抹消された。サロフは現実的に見ても別の角度から見ても、存在しているのに存在していないことになっている町である。1953年から数年間のウラジオストクとは正反対の町だ。

町全体が有刺鉄線で囲まれ、どんな人間も厳重なボディチェックを受けずに出入りできない。もしアメリカのパスポートをもち、モスクワのアメリカ大使館に駐在しているなら、近づかないほうが賢明だった。

CIA工作員ライアン・ハットンは数週間、生徒のアラン・カールソンと行動をともにしてスパイ活動のすべてを教え込んでから、アランをアレン・カーソンという名前でモスクワのアメリカ大使館に送り込んだ。「行政官」なる曖昧《あいまい》な肩書きだった。

あいにくハットンは、アランに接触させる当の人物が接近不能であることを忘れていた。その人物は、名指しされることも所在することも許されない厳重に守られた市で、有刺鉄線の中に閉じこめられていたのだ。

秘密工作員ハットンはアランに詫びを入れ、あなたならきっとうまい手を見つけると励ました。ポポフは、ときどきモスクワに現れるはず。

「ではよろしく、カールソンさん」と、ハットン秘密工作員はフランスの首都から電話で言った。「こちらはいろいろデスクワークがあるもので。グッドラック！」

秘密工作員ハットンは電話を切ると深い溜息をつき、前年のギリシア軍事クーデター後の大混乱の問題に頭を切り替えた。ＣＩＡが裏工作をしたものだ。最近よくあることだが、予見どおりには事は運ばなかった。

アランは差し当たりいい知恵もなかったので、毎日、散歩をして英気を養い、モスクワ市立図書館へ行っては、何時間も日刊紙や雑誌を読んで時間をつぶした。頭の片隅では、ポポフがアルザマス16の有刺鉄線の外へ出て公衆の面前に姿を見せたというような記事がないかと期待していた。

数ヶ月がたったが、その種の記事はちらりとも載らない。大統領候補者ロバート・ケネディが兄と同じ運命をたどったこと、チェコスロバキアが社会主義体制の秩序を維持するためにソヴィエト連邦に援助を求めたことを知った。

さらにまた、ある日、リンドン・Ｂ・ジョンソンの後継者にリチャード・Ｍ・ニクソンという男がなったという記事も目にした。しかし大使館から経費の入った封筒が毎月届くので、ポポフに目を光らせておくのがよかろうとアランは思った。なにか変わったことがあれば、秘密工作員ハットンが必ず連絡をとってくるだろう。

1968年が明け、1969年の春が近づくころ、図書館で連日新聞をめくっていたアランは、ふと興味を引く記事に目をとめた。ウィーン・オペラ座がモスクワのボリショイ劇場で招聘《しょうへい》公演をする。出演はテノールのフランコ・コレッリ、そしてトゥーランドット役にスウェーデンの国際的歌手ビルギット・ニルソン。

アランは（これで2度めの）髭《ひげ》のない顎をかきながら、ユーリと過ごした一度きりの完璧な夜のオペラ公演を思い出していた。夜もふけたころユーリがアリアを歌い始めた。あれは「ネッスン・ドルマ」だったな。誰も寝てはならぬ！　もっともじきにアルコールのせいで寝入ってしまったが、まあそれはそれ。

アランの推論はこうだ。水深200メートルの海底でプッチーニのトゥーランドットをなんとか歌いこなした男なら、モスクワのボリショイ劇場でウィーン・オペラ座がこのオペラを公演するという機会を逃すなどありえない。それにその男が車で2、3時間の場所に住んでいて、数多くの勲章を授与された男であるなら、ボックス席をたやすく手に入れられるはずだ。

あるいは、もしかするとそうではないか。そのときはそのときで、図書館に通う毎日をつづけるだけだ。それでも地球は回る。

とりあえずはユーリが劇場前に現れるという前提から出発しよう。それならこっちも劇場の前に立って待ち、ふたりで飲み浮かれたときのことを思い出させればいい。それでうまくいくだろう。それとも無理か。

それでも全然構わん。

1969年3月22日の晩、戦略を考え抜いた末、アランはボリショイ劇場の正面入口の左側に立っていた。ここからなら劇場に入るユーリの姿を見つけるのはそう難しくはなさそうだ。ところがこれが厄介だった。誰もかれも見分けがつかない。黒の上下に黒のコートの男たち、ロングドレスのすそが覗《のぞ》く黒や茶の毛皮の女たち。外の寒さを避け早く劇場内で冷えた身体を温めようと、ふたり一組になって急ぎ足で中に入っていく。

大階段の最上段の暗闇に立ったまま、アランは不意に不安な気持ちに襲われた。ユーリのほうからこちらに気づいてくれるというような僥倖《ぎょうこう》がないかぎり、20年前に2日間見ただけの顔を果たして見分けられるだろうか。ユーリ・ボリソヴィチはもうすでに劇場内に入っているのかもしれない。もしそうなら、アランの数メートル前を気づかずに通り過ぎてしまったことになる。どうしよう？　考えが思わず声に出る。

「ユーリ・ボリソヴィチ、きみがもう劇場に入ってしまったのなら、2時間後には同じ扉から出てくるはずだ。でもやはりほかの人間と見分けがつかないかもしれない。だからわたしがきみを見つけられなかったら、きみのほうからわたしを見つけてくれたまえ」

かくあれかし！　アランはとりあえず大使館の事務室に戻り、ちょっとした準備をしてからボリショイ劇場に引き返した。ちょうどカーラフ王子がトゥーランドット王女の頑《かたく》なな心を溶かす場面の直前だった。

秘密工作員ハットンの指導のもとに教育を受けた期間、もっとも訓練された点は慎重さだ。秘密工作員たる者は決して音を立ててはならない。周囲に溶け込んで、ほとんど透明人間になること。

「わかりますね、カールソンさん？」

「大丈夫です、ハットンさん」と、アランは答えた。

ビルギット・ニルソンとフランコ・コレッリは盛んなカーテンコールを20回も受けた。公演は大成功だ。これほど似通った大観衆が大階段に押し寄せてくるには、かなりの時間がかかるだろう。ただ今度は、人々は誰ひとりとして例外なく、最下段の真ん中に立つ男の存在に気づくことになった。男は両手で自作のプラカードを掲げて、そこには手書きでこう書いてあったからだ。

わたしは
アラン
エマヌエル

アラン・カールソンはハットン秘密工作員の訓練を完璧に理解していたから、これはまさに使命の重要性を無視した行為だった。パリではもう春だろうが、ここモスクワは寒くて夜は暗い。アランは寒さにかじかみ、手っとり早い成果がほしくなった。最初はユーリの名をプラカードに書こうかと思ったが、結局、どうせ逸脱するのなら自分の名だけにしようと決めたのだ。

ユーリ・ボリソヴィチの妻のラリッサ・アレクサンドレーエヴナは、夫の手をやさしく握って、こんなにすばらしい瞬間を一緒に味わえたなんて夢のよう、と何度も何度も感謝の言葉を口にする。ビルギット・ニルソンって、ほんとにマリア・カラス！　それにとってもいい席！　ほぼ正面の第4列。こんなに幸せだったことってずいぶん久しぶり。それに今夜はあなたとわたし、ホテルで眠れるのね。あの有刺鉄線の壁で閉ざされた恐ろしい町に帰らなくてもいいのね、あと24時間は。それまでは、ふたりきりでお食事をして、それから……その後はきっと……。

「ちょっとごめんよ、おまえ」と、ユーリが言い、劇場の入口を出て階段にさしかかるあたりで突然立ち止まった。

「どうなさったの、あなた？」と、ラリッサが不安げに問う。

「いや、なんでもない……。しかし、あそこのプラカードを持ったあの男。まさか……。やつは死んだはずだ！」

「死んだって、誰のこと？」

「行こう！」そう言ってから、妻の手を引いて階段を大急ぎで駆けおりた。

アランから3メートルのところでユーリは立ち止まる。自分の目が確かめたものが理解できなくて、懸命になって頭をめぐらす。釘づけになったようにじっと自分を見つめる男の顔に、アランはかつての友の表情を見て取った。プラカードを下げて声をかける。

「どうだった、ビルギットは？」

ユーリは答えられない。しかし妻が小声で言った。「死んだ男ってこの人のこと？」アランは、死んではいませんよと答えた。体温低下でこのままわたしが死んでもかまわないと考えているんじゃなかったら、ポポフご夫妻、どこかそのへんのレストランに入って、ウオツカを一杯やりたいんだけどな。

「ほんとにきみか……」ようやくユーリが口をきく。「それにロシア語を話してる……」

「ああ、最後に会ってから5年間、みっちり勉強したんでね」とアラン。「強制収容所という学校だ。あのウオツカはどうした？」

ユーリは非常に道義心の強い男だった。だから意に反してスウェーデンの原子爆弾の専門家をモスクワへ、さらにはウラジオストクへとおびき寄せたことを、この21年間ずっと後悔していた。あれからまだ生きていたとしても、ある程度情報通のソ連国民なら誰しも知るあの火災で命を落としただろう。とことん楽天主義を貫くあのスウェーデン人とは、出会ってたちまち意気投合したので、ユーリは21年間苦しんできたのだった。

そして今、零下15度を切るモスクワのボリショイ劇場の前で、体の熱くなるオペラ公演を観終えたときに……。いや、信じられない。アラン・エマヌエル・カールソンが生きのびたとは。現に、生きている。まさに今、自分の目の前に立っている。モスクワのど真ん中で。ロシア語をしゃべっている！

ユーリ・ボリソヴィチはラリッサ・アレクサンドレーエヴナと結婚して40年になり、幸せな生活を送っていた。子供に恵まれなかったが、限りなく信頼し合っていた。よいことも悪いことも分かち合ってきた。そしてユーリは、アラン・エマヌエル・カールソンの悲運を思う苦しみを何度も妻に打ち明けていた。そして今、ユーリがまだ事の次第を理解しようとしているとき、ラリッサ・アレクサンドレーエヴナが状況を把握した。

「もしかしたらこの方が昔のお友達ね、あなたが間接的に死なせてしまったという方？　ねえユーリ、この方がおっしゃったように、本当に凍え死にしないうちに早くレストランにお連れしてウオツカを飲ませて差し上げたほうがいいんじゃない？」

ユーリは答えなかったが、そうだとうなずき、そのまま妻に手を引かれて待たせてあるリムジンに歩いていった。ラリッサは、死んだと見なされてきた友人の隣に夫を座らせ、運転手に行き先を指示する。

「レストラン・プーシキンまでお願い」


アランは、かじかんだ体を元に戻すのになみなみ2杯のウオツカが必要だった。ユーリにいたっては、さらに2杯飲まなければ心身機能がいつもの状態に戻らなかった。その間にラリッサとアランは少しだけ面識を深めた。

ユーリがようやく感情を取り戻し、驚愕が再会の喜びに変わったとき（「こいつはお祝いをしなくちゃな！」）、アランはすぐにも問題の核心に迫ったほうがいいと判断した。言うべきことがあったら単刀直入に言うべし。

「ところでスパイにならないか？」と、アランは切り出した。「わたしはスパイなんだが、けっこう刺激があるぜ」

ユーリは5杯目のウオツカを飲みかけてゴホゴホむせる。

「スパイ？」夫の咳き込みにかまわず、ラリッサが問う。

「そう。秘密工作員ともいう。ほんとのところは違いがわからない」

「面白そう！　もっとお聞きしたいわ、アラン・エマヌエル」
「いかん、やめろ、アラン」と、ユーリが咳き込む。「わたしたちは聞きたくない！」
「ユーリったら、なに言ってるの」と、ラリッサが言う。「お友達にお仕事のこと話してもらいましょうよ。あなたたち、ずいぶん長いこと会っていなかったのでしょう。話して、アラン・エマヌエル」

アランは話をつづけ、ラリッサは興味深げに耳を傾け、ユーリは両手で顔を覆う。アランはジョンソン大統領とＣＩＡのハットン秘密工作員とのディナーのことを語った。その翌日、ハットンとの面談で、ソ連のミサイル状況を探るためにモスクワに派遣されることになった経緯を説明した。

そのときアランに許されたもうひとつの選択肢は、パリに残ることだった。パリにいれば大使夫人とその夫が口を開いては外交上のトラブルを引き起こしそうになるのを阻止するだけで手が一杯だ。アマンダとヘルベルトはふたりだからアランが同時に両方につきっきりというわけにいかないので、ありがたくハットン秘密工作員の提案をのんだ。こっちのほうが気が楽だと思われたからだ。それに久方ぶりにユーリに会えるなら嬉しい。

ユーリは手で顔を隠していたが、指の間からアランの顔を覗く。今、ヘルベルト・アインシュタインの名前を口にしたか、とユーリは訊く。あの男ならよく覚えている。拉致されてベリヤ元帥に収容所送りにされたヘルベルトも生きていたのなら朗報だ。

生きのびたとも、とアランは断言する。そしてヘルベルトと送った20年間の大筋を語って聞かせる。出会った当初、あの男は死にたいという願望しかなかったが、去年の12月に76歳でぽっくり逝ったときには、すっかり心変わりしていた。後に遺されたのは成功した妻、パリで大使になっている現未亡人と、ふたりの10代の子供だ。最近パリから伝わってきた噂では、ヘルベルトの死後も家族は何不自由なく暮らしているらしいし、アインシュタイン夫人は権力者たちの人気者になっているそうだ。フランス語はひどいものだけれど、それがまた魅力にもなっているらしい。ときどき悪気はないのに愚かなことを口走る。

「本題からそれたようだ」と、アランは言った。「まだわたしの質問に答えてないね。スパイになるのはどうだい。そろそろ転身を考えてもいいだろう？」

「待てよ、アラン・エマヌエル。そんな無茶な！　ソ連の現代史でわたし以上に国家に貢献したと認められている軍人はいない。そのわたしがスパイになるとは完全に論外だ！」そう言って、ユーリはグラスを口元にもっていく。

「そんなこと言わないでったら、ユーリ」と、ラリッサはたしなめつつ、5杯目と同じように6杯目をぐいっと呷《あお》るのを止めはしない。

「ウオツカは飛び散らすより飲んだほうがよくはないか？」と、アランが気遣いを示す。

夫がふたたび両手で顔を覆うのにかまわず、ラリッサは理屈を述べ立てた。わたしとこの人はじき65歳になる。でも今のソ連邦に感謝することなどあるかしら？　たしかに夫はたくさんの褒賞や勲章を授与された。この豪華で霊験あらたかなお飾りのおかげで、オペラの劇場でも一番いい席がとれた。でもそれ以外にある？

ラリッサは夫の返事を待たずにつづける。わたしたち、アルザマス16に閉じこめられているのよ。名前を聞いただけで人をげんなりさせる町。そのうえ鉄条網が張りめぐらされているのよ。ええもちろん、好きなだけ出入りが自由なことは知ってる。あらユーリ、お願いだから邪魔しないで。まだ言いたいことがいっぱいあるんだから。

ユーリはいったい誰のために朝から晩まで働いてきたのかしら？　最初はスターリンのため。あの人、完全に狂ってた。次はフルシチョフのため。あの人が人間らしい温かみを示したのは、ベリヤ元帥を処刑したことだけよ。そして今はブレジネフのため。あの臭い男！

「ラリッサ！」ユーリ・ボリソヴィチがぞっとして叫ぶ。

「なにがラリッサよ、ユーリ。ブレジネフってやつは臭い、あなたの台詞《せりふ》じゃないですか」

ラリッサの話はつづく。アラン・エマヌエルは思いがけない天の救いのようだ。だってこのごろは、あの公式には存在していない町の鉄条網の向こうで人生の最期を迎えなければならないのかと思って、ますます気が滅入るもの。ラリッサとユーリの名は墓碑に刻まれるかしら。それともやはり治安上の理由から、暗号で刻まれるわけ？

「ここに同志Xおよびその忠実なる妻Y眠れり」と、ラリッサ。

ユーリは返事をしない。愛しい細君の言うことにも一理ある。ここでラリッサが必殺の一撃。

「それなら、このお友達と組んで少しぐらいスパイをしたっていいでしょう。そのあとは援助を要請してニューヨークに移り住むの。あそこに住んだら、わたしたち毎晩、メトロポリタン・オペラに行ける。ねえユーリ、死ぬ前にもう一度人生を建て直しましょうよ」

ユーリが屈服しそうなのを見て取って、アランはそもそもの発端から説明した。ちょっとした行き掛かりがあって、自分はパリでハットンという男と出会った。このハットンという人物はジョンソン前大統領の側近で、ＣＩＡの高官でもあるようだった。

わたしが以前ユーリ・ボリソヴィチと知り合いで、もしかしたらちょっと貸しがあると知ると、ハットンはある計画を練り上げた。その計画のグローバルな政治的側面に耳を貸していなかった。人が政治のことを話し始めると聞くのをやめるからね。条件反射のようなものだ。

核物理学者は我に返り、思い出してうなずいた。ユーリにしても政治上のことは好きではなく、嫌悪すらしていた。もちろん、心も精神も筋金入りの社会主義者ではある。だが人からその信念の根拠を問われると、おそらくはうまく答えられないだろう。

アランは、ハットン秘密工作員の言ったことのおおよそをなんとか要約した。ともかく覚えているのは、ソ連が合衆国に核攻撃を仕掛けるかどうかという話だった。

ユーリはまったくそういう状況だと言った。あれかこれか、それが選択肢なのだ。

アランが記憶にとどめているところだと、ＣＩＡの男はソ連が合衆国に原子爆弾を発射するのではないかと懸念しているらしい。なぜなら、ソ連の核兵器が一度しかアメリカを破壊できない程度の実力だとしても、ハットン秘密工作員にとってはきわめて厄介なことになるからだ。

ユーリ・ボリソヴィチはもう一度うなずいて、それは合衆国が破壊されてしまえば、アメリカ国民にとっては憂慮すべきことだからな、と認めた。

アランはハットンが結局どうしたいのかはわからない、と答えた。だがいずれにしても、ソ連の原爆生産能力がどのあたりまで進んでいるのか、正確なところを知りたがっていたよ。そして、正確な情報を手に入れた暁には、ジョンソン大統領を説得して、ソヴィエト連邦との軍縮条約に向けての交渉を始める許可をもらおうとしていたらしい。もっとも今、ジョンソンは大統領ではないから、だから、そう、それで事態が変わるのかはわからない。政治はしばしば不必要なだけじゃない、不必要に事態を複雑にすることもある。

ユーリはソ連の核兵器計画全体のトップの座にいるので、すべての戦略と所在と実力を把握していた。しかし、この計画に心身を捧げてきたこの23年間、一度たりとも政治上のことを考慮に入れたことはなかった。それに、誰からもそうしろとは要求されなかった。それで今までは不都合なことはまったくなかった。おそらくはそのために、3人の元首やベリヤ元帥の下で生きのびられたのだ。これほど長く高い地位を保持するのは、ソ連の権力者に数多くはない。

ユーリは、自分の成功のためにラリッサがどれほどの犠牲を払ってきたか、よく知っていた。そして今やふたりには、幸せな引退と黒海沿岸の別荘を与えられる資格は十二分にある。だがラリッサの献身はそれよりはるかに高い称賛に値する。本人は不平を言ったりはしないが、決してこんなものではすまされまい。だからこそユーリは妻がこう言うのを聞いて、熱心に耳を傾ける気になった。

「ねえ愛するあなた、大好きなユーリ、アラン・エマヌエルといっしょに世界の平和に貢献してあげて。それからニューヨークに移り住みましょう。勲章を全部返してしまうの、そうしたらブレジネフがお尻にまでぶらさげるわ」

ユーリは降参し、全面的に承諾した（ただし、ブレジネフのお尻のくだりはべつ）。それからまもなくアランとユーリは、ニクソン大統領にすべての真実を語る必要はなく、ただ満足できることだけを話せばよいという点で意見が一致した。なぜならニクソンのような男の満足はブレジネフのような男の満足と似たり寄ったりだからだ。ふたりがふたりとも満足できたら、互いに戦争し合う理由がなくなるではないか。

こうしてアランは、世界でもっとも監視の厳しいこの国の、公の場所でプラカードを振りまわして、ひとりのスパイを補充することになった。今夜のボリショイ劇場の聴衆のなかには、軍服のGRU長官も私服のKGB局長も、それぞれ夫人同伴で姿を見せていた。ふたりとも、階段の下でプラカードを掲げていた男とその文面を見た。ふたりとも、きわめて長い期間その職務に就いているから、勤務中の同僚に警報を発することをしなかった。反革命の動機をもつ者なら、こんな公共の場であんなことをするはずがない。

そんな馬鹿をやらかす人間がいるはずはない。

さらにまたその夜、スパイ補充が首尾よく達成されたレストランには、GRUやKGBのプロの情報提供者がいた。9番テーブルでは、ある男が、料理にウオツカを吐き出し、両手で顔を覆い、両腕を振り回し、妻に叱責されていた。すなわち、ロシアのどこのレストランでも見かける完全にありふれた光景。注視に値しない。

そんなわけで政治的盲目のアメリカ人秘密工作員は、なんのお咎《とが》めもなく、KGBとGRUの目と鼻の先で政治的盲目のソ連核兵器の親玉と世界和平戦略の下準備に成功した。パリのCIAヨーロッパ支局長ライアン・ハットンは、スパイ補充が成功した旨の報告を受けたとき、カールソンは見かけ以上にプロだと唸った。

ボリショイ劇場は1年に3、4回、演目を一新する。さらに毎年、ウィーン・オペラ座のような招聘公演がある。

こういうわけでユーリ・ボリソヴィチとアランは年に数回、ユーリとラリッサが滞在するホテルのスイートルームで秘密裏に会うことになった。その都度、アメリカ人の目に信用と安心を与えるため、巧妙に虚実を入り混じえてＣＩＡに提供する核武装についての情報の中身を練りに練った。

アランの諜報は、とりわけ１９７０年代の初めからのニクソン政権の政策に多大な影響を与え、それがモスクワの神経を敏感にさせて、相互軍縮を協議事項とする首脳会談の実現につながる。ニクソンは合衆国の優位に自信をもっていた。

一方ブレジネフも、情報局の報告によってソヴィエト連邦の優位を信じていたので、軍縮協定には反対ではなかった。だがある日、ＣＩＡの情報部門の事務所で働くひとりの掃除婦がＧＲＵに驚くべき情報を売りつける。パリのＣＩＡ支局から送られてきた文書で、ソ連の核計画の中心部にアメリカのスパイが送り込まれているという内容だった。問題は、スパイが送ってくる情報自体が虚偽であることだった。結局、ニクソンがソ連の虚言の巧みな工作員によってパリのＣＩＡ支局に送られた偽情報に基づいて軍縮を望むなら、ブレジネフにはなんの不都合もない。しかし問題があまりに複雑なので、徹底的に裏付けをとる必要がある。そしてその虚言の主を特定しなければならない。

ブレジネフの最初にやったことは、原子力技術の専門チームのトップ、忠実で非の打ちどころのないユーリ・ボリソヴィチ・ポポフを呼び出して、アメリカ人を笑い者にするこの情報操作作戦の出処《でどころ》を調査させることだった。なぜなら、たとえＣＩＡの入手した情報がソ連の核開発能力をはなはだしく過小評価しているとしても、文書の作成され方が心配なくらいに核心を突いていたからだ。そういうこともあって、ブレジネフはユーリを呼び出す気になったのだった。

ポポフはアランと共同ででっちあげた文書を再読させられて、肩をすくめた。ポポフは言った。図書館でちょいと調べれば学生にも書ける程度のものです。ブレジネフ同志がお気になさる必要はありません。お望みなら誰か物理学者の意見を聞いてみましょうか?

ブレジネフはユーリ・ボリソヴィチに、きみの意見を聞きたかっただけだと答えた。そして、日ごろの核技術部門の長としての精勤に感謝し、魅力的な夫人ラリッサ・アレクサンドレーエヴナによろしくと言いそえた。

ＫＧＢがソ連国内２００カ所の図書館で核兵器関連の文献を監視する一方、ブレジネフはニクソンの非公式の提案にどう応じようかと考えつづけていた。それも、ニクソンがでぶの毛沢東から中国に招待される日までに！　ブレジネフと毛沢東はこのところ、決定的に互いに叩き合ってきた。そこに来て中国は、ソ連を差しおいて、アメリカとの本来ありえない同盟に近々調印するかもしれない。そんなことがあってはならない。

アメリカ合衆国大統領リチャード・ニクソンは公式に招待されて、翌日からソヴィエト連邦を訪問することになっていた。舞台裏では厳しい攻防があるだろうが、つまるところ、ブレジネフとニクソンは握手をかわし、２種類のはっきりした軍縮条約に署名することになる。ひとつは対弾道ミサイルに関する軍縮条約（ＡＢＭ条約）であり、もうひとつは戦略兵器に関する交渉（ＳＡＬＴＩ）だった。署名はモスクワでおこなわれ、その後ニクソンは、ソ連の先制攻撃力についての情報を逐一《ちくいち》送ってきたアメリカ大使館の秘密工作員とも握手する手はずになっていた。

「お会いできて誠に光栄でございます、大統領閣下」と、アランは言った。「ところで、お食事に招待してはくださらないのですか？　ふつうはそうなのですが」

「誰が？」と、仰天した大統領が訊く。

「まあ、わたしの協力に満足してくださった方々です。フランコ将軍もトルーマン大統領もスターリン書記長も……それから毛沢東主席……毛主席の場合はヌードルだけでしたが、夜遅くでしたから致し方ありますまい。……それからエルランデル首相も声をかけてくださいましたが、たしかコーヒーだけだったような気がします。そんなにまずいコーヒーではありませんでした、もっとも当時は配給制でしたから……」

幸いニクソン大統領は秘密工作員の過去を手短に聞かされていたので、残念だがカールソン氏と夕食をともにする時間はないと冷静に答えた。そしてつけ加えた。しかしアメリカ合衆国の大統領がスウェーデンの首相よりも粗末なおもてなしをするわけにはいかない。そのうちコーヒーでもどうです、そのあとでコニャックでも。なんならこれからすぐでも。

アランはありがたくその招きを受け、コーヒーを辞退すればダブルのコニャックでもよろしいでしょうかと尋ねた。両方を飲むくらいアメリカの予算でも許されるだろうとニクソンは答えた。

ふたりは一時間ほど愉快な時間を過ごした。ニクソン大統領が執拗に政治的な話をもちかけることがなかったら、アランにとってはもっと楽しい時間になっただろう。アメリカ大統領はインドネシアの政治情勢がどうなっているか、しきりに知りたがった。アランはアマンダの名を出さずに、インドネシアで政治的な成功を収めるにはどうふるまわなければならないかを詳しく語った。ニクソン大統領は注意深く、じっと考えるような顔で聞き入っていた。

「面白い」と、ニクソンは言った。「面白い」

アランとユーリは、互いに事態の成りゆきに満足していた。GRUとKGBによるスパイの追跡も今のところは収まっていて、ふたりともほっとしていた。というか、アランに言わせると、

「ふたつの殺人組織に追われないほうがいい」

そしてつけ加える。KGBやGRUのような抵抗してもしょうがない略号の組織と無駄な時間を費やすのは避けたほうがいい。それよりもハットン秘密工作員と大統領に新たな情報を送ることを考えるべきときだ。カムチャツカに設置の中距離ミサイル格納倉庫の甚大な錆《さび》損傷、これをもうひと工夫しようか。

ユーリはアランの愉快な想像力に感心した。これは報告文書の作成が楽だ。つまり、食事をしたり飲んだりして愉快に過ごす時間が増える。

当面、リチャード・M・ニクソンにはたいていのことに満足する充分な理由があった。アメリカ国民は大統領を敬愛し、1972年の大統領選挙では文句なく再選された。民主党のジョージ・マクガヴァンがようやく1州をとっただけだったのに対し、ニクソンは49州で勝利を収めた。

ところが突然、うまくいかなくなりはじめた。袋小路に入ったようだった。そしてついに、ニクソンは歴代のアメリカ大統領の誰もがしなかった決断をする羽目になる。辞任したのだ。

アランはモスクワの市立図書館で片っ端から新聞を読んで、ウォーターゲート事件のあらましを知った。大雑把にいうと、ニクソンは脱税をし、自分の経営する会社の秘密の資金調達に便宜を図り、隠密裏にミサイル攻撃を命令し、政治的に対立する人々に執拗な攻撃を加え、不法侵入と盗聴に及んだ。アランは思った。大統領はこの間、あのダブルのコニャックを酌みかわしたときの会話から変に感化されてしまったのかもしれないな。新聞のニクソンの写真に向かってアランは言った。
「インドネシアで頑張るべきだったね。あそこでならもっと成功したろうに」

歳月が過ぎていった。ニクソンのあとにはジェラルド・フォードが登場し、さらにジミー・カーターが大統領に就任した。その間、ブレジネフは相変わらず居座っている。アランとユーリとラリッサの立場も変わらない。1年に5、6回顔を合わせ、いつでも楽しいときを過ごす。会うときにはいつでも、ソ連の核戦略の現状に関する適当に想像力豊かな情報を文書化する。年々、アランとユーリはロシアの核能力を低めに報告するようになっていた。大統領が誰になっても、そのほうがアメリカ国民は喜ぶだろうし、両大国の関係も改善されるだろうと思ったからだ。

幸せな日々は長つづきしない。

SALTⅡと命名された協約の署名がおこなわれる直前のある日、ブレジネフはアフガニスタンを援助する必要があると思い立つ。そこで精鋭部隊をアフガンに派遣した。部隊は時の大統領の命を奪う。ブレジネフは自ら選んだ人物を代わりに据《す》えた。

これが当然、カーター大統領を苛立たせた（控えめにいえばである）。SALT署名のインクはまだ乾ききっていない。カーター大統領はモスクワ五輪ボイコットを決めると同時に、アフガニスタンの原理主義ゲリラ部隊、ムジャヒディンに対するＣＩＡの密かな増援に踏み切る。

カーターにはそれ以上の手を打つ時間がなかった。というのもまもなくロナルド・レーガンが後を引き継いだからだ。そしてこの人物は共産主義者一般、とりわけ老ブレジネフに対して、はるかに激しく癇癪を起こしていた。

「おそろしく険悪な男らしい、あのレーガンというのは」と、アランはユーリに言った。新大統領の就任後、ふたりの初のスパイ談合の席でだった。

「うん」と、ユーリが答える。「それにそろそろソ連の核兵器削減ばかり言っていられないな。そのうち削減するものがなくなってしまう」

「それなら逆のことをしよう」と、アランが言った。「レーガンも少しは軟化するはずだ、まあ見てろ」

秘密工作員ハットン経由で送られた次の諜報報告は、ミサイル防衛におけるソ連のとてつもない主導権を証言する。アランの想像力は宇宙に飛び出したのだ。大気圏外からアランの案出したのはこうだった。ソ連のロケットは合衆国が攻撃に用いようとするすべてを狙い撃ちにして破壊することができる。

そんなわけで、政治的盲目のアメリカ工作員アランと政治的盲目のソ連核兵器の親玉ユーリは、ソ連邦崩壊の発端を作ることになった。ロナルド・レーガンはアランから送られた報告書を読むやカーッと頭に血がのぼり、ただちに戦略防衛構想、別名スター・ウォーズを始動させた。レーザー砲搭載の人工衛星云々と記されたその計画は、数ヶ月前、モスクワのホテルの一室でアランとユーリがでっち上げたもののコピーに等しかった。ふたりは適量なるウオツカを飲み飲み、酒気帯び作文をこしらえたのである。アメリカの対核兵器防衛予算は天文学的数字に達した。ソ連はこれに太刀打ちしようとしたが、そのゆとりがない。太刀打ちできないまま、国家全体にひび割れが生じてきた。

新たなアメリカの秘密軍事計画（１９８３年3月23日までレーガンがアメリカ国民に明かさなかった計画）のショックが原因なのか、そのほかの原因なのか、それはわからないが、ともかく１９８２年11月10日、ブレジネフは心臓発作でこの世を去った。たまたまその翌晩、アランとユーリとラリッサは諜報談合で集まっていた。

「そろそろこんな馬鹿なことは終わりにしない？」と、ラリッサが問いかける。

「うん、こんな馬鹿はもうよそう」と、ユーリが言った。アランはうなずいた。何事も終わりになる、とくに馬鹿げたことは。

アランはつづけて言った。明日の朝、秘密工作員ハットンに電話をかけよう。ＣＩＡに13年半も奉仕したのだから充分だ。奉仕のほとんどは偽りだったが、まあそれはそれ。その部分は秘密工作員ハットンと癇症《かんしょう》の大統領に内緒にしておくことで、３人は一致した。

そこで次に、ＣＩＡにユーリとラリッサをニューヨークへ空輸する手配をしてもらう。その約束はすでに取り付けてある。一方、アラン自身は懐かしのスウェーデンはどうなったろうと考えていた。

ＣＩＡと秘密工作員ハットンは約束を守った。ユーリとラリッサは、チェコスロバキアとオーストリア経由で合衆国へ移送された。ふたりはマンハッタン西64丁目のアパートを提供され、必要をはるかに超える年金を支給された。ＣＩＡにとって、それは多額の出費とならなかった。なぜなら１９８４年の1月、ユーリは長い眠りに旅立ち、３ヶ月後、ラリッサも心痛からこの世を去ったからだ。ふたりとも79歳になっていて、人生で最高に幸せな1年を過ごした。１９８３年はメトロポリタン・オペラ創設１００周年というめでたい年で、この夫婦に忘れえぬ体験をふんだんに提供したのである。

アランのほうは荷物をまとめ、モスクワのアメリカ大使館の管理部にモスクワを引き払うことを告げた。このとき初めて、管理部は知る。アレン・カーソンは、どういう理由か、13年と5ヶ月の勤務期間中、海外手当しか支払われていない。

「給料を受け取っていないことに気づかなかったのですか?」と、職員は尋ねた。

「ええ」と、アランは答える。「わたしは少食ですし、ウオツカはこの国では安いんでね。充分すぎると思っていました」

「13年も?」

「ええ、時の経つのは早いですな」

職員は怪訝《けげん》な顔で一瞬アランを見た。それから言った。支払いは小切手になりますがすぐに出ます、カーソンさんでしたっけ、とにかくストックホルムのアメリカ大使館に申し出れば大丈夫です。

27

2005年5月27日 金曜日～6月16日 木曜日

アマンダ・アインシュタインはまだ存命だった。今や84歳になり、バリの豪華ホテルのスイートに住んでいた。長男アランが所有し経営するホテルである。

アラン・アインシュタインは51歳、1歳年下の弟マオに劣らず聡明な男だった。しかしアランが（本気で）営業に精出して、やがてホテルの代表取締役になると（40歳の誕生日に母親がホテルの権利を譲った）、弟マオはエンジニアの道に入った。最初のころは神経質な性格が災いしてか、目覚ましい滑り出しとはいえなかった。インドネシア有数の石油会社に仕事の口を見つけ、生産システムの管理部門に配属される。マオの間違いは、それを忠実に果たしたことだった。中間管理職の者たちは、補修工事の発注に乗じて資金を横領していたが、それができなくなった。補修工事を発注する必要がなくなったからだ。会社の効率は35パーセント上昇したが、マオは組織の中で最も不人気な人物となった。同僚のいやがらせがあからさまな脅迫に変わったとき、マオはもう我慢ならなくなり、アラブ首長国連邦に職を得た。そこでも生産性を急速に高める。一方、マオが辞めたインドネシアの会社は元の状態に戻り、社員は全員満足する。

アマンダはふたりの息子をたいそう誇りにしていた。しかしなぜふたりとも頭がよいのか理解できずにいた。うちの家系には優秀な遺伝子があると、ヘルベルトがいつか言っていたが、アマンダには思い当たるところはなかった。

それはともかく、アマンダはアランから電話をもらって大喜びして、お友達といっしょにバリに来るなら大歓迎よと言った。アラン・ジュニアにこのことをすぐに知らせるわ。たまたまそのときホテルが満杯だったら、何人かの客をたたき出してもらう。それからアブダビにいるマオに電話して、何日か休暇を取りなさいと言っておく。もちろん、みんなホテルでカクテルを飲むんでしょう、パラソルが必要かどうかはべつにして。ええ、あたしがドリンクを運んだりしないから安心して。

アランは、近々みんなで行くかもしれないと言った。そして電話を切る前に、おだてるつもりでひとこと言い添えた。きみほどおつむがかよわくてそこまで成功した人物は、世界にふたりといない。とても優しい言葉だと思って、アマンダは目に涙を浮かべた。

「早く来て、アラン。あたし待ちきれない」

ラネリード検察官は、午後の記者会見の冒頭、警察犬キッキーの悲報を持ち出した。件《くだん》の牝《めす》犬がオーケル鋳造所の点検トロッコに残っていた死体の臭いを突き止めた様子だったので、検察官としてはそこからいくつもの推論を導き出した。犬の指示に基づくかぎりそれはもちろん正しかったけれども、ところが間違い、大間違いだった。今になって判明したのだが、この犬は任務に当たる直前に発狂しており、それゆえ信頼できない。つまり、端的に言えば、あの場所に死体は存在しなかった。

先ほど受けた報告では、警察犬は安楽死させられた。検察官としては、訓練士《ハンドラー》の決断が妥当だったと考える（キッキーは名前を変えられてスウェーデン北部に住むハンドラーの兄のもとへ向かっていたが、検察官は知らない）。

ラネリード検察官はまた、エスキルストゥーナ警察が〈一獄一会〉の最近のきわめて尊敬すべき福音活動について報告してこなかったことを遺憾に思うと述べた。もしわたしがそれを知っていれば、捜査の進展はべつの方向に向かったことでしょう。自分が引き出した結論を、警察に代わって陳謝したい。結論の一端は狂犬、一端は警察によってもたらされた情報、大間違いの情報に基づくものであった。

リガで発見されたヘンリク・バケツ・フルテンの死体については、新たな殺人捜査が当地で開始されるらしい。逆に、やはり死亡したベント・ボルト・ビュールンドに関する事件の捜査は、ここで打ち切られることになります。ビュールンドが外人部隊に入隊していたことは明白です。偽名で外人部隊に入隊する例は多々あるので断定はできないが、ビュールンドが数日前にジブチ中心部で起こった自爆テロの犠牲になったのは、十中八九、間違いない。

検察官は事件の当事者たちをつなぐ関係を詳しく述べ、その関連で、その日ボッセ・ユングベリから手に入れた極薄の聖書の実物を記者団に示した。記者会見を切り上げようとすると、記者たちは取材のためアラン・カールソンとその取り巻きの居所を知りたいと求めた。しかしこの点について検察官は沈黙を守った（耄碌爺《もうろく》さんがマスコミ相手にチャーチルだの誰だのとまくしたてるのを許しては、ろくなことにならない）。そこで記者たちの焦点が、今度はバケツ・フルテンに転じる。フルテンは殺害されたと目され、かつまた殺人犯と目されていた者たちはもはや容疑者ではない。ではフルテンを殺害したのは何者なのか。

ラネリードはこの件は都合よく忘れてもらえると期待していたが、改めて強調しなければならなくなった。記者会見後、ただちに捜査を開始します。その問題については後日また報告します。

驚いたことに、記者団はこうした釈明と発表で満足した。ラネリード検察官とそのキャリアは、この日を生きのびた。

アマンダ・アインシュタインは、アランと仲間たちに早くバリに来てほしいとせがむ。一同もそのつもりだった。ぐずぐずしていたら、とびぬけた敏腕記者が鐘撞《かねつき》農場に乗り込んでくるかもしれない。そうなる前にここを出るのが安全だ。アランはそう考えたうえで、アマンダに連絡したのだった。あとはベッピンの決断いかんである。

鐘撞農場からそう遠くないところにソーテネス空軍基地があり、象の1頭や2頭らくらく飲み込める機体のハーキュリーズがある。この輸送機が轟音をひびかせて鐘撞農場の上空を通過し、ソニアが死ぬほど怯《おび》えたことがあった。ベッピンの言った名案とは、それだった。

ベッピンは基地の大佐に話してみたが、これがどうにも融通の利かない男だった。人間と動物を乗せて大陸間を移送する飛行計画を検討する前提として、数えきれない種類の証明書と許可書の提示が必要だという。たとえば、空軍は民間航空と競合することを無条件で禁止されていて、これが例外だという農林省の証明書が必要だ。さらに4回の途中着陸が必須で、それぞれの空港に動物の健康状態をチェックする獣医が待機していなければならない。ことに象は、一度の着陸ごとに最低12時間の休息が要求される。

「くたばっちまえ、スウェーデンのくそ官僚主義！」ベッピンは毒づいてから、今度はミュンヘンのルフトハンザ航空へ電話した。

こちらはほんのわずかながら協力的。もちろん、当航空は象1頭と付き添いの方々をお乗せします。ヨーテボリ市近郊のランドヴェッテル空港でお乗せして、もちろんインドネシアまでお運びします。必要なのは象の所有証明書と、飛行中、登録獣医が同行することだけです。それからもちろん、インドネシア共和国入国のための必要書類ですね、動物だけでなくお乗りになる方々の。これらの条件が満たされれば、当社の管理部が３ヶ月以内に輸送計画を作成いたします。

「くたばっちまえ、ドイツのくそ官僚主義！」ベッピンは毒づいてから、今度はインドネシアに電話した。

これは少々手間取った。インドネシアには51もの異なる航空会社があり、どの社にも英語を話すスタッフがいるわけではない。それでもベッピンはめげないで、ついに目的を達成した。スマトラ島のパレンバンの輸送会社がほどほどの金額でスウェーデンへの往復飛行を快諾したのだ。目的に適《かな》うボーイング747があるという。アゼルバイジャンの空軍から手に入れたばかりの払い下げである（幸い、ＥＵがインドネシアの全航空会社をブラックリストに載せて、ヨーロッパ着陸を禁じる前だった）。航空会社はこう約束した。スウェーデン着陸の書類はすべてこちらで用意する。ただしバリ島の着陸許可の手配はお客さんのほうでやってほしい。えっ、獣医？　なんで？

残るは支払いの問題だけだ。金額が20パーセントも増えたところで、ベッピンが豊かなる語彙《ごい》を最大限に駆使し、スウェーデンに航空機が到着次第スウェーデン・クローナの現金で支払うという条件をのませた。

インドネシアのボーイング機がスウェーデンに向けて飛び立ったころ、一同はふたたび総会を開いた。ベニーとユーリウスは、ランドヴェッテル空港の、おそらくは小うるさい職員の鼻先に突きつけるための偽書類を作成する役を引き受け、アランはバリ着陸の際の準備に取りかかる。

ヨーテボリ空港では若干の面倒が生じた。しかしそこはベニーが、偽造獣医免許証をちらつかせただけでなく、いかにもそれらしく聞こえる獣医用語をずらずら並べ立てた。象の所有証明書と健康証明書、さらにはアランがインドネシア語で作成した公文書めいた書類の束、そうしたもののおかげで一同は計画どおりに機内に入ることができた。偽造まみれの仲間たちは全員、目的地がコペンハーゲンだと口をそろえたので、パスポートの提示を求められなかった。

一行は10名、100歳のアラン・カールソン、元怪盗ユーリウス・ヨンソン（現、無罪）、永遠の学生ベニー・ユングベリ、婚約者ベッピン・グニラ・ビョルクルンド、ベッピンの飼う2匹の動物、象ソニアとアルザス犬ブーステル、ベニー・ユングベリの兄で信仰心に目ざめた食品卸商人ボッセ、エスキルストゥーナ署のかつての孤独な警視アロンソン、かつてのギャング団の親分、鬼《おに》飾《かます》ペール＝グンナル・イェルディン、そしてイェルディンの80歳を過ぎた老母ロース＝マリー、息子がハル刑務所に収容されていたときにまずい手紙を送ったあの母親である。

空の旅は11時間、不必要な途中着陸もなく経過し、インドネシア人機長がまもなくバリ国際空港に着陸すると機内放送をするころ、一同は元気潑剌《はつらつ》としていた。そしていよいよ、アラン・カールソンが着陸許可を引っぱり出す出番となる。バリの管制塔から交信があったら教えてほしい、とアランは機長に言った。あとはわたしに任せて。

「交信です」と、機長は不安そうだ。「なんと言います？　下手したら撃ち落とされますよ！」

「心配無用」と言って、アランが機長に代わる。「ハロー？　そちらバリ空港？」英語で尋ねると、すぐに名前を言いなさい、さもなければインドネシア空軍を出動させるという返事が返ってきた。

「マイ・ネーム・イズ・ドル」と、アランは答える。「ジューマン・ドルです」

管制官が押し黙った。インドネシア人機長と副操縦士が感心したようにアランを見る。

「今、管制官が親しい同僚たちと分け前を勘定しているんだ」と、アランは説明した。

「なるほど」と、機長が言う。

数秒あってから、管制官の声がまた通信してきた。

「ハロー？　聞こえますか、ミスター・ドル？」

「了解、聞こえます」と、アラン。

「エクスキューズ・ミー、ファーストネームはなんですか、ミスター・ドル？」

「ジューマンです」と、アラン。「こちらはジューマン・ドル、そちらの空港に着陸許可願います」

「エクスキューズ・ミー、ミスター・ドル。交信状態が不良です。ファーストネームをもういっぺん言ってくれませんか」

管制官が交渉を持ちかけてきたと、アランは機長に説明した。

「わかる」と、機長。

「ファーストネームはニジューマンです」と、アランは言った。「着陸の許可を願えますか？」

「少しお待ちを、ミスター・ドル」と、管制官が言い、同僚らと相談する。それから言った。「バリへようこそ、ミスター・ドル。当地へようこそ」

アランは管制官に礼を言った。

「初めて来たんじゃないね」と言って、機長がにやりと笑う。

「インドネシアはなんでもありの国さ」と、アランは言った。

ミスター・ドルの同乗者数名がパスポートをもたず、その1名が5トン近い体重で、しかも2本足ではなく4本足だということをバリ空港の幹部職員らが知ったとき、通関書類とソニア運搬の手配のために、さらに5万ドルの要求があった。それでも着陸の1時間後、一同はソニアともどもアインシュタイン家のホテルに着いていた。移動中、ソニアはベニーとベッピンに付き添われて、空港の仕出し用トラックの中に納まっていた（ちなみに、午後のシンガポール行きフライトはあいにく機内食サービスが無しとなった）。

一同はアマンダとアランとマオ・アインシュタインに迎えられ、長い歓迎の接待を受けたあとで、それぞれの寝室に案内された。ソニアとブーステルは、ホテルの広大な柵囲いの中庭で足を伸ばすことができた。バリ島にはソニアの遊び友達の象がいなくてごめんね、とアマンダは言った。でも、ソニアのために近いうちにスマトラからボーイフレンドになりそうな象を呼び寄せるわ。ブーステルのガールフレンドなら、自分で見つけるはず。バリには可愛い牝犬がたくさんうろついているもの。

アマンダはまた、今夜はバリ流の大歓迎パーティを開くので、それまでゆっくり眠っておいてと言った。

3人を除いて、皆、アマンダの言うことに従った。鬼師と鬼師の母親は、パラソルカクテルがもう待ちきれない。アランも同じで、こちらはパラソル無し。

3人は海辺のビーチチェアに歩み寄り、体を伸ばして、バーに注文した酒が来るのを待つ。酒を運んできたウェイトレスは84歳、いつものバーテンではない。

「はい、あなたの赤のパラソルドリンクよ、イェルディンさん。それから緑のパラソルドリンクです、イェルディンのお母さん。あら、待って、ミルクの注文じゃなかったわね、アラン？」

「ドリンクを運ばないって約束しただろう、アマンダ」と、アランが言った。

「あれは嘘よ、アラン。あれは嘘」


楽園に日が落ちて、アインシュタイン家のアマンダとアランとマオから招待された豪華な晩餐のテーブルに一同は集まった。前菜にはバリ風の串焼き《サテ》が出され、メインはベベッ・ベトゥトゥというアヒルの蒸し焼き、デザートはココナッツフレークから作ったジャジャ・バトゥン・ブディルだった。食事中の酒は、トゥアック・ワヤーというココヤシから作ったビールが出された。ベニーはいつものように水を飲む。

こうしてインドネシアでの最初の宵《よい》は、夜がふけるまで和気藹々《あいあい》とつづいた。食事の最後には、みんなピサン・アンボンというバナナ酒を飲んだが、アランはウオツカを注文し、ベニーには紅茶が出された。


ボッセは、こういう過剰の昼夜のあとにはちょいと魂のバランスを取る必要があると感じて、立ち上がり、マタイによる福音書のイエスの言葉を唱えた。

「こころの貧しい人々は幸いである」

みんなにも神の声に耳を傾けてほしい、ボッセはそう言いたかったのだ。そして手を合わせ、この並外れた驚くべき1日を与えてくれた主に感謝の祈りを捧げる。

「何事も成りゆき次第なり」と、ボッセの台詞のあとに訪れた沈黙の中で、アランが言った。

ボッセは神に感謝を捧げ、おそらく神も一同に感謝を返した。というのも、一同の幸運は永続し増大したからである。ベニーはベッピンに求婚した。ベッピンは答えた。「あったりまえよ、このくそ男。いつまで待たせる気！」翌晩、結婚式が行われ、式は3日間つづいた。

80歳のロース＝マリー・イェルディンは、地元の年金受給者クラブに宝島ゲームを教えに通う（誰もかなわないから、行くたびに稼ぎになった）。鬼師は渚に据《す》えたパラソルの下のビーチチェアを離れようとせず、いつまでも虹色のパラソルを飾ったカクテルを飲みつづけていた。ボッセとユーリウスは共同で釣り船を購入し、日がな一日、船の上で過ごしていた。アロンソン警視はバリの社交界の売れっ子になった。なにしろ白人だし、警視でもある。のみならず世界一腐敗していない国の出だ。これほど異国的な人物はいない。

毎日、アランとアマンダは、ホテルの前に広がる白砂の海岸を適度に散歩した。語り合うことがわんさとあり、いっしょに過ごすのがますます楽しくなった。ふたりはそんなに速くは歩かない。女は84歳だし、男はすでに101歳になろうとしているのだ。

しばらくするとふたりは自然と手をつなぐようになった。バランスを取るためだ。やがて毎晩のようにアマンダの部屋のテラスで、ふたりきりで食事をするようになる。みんなといるのがだんだん煩《わずら》わしくなってきたからだ。そして結局、アランはアマンダの部屋に居続けるようになった。その結果、アランの部屋は観光客に貸せることになり、ホテルの貸借対照表《バランスシート》もそのぶん好成績となる。

ある日、いつものように散歩をしているとき、アマンダが提案した。あたしたちもベニーとベッピンを見習わない？　つまり結婚しない？　だってもういっしょに住んでいるんだもの。アランは答える。わたしにはきみは少々若すぎるように思えるがね。だがきみの言うことは一理ある。今ではアランは自分でカクテルを作るようになっていた。でもそれがふたりの結婚の障害になるとも思えない。だからアマンダの提案を拒否する理由はまったく見当たらない。

「じゃあいいのね？」と、アマンダが言う。

「いいとも」アランが答える。

そしてふたりはいつもより強く手を握り合った。バランスを取るためだ。


ヘンリク・バケツ・フルテンの死に関する捜査はあっという間に終わり、なんの成果も残さなかった。警察はバケツの過去を掘り返し、スモーランド（グニラ・ビョルクルンドの湖畔農場の近辺）に住む昔の仲間たちを調べたが、なんの証言も得られなかった。

リガの警察は、ムスタングをスクラップ場へ運転していった酔っ払いを引っ張ってきて問い詰めたが、首尾一貫した話はひとことも引き出せなかった。ひとりの刑事など、仕方ないからワインを1本飲ませようかとまで考えた。すると酔っ払いは急に話し出す。いくら訊かれたって、そんときの男と同じ男かなんてわかるわけないよ。ある日公園のベンチに座ってたら、ワインをごっそり抱えてそいつがやって来たんだ。

「そりゃあそんとき、俺はしらふじゃなかったさ」と、酔っ払いは言った。「けどよ、赤ワインを4本ばかりいただくのを断るほど酔っぱらっちゃいなかったぜ」

数日後、ヘンリク・フルテンの死についての捜査の進展を問い合わせた記者がひとりだけいた。しかしその電話に応ずるべきラネリード検察官は不在だった。検察官は休暇を取り、ラス・パルマス行きの最終格安チャーター便を予約した。できたらもっと遠くに旅立って、すべてのことから逃れたかった。行き先としてはバリあたりが最高だなと思ったが、予約が満杯だった。

カナリア諸島に行こう。今、ラネリードはビーチチェアにのんびりとくつろいで、パラソルの下、パラソルドリンクをちびちびやりながら、いったいアロンソン警視はどこへ逐電《ちくでん》したのかと考えていた。辞表を提出し、たまった有給休暇を申請したまま姿を消してしまったらしい。

28 1982〜2005年 77〜100歳

アメリカ大使館からの未払い給料は、アランがスウェーデンに帰国したちょうどいいタイミングで届いた。アランは自分が生まれ育った町から数キロのところに美しい真っ赤な山小屋風の家を見つけ、現金で支払う。購入の際、本人かどうかということでスウェーデン当局とひと悶着あった。結局、相手は折れて、次には年金を振り込むというので、アランは驚く。

「なぜです?」と、アランは尋ねた。

「あなたは年金受給者ですから」と、役人は答えた。

「わたしが?」と、アラン。

そういわれればたしかに年は取った。来年の春には78歳だ。心外だし、考えてもみなかったが、老いたことは認めざるをえまい。しかしこれからさらに老いていく……。

年月はゆったりと過ぎていった。その間、アランが世界の流れに影響を与えることはまったくなかった。ときどき食料の買い出しに行くフレンの町の出来事にすらなんの影響も及ぼさなかった（卸売商人グスタフソンの孫の経営する地元スーパーだが、幸いアランが何者かは知らない）。ところがフレンの公立図書館には一度も足を向けなかった。読みたい新聞は定期購読すればよく、わざわざ出向いて行かなくとも郵便箱にきちんと届くと知ったからだ。実に便利になった。

イクスフルト郊外の田舎屋に住むこの世捨て人が83歳になったとき、買い出しにフレンまで自転車で往復するのは難儀になってきた。そこで車を買う。最初は、この機会に運転免許を取るつもりだったが、自動車学校の教官が「視力検査」だの「仮免許」だのと宣《のたま》うので、あっさり放棄した。教官は「道路交通法」、「運転理論」、「実地教習」、「最終二重試験」などと説明をつづけたが、アランはもはや聞いていていなかった。

1989年、ソヴィエト社会主義共和国連邦が崩壊し始めた。だがそれはイクスフルトの自家製蒸留酒作りの老人にとって、驚きではなかった。舵《かじ》取りを任された若造ゴルバチョフが最初に断行したのは、国内のウオツカ大量消費規制キャンペーンだった。そんなもので大衆が味方になるはずはない。

その年、奇しくもアランの誕生日に、ポーチの段々に1匹の子猫がひょっこり現れた。腹ぺこだと訴えている。アランは子猫をキッチンに招き入れ、ミルクとソーセージを与えた。猫はその献立がたいそう気に入り、そのまま住みつく。

牡《おす》の虎猫で、モロトフと名づけた。ロシアの外務大臣の名からではなく、火炎瓶《モロトフ・カクテル》にちなむ。モロトフはあまり鳴かないが、とびきり頭がよく、人の話をよく聞く。アランがなにか話したいことがあるときは、ひと声呼ぶだけでいい。必ずちょこちょこ駆けてくる。ただしネズミを捕まえることに専心しているときは別（モロトフは優先順位を心得ていた）。猫はアランの膝の上に飛びのり、気持ちよさそうにして、耳をピンと立ててアランの話を聞こうとする。頭と首を同時に撫でてやると、いつまでも話を聞く。

アランが鶏を数羽飼い始めたとき、追いかけ回してはいけないと一度言い聞かせただけで、モロトフはうなずいて理解した。実はアランの言うことを無視して、飽きるまでさんざん追いかけ回したが、それは別問題。あたりまえではないか。猫はやっぱり猫である。

アランは、モロトフほど知恵の働く猫はいないと思った。鶏小屋のあたりをうろついて金網の隙間を探すあの狐なんぞ、比べものにならない。あの狐は猫を狙《ねら》う気だが、モロトフは敏捷だから大丈夫だ。

アランはさらに年齢を重ねた。毎月、アランが見返りになにもしなくても、きちんきちんと年金が入る。その金でチーズやソーセージやジャガイモを買い、ときには砂糖を買う。地元紙の購読料を払い、郵便箱に電気代の請求書が入っていれば料金を支払う。

それでも毎月、金が残って、使い道もない。あるときアランは余分な年金を封筒に入れ、役所に送ってみた。するとひとりの職員が訪ねてきて、そんなことはできませんと説得する。そしてアランに金を返還し、今後は行政を困らせるようなことをしないと約束させた。

アランとモロトフの間に幸せな時が流れた。毎日、天気がよければ、近郊の砂利道に自転車を持ち出してサイクリングをした。アランがペダルを漕ぐ。モロトフは自転車の籠の中で風とスピードを楽しむ。

アランとモロトフは、快適な規則正しい生活を送った。それがずっとつづいていたある日、アランだけでなくモロトフも年を取ったということがわかる。突然、狐が猫を捕まえたのだ。これは狐にも猫にも驚きだったが、それと同じくらいアランには悲しみだった。

アランはそれまでの全人生でこれほど悲しい思いをしたことはない。そして悲しみはじきに怒りに変わった。老いたる爆薬の手練《てだ》れは目にいっぱい涙をためてベランダに立ち、冬の夜陰に向かって叫んだ。

「戦争をしたいってんなら、戦争をしてやるぞ、狐野郎！」

生まれて初めて、ただ一度、アランは憤《いきどお》った。ウオツカも、ドライブも（無免許運転）、長距離サイクリングも、怒りを静めはしなかった。復讐のために生きるのは情けない。それをアランは承知していた。しかしこのときばかりは、復讐が最優先となった。

アランは鶏小屋のそばに爆薬を仕掛けた。狐がまた腹をすかせて、鶏の縄張りにちょっとでも鼻を突っ込んだら爆発する仕組みである。ところが怒りのあまり、鶏小屋の隣の物置に昔からあるダイナマイトをすべてしまっておいたことを、アランはすっかり忘れていた。

かくてモロトフの昇天から3日後の夕暮れ、セーデルマンランド地域に1920年代末以来の大爆発が起こった。

狐は木っ端みじんに吹っ飛ばされたが、同時に鶏も鶏小屋も物置も吹っ飛ばされた。さらに爆発は納屋ごと田舎家をも襲った。そのときアランは肘掛《ひじかけ》椅子に座っていて、肘掛椅子に座ったまま宙に舞い上がり、ジャガイモ備蓄小屋の前の雪の吹きだまりに落下した。仰天の表情できょろきょろ見まわしてから、アランはきっぱり言った。

「狐をやっつけたぞ！」

その時点でアランは99歳であるから、さすがに衝撃を受け、舞い落ちた場所からそのまま動かない。救急車とパトカーと消防車が難なくアランを発見した。それほど高く炎が夜空に舞い上がっていたのだ。ジャガイモ備蓄小屋前の吹きだまりで肘掛椅子に収まっている老人の無事が確認されると、今度は福祉事務局に連絡が行った。

1時間もすると、社会福祉士ヘンリク・セーデルが付き添っていた。アランはまだ肘掛椅子に収まっていたが、救急隊員の手で救命毛布にくるまれていた。焼け落ちた家の燃え立つ炎がまだすさまじい熱を放っていたので、それは不必要な措置ではあった。

「するとカールソンさん、あなたはご自宅を吹き飛ばしたのですね？」と、社会福祉士セーデルが言った。

「はい」と、アラン。「わたしの悪い癖でして」

「ということはつまり、カールソンさん、住居がなくなったというわけですね？」と、社会福祉士はつづける。

「そういう道理になりますな。福祉事務所の所長さん、なにかご提案はありますか？」

社会福祉士は即座になにも思いつかず、そこでアランは、福祉事務所の経費で、車椅子に乗せられフレン中心部にあるホテルに運ばれる。翌晩は、お祭りムードのなか、アランは、社会福祉士セーデル夫妻ともども新年を祝った。

こんな快適な環境は、終戦直後、ストックホルムの豪華なグランド・ホテルに滞在したとき以来だった。実のところ、あそこの支払いはとっくにすましていなければならない。急遽《きゅうきょ》立ち去ることになって、踏み倒したままになっている。

2005年1月の初め、社会福祉士セーデルは、1週間前、突然にホームレスとなった人騒がせな老人の住めそうなところを探し出した。

こうしてアランはマルムショーピングの老人ホームにたどり着き、空いたばかりの1号室に入居する。迎えたのは所長アリス、愛想のいい笑顔を作りつつ、施設の規則を列挙してアランの生きる喜びのすべてを吸い取ってしまった。所長アリスは言い放つ。喫煙禁止、飲酒禁止、午後11時以降テレビ禁止。さらに、朝食は平日6時45分、祭日1時間遅れ。昼食11時15分、コーヒー午後3時15分、夕食6時15分。外出してこの時刻に遅れた場合、夕食が出ない恐れもある。

ついで所長アリスは、シャワーと歯磨きと外部訪問者と入居者の相互訪問に関する規則を列挙した。もろもろの薬の渡される時刻、緊急事態を除いて所長および職員を煩《わずら》わしてはならない時間帯。緊急事態はめったにないとアリス所長は言い、概して入居者が不満をたれすぎると付け足した。

「くそは、たれたいときにたれていいですな?」と、アランは尋ねた。

こうして、アランとアリス所長は出会って15分後には反目し合う仲となった。

アランは、狐に宣戦布告した自分が面白くなかった(勝ったにしても)。短気を起こすのは性に合わない。それにまた、ここの所長に言わなくてもいいことを言ってしまった。あれくらいのしっぺ返しは当然だとしても、自分の流儀ではない。おまけに従わなければならない規則だの決まりだのをながながと並べ立てられる。

愛猫はいなくなった。そして今や99歳と8ヶ月だ。もう立ち直れそうもない。アリス所長にはまったく参った。

もううんざりだ。

人生はもう終わりだ。人生のほうでも自分にうんざりしてるようだから。自分は無理に自分を追い立てる人間ではないし、昔からずっとそうだった。

だからアランは、1号室に居住することに決めた。午後6時15分に夕食を食い、それからシャワーを浴び、新しいパジャマで清潔なベッドに入り、そうして眠って、永遠の眠りにつき、運び出され、埋葬され、忘れられる。


アランは全身に電流のような快感が走るのを感じた。夜8時、これが最初で最後、老人ホームのベッドにもぐり込む。あと4ヶ月もしないうちに3桁の年齢に到達する。アラン・エマヌエル・カールソンは目を閉じて、今度こそ永久に消えるのだと確信する。人生の旅は総じて痛快だったが、何事も永久につづきはしない。人間の愚かさを除けば。

ここまできて、アランは考えるのをやめた。疲労感が支配する。すべてが闇に沈む。

今に光が戻ってくるだろう。白い輝きが。考えてみろ、死は眠りと同じようなものだ。すべてが終わる前に、考える時間はあるだろうか。それを考えたと考える時間があるだろうか。しかし待てよ、考えるのを終える前に考えることがそんなにたくさんあるか?

「7時15分前よ、アラン、朝食の時間。急いで食べないと粥《ポリッジ》を片づけられてしまうわ。お昼までなにも食べられなくなるのよ」と、アリス所長が言った。

ほかにももろもろあるが、自分は昔に比べておめでたくなったとアランは思った。人は注文どおりに死ねるわけではない。翌朝また、あのおっそろしい女に呼び起こされて、同じくらいおっそろしい粥を食わされる危険もあるではないか。

いいだろう、100歳になるまでまだ数ヶ月ある。それまでに死にゃあいいんだ。「アルコールは命取りです！」部屋での「飲酒禁止」を説明するときにアリス所長は言った。その手がありそうだとアランは思った。ちょいと抜け出して公営酒販店へ行かねばならん。

数日が数週間になった。冬が去り春になると、アランは50年前のヘルベルトと同じくらい強く、死を願った。ヘルベルトの願いが叶えられたのは考えを変えてからだった。それじゃ楽観できないぞ。

さらに悪いことに、老人ホームの職員たちがアランの誕生日パーティの準備を始めた。檻の中の動物みたいに、じろじろ見られ、歌を聞かされ、バースデーケーキを食わせられるのに我慢しなければならない。こっちから頼んだわけでもないのにだ。

死ぬチャンスは今夜一晩しかない。

29

２００５年５月２日 月曜日

もっと早くに決心することもできたはずだし、周りの人間に男らしく決意のほどを軽《カール》く言い放ってもよかったはずだ。しかしアラン・カールソンはじっくり考えてから行動するというタイプではなかった。

だから頭の中で考えが固まるよりも早く、この老人はマルムショーピングの老人ホーム１階の部屋の窓を開け放つや、外の花壇に出ていた。

この軽業《かるわざ》はいささか努力を要した。というのもまさにこの日、アランは１００歳になったのである。１時間足らずのうちに、老人ホームのラウンジで誕生日パーティが催されることになっていた。市長も出席する。地元紙も来る。高齢者も全員。そしてスタッフ全員を率いて、癇癪《かんしゃく》玉の女所長アリスも。

誕生日パーティの主役だけは、そこへ顔を出すつもりはなかった。

エピローグ

アランとアマンダはふたりでとても幸せだった。いかにも似合いのカップルのようだ。片方はイデオロギーと宗教の話題にアレルギーがある。片方はイデオロギーの意味を知らないし、祈りを捧げることになっている神の名がどうしても覚えられない。おまけにある晩、仲むつまじさがとりわけ昂じたとき、ルンドボリ教授が１９２５年８月のあの日、ちょいと執刀の手ぬかりをやらかしたにちがいないということが判明した。なぜならアランは、自分でも驚いたことに、あれ以後は映画でしか見たことのない行為を成就できたのである。

アマンダの85歳の誕生日に、夫はインターネットに接続できるノートパソコンをプレゼントした。アランはこのインターネットなるものを若い世代が楽しんでいると聞いていたのである。アマンダがログインの仕方を覚えるには多少時間がかかったけれど、しかしあきらめず、何週間もたたないうちに自分のブログを立ち上げた。そして一日中、あっちこっちのことを、新旧とりまぜて書き込んだ。たとえば、世界中を経めぐった愛する夫の旅や冒険。バリ人社会の女友達に読んでもらうつもりだった。ほかにアクセスがあるとも思えない。

ある日、アランがいつものようにベランダで朝食を楽しんでいると、スーツ姿の紳士が現れた。男はインドネシア政府の代表だと自己紹介し、インターネットのブログでいくつもの驚くべき書き込みを見たと言った。そこで、大統領に代わって、もし自分の読んだ書き込みが真実なら、カールソン氏の専門知識を活用したいという意向を伝えに来た。

「で、わたしにどういう手助けをせよとおっしゃるので？」と、アランは言った。「わたしがたいていの人間より巧くできることは、ふたつしかありませんぞ。ひとつは山羊の乳からウオツカを作ること、もうひとつは原子爆弾を組み立てること」

「まさにそれなんです、われわれの関心は」と、男は言った。

「山羊の乳かい？」

「いえ」と、男は言った。「山羊の乳ではなく」

アランはインドネシア政府代表に椅子をすすめた。それから自分はスターリンに原爆を持たせてしまったが、それが間違いだったと語った。スターリンはとんでもない狂人だからだ。だから何よりまず、インドネシア大統領の精神状態を知りたい。ユドヨノ大統領は非常に賢明で責任感のある人物だと、政府代表は答えた。

「それは嬉しい話だ」と、アランは言った。「そういうことなら喜んでお手伝いしよう」

やってやろうじゃないか。

訳者あとがき

すばらしき出鱈目《でたらめ》小説

最初、この小説をフランス語版で読んだ。読みながら何度も声を立てて笑った。ビールを飲みながら読んでいるとき、思わずビールを吹き出してしまったこともある。ページにこぼれた泡をあわてて——泡手で——ふいた。そしてこれほど出鱈目の連続で笑わせてくれる才能にいたく感心した。

「最も無駄になった一日は笑うことのなかった日である」という警句がある。18世紀フランスの文人シャンフォールのもの。詩人・加藤郁乎《いくや》氏経由でこれを知ったのは、もう40数年前になるが、加藤氏は自分にとって非常に大きな存在だったので、強く焼き付いた。《La《ラ》 plus《プリユ》 perdue《ペルデユ》 de《ド》 toutes《トウト》 les《レ》 journées《ジユウルネ》 est《エ》 celle《セル》 où《ウ》 l'on《ロン》 n'a《ナ》 pas《パ》 ri《リ》.》というフランス語を知ったのは、それから何年ものちのことだが、この小説のフランス語版を読みながらそのフランス語を思い出していた。

つづいて届いた英訳を読みながら、やはり何度も声を立てて笑った。英訳を翻訳原本とすることになったので、少しずつ訳し始め、訳しながらやはり笑い出す。最も無駄にならない一日の連続となった。翻訳者冥利《みょうり》である。かつまた、アランが飲むたびに訳者もビールの栓を抜いたことも自白しておく（実はフランス語訳と英訳では大きく違う箇所が少なくなく、そのたびにスウェーデン語原書で確かめる必要も生じた。そして、たぶんスウェーデン語で読めばもっと笑えるらしいと推測できたが、残念ながらスウェーデン語原文から翻訳できる能力を訳者は持ち合わせない）。

出鱈目、と言った。この語について深入りする余裕はない。本書の読者なら出鱈目の楽しさを味わいつつページを繰るだろうと、そう信じる。

出鱈目の語りの術を、作者ヨナス・ヨナソンは祖父から学んだようだ。祖父は杖《つえ》に寄りかかって、嚙《か》み煙草を嚙み嚙み、孫たちによく「お話」を聞かせたという。「でも…おじいちゃん、それほんと？」と問うと、祖父はこう答えた。「ほんとの話しかしない人の話を聞いてもつまらんぞ」

これは「ほんとの話」ではない。しかしその出鱈目は、かなり密である。ヨナス・ヨナソンがそうとうの読書人であるのは間違いない。聖書やシェイクスピアの音譜も聞こえる。たぶん多くの読者に読み取れるのは、アストリッド・リンドグレーン『長くつ下のピッピ』やトーベ・ヤンソン『ムーミン』シリーズ（作者はフィンランド人だがスウェーデン語で書いた）の背景だろうか。訳者の疎《うと》いスウェーデン推理小説のパロディも入っているようだし、あるいはテレビ業界に身を置いていた経歴からそうした下地も出鱈目の密度に貢献していると思われる。

むろん、小説の中心にダイナマイトを仕掛けたのは、スウェーデン小説であるから無理がない。しかも高等教育を受けず、数ヵ国語に通じ、妻子のなかったアルフレッド・ノーベルと、アラン・カールソンは奇妙に重なる。

作品のささいな不備、あるいはやや強引な筋運びをつつく気はない。ただ、ひとつだけ、不満（？）を述べることを許してもらおう。Ⓒ半猫人《はんびょうにん》を名乗る訳者としては、99年の人生で初めて憤《いきどお》ったアランに感情移入をおさえきれない。ただ、ロアルド・ダール『すばらしき父さん狐』（評論社）の訳者としては、悪《わる》を狐ではなく、たとえばゴキブリ集団にする手はなかったろうか。いや、北国にゴキブリはいないか…。ならばヨナス・ヨナソンの想像力はどんな悪を仕立てるだろうか…。そんな空想へも、この出鱈目小説は読者を誘《いざな》う。

2014年5月

柳瀬　尚紀

著者インタビュー

――スウェーデン中を逃げまわる100歳の老人が主人公というアイデアはどこから?

少なくとも20ぐらいある私の頭の中のアイデアのひとつだったのですが、タイトルを考えるとすぐにこれしかない、と思いました。私が読みたいのはこんなタイトルの本だ！　って思わず口走ったぐらいです。あとはとにかく執筆に取り掛かるだけでした。現在のスウェーデン国内を動き回る物語と20世紀をまるごと描くストーリーを並行して進めるために、主人公には100歳の人間が必要だったんです。

――ベストセラー小説を書く秘訣とは?

ベストセラー小説の数だけその秘訣はあるでしょうね。私の場合はとにかく自分が楽しめる読み物を、というものでした。よく笑えば寿命が延びるっていうでしょう?

私がこの本で誰かの寿命を延ばすことになるのだとしたら素晴しいことですよね。

――普段の生活も笑いが絶えない日々なのでしょうか?

マーク・トウェインだったかと思いますが、こんなことを言っていました。「面白い本を読んだ後にその著者に会うなどというのは、最高のフォアグラを食べた後にガチョウに会うようなものだ」（もし引用が間違っていたら失礼！）

――自分が100歳の老人になったら？

私もその年までにはアラン・カールソンのような気楽な境地に達していたいとは思いますが、アランと違って政治や社会問題への興味は失っていないでしょうね。学校なんかをまわって、若い世代に「人生はまさに冒険で（今はまったくそう思えないかもしれないけど）、生きるだけの価値があるものだ」ということを伝えられたらよいですね。

――100歳で、窓から「脱走」するチャンスがあったら？

今までの人生で、その手の「脱走」をしたことは何度かあります。実をいうと今の生活、つまり息子がいて猫がいて鶏小屋があって、毎週日曜には村のサウナに行き、気難しそうなご老人たちと一緒になって近所の噂話に興じる、というような日常そのものが、ある意味で逸脱だと思っています。とはいえ、もっといろんな人が、普段の生活からの「脱走」について真剣に考えた方がいいんじゃないかとは考えますね。やはり人生は一度きりのものだと思うので（絶対そうなのかは知りませんが、少なくとも私はそう信じています）、もし「やってみようかな」と感じたら、答えはイエスに決まっているんです。そうでなければ、「やらなきゃよかった」かどうかすらわからないわけですからね。

ヨナス・ヨナソン　JONAS JONASSON
1961年スウェーデンのベクショー生まれ。ヨーテボリ大学卒業後、地方紙の記者となる。その後、メディア・コンサルティングおよびテレビ番組制作会社OTWを立ち上げ成功。テレビ、新聞などのメディアで20年以上活躍した後、会社などすべてを手放し、家族とスイスへ移り住む。この間に1作目となる本書を執筆。天才数学少女が自分の人生を切りひらいていく2作目 *"Analfabeten som kunde räkna"* と併せ、全世界で好評を博している。現在はスウェーデンのゴットランド島に息子と猫、鳥とともに暮らす。
http://jonasjonasson.com/

柳瀬尚紀（やなせ・なおき）
1943年北海道生まれ。早稲田大学文学部大学院博士課程修了。訳書に『不思議の国のアリス』『鏡の国のアリス』（筑摩書房）、『フィネガンズ・ウェイク』（河出書房新社）、『チョコレート工場の秘密』（評論社）、『聖ニコラスがやってくる！』『リアさんって人、とっても愉快！』（西村書店）など多数。著書に『翻訳はいかにすべきか』（岩波書店）、『日本語は天才である』（新潮社）などがある。

本書は原語のニュアンスを尊重するためにいわゆる差別的とされる表現を一部使用しています。

窓から逃げた100歳老人
2014年7月6日　初版第1刷発行

著　者＊ヨナス・ヨナソン
訳　者＊柳瀬尚紀
発行者＊西村正徳
発行所＊西村書店 東京出版編集部
〒102-0071 東京都千代田区富士見2-4-6
TEL 03-3239-7671　FAX 03-3239-7622
www.nishimurashoten.co.jp

印刷・製本＊中央精版印刷株式会社
ISBN978-4-89013-706-0　C0097　NDC949.8